私语探源：《红楼梦》与《源氏物语》创作新论

章早晨 著

木石前盟与禁断之恋的重奏乐章

探寻《红楼梦》与《源氏物语》的女性创作之源

古典文学的时代普世阐发

中国出版集团
中译出版社

图书在版编目(CIP)数据

私语探源 ：《红楼梦》与《源氏物语》创作新论 / 章早晨著. -- 北京 : 中译出版社, 2024. 6. -- ISBN 978-7-5001-7965-8

Ⅰ.I207.411; I313.074

中国国家版本馆CIP数据核字第2024151WM3号

私语探源:《红楼梦》与《源氏物语》创作新论

SIYUTANYUAN:《HONGLOUMENG》YU《YUANSHIWUYU》CHUANGZUO XINLUN

作　　者: 章早晨
策划编辑: 周晓宇
责任编辑: 于建军
封面设计: 远·顾
排版设计: 北京杰瑞腾达科技发展有限公司
地　　址: 北京市西城区新外大街甲 28 号院普天德胜科技园主楼四楼
电　　话:(010)68357328(编辑部);(010)68359376,(010)68359827(发行部)
邮　　编: 100088
电子邮箱: book@ctph.com.cn
网　　址: http://www.ctph.com.cn

印　　刷: 北京中科印刷有限公司
经　　销: 新华书店
规　　格: 880 mm × 1230 mm　1/32
印　　张: 12.75
字　　数: 268 千字
版　　次: 2024 年 6 月第 1 版
印　　次: 2024 年 6 月第 1 次

ISBN 978-7-5001-7965-8　　　定价: 68.00 元

中 译 出 版 社

导读

本书通过《红楼梦》"袭人论"与《源氏物语》"女房论"的发微，有心提出《红楼梦》创作的一种可能的缘起、"多声部"塑造所产生的各种小说效应，以及《源氏物语》"女房语""女房群体"主导着物语走向及其所传递的作者写心主旨，并兼论《红》《源》两作之间的诗学差异。

本书第一章提出"袭人论"。在《红楼梦》作者曹雪芹的生涯里，曾存在过一个"袭人原型"，此原型是由《风月宝鉴》到"明义所见旧本"《红楼梦》再到今本《石头记》撰写之间的津梁之一。这一章重点阐述的，是"袭人原型"何以生发出《红楼梦》中虚构的袭人形象、黛玉形象及其他人物形象。在由《风月宝鉴》过渡到《石头记》故事的不断改写过程中，"袭人原型"对作者所产生的顽强心理定势起到了关键的作用。同时，"袭人原型"论本身也带来一系列诗学旨趣，由此衍生的"袭人论"亦能合理解释多个《红楼梦》文本现象。并不止步于此，乃至于《红楼梦》每回多个情节"快闪"般的交织汇聚与情感抒发篇章里，男女主角恋爱日常如何进行巧妙虚构等问题，都将在本书"袭人论"的基础上，于本章及全文中有所阐发。本章还兼论了"两个宝玉"问题、"妙玉面对的三个宝玉"问题，以及《风月宝鉴》

到“明义所见旧本”《红楼梦》再到今本《石头记》的成书过程里的相关问题，这三个问题既与“袭人论”相辅相成，亦可与《源氏物语》的诗学问题相提并论。

本书第二章专论《源氏物语》的“女房论”问题。“女房语”的说法源自玉上琢弥。平安时代宫廷贵族男性与女性身边充斥着女房群体，《源氏物语》女性主角们的身边到处是女房的声音，女房话语常能隐隐左右《源氏物语》中男女的相恋与故事走向，甚至对作者提笔撰写物语以及在人物设置上产生决定性影响。本章选取若紫、藤壶中宫、末摘花、玉鬘等角色物语，通过文本细读比对，具体探究“女房语”“女房群体”究竟如何影响物语的人物形象塑造、人物关系发展、人物悲剧走向的偶然与必然等问题。要而言之，紫式部的《源氏物语》是一部选取了她最熟悉的“女房世界”作为物语背景而写就的文学经典。

本书第三章既可作为前两个章节与第四章之间的过渡或“复调”阐述，也可看作一篇独立的附论。“木石前盟”不只是表面的宝黛爱情，其折射的实乃作者有感于生命里各种“奇缘”而生出的诗学碰撞。“金玉良缘”，也绝非被作者一把推开、决意排斥的对立面。作者早年创作的《风月宝鉴》所难掩的戒世之犀利锋芒，终于在其后的新作与不断的增删修改中，渐渐融合成一种实践“木石前盟”式的补偿与恩报。宝玉“情天情海”的内心世界，充分展现了曹雪芹深刻感受到的文化突围之艰难，以及既不执着于一味高蹈冲淡，又不过分沉溺于世味娇艳的混沌天然之态，并藉此赋予作者笔下虚构人物的各种态度与精神。

《源氏物语》至《须磨》系列为止，塑造了“第一个源氏”；到《藤里叶》帖为止的，又俨然是“另一个源氏”。而早本《风月宝鉴》至“明义所见旧本”《红楼梦》，再到《石头记》，也记录鉴证了曹雪芹不同时期的不同文艺追求，以及由此刻画的不同品格性情的贾宝玉形象。第三章里想要着重阐明的是：对紫式部而言，具体的主要角色是源氏还是薰，其实并不重要，《源氏物语》终究是在以“女房语”来诉说女性们的情怀和体验，并由此慰藉作者自己的苍凉内心。至于《红楼梦》，于改稿不辍直至耗尽红泪的曹雪芹而言，不同阶段的“贾宝玉”书写以及围绕贾宝玉的相应的增删，都是作者不同阶段文心之珍贵披露，以及他观照这个世界的独到方式，他的诗性灵魂的真诚体现。

本书第四章受到了巴赫金《陀思妥耶夫斯基诗学问题》的极大启发。该章的一个核心观点：《源氏物语》乃是紫式部抒发忧闷的写心作品；而曹雪芹对于既有道统的去道德突破的努力，是通过具体的写作诗学、作者不直接参与的多声部式的情节导引，而坚韧实现的。该章以作品中浮舟投水与金钏儿投井的不同书写，对《源氏物语》《红楼梦》不同的创作诗学作了比较。紫式部经由“女房语”的语言形式，“女房群体”的媒介方式，向我们展示了她隐晦深邃的内心。《源氏物语》尽管人物众多，线条繁杂，但终究是作者的写心之作。前半部每一帖中，光源氏的心理与女子们的心理的纵横互见，就能照见作者的那颗少女之心。而进入“宇治十帖”，薰、匂宫与浮舟等的复杂心理，则交相叠现出紫式部延宕、徘徊而多感的内心世界。紫式部始终没有寻得“梦浮桥”上的人生答案，曹雪芹却通过多声部写作、人物性格的模糊多元写作来提醒我们，《红楼梦》非关忠奸善恶，情才是须紧盯不放松的。《红楼梦》的梦境世界里的“意淫”也好，现实与梦境相连的情天情海也好，才是作品的主旨场域。

目　录

私语探源

绪论

她的眸子，比星辰明亮得多，
开始说话时，声调婉柔而优雅，
一如天使在发言。她这样对我说：
"曼图亚的灵魂哪，你温文可嘉，
美名仍然在世上流传不朽，
此后会与世同寿，传诵迩遐。
吾友运蹇，此刻正遭逢灾咎，
…………
因此，请你快点用嘉言的婉转
或足以助他脱险的其他方法帮他。
这样，我才会转愁为欢。
我是贝缇丽彩，来请你搭救他。"[①]

——但丁《神曲·地狱篇》第二章、黄国彬译

夜泊鹦鹉洲，秋江月澄澈。邻船有歌者，发调堪愁绝。歌罢继以泣，泣声通复咽。寻声见其人，有妇颜

① 黄国彬译，但丁《神曲·地狱篇》，海南出版社，2021年，第128—129页。但丁的旅程要维吉尔与贝缇丽彩共同促成，贝缇丽彩是但丁的初恋，翡冷翠的少女，但丁一生创作的缘起源泉。

如雪。独倚帆樯立，娉婷十七八。夜泪似真珠，双双堕明月。借问谁家妇，歌泣何凄切。一问一霑襟，低眉终不说。

——白居易《夜闻歌者》

（宋洪迈《容斋三笔》卷六：白乐天《琵琶行》，盖在浔阳江上为商人妇所作。……集中又有一篇，题云《夜闻歌者》，时自京城谪浔阳，宿于鄂州，又在《琵琶》之前。……

何焯云：亦自谓耳，容斋之语真痴绝。）[①]

第一节 “嘈嘈切切错杂弹”

——说话文学与“女房语”

关山迢递、年代暌隔的《红楼梦》与《源氏物语》，可否两下里加以比较？且从两者的文学叙事性拉杂说起。

鲁迅的《中国小说史略》，把《红楼梦》径直归之为“清之人情小说”。借用《红楼梦》中“石兄”的话来说，“历来野史，皆蹈一辙”，显然是作者曹雪芹的夫子自道了。[②]里仁书局版《红楼梦新注》给“野史”作注曰：“旧指私家编纂，不为官方承认，不列为正史的史书。后渐与‘稗官’连

① 谢思炜《白居易诗集校注》第二册，中华书局，2017年，第820—821页。

② 徐少知《红楼梦新注》第一分册，里仁书局，2020年，第4页。

用，用以指小说。"[1]相对于"诗"或曰"韵文"而言，巴赫金以为"小说是散文体裁，虽说也存在极好的诗体小说"。[2]

在文学体裁上，《源氏物语》属于日本独有的物语文学，置于《日本文学史》或者《东方文学史》中，除了标明属于"物语文学"，有时也被视为散文文学。[3]林文月译《源氏物语》洪范修订版序言里如是说：

> 日文的"物语"一词，与其翻译为"小说"，在实质上倒不如译做"说话"或"话本"（"物语"一词兼具动词与名词的性质）较为妥善些。因为其产生，大约早于日本文字"假名"的发生以前。当时由于没有文字，遂将故事的骨干要点，或人物言行举止的特色，绘制成一张张可以连续看的图画，而由擅长"说话"的人，凭图述说出来给人听。其后有了文字，这种可以代表故事的情节高潮的图画，恐怕仍然占相当重要的部分，所以我们时常会在日本的古典文学作品里看见"绘物语"一词。它意味着附有图画的"话本"（或者也可以称做附有"话本"的图画）。从这一层意义上而言，"物语"这种文学，与其视为纯粹案头的供做阅读的文学，毋宁说

① 徐少知《红楼梦新注》第一分册，里仁书局，2020年，第26页。

② 巴赫金《史诗与长篇小说——长篇小说研究方法论》，《巴赫金全集》第三卷，河北教育出版社，2009年，第503页。

③ 如王向远在《东方文学史通论》第二编第四章《东方古典戏剧与古典散文》中写道，"物语是日本散文文学的一种很独特的样式。它是一种叙事性散文的统称。不同时期的物语性质有所不同，有的相当于传奇故事，有的相当于轶闻趣事，而成熟的物语则是真正意义上的古典小说"。王向远《东方文学史通论》，高等教育出版社，2013年，第132页。

是伴同绘画的文艺更为适当些。[①]

又，申非在《平家物语》的译本序言里，也索性往"说话人的讲史、话本"的堤岸上靠拢：

> ……关于书名的译法，原书的完成年代相当于我国南宋嘉定年间，书的性质也颇类似我国宋代说话人的讲史、话本。因此，将书名译为《平家故事话本》似无不可。但考虑到物语文学为日本古典文学中一个特定的门类，为使读者了解其本来面目，所以径直采用了原名。[②]

申非没有直接对"物语"进行定义，但认为《平家物语》相当于宋代之讲史的"话本"，并认为译为"平家故事话本""似无不可"，这是申非为极力寻求物语"同类"而下的定义。为了对应我国的文学以便找到解读的抓手，林文月和申非不约而同"偷换"了概念，都将日本的"物语"对应于我国的"话本"或"说话"，认为物语首先是一种说话文学。

中国的明清长篇小说，若要认祖归宗，皆滥觞于唐宋以前的史传文学及唐宋的说话文学和话本小说。作为物语文学的翘楚之作，《源氏物语》也是一种说话的艺术。一旦从

① 林文月译《源氏物语》第一册，洪范书店，2020年，《序》第8—9页。

② 日本文学丛书本周启明、申非译《平家物语》，人民文学出版社，1984年，第9页。值得注意的是，是书虽云周启明、申非合译，申非实对本来出自周译保存下来的前六卷进行过大幅度的修改而呈现在本文之中。可对看周作人译《平家物语》，中国对外翻译出版公司，2001年第一版第一次印刷本。

这样的叙事体裁逻辑来联系分析，对《红楼梦》与《源氏物语》多层面、多视角的比较研究自然也就顺理成章了。

日本平安朝的物语文学，并非正式的官方文学体裁。在平安朝时代，时人眼中真正的、能登大雅之堂的文学，是男性文学圈的汉诗文。平安朝贵族男性的阅读都借大陆舶载而来的汉籍养心，并进而最终创造出“本朝汉诗文”，培育出汉文学观念。男子日常使用的汉字乃“真名”，舶载汉诗文、本朝汉诗文及日常的各种其他真名文，才是正经文学。至于假名则被称为“女手”“女文字”。《古今和歌集》的编撰事业，完成了假名国语的文学化，纪贯之用假名撰写论文（《古今集》的假名序），用假名编写日记（《土佐日记》），被认可的假名文学唯有和歌。但和歌文学于宫廷而言不过文字游戏，若求思想深度，还是得推汉诗文。

日本近世近代以来，推崇平安时代的国语文学，即假名文学，其实并不符合平安时代之文学主流。因为即便如《土佐日记》《伊势物语》这样的名著，也都是男性作者秉持汉文学精神的产物，是以假名创作的文学试验品。以假名书写的散文文学（包括平安时代物语、日记、散文等）之发生与发达，当在贵族社会已进入相当安定的时期之九世纪后半叶。[①]今日留存的当时之物语作品数量并不多，因此，在物语文学远未称得上成熟，而和歌、汉诗文却相当发达的时代，紫式部偏偏选择用物语来进行自我表达，其实是相当冒

① 这条时代推断据阿部秋生。参考阿部秋生《源氏物语的物语论——虚构与史实》，岩波书店，1985年，第4页。

险的行为。“没有故事讲述者或诗人能做到前无古人”，“原创性在于更新一个活的传统，并使之焕发生机”。[1]暗中支持紫式部这种冒险独断的原创，给予她力量的，正是作为一种例外的《蜻蛉日记》。《源氏物语》问世之前，藤原道纲母所作的《蜻蛉日记》，是创作精神上最具国语革命意识和典范意义的假名作品。

《蜻蛉日记》的作者是一位女性歌人，因此并不具备深刻的汉文学观念，当时社会对女性也并没有这样的要求。身为当时的权门藤原兼家的妻妾，作者无非是用假名倾吐了自己恋爱与婚姻中的一腔哀怨。

《蜻蛉日记》与其说是“日记”，不如说也是一种叙事性的物语文学。《蜻蛉日记》带有强烈的“写实性”意味。不过，对于这部“日记”而言，此处所谓的“写实性”，意思并非是处处客观呈现现实生活。不如说，书中所写，是基于作者主观之真实，而取自作者个体真情的“现实”一种。换言之，乃是于客观世界之上，用文学的手段形象化了的作者的内面姿态。[2]

值得注意的是，在提笔直抒胸臆的时候，作者脑子里不会有“读者”的概念，无非是悄悄涂抹下来，只给过从甚密的三五知己消闲而已。这些知交也多为与作者同喜共悲的女

① 欧阳桢《品尝杏子：中国小说研究法》，浦安迪主编《中国叙事——批评与理论》，上海远东出版社，2021 年，第 70 页。

② 参考清水文雄「女流日記」，子文書房，1940 年。

性——地方领主[①]家庭出生的女子。作者及这些女性读者，在平安时代的日语语境里，被称作女房。所谓女房，于平安时代既指禁中、院中侍奉的高位女官，也可以指在贵族家庭行侍奉之能事的女子。《蜻蛉日记》的作者藤原道纲母与《源氏物语》的作者紫式部都是女房，都出生于中等贵族之家，即“受领”之家。[②]颇有意思的是，紫式部、清少纳言等人还都曾出仕宫廷，做过女官，因此她们熟谙宫廷的环境氛围与贵族生活细节，她们在日记、物语中使用的语言，被称为女房语。[③]

用女房语写作的平安时代的日记与物语作品，在语言风格上，与我国的话本文学相比各有千秋，但也有口语化取向方面的贴近之处。我国唐宋元时期的话本小说，服务于酒肆瓦舍的说书脚本，要的就是张口即来的语言上的俚俗性和口语化。话本文学口语化的这一特点，一直沿着话本而后拟话本而后文人独立创作的小说这条脉络，直抵《红楼梦》作者曹雪芹的那一管柔毫之下。话本文学需要“媚俗”，讲究迎

① 日语汉字写作“受领”，即从前任处引继事业事务之意也，乃当时日本全土内诸国（相当于今日之县）之长官，通常有守、权守与介之别。这是紫式部最熟悉之阶层。《源氏物语》中男性角色除出自皇室与藤原氏外，以此种阶层男性最多。所谓“受领”，乃是与“遥领”或“遥授”相区别的。如义经与赖朝对抗时期，后白河院赏之以伊予土地，称“豫州”，即为“遥领”，不必去当地赴任。“受领”却须赴任。

② 参考上村悦子《源氏物语与蜻蛉日记》，紫式部学会编《源氏物语与女流日记·研究与资料——古代文学论丛第五辑》，武藏野书院，1976年，第153页。

③ 日语语言史上另有所谓“女房词”，乃室町时代以降，宫中奉仕的女官于衣食住行上所使用的一种隐语。两者虽也有相似处，但却是不同时期的两件事物。提出女房语，并力倡女房语与《源氏物语》写作之关系的，乃是玉上琢弥。参见玉上琢弥《源氏物语研究·源氏物语评释别卷一》，角川书店，1986年。

合，因为作者心里装着真切的听众和想象中的读者，于是在故事的铺叙方式以及叙述语言的口语化上，与平安时代女房们的日记文学、物语文学便有许多区别。

如《蜻蛉日记》全然没有顾盼各类听众的顾虑，只消面向作者身边同为女房阶层的听众喁喁私语。《源氏物语》在内容的禁忌避讳与叙事的“口语化”上，承继了《蜻蛉日记》的“女房语”风格，这种以“女房语”为主的书写，竟然在后世一代又一代学者的推波助澜下，成为纯粹日语的典范。紫式部受到《蜻蛉日记》夹带强烈自我抒情风格的启发，截长补短，巧取借鉴，终于创作出五十四帖规模的长篇物语。两边溯源追根，中国的唐传奇①，日本的紫式部时代以前的物语文学，对《源氏物语》无疑影响深刻，但若是没有《蜻蛉日记》，也就遑论《源氏物语》。

紫式部所处的时代，平安时代中期的摄关政治由顶峰走向崩坏，京都之外的地方上，尤其是东国和西国的豪强、武士正日益豪横自大。其时的蕞尔岛国，政权相对稀松拉胯。在紫式部的时代，平安朝的朝廷还断断续续地保持着与唐宋时期及新罗高丽政权的政治来往，民间交流也从未停歇。这个时代的文学，经过此前的国风黯淡时期，国语文学正蓬勃

① 唐传奇予紫式部最大的影响，当是故事撰写的曲折生动，以及在历史与虚构之间游走之能事。周勋初先生《〈唐语林〉考》：“唐代是杂史、传记、故事、小说极为发达的时期。这类作品，比之南北朝时的《世说新语》之类著作，文笔的潇洒隽永或有逊色，而情节的丰富曲折或有过之。因为唐代修史之风很盛，所以这一时期的笔记小说对历史事件的记叙也就更为重视。”《周勋初文集5·唐人笔记小说考索》，江苏古籍出版社，2000年，第294页。

抬头。[1]当时的物语文学、日记文学以及和歌文学这三大样式的内容，不再是“一个民族庄严的过去”或者“绝对的过去”，不再是民间传说，也不再是作品远离“歌手”（作者和听众）的时代，[2]三种样式都成了抒发宫廷女性内心、留给后人观照她们心迹的最好媒介。[3]平安时代的女性国语日记，如《蜻蛉日记》《紫式部日记》《更级日记》虽名之曰“日记”，但更像是叙写过往、抒发心迹的散文文学，所记所写，几乎都是作者们稍加掩饰或不加掩饰的真实经历和心路历程。[4]

在这样的时代诞生的物语文学，虽然难堪汉文学经国大事之重任，但在日本人的评判标准里，同样是记录反映当时人心理百态与生活万象的最重要叙事体裁之一，甚至比史书还要“真实”。[5]

日本的物语，在漫长的孕育与发展过程中，不仅从容接

---

① 9世纪初日本朝廷先后敕撰三部汉诗集：《凌云集》（814）、《文华秀丽集》（818）、《经国集》（827），10世纪之后，敕撰文学的重心逐渐转向歌集。紫式部的祖辈与父辈正是生活在10世纪初中期与中后期。

② 参考巴赫金《史诗与长篇小说——长篇小说研究方法论》，《巴赫金全集》第三卷，河北教育出版社，2009年，第507页。

③ 从这个角度而言，这或许也是日本文学自平安时代以后，其主流更走向内心的一个原因。

④ “妇女日记的内容，大致有两种类型。第一种类型只涉及作者强烈关心的一个主题。比如《蜻蛉日记》只叙述同一个对象发生的恋爱关系。……第二种类型是叙述宫廷生活的琐事，没有统一的主题。作者是侍奉宫中的女官。比如《枕草子》《紫式部日记》《讃岐典侍日记》。还有不属于这两种类型的，就是《更级日记》”。加藤周一《日本文学史序说》上，叶渭渠、唐月梅译，外研社，2011年，第183页。

⑤ “因为这缘故，倘若浏览一下伟大的文学作品，就会发现它们都表现一个深刻而经久的特征，特征越经久越深刻，作品占的地位越高。那种作品是历史的摘要，用生动的形象表现一个历史时期的主要性格，或者一个民族的原始的本能与才

（转下页注）

过平安时代宫廷女流日记抒情与叙事相结合的衣钵，还经历了由单纯的口头文学到口头与书画相结合，再到纯粹正式的书面文学的过程。这个发展过程，还离不开假名文字的日益抬头，跻身乃至普及于文学写作之助力。伴随着宫廷女流文学的积少成多，蔚为壮观，物语文学终于从早先口耳相传的口头文学，渐渐转向纸质叙事的书面文学；从群体讲述、代代流传的简单故事，走向独立个性单独创作的丰富叙事。于是，物语文学终于水到渠成，恰似中国的《金瓶梅词话》（以下简称《金瓶梅》）与《红楼梦》，得以由"说话文学"摇身蜕变为中规中矩、体例匀称的文本化作品。作为衍生收获，《源氏物语》的语言——女房语，还得以登上国语化及经典化的语言殿堂。

紫式部身后，诞生了许多模仿《源氏物语》或者受到《源氏物语》强烈影响的物语作品。其中以成书于十一世纪后期的中篇物语《狭衣物语》[①]，及成书时代不明、据推测为后冷泉帝时代即宽德二年（1045）至治历四年（1068）间的《夜的寝觉》[②]最为典型。我们阅读晚出的《狭衣物语》或

（接上页注）
具，或者普遍的人性中的某个片段和一些单纯的心理作用，那是人事演变的最后原因。……文学作品以非常清楚非常明确的方式，给我们指出各个时代的思想感情，各个种族的本能与资质，以及必须保持平衡才能维持社会秩序，否则就会引起革命的一切隐蔽的力量。"丹纳《艺术哲学》，傅雷译。《傅雷全集》第十六卷，辽宁教育出版社，2002年，第312页。

① 《狭衣物语》四卷，作者据传是侍奉后朱雀天皇的皇女六条斋院的女官"宣旨"暨源赖国女；也有作者乃紫式部之女大贰三位的异说。

② 最忠实于原文的有五卷本和三卷本，作者据藤原定家《更级日记》注则说是菅原孝标女，即《更级日记》的作者以及《滨松中纳言物语》的推断作者。

《夜的寝觉》，能感受到它们与紫式部《源氏物语》有着同样对女性心灵的细腻描写与跃动。但《源氏物语》无疑更具备超越时空的现代性和鸿篇巨制的完整性。这不得不让人产生这样的想法:《源氏物语》好像是横亘在平安时代中期的巨峰，在物语文学几乎可以视为原始说话文学的时代，诞生了《源氏物语》这样具备强烈现代性[①]的巨著，简直是奇迹而如梦似幻。

“文化学养”“思维定势”与“心理感受”的相近，是顾鸣塘认为的打通《源氏物语》与《红楼梦》的作家出发论的基础。[②]紫式部与曹雪芹都是具备丰厚的本国文化素养的作者，这样的“思维定势”，决定了他们对于古来的经典与非经典都有广泛涉猎，并对其所处时代都有自己的独到认知与痛切参悟，加之他们都具备极其细腻的“心理感受”，于是这样的传世巨著也就应运而生，且这样的“惺惺相惜”的作品，也会凭借叙事本质意义的想象、形象和意象，与我们读者的“想象、形象和意象”越走越近。

这种相近，更不如归之为人性与艺术性超越时空的相

① 《源氏物语》是古典作品，但《源氏物语》的一些写作手法，以及一些篇目，颇具“现代性”意味。简言之，即“观念与措辞的晚近倾向”。详细参考《两种现代性》，马泰·卡林内斯库《现代性的五副面孔》，顾爱彬、李瑞华译，译林出版社，2015 年，第 43 页。

② “目前为止，没有任何证据表明曹雪芹曾与《源氏物语》有过接触，是什么原因使得这两部写作年代相差七百年的巨著仅对‘锦’这个意象的把握即如此吻合呢？只能这样认为：对于真正的作家来说，时间和空间都不是障碍，他们的文化学养最为深厚，他们的思维定势与心理感受又往往是共通的，尤其在他们都是以所熟悉的贵族阶层、华丽世家作为描摹对象时，更是如此。”顾鸣塘《另一种功用：再论〈源氏物语〉与〈红楼梦〉中的“锦”》，载《红楼梦学刊》2009 年第四辑，第 144 页。

通。[1]如陆象山所说的东海西海南海北海以及千百世之上之下，都会有"圣人出焉，此心同也，此理同也"。[2]又如钱锺书先生承接发挥的"东海西海，心理攸同；南学北学，道术未裂"，[3]以及钱锺书先生1945年12月在上海作的关于中国诗的演讲中说道："中国诗并没有特特别别'中国'的地方。中国诗只是诗，它该是诗，比它是'中国的'更重要。好比一个人，不管他是中国人，美国人，英国人，总是人。"[4]推广而言，《红楼梦》也好，《源氏物语》也好，是小说，是物语，这一点比是中国的、日本的，或是十八世纪的、十一世纪的更为重要。

曹雪芹生不逢时或生逢其时，其个体遭际、生平问题，乃至《红楼梦》的作者问题都极其复杂，自不必说。

至于紫式部呢，若从历史长河的视野观照，其所处的时代离平安时期摇摇欲坠的后期已触手可及；离贵族政治秩序的坍塌、武家的崛起也仅一步之遥（紫式部生活在十世纪末

---

① 黑格尔认为："尽管各民族之间以及许多世纪的历史发展过程的各阶段之间有这些复杂的差别，但是作为共同因素而贯串在这些差别之中的毕竟一方面有共同的人性，另一方面有艺术性，所以这民族和这一时代的诗对于其它民族和其他时代还是同样可理解，可欣赏的。"他又举了印度诗的例子："再如印度诗，不管其中世界观和表达方式和我们的有多么大的隔阂，对于我们却不是完全陌生的。"黑格尔所说的"诗"如此，东亚的小说、物语亦如此。朱光潜译，黑格尔《美学》第三卷下册，商务印书馆，1981年，第27—28页。

② 《陆九渊集·卷三十三·谥议》："又尝曰：'东海有圣人出焉，此心同也，此理同也。西海有圣人出焉，此心同也，此理同也。南海北海有圣人出焉，此心同也，此理同也。千百世之上有圣人出焉，此心同也，此理同也。千百世之下有圣人出焉，此心同也，此理同也。'"钟哲《陆九渊集》，中华书局，1980年，第388页。

③ 《谈艺录·序》，钱锺书《谈艺录》，三联书店，2019年，第1页。

④ 钱锺书《谈中国诗》，《钱锺书散文》，浙江文艺出版社，1997年，第538页。

十一世纪初，源赖义1053年出任镇守府将军，而前九年之役结束于1062年（康平五年）；保元之乱是1156年，离紫式部不过一百多年）；又距当时人所谓佛法“末世”不远。[①]四百年的平安时代，在烈火烹油里快要走到尽头。我们读至《源氏物语》最后的“宇治十帖”，“末法”令人窒息的虚空气息扑面而来。

纵观《红楼梦》全书，我们虽只能见到前八十回（其中虽有数回如六十四、六十七回等存疑）的曹雪芹亲笔，然而萦绕全书的冥冥中的“白茫茫大地真干净”“悬崖撒手”“树倒猢狲散”等苍凉气息，在精神上是贯彻全书的。今合订的通行本[②]后四十回续书也有逼近原作气质与水准的回目。[③]因此，《红楼梦》与《源氏物语》除了在反映社会现实的取向上，在精神旨意的表露上，也给我们留下了穿凿钩沉的比较空间。

诚然，说有比较空间，并不等于简单认为《源氏物语》与《红楼梦》在叙事手法上如出一辙，事实上两书有着巨大的不同，作为比较研究，我们不妨既属意相似，更留意不同。

不同时代、国度的作品的比较研究，“首要的和重要

① 参考《岩波讲座·日本历史·第5卷·古代5》第一、三、五、八章，岩波书店，2015年。以及，杜小军译、下向井龙彦《讲谈社·日本的历史04·武士的成长与院政——平安时代后期》第四、六章，文汇出版社，2021年。

② 最常见的是以庚辰本为前八十回底本，校以其他诸脂批本和程高本，与以程甲本程乙本为底本的后四十回组合起来的全一百二十回本《红楼梦》。建国以来，人民文学出版社前八十回一度曾使用程乙本为底本。但自1982年以来，人文社通行本都是庚辰本底本加程高本的组合。

③ 参看林语堂《平心论高鹗》，湖南文艺出版社，2019年。

的”，当然也是“把文学当作文学，面对文学说属于文学的话”。[1]《源氏物语》与《红楼梦》同属东亚汉文学圈，然而，简单地将我国先秦两汉至于唐代的文学经典，作为两部作品血脉基因的总源泉，轻易得出中国经典对日本平安时代国语文学尤其是对于《源氏物语》具有笼罩式的影响，是不符合事实的。《红楼梦》与《源氏物语》首先是各自独立的文学经典，面对经典，当首取细读的态度来辅佐探究。“笼罩”虽不符合事实，但若说“相当程度的濡染”，似乎更符合中国经典对包括《源氏物语》在内的平安时代国语文学的产生和发展实际。这也提醒我们，不能一味钻到日本古典里求索《源氏物语》的前辈先声；这更提醒我们，着手《源氏物语》与《红楼梦》的比较研究，既要防范文化相对主义[2]，又要发

---

① 张伯伟先生《“去耕种自己的园地”——关于回归文学本位和批评传统的思考》，《文艺研究》2020年第一期，第44页。

② 乐黛云解释文化相对主义，认为“文化相对主义是以相对主义的方法论和认识论为基础的人类学的一个学派……他们认为：每一种文化都会产生自己的价值体系，也就是说，人们的信仰和行为准则来自特定的社会环境，任何一种行为，如信仰、风俗等都只能用它本身所从属的价值体系来评价，不可能有一个一切社会都承认的、绝对的价值标准”，又认为“无论古今中外，相对主义在当时的历史条件下对于破除传统保守思想，抵制宗教独断，反对教条主义都起过良好的促进作用，但它割裂相对与绝对，主观与客观的辩证关系亦有自身的局限”。参考乐黛云《文化相对主义与跨文化文学研究》，《文学评论》1997年第4期，第61页。另，杨雪梅认为“文化相对主义对于比较诗学研究而言，是一把双刃剑”，“将它（文化相对主义）引入比较诗学的研究中很容易导向文化保守主义，甚至是文化孤立主义”，“一方面它让中西诗学的比较成为可能，并能有效地防止文化中心主义；另一方面，它也可能导致文化保守主义，甚至是文化孤立主义，而这可能导致比较诗学的再次危机”。（参考杨雪梅《论比较诗学的“可比性”原则——由厄尔·迈纳的〈比较诗学〉引发的思索》，《名作欣赏》2012年第27期，第59页，第65页）厄尔·迈纳认为“相对主义对比较研究而言必不可少”，但应该“避免僵化死板的相对主义”。参考厄尔·迈纳《比较诗学》，王宇根等译，中央编译出版社，1998年，第333页。

掘各自的同中之异。[①]

江户时代后期的斋藤正谦在《拙堂文话》卷一中有如下的论述：

> 物语、草纸之作，在于汉文大行之后，则亦不能无所本焉。《枕草纸》，其词多沿李义山《杂纂》。《伊势物语》，如从唐《本事诗》《章台杨柳传》来者。《源氏物语》，其体本《南华》寓言，其说闺情盖从《汉武内传》《飞燕外传》及唐人《长恨歌传》《霍小玉传》诸篇得来。其他和文，凡曰序、曰记、曰论、曰赋者，既用汉文题目，则虽有真假之别，仍是汉文体制耳。[②]

在斋藤正谦的目光里，《源氏物语》等平安时代假名文学受到中国文学之影响可谓深矣。其中尤以《源氏物语》与《白氏文集》的关系最受学者关注，研究成果亦可谓汗牛充栋。1930年，水野平次发表《白乐天与日本文学》，基于汉文学的立场，以白居易给日本古典带去的巨大影响的角度，来评价《源氏物语》。1934年，远藤实夫的《〈长恨歌〉研

① “进行中西文学异同比较时，中西文学的共同性往往只能是比较研究的出发点。也就是说，发现其间的共同性，只是研究的开始，以引导我们进入一个更深更广的研究范围，那就是异同的比较辨析。换言之，‘异同比较法’是从求同出发，进而辨异，进而探求其深层原因；同时，在异同的比较研究中，发现各自的民族特色和独特价值，寻求互相了解，寻求沟通和融合。”中西如此，中日文学的比较研究，《源氏物语》与《红楼梦》的比较研究，又何尝不是。陈惇、孙景尧、谢天振主编《比较文学（第三版）》，高等教育出版社，2015年，第66页。

② 《拙堂文话》，引自王水照编《历代文话》第十册，复旦大学出版社，2007年，第9837页。

究》详细探索了白居易的感伤诗对《源氏物语》的影响。其他还有如金子彦二郎《平安时代文学与〈白氏文集〉》(培风馆，1955年)，以及中国学界所熟知的丸山清子《源氏物语与白氏文集》(国际文化出版公司，1985年，申非译)，中西进《源氏物语与白乐天》(中央编译出版社，2001年，马兴国译)等。

《白氏文集》与《源氏物语》的比较研究尚属影响研究，而《红楼梦》与《源氏物语》的比较研究，则属于比较文学研究中的平行研究，因为至今尚无任何文献证明两者之间有传播上的直接影响。

> 中国学者特别感兴趣的是《红楼梦》与《源氏物语》的比较研究，《红楼梦》比《源氏物语》晚出近八百年，但两书在题材、主题、风格、审美意蕴上有许多相似与相通，可以作为平行比较的对象，故1980年代后的三十多年间，这方面的文章连绵不绝……[①]

作为中日两国各自文学的高峰，《红楼梦》与《源氏物语》的比较研究，又是置于异国异族各自体系下，探究文学同异问题的有趣对话和魅力解答。鉴于此，《红楼梦》与《源氏物语》的比较研究，一定不会走向两种文化的简单相

① 王向远《中国日本文学研究史》，九州出版社，2021年，第112页。该书第三章《〈源氏物语〉等古典散文叙事文学的研究》的第一节《丰子恺、林文月等对〈源氏物语〉及贵族文学的译介》与第二节《中国的"源学"》详细介绍了我国的《源氏物语》译介史。

似和庸俗融合，恰恰相反，有时这种比较与解答之结果，当会令各自的文学属性和特点更加得到彰显。[①]

学界也不乏将《源氏物语》与其先行作品进行比较研究的学者，从文学写作和做学问的一般规律来讲，这样的路径似乎是顺理成章的。但从个体的写作实际而言，却又未必能够达到顺藤摸瓜的预想结果。读先行作品固然能够获得同质化的创作技巧，但更多的是非如此这般却照样能达到同样的创作境界。不同时期的作品，可以存在一脉相承的因袭关系，但也会各有经纬却达到异曲同工的结果，比如《源氏物语》与普鲁斯特的《追忆似水年华》。就像曹雪芹没有读过《源氏物语》一样，普鲁斯特显然也未曾读过《源氏物语》，但中村真一郎认为，普鲁斯特独自发现了与创作《源氏物语》相同的手法，并达到了同样的效果。为何生于平安时代的紫式部能获得与二十世纪的作家同样的技法，其中的秘密，中村真一郎认为，平安时代的思潮中，贵族们相当会把控人的深层心理。和歌正是抵达深层心理的一种路径。[②]

比较和跨文化的视野可以让我们看到的，正是超越语言、文化和文学表现手法之差异，人的想象那种令人

---

① 参考乐黛云《文化相对主义与跨文化文学研究》，《文学评论》1997年第4期。

② 鈴木道彦訳「失われた時を求めて」3、集英社、1997年。本書の月報に『プルーストとわたし』による。又如吉川幸次郎认为："和歌对社会的关心相当淡薄，考虑的不过是恋人的事，自己的事。"正是这种"淡薄"，使得和歌极其走向个体之内心。吉川幸次郎《外国文学者与日本文学史》，《吉川幸次郎全集》第十八卷，筑摩书房，1975年，第4页。

> 惊讶的契合。在认识到契合的同时，在我们深刻的理解和鉴赏之中，又总是保留着世界上每一种语言和文学的独特性质。每一部文学创作都是独特的，但在无穷无尽的文学创作之上，能够探查而且欣赏人类心智和人之想象力那种内在的联系，又岂非享受一场想象的盛宴，得到智性的满足？通过具体文本的例证认识到东海西海、心理攸同，也岂非一种心智的快乐？[①]

以普鲁斯特的《追忆似水年华》和紫式部的《源氏物语》作类比，再来看《源氏物语》与《红楼梦》，两者在创作心理与写作秘诀上，会否有令我们无比惊喜值得一比的相似之处呢？发愤著书也好，忧思人生也好，是举家食粥还是宫廷檐廊前的花落花开，描摹一时代一王朝之世情人情，世上古今诸国本不乏迭出之佳作。普希金的《叶甫盖尼·奥涅金》是俄罗斯社会的百科全书，[②]巴尔扎克《人间喜剧》和莎士比亚剧作各是法国与英国其时代之百科全书，流芳百世而蔚为壮观。

论及可被称为百科全书式的作品，许多国家皆代有其人其作，唯独《源氏物语》《红楼梦》在一系列显而易见的与

---

① 张隆溪《镜与鉴——文学研究的方法论探讨》，《什么是世界文学》，三联书店，2021 年，第 104 页。

② 或称之为“百科全书式叙事”，“最早由加拿大学者诺斯罗普·弗莱提出，其在《批评的剖析》中将‘百科全书型形式’视为一种新型文类加以考察，认为这种文类是‘圣典或其他模式下类似启示录的作品’，‘旨在表现人生周期’，并‘表现了象征体系的整体形式’”。参考杨海波《〈红楼梦〉的生命主题与百科全书式叙事》，《红楼梦学刊》2022 年第 3 辑，第 106 页。

其他世界名作的相似性相通性之外，两位作者隔着毫不相干的时空，持着相反的性别经历，居然写出了精神气质极其近似的作品。

《源氏物语》与《红楼梦》都在塑造众多人物、描摹长篇画卷的同时，营造一种叙述上的琐碎日常化与精神上的虚空苍茫化。只有在华夏的土壤上诞生的儒释道文化传播到东亚而与各地本土文化进行复杂的漫长的结合，才可能于偶然之中产生如此必然之集大成作品。

最后是关于比较研究的一些问题。

在《源氏物语》与《红楼梦》的比较研究中，不能将中国文学经典作品的阅读经验，简单照搬到日本古典文学的阅读体察之中，当是面对《源氏物语》的基本心理准备。比如顾鸣塘先生认为：

> 当然《源氏物语》中所反映的伦理思想及对人物形象的构思与《史记》不可能完全相同。《史记》中犯了私通之罪的人，结局往往很悲惨。然而，光源氏犯下了与父亲的妃子私通这最大的不孝之罪之后，虽有着精神折磨与苦恼，也受到了报应，这就是自己的嫡妻三公主与柏木卫门督的私通，但是本身最终却是安然无事。①

顾鸣塘先生的提醒至关重要，“但是本身最终却是安然

① 顾鸣塘《文化的交融与分流——浅论〈红楼梦〉与〈源氏物语〉的全面比较研究》，载《红楼梦学刊》2009年第一辑，第65页。

无事”，却仍然体现了顾氏对于《源氏物语》的理解还是深刻基于中国作品的阅读情感经验的。事实上，在紫式部的认知范围里，深沉地为私通而感到精神折磨、苦恼不已的，已经是一种究极之至的哀情。《源氏物语》没有也没有必要非得像《红楼梦》那样，设计一个“树倒猢狲散”“白茫茫大地真干净”的家破人亡来作为最后的定局。我国的很多作品，总记得给人物安排一个现世果报的结局，以此类比考量日本古典如《源氏物语》，则未必是行得通的。钱锺书在《谈艺录》中批判王国维关于《红楼梦》乃“悲剧之悲剧”论，“似于叔本华之道未尽，于其理未彻”，亦点明中国文学之悲剧未必全得是宝黛式的不能结合。假使宝黛结合，也可能走向另一种现实悲剧。钱锺书的话正好能拿来批判顾鸣塘对《源氏物语》悲剧之看法。

> 苟尽其道而彻其理，则当知木石因缘，侥幸成就，喜将变忧，佳耦始者或以怨耦终；遥闻声而相思相慕，习进前而渐疏渐厌，花红初无几日，月满不得连宵，好事徒成虚话，含饴还同嚼蜡。[1]

《源氏物语》中源氏与六条御息所、紫上、女三宫等人之恋爱，无不是钱锺书此条的好注解。而《红楼梦》究竟未能见八十回后作者亲笔，亦不能对其结局妄下论断。

如顾氏所言，《源氏物语》最主要的男性人物源氏和薰，

① 钱锺书《王静安诗》，《谈艺录》，三联书店，2019年，第72—73页。

在物语中都没有经历《红楼梦》式的最终的家族崩溃与倒塌。这样的少了“曲终人散”故事结局的长篇作品，若再将之分为一唱三叹的三大部分[①]也好，以源氏与薰的篇章相别切割为前后卷也罢，其各部因为有着相对独立故事的章节或章节群，于文章构造而言，更类似于由相对独立的纪传组成的《史记》《汉书》类正史。

与《源氏物语》不同，《红楼梦》是作者在心底盘算好，从第一回开篇直到贾府终点、石归山下，一气呵成的作品，情节绵密紧扣。若再考虑《红楼梦》曾经历《风月宝鉴》稿及“明义所见旧本”《红楼梦》等不同的草创阶段，拿《源氏物语》与《红楼梦》比较时，尤其可以比较处于不同的创作阶段的作者之诗学理想。反之，笼统由今本《红楼梦》与今貌《源氏物语》出发对比，可能未必能得出贴近事实的结论。

第二节 “大珠小珠落玉盘”——各章内容与研究综述

撰写拙论，最初，关于取材或曰研究对象的想法，来自戴不凡《红学评议·外篇》，及玉上琢弥《源氏物语评释》。

① 由开篇《桐壶》至《藤里叶》为第一部，由《若菜（上）》至《云隐》帖为第二部，由《匂宫》《红梅》《竹河》三篇源氏亡后的“后日传”加上《桥姬》至《梦浮桥》的宇治十帖为第三部，是《源氏物语》五十四帖通常的三分法。

而精神的启发，则更因多年来所受张伯伟先生关于汉文学、“作为方法的汉文化圈”、重审“文学”、重审文学批评方法等相关理念意念信念之或深或浅的濡染。[1]

关于《红》《源》二作之研究，之所以欲将戴不凡与玉上琢弥相提并论，是因为他们作为“红学”与“源学”的两颗耀眼之星，各自在不同的时空，大胆提出假设，并给出了在现有文献基础之上，主要通过内证而得出的备受学界瞩目的结论。戴不凡的“石兄和曹雪芹”关系说、“秦可卿晚死考”、“曹雪芹拆迁改建大观园”等论述，皆指向《风月宝鉴》旧稿与《石头记》稿本拼合而成今本《红楼梦》这样一个动人心魄、色彩奇异的核心观点。[2]玉上琢弥氏则重新爬梳，别具主张，提出与今井源卫、阿部秋生等源学巨擘颇为不同的关于紫式部《源氏物语》创作过程之新见。

此后，笔者又受张爱玲氏《红楼梦魇》的深刻影响。于是，浸润沾溉于戴不凡、张爱玲与玉上琢弥三位的著述，《红楼梦》《源氏物语》相比较的想法油然而生。

作为本书主体部分的第一章的“袭人论”，便是借风使船，受益于《红楼梦魇》的嫩鸟初啼；而第二章“女房论”，则得益于玉上琢弥氏探究精神的启发。

---

① 言与行之外，已发表的文章而言，可参考张伯伟先生《“去耕种自己的园地”——关于回归文学本位和批评传统的思考》(《文艺研究》,2020 年第 1 期)、《重审中国的“文学”概念》(《中山大学学报(社会科学版)》，2021 年第 4 期)、《“意法论”：中国文学研究再出发的起点》(《中国社会科学》，2021 年第 5 期)、《文学批评方法研究：如何及为何——写在〈中国古代文学批评方法研究〉新版之际》[《江西师范大学学报(哲学社会科学版)》，2022 年 1 月，第 55 卷第 1 期] 等等。

② 戴不凡论著详参戴云整理的戴不凡著《红学评议·外篇》，文化艺术出版社，1991 年。

论文一共分为四章。第一、第二章分别围绕《红楼梦》《源氏物语》阐发论述，第三章、第四章可作为围绕两书所论之细流穿行汇聚。凡四章各章之间内容并非截然不搭，一味地泾渭分明，如第三章、第四章就和第一章的“袭人论”有着攀缠一体的血脉联系。故以下综述各方家既往研究时，亦不以章节琐屑细分。

《源氏物语》与平安时代女流文学关系的先行研究，可参看武藏野书院出版、紫式部学会编写的系列丛书：《源氏物语研究与资料》（1969 年）、《源氏物语・枕草子研究与资料》（1973 年）、《源氏物语与女流日记・研究与资料》（1976 年）、《源氏物语与歌物语・研究与资料》（1984 年）。相关先行研究成果据重松信弘《新考源氏物语研究史》（风间书房，1961 年）而求索。如上文所言，“和歌正是抵达深层心理的一种路径”，紫式部《源氏物语》与先行的和歌文学、日记文学之间的关系，还可参看野村精一《紫式部——其内面与外界》，收于《源氏物语的创造》（樱枫社，1975 年）。

本论文第一章提出“袭人论”。这一章重点阐述的，是“袭人原型”何以生发出《红楼梦》中虚构的袭人形象、黛玉形象及其他人物形象。在由《风月宝鉴》过渡到《石头记》故事的不断改写过程中，“袭人原型”对作者所产生的顽强心理定势起到了关键的作用。同时，“袭人论”本身也带来一系列诗学旨趣，由此衍生的“袭人论”亦能合理解释多个《红楼梦》文本现象。

关于《红楼梦》旧稿的研究可谓汗牛充栋，笔者仅举对本书的撰写最具深刻影响的典型著作：吴世昌《红楼梦探源》（叶朗等主编《百年红学经典论著辑要（第一辑）·吴世昌卷》，安徽教育出版社，2020年）、张爱玲《红楼梦魇》（北京十月文艺出版社，2021年）、戴不凡《红学评议·外篇》（文化艺术出版社，1991年）。尤其如《俞平伯论红楼梦》（上海古籍出版社，1988年）、周汝昌《红楼梦新证》（中华书局，2020年），于笔者而言厥功至伟，启发至深，两书可谓笔者红学入门研究的开蒙根柢之书。此外如刘世德《〈红楼梦〉版本探微》（华东师范大学出版社，2003年）、《三国志演义作者与版本考论》（中华书局，2010年），及近年的《红楼梦舒本研究》（社会科学文献出版社，2018年）、《红楼梦甲戌本研究》（社会科学文献出版社，2021年）亦是前后相承的关于明清小说成书经过细致考证的杰作，也给本书第一章的撰写提供了莫大动力。

曹雪芹生平相关，参考了吴恩裕《曹雪芹丛考》（上海古籍出版社，1980年）、周汝昌《曹雪芹传》（长江文艺出版社，2019年）与樊志斌《曹雪芹传》（中华书局，2012年）等。周汝昌的《红楼梦新证》亦是曹雪芹生平考证的经典之作。

《红楼梦》其他相关资料参考了朱一玄《红楼梦资料汇编》（南开大学出版社，2012年）。《红楼梦》的各种脂批皆须置于各种抄本中细读，才能真正获得脂批结合原文的深刻理解。但对《汇编》之读法，一如拜读张伯伟先生编著的《日本世说新语注释集成》（凤凰出版社，2019年）的体验，借助各抄本脂批《汇编》，能总括把握并进一步深刻了悟脂批间的文字差别，于初窥红学之门者而言实乃善籍。此外，还有中国艺术研究院红楼梦研究所编《红楼梦研究稀见资料汇编》(人民文学出版社，2006年)，其中一些材料与张爱玲《红楼梦魇》等提到之早本《红楼梦》的相关情况材料，可相对相看。

在对以上所列著作的不断阅读中，以及对《红楼梦》各种脂本的细读中，笔者逐渐产生撰述论文第一章内容的想法，即文中所谓"袭人论":《红楼梦》作者曹雪芹的生涯里，曾存在过一个今本《红楼梦》角色袭人之原型人物(以下简称"袭人原型")。"袭人原型"是今所见《红楼梦》自《风月宝鉴》到"明义所见旧本"《红楼梦》再到《石头记》系列撰写的重要津梁之一。

这一章重点探讨的，正是从"袭人原型"到《红楼梦》中虚构的袭人形象与黛玉形象的问题。[①] 同时，"袭人原型"也带来一系列诗学问题：如"袭人原型"素材分摊给黛玉角色问题;《红楼梦》的每回由"快闪"式书写缀成篇章问题；作者巧妙进行大观园日常横截面中的男女主角恋爱书写问题等，都根源于"袭人论"，相关观点在第一章及第四章中进行了讨论。欧丽娟《红楼梦人物立体论》(北京大学出版社，2020年)是将《红楼梦》人物与文本诗学结合进行讨论的新颖佳作，其中第六章正是借用"灯"的意象重新评析了历来

---

① 引用论文第一章中的描述来说明则是:"袭人仿佛男子现实里的母亲或者姐姐或者打小陪在身边的重要女性。她虽不能操琴吟诗，也不会在宝玉生日的次日投来粉笺祝寿，也不曾葬花扑蝶，也不会憨卧在四面芍药花飞的山石上，却只有她在人间繁华时，从小最贴近宝玉的日常，最关心宝玉生活细碎的一切，与宝玉更是有过无话不说的年复一年，而又在后来断然离开宝玉，两隔尘世。于是这位女子便足以给雪芹乃至读者带来一种难以排遣的梦牵魂萦，难以言说的爱恨交织。"

争论不息的袭人“告密说”。《红楼梦》文本本身具备的丰富性，使每每对人物的剖析讨论，大抵能形成横看成岭侧看是峰的效应与争鸣。然而，正如欧丽娟分析“告密说”的最终目的并不在揭示袭人告密与否一般，拙论“袭人原型”，也并非单纯深挖角色之原型以图考据索隐。

为了辅助拙论之诗学目的，本章的第二、三、四、五各节还以附论的形式，探讨了“两个宝玉”问题、“宝玉与源氏情爱性格的一体两面”问题、“妙玉面对的三个宝玉”问题、《风月宝鉴》到“明义所见旧本”再到《石头记》问题。作为笔者“初音”之“两个宝玉”，指的是“绛洞花主”宝玉与“怡红公子”宝玉，分别代表情爱里左右逢源的宝玉，及恋爱中求不得、不如意、多伤感愁绪的宝玉。这样将宝玉两分后，当然不是每一处都彼此扞格不入，曹雪芹在增删修改中使“绛洞花主”宝玉与“怡红公子”宝玉渐渐融合为一，渐次得以和谐。如果“两个宝玉”的泾渭分明能轻易识破，《红楼梦》也难成其复杂伟大。

从“袭人论”出发，第一章又做了进一步的类推尝试。张爱玲推测，《红楼梦》中的金钏儿是从晴雯形象分出来的人物。[①]那么，晴雯这个人物可能又分出了龄官，如是者再三，赐予了曹雪芹创作林黛玉的灵感与启发。《红楼梦》于人物创作的更高明之处，恰恰在于翻过现实原型人物的那道藩篱，创造了更多的属于作者虚构的艺术群像。

王国维 1904 年发表的《红楼梦评论》(《百年红学经典

① 详见张爱玲《三详红楼梦》，《红楼梦魇》，北京十月文艺出版社，2021 年。

论著辑要（第一辑）》王国维等卷，安徽教育出版社，2020年），以叔本华哲学思想为理论基础，将《红楼梦》定位于“描写人生”的“绝大著作”，开启了《红楼梦》研究于索隐、考据[①]之外的另一重要方向。王国维对《红楼梦》研究的索隐派有过中的之语：

> 由此观之，则谓《红楼梦》中所有种种之人物、种种之境遇，必本于作者之经验，则雕刻与绘画家之写人之美也，必此取一膝、彼取一臂而后可。其是与非，不待知者能决矣。[②]

王国维的“此取一膝，彼取一臂”的生动阐发，犹如醍醐灌顶，给我们指点了《红楼梦》虚构艺术的扑朔迷津。又，张伯伟先生给乔治·奥威尔《一九八四》所作的推荐词：

> 让我忧伤地联想起纳博科夫最后一部俄语小说《天赋》中的话：“一个关于生活本身不得不模仿正为它所谴

---

① 索隐派的鼓吹者是蔡元培，他的《石头记索隐》发表于1917年；自传派的倡导者是胡适，他的《红楼梦考证》发表于1921年。前者述他人之事，后者述自己之事，可以总称之为历史派。据童元方《树阴与楼影——典范说之于〈红楼梦〉研究》，名家通识讲座书系《红楼梦十五讲》，北京大学出版社，2007年，第317页。

② 以上相关内容参考王国维《红楼梦评论》及刘勇强所作的导读。叶朗、刘勇强、顾春芳主编《百年红学经典论著辑要（第一辑）·王国维、蔡元培、胡适、鲁迅卷》，安徽教育出版社，2020年，第30页。

责的艺术的恰当例证。”①

小说正是用虚构的手法写出真实的故事。小说当由“袭人原型”到作品中的“袭人”再到读者身边的“袭人”们，这便是由虚构而终究导向现实的某种真实。林黛玉形象的横空出世，并最终成为中国古典文学长廊里久久炫目的人物，恰恰体现了《红楼梦》伟大的虚构与真实交织之艺术。

本书第二章的主题是《源氏物语》的“女房论”问题。支撑“女房论”的最重要一环——对平安时代“女房语”的相关考据，乃是玉上琢弥氏的论文。玉上琢弥氏所撰《源语成立考》(《国语国文》1940年四月号)、《“物语音读论”序说》(《国语国文》1950年十二月号)、《源氏物语之构成》(《文学》1952年六月号)、《源氏物语的读者》(《女子大文学》1955年三月刊)、《平安女流文学论》(《日本文学讲座Ⅱ》1955年十月刊)、《源氏物语的卷名及其他》(《言语与文艺》1960年十月号)等，②一如戴不凡、张爱玲的著作，给笔者带来震撼启发。玉上琢弥氏的相关观点也引起过日本“源学”界一石激起千层浪式的讨论，一如戴不凡曾在“红学”界一度引起的轩然大波。

对《源氏物语》的研究分析，本就很可以借鉴《史记》研究，张新科先生《史记学概论》(商务印书馆，2003年)是笔者了解和把握“《史记》学”的“根柢书”。而无论是拙

① 程章灿、史梅主编《书房记》，上海古籍出版社，2022年，第108页。

② 以上论文皆已收入玉上琢弥《源氏物语研究·源氏物语评释别卷一》，角川书店，1986年。

文第一章的“袭人论”，还是第二章的“女房论”，都是作家研究与作品考辨深度关联的产物。在这一方面，李长之《司马迁传》（百花文艺出版社，2020 年）对作家的性格与作品、个人体验与取材创作间关系的精彩论述，不仅能与今井源卫《紫式部》（吉川弘文馆，2017 年）的小心推进与放胆书写对看而互为阐发，亦襄助笔者初步解决考证行文中，于作家生平与笔下物语间出入的度量问题。

笔者提出的“女房论”之基础构架，继承了玉上琢弥氏的研究，同时，今井源卫氏《源氏物语的研究（改订版）》（未来社，1962 年）于笔者而言，是初窥“源学”门径的启蒙作。该书收录的《源氏物语概说》一文，提出《源氏物语》的生成环境，离不开作者与读者共同推进这一观点。其中的《关于明石上》《兵部卿之事》《女三宫的降嫁》《时代设定之方法》诸篇，亦给予笔者诸多启发。

《关于明石上》（原刊《国语与国文学》1924 年 6 月刊）一文，对明石上与其两亲在全作中被暗暗处理为特殊的品第阶层，物语之间折射出父女二人的“怪奇”个性这两点做了详尽的推测分析。这种从大部头里散装抽取式的人物分析，坚定了笔者关于《源氏物语》中数对父女亲情与紫式部的生平毕竟“打断骨头连着筋”的思考；同时也启发笔者更新思考：紫式部创作的基本素材，确实很难离开她最熟悉、倾注情感最多的地方领主阶层与“女房群体”。《源氏物语》研究与《史记》研究相仿相类，虽不能脱离作品整体，但也可就单帖或帖目群展开研究。于研究方法而言，第二章正是学习今井源卫氏《源氏物语的研究（改订版）》，选取了若干帖中的重要女性角色详细展开“女房论”分析。而帖与帖之间的宫廷女房们的活跃描写，使《源氏物语》成为了一部表面故事与内在暗涌兼备，别开生面的内外多层状形作品。因此，研究《源氏物语》正面出场的人物之外，不能忽略背面的女房群体。

男性们身边充满着女房，女性主角身边亦到处是女房的声音，女房话语常常左右着《源氏物语》中男女相恋走向。故事是扑朔迷离还是柳暗花明，都被女房群体悄没声主导着。女房群体的声音潜藏在我们阅读过程中摊开的那幅平安京地图里，一条到九条，左京和右京，乃至于宇治川风环绕的那些山庄，处处听得见女房声音。《源氏物语》中的主要角色，无论源氏、薰、匂宫，还是夕雾、柏木，或者空蝉、夕颜、末摘花、紫上、明石君，他们言与行的背后，都脱离不了一整个女房群体的姿态与声音。女房群体声音的无处不在，既使故事的帖与帖之间呈现出初读之下的重复感，也让众多鲜活的主要角色们织成了一张彼此不可或缺的巨网。这张巨网，既是生硬的固定的，也是鲜活的灵动的；既是离了那里还能在别处照面的活脱脱的生面，又是彼国彼时贵族男女相似的情绪情感、生态生命相类而聚的——分明张扬出人类古今相通的个体强烈情欲的一张张熟脸。

鉴于如此众多的令我们眼花缭乱的生面和熟脸，《源氏物语》的人物研究，也不能囿于传统经验上的单纯的形象研究。《源氏物语》与《红楼梦》的比较研究，不应该仅仅停留在这一位酷似那一位，或这一位和那一位有哪些性格命运差别的研究。对于《源氏物语》的人物研究，还必须引申到诗学层面的研究，作者在人物身上所倾注的诗学意义的力气，不可辜负。

本书的第三章《“木石前盟”与“禁断之恋”——贾宝玉遇见光源氏》，既可作为前两章与第四章间的过渡章节，也可看作独立的一篇附论。

《源氏物语》至《须磨》系列为止，塑造了“第一个源氏”;《须磨》系列至《藤里叶》帖为止的，又俨然嬗变为“另一个源氏”。而早本《风月宝鉴》至“明义所见旧本”《红楼梦》，再到《石头记》，也印证着曹雪芹心目中不同时期的不同文艺、不同品格性情的贾宝玉。这一章题名“宝玉与源氏的相遇”，实则更多进行的是两位角色的相异比较。相异之背后还想说明，对紫式部而言，物语里作为故事主角的男子，是具体的角色源氏或者薰，其实并非那么绝对重要。《源氏物语》终究是在以女房语来诉说女性们的情怀体验，以及作者自己的独白内心。我们既能在源氏与薰的身上看到截然不同的性情，又能在京都的五条六条间与宇治年年不变的川风里看到他们相似的身影。另外，于不停改稿直至耗尽红泪的雪芹而言，不同阶段的“贾宝玉”书写以及围绕宝玉进行的其他的增删，都是不同阶段他的文心之珍贵荟萃，以及他观照这个世界的独到方式，他的诗性灵魂的真诚体现。

手塚昇《源氏物语的再检讨》(风间书房，1966年)第三章《源氏物语后半部的主人公并非薰》对“宇治十帖”里的两位主角薰与匂宫，从文本里的关键词频率、人情性情、于局势剧情之左右等各方面，做了相当细密的文本分析，终于得出匂宫才是继承了源氏光华的后半部男主角的结论。笔者拙论得益于手塚昇氏的细密分析，往前一步，于本章节内推论，薰与匂宫究竟“谁主沉浮”，背后暗藏着书写的偶然与必然所决定的特殊诗学。《源氏物语》这种男性主角之“随意性”诗学，于《红楼梦》的成书过程里却并不明显。从积累成书的角度而言，贾宝玉的诞生，有其运命之难以抗拒性。

笔者拙稿的第三章与第四章，行文间不断进行着两书之诗学比较切磋，不谈索隐考据，而讲诗学文心，现代“红学”中，由王国维开启的这条路途上的著作，亦是恒河沙般的难做悉数枚举。除了王国维《红楼梦评论》，第三章与第四章的写作，深深受益于两部著作：刘小枫《拯救与逍遥》（华东师范大学出版社，2011 年）、王博《入世与离尘——一块石头的游记》（三联书店，2020 年）。此外尚有刘小枫的《重启古典诗学》（华夏出版社，2010 年）、张炜《文学：八个关键词》（广西师范大学出版社，2021 年），虽然二书与“红学”、“源学”主题皆非有直接的勾连。《入世与离尘》在对《红楼梦》艺心诗学的阐明，及《红楼梦》别开生面的研究写作方法上，赐笔者以般若启发。

此外还可枚举刘再复的《〈红楼梦〉悟读》系列丛书（三联书店，2021 年，包括《红楼梦悟》《共悟红楼》《红楼人物三十种解读》《红楼哲学笔记》《贾宝玉论》等五种）。《红楼梦悟》的“《石头记》是一块多余的石头否定一个欲望横流的泥浊世界的故事”的主题，既能与余英时在 20 世纪

70年代提出的“红楼梦的两个世界”[①]相生相发，演说《红楼梦》诸法之相，又给了笔者关于曹雪芹塑造的复杂多元宝玉形象，与外在世界及情天情海世界的关系之重要思考与启示。《红楼梦悟》还讨论了《红楼梦》的罪孽意识与忏悔意识，将之置于世界经典之林进行横向比较与美学思辨。

本书第四章《〈源氏物语〉的写心独语与〈红楼梦〉的多声部群像》得到巴赫金《陀思妥耶夫斯基诗学问题》的巨大启发。张伯伟先生推荐的李泽厚《美学四讲》《华夏美学》（长江文艺出版社，2019年）等，为笔者提供了不同文明、不同思想间进行美学比较的习作模范。

第四章认为，《红楼梦》是真正的多声部群像作品，而《源氏物语》看似亦塑造群像，却是紫式部为了写心、抒发忧闷的作品。紫式部有意无意地通过“女房语”的语言形式，向我们展示了她隐晦深邃的内心。

写物语乃是写心，作为读者的我们，阅读《源氏物语》，正是试图与紫式部的心灵越靠越近。而曹雪芹对于传统观念的去道德突破，也是通过具体的写作诗学、作者不直接参与的多声部式的情节导引，而坚韧实现的。

另外，从我国古典小说的研究史来看，对于小说的人物研究，出现得较早且至今依旧时髦的一种方法正是人物本事考证。这是由我国小说的发展源头之一乃是史传文学所决定的，也是古典小说创作的基调决定的。所谓古典小说创作的基调，即古典小说的创作，一旦自觉不自觉地肩负起类似

① 余英时《红楼梦的两个世界》，联经出版，2001年。

《史》《汉》创作的志向抱负，便容易夹带浓烈的人物批评色彩；而作者本人或作者身边的人以及时人等的评价，很容易令当时及后来的读者与研究者们去猜想考证作品人物的本事。但于《红楼梦》和《源氏物语》作者本心而言，是否也如此呢？

古典小说里的人物，尤其是取自历史题材说话、演义（典型如我国的《三国志演义》、日本的《平家物语》）里的人物，大多可以按图索骥找到或部分找到历史人物的原型。从我国的六朝志人志怪，到唐传奇，再到明清小说一路下来，哪怕是纯属虚构幻想出来的作品，其中人物，也往往可与现实中、历史上的真实人物对上号，这一点以唐人笔记、唐传奇最为典范。①

"本事考证"成了小说研究的第一个抓手。但本事考证结束之后呢？作者捏出来的一个个人偶一旦被琢磨透了，总忍不住撇开了文本的内在逻辑，忽略了那些悲感与壮美，去蹚一下别的蹊径。文学创作诚源自现实生活，然而高明的小说家不会生搬硬套，也很难真正做到如实照搬。本章在此之上，进一步小心避开一味进行"本事考证"的惯性思路。将

---

① 何泽翰的《儒林外史人物本事考略》（上海古籍出版社，1985年），胡适与周汝昌的关于曹雪芹的家世研究，都是当代古典小说本事考证之典范。而或许由于同属于东亚汉文化圈，或许因为紫式部创作《源氏物语》正是以我国《史记》、日本《日本纪》等史传文学为榜样，导致历代日本学者对于紫式部和《源氏物语》的研究，首先亦着眼于本事考证。近人如角田文卫、秋山虔、清水好子、今井源卫等源学大家无不如此。本事考证研究几乎成为东亚古典小说研究的基本传统范式，即使如反对一味对《红楼梦》进行本事考证研究的学者，在做基于文本细读后的研究时，自觉不自觉也会沿用考证派已有的大量成果，其观点往往早已深刻打上了考证派研究成果之烙印。

一个作者（曹雪芹）的思想拆成众生相的多声部合奏，以及将诸多角色的言语心理合并到一个作者（紫式部）的涓涓内心，是作为全文最终章的本章的核心诗学目的。

作为中国的阅读者，顺路由《红楼梦》的“虚构与真实”来揣想《源氏物语》，比如，其中的空蝉、宇治的大君中君和浮舟在身份与经历上，都不可避免的有紫式部的影子。而槿、女三宫、葵上的得不到夫君喜爱的心态，又很接近紫式部的婚后心态。至如若紫与源氏的关系，则虽为作者于忧闷困苦中所理想化的一种爱情，但最后也成了虚幻泡影。如此来看，《源氏物语》是由原始《帚木》帖关于空蝉的写作，发展至槿、女三宫、葵等形象再到若紫的光辉的虚构作品。全书渐次体现的，是作者入宫前后的不同心态、身份之下，对现实体验观察而得的有发展有变化的所悲所喜、所怜所憾。而全书最后的宇治大君中君及浮舟的书写，则是作者创作上的超越与进步。这样一部伟大的虚构作品，我们既不能忽略她的现实可依，又必须探求其虚构背后的“真实”意义，以及萦绕全作的从理想到幻灭，从辉煌到沉寂的氛围里，作者内心终究寻找不到答案的精神状态。

以下是一些凡例式的补充说明。

一、《红楼梦》是难以说尽的作品，研究成果汗牛充栋。作为初涉红学的稚嫩之作，许多观点承继前辈，许多想法皆只出于《红楼梦》内证，或不免内外之矛盾与“异想天开”。

二、《源氏物语》要译成中文并不是容易的事。林文月译与丰子恺译各有优短。文中凡引用《源氏物语》中译本译文时，根据需求而灵活兼取两译。

三、《红楼梦》原文及脂批亦灵动多样，往往同一句话有好几种不同版本。本书引用《红楼梦》正文，以里仁书局《红楼梦新注》为中心，但也根据具体考量，注引各种脂批本和程高本。

四、复调是音乐术语，一个声部发出几个声部的声音，形成一种具有类似于和弦的特殊审美效果即复调。复调被引入文学语言研究领域，指文本除了字面表露出来的直接意义之外，还隐含有其他多重复杂的深层含义。

多声部即多人之声音，文本中的声音不是作者之一人言，而来自作者及作品各种人物之声音，当然，说到底，这些都是作者创作的。相关观点参考了巴赫金《陀思妥耶夫斯基诗学问题》。巴赫金谈到“复调小说”时认为，“复调小说的作者，必须有很高的、极度紧张的对话积极性。一旦这种积极性减弱，主人公便开始凝固和物化，于是小说中就会出现独白型的生活片段”。[1]不过，没有这样的复调，陀氏的小说就完全平庸化了吗？陀氏有时最打动读者的恰恰在于其深沉的“独白型的生活片段”描写，典型如《死屋手记》，至少在我看来。然巴赫金这段话大约用来评价陀氏《白痴》《卡拉马佐夫兄弟》等较为恰当。比起陀氏，用来评价曹雪芹尤为合适。《红楼梦》中少有独白型的生活片段，作品几乎回回都是在激烈的人物之间的对白冲突与情节冲突中行进，对白冲突造成了情节冲突，并将整部作品往前推进。在

① 巴赫金《陀思妥耶夫斯基诗学问题》，《巴赫金全集》第五卷，河北教育出版社，2009年，第89页。

今本《红楼梦》前八十回中，我们丝毫感受不到巴赫金所说的“积极性减弱”。相对的，紫式部则在创作中做了这样的工作，她极力借助不同角色的声音，来深化和改造自己的意识，她未必再现了生活本身，却将自己内心的情绪以不同角色的语言纠缠进行了婉曲的流露。

五、或者说，紫式部从切身感受中为自己的作品汲取素材，至少是大量的心理素材，分裂自己的内心来塑造各种重要的主人公形象。曹雪芹正好相反，他的创作当然也离不开他的内心，但他更善于创造不以自己的声音为转移的，委实就是天造地设的天然人物。曹雪芹的这种写作姿态或本能，恰恰得益于一整个我国的文学传统。从先秦两汉的史传文学至魏晋的记言写人作品，至于唐传奇，直到元明清的戏曲小说，无不强调对话带来的情节推动与个性反映。这是与西方荷马以来的传统大不相同的。

六、由“袭人原型”问题而引发的文本诗学讨论，简称为“袭人论”；而紫式部《源氏物语》以女房语写作，用女房群体的声音编织起全篇故事，是本书的基本论点，简称为“女房论”。

私语探源

第一章

『袭人论』视域下的《红楼梦》诗学考索

第一节 “犹抱琵琶半遮面”——“袭人原型”出发的《红楼梦》

一、“添酒回灯重开宴”——小说创作的一种可能：“袭人论”

倘拈来《红楼梦》中的丫鬟如袭人，与《源氏物语》中的女性如空蝉，就两者的人物形象，或各自与男主角的依附关系等进行比较，我们未必看得出显著的相似点。袭人乃宝玉之妾室地位的大丫鬟，空蝉系出场于第二帖《帚木》的伊予介之正妻，假如硬生生地作缘木求鱼式的比较，无从实证。否则，《红楼梦》或《源氏物语》与世上任何经典小说，岂不都可拿来进行喋喋不休的女性角色比较研究？

自然，比较文学的研究除了研究相同之外，亦可以推究相异。想来，还是狗咬刺猬，无从下嘴。设若袭人与空蝉可以双双入眼，那么袭人与夕颜，袭人与右近（夕颜身边之右近），袭人与明石君，乃至《红楼梦》与《源氏物语》两边的一大拨素面红颜，岂不是都可以批量入围了？如此无穷无尽地作比较之文章，绝非笔者真意。

笔者欲从《红楼梦》中袭人这个角色生发开去，试着从一个看似不起眼的角度求证发微，探究《红楼梦》创作成书的通幽曲径。

作为比较，花开两朵，一并同表，本书还欲小心掀开重重帷帘，透过《源氏物语》中拥有特殊地位、扮演重要角色的女房群体，来重新审视《源氏物语》成书的甘苦寸心。基于这样的构想，即令将题目缩小为“袭人与空蝉”之比较研究，也还是为了在两部作品的人物与作者原型、取材等问题里翻检推敲，取舍拿捏。

王国维目《红楼梦》为“彻头彻尾之悲剧”，他所说的“第三种悲剧”，“由于剧中之人物之位置及关系而不得不然者”，“由普通之人物、普通之境遇逼之，不得不如是；彼等明知其害，交施之而交受之，各加以力而各不任其咎”[①]者，要害首先直指宝黛爱情悲剧。本书想要探讨的袭人及与袭人相关的问题，也是绕不开先从林黛玉说起。笔者赞同张爱玲的一种说辞：林黛玉是《红楼梦》早本里没有的人物，是曹雪芹后期才开始虚构的角色。

《红楼梦》有一个不少学者所认为曾经存在的早期稿本。戴不凡认为所谓的早期稿本，即作者自云之《风月宝鉴》。而据现有的相关外证，《红楼梦》在不断改定与传抄的过程中，清人读到过好几种《红楼梦》的早本的结局。据此，

① 王国维《红楼梦评论》，叶朗、刘勇强、顾春芳主编《百年红学经典论著辑要（第一辑）· 王国维、蔡元培、胡适、鲁迅卷》，安徽教育出版社，2020 年，第 15—16 页。

《红楼梦》的早期本或不止一种。邹宗良在论及第二十七回黛玉《葬花吟》结束之后、第二十八回宝玉向黛玉诉肺腑一段时认为：

> 早期稿本只是一个统称。因为我们无法确知哪些文字出自哪一年、哪一稿。但比较而言，我认为这段文字不会是初稿中的文字。[①]

邹宗良所言的“这段文字”，指的是第二十八回中宝玉向黛玉倾诉，自己与她同样是“独出”的那段文字。[②]同文中邹宗良又云，“据张爱玲女士最先考察，比宝黛的故事更早的是被作者删却的宝玉和湘云的故事”。[③]这等说来，在曾经的某个“早本”里，与贾宝玉在贾府中同看落霞，共送飞鸿，两小无猜的不是林黛玉，乃是史湘云。今天我们所见的通行本《红楼梦》，包括各种脂批抄本《红楼梦》或程高甲乙本《红楼梦》，林黛玉在其中的第三回空降贾府之后，便一直与宝玉一起长大。若是果真如邹宗良、张爱玲所推断的那般，那么，林黛玉在曹雪芹对《红楼梦》不断的增删批阅中，是渐渐取代了史湘云的女主角地位。因为史湘云亦有一个金麒麟，而宝黛爱情相伴的“木石前盟”则取代了早先贾宝玉与史湘云的“金玉缘”。

---

① 邹宗良《一个贾兰，还是两个贾兰？——与刘世德先生商榷》，《红楼梦学刊》2017年第一辑，第125页。

② 原文见《红楼梦新注》第二分册，里仁书局，2020年，第723页。

③ 邹宗良《一个贾兰，还是两个贾兰？——与刘世德先生商榷》，《红楼梦学刊》2017年第一辑，第126页

然而笔者所要尝试论述的，是摆荡在旧本女主角史湘云与新稿女主角林黛玉之间的人物，其实是袭人这个角色之原型。花袭人的原型是《红楼梦》新稿怀胎分娩过程中的一大关键，袭人的原型是《红楼梦》作者曹雪芹现实生活中非常重要、对曹雪芹产生宿命影响的一位人物。

今本《红楼梦》里，袭人的正式出场和黛玉一样，也是在第三回。[①]甲戌本第三回："宝玉听了，登时发作起痴狂病来，摘下那玉，就恨命摔去，……"，宝玉听说新来的长得神仙一般的妹妹林黛玉居然没有玉，便要砸自己的通灵宝玉。"吓的地下众人一拥争去拾玉"。[②]这"众人"之中，恐怕正有宝玉的贴身丫鬟袭人在内吧。两位主角初见，宝玉即"恨命"摔玉，情节虽云离奇出众，林黛玉怕是很难不对宝玉深深震动、一见倾心。摔玉行为在贾母的开释言语里告一段落，绝妙的男女主角初见文字到此结束，黛玉要在贾府长住下去，紧接着就得交代黛玉的丫鬟配置：

> 黛玉只带了两个人来：一个是自幼奶娘王嬷嬷，一个是十岁的小丫头，亦是自幼随身的，名唤作雪雁。贾母见雪雁甚小，一团孩气，王嬷嬷又极老，料黛玉皆不遂心省力的，便将自己身边的一个二等丫头，名唤鹦哥

---

① 当然，因林黛玉是今本《红楼梦》主角，而被安排了第一回的绛珠草神话与第二回的贾雨村口中的"女学生"奇闻。直到第三回开头才点明"林黛玉"。此处所讲的是林黛玉的正式亮相。

② 红楼梦古抄本丛刊《脂砚斋重评石头记甲戌本》，人民文学出版社，2010年，第93页。甲戌本、庚辰本皆作"恨命"，今通行的人文社"中国古典文学读本丛书"本与里仁书局徐少知《红楼梦新注》本皆改为了"狠命"。

者与了黛玉。……当下，王嬷嬷与鹦哥陪侍黛玉在碧纱橱内。宝玉之乳母李嬷嬷，并大丫鬟名唤袭人者，陪侍在外大床上。①

宝玉的乳母及重要丫鬟袭人也被交代。紧接着是袭人的出自：

原来这袭人亦是贾母之婢，本名珍珠。贾母因溺爱宝玉，生恐宝玉之婢无竭力尽忠之人，素喜袭人心地纯良，克尽职任，遂与了宝玉。……这袭人亦有些痴处，伏侍贾母时，心中眼中只有一个贾母；如今伏侍宝玉，心中眼中又只有一个宝玉。只因宝玉性情乖僻，每每规谏宝玉，心中着实忧郁。②

甲戌本作“只因宝玉性情乖僻，每每规谏宝玉不听，心中着实忧郁”。③甲戌本袭人规谏的结果是“不听”，又因为是“每每”，则无疑等于在袭人之登场就讲明了宝玉是我行我素、充耳不闻，无论如何都听不进袭人规谏的形象——因为是“每每不听”。然则若依庚辰本改作了“每每规谏宝玉”，删去“不听”二字，则宝玉的回应是或听或不听，或每次都

① 徐少知《红楼梦新注》第一分册，里仁书局，2020年，第89页。另，此处甲戌本与庚辰本及程甲本皆作“陪侍在外大床上”，徐少知从之。程乙本及张爱玲最关注之乾隆抄本百廿回本作“陪侍在外面大床上”，人文社本亦作“陪侍在外面大床上”，备考。

② 徐少知《红楼梦新注》第一分册，里仁书局，2020年，第90页。

③《脂砚斋重评石头记甲戌本》，人民文学出版社，2010年。第96—97页。

听，而不至于每每不听。那么，这两种情况，（一）有时听有时不听，（二）每次都听的宝玉，无论哪一种，依旧令袭人忧郁不止，重心就落在宝玉之性情实在很是乖僻，很需要接受规谏，而袭人的规谏他也听一些，也有不听的，而使袭人心中忧郁；或者他虽每次都听取，但性情还是与生俱来的顽劣不止，无法阻挡，非人力之可为，则袭人忧郁他的难以根除之“乖僻”——这两种情况，再加上甲戌本的“每每规谏宝玉不听”共三种情况，其实是很有些不同的。

联系后文“贤袭人娇嗔箴宝玉”等袭人规谏宝玉之正文，是先有第三回的这段文字来总括袭人性情、提示袭人与宝玉日常某种关系呢，还是先有后面具体的规谏故事的书写，作者再掉过头来作的这段总结呢？

当然，从全书结局的大方向而言，是宝玉终究未听，故宝玉终有“悬崖撒手”。

但试想，假若在写作第三回回末文字的时候，还没有写下后面的“贤袭人娇嗔箴宝玉”等袭人规谏宝玉的具体正文，万一既因情节需要，而袭人于宝玉而言又是如此之贤惠妩媚，宝玉或许姑且听上一两回呢？这就堵塞了情节的腾挪余地。而若写下第三回时，后面的回目还未写，则情节尚充满着各种不确定，作者下笔“每每规谏宝玉不听”，就有些难处。含糊地先来一句“每每规谏宝玉”，效果如何且待后文展开，先以袭人“心中着实忧郁”作结，好写接下来的黛玉初到的当晚之事。

甲戌本的地位自然极其重要。假如依照甲戌本“每每规谏宝玉不听”，则作者很有可能已先草就了后面的袭人规谏的正文，才胸有成竹，且宝玉终究是一个“不听”，以至最终的“悬崖撒手”情节。那么，第三回的这一段乃是掉头补写，属于后出。这段文字前后皆挨着连着林黛玉入贾府文字，林黛玉入贾府是后来新添篇目的可能性就增强了。

无论如何，因为当晚黛玉住下来了，此后和宝玉之间要由小儿女耳鬓厮磨至大儿女。想必作者已经酝酿起足够的情感，来从容成全他们的故事。然而，我们从上引“原来这袭人”的口吻，分明感到一种赶忙交代完袭人的慌张感。袭人作为贾母之婢，也服侍过湘云，曾与湘云自小相知相契，这里却像断层一般：袭人与湘云的过去，要靠远到后文第三十二回开头的补叙，才有简明的交代。作者写了今本第三回后，已踌躇满志，决意走上将林黛玉作为女主角的道路不回头，以后故事的改写、补写或续写，都将以前三回为基础——这也是“原来这袭人”这段极显匆忙的文字所隐隐传递出来的重要端倪。

假使我们接着追问，为何由第三回而增大范围断至前三回呢？一僧一道携带着通体“情根”的石头进入尘世，而与佛道相对的，是儒生带着绛珠仙子到世间的中心——昌明隆盛之邦、帝都——去还泪。[①]无论是红尘超验，还是情债还泪，显然都越过了曾经的对世间男女色空劝诫的单纯主旨。我们不妨认为，作者在“历过一番梦幻之后”，可能对此前

① 此处化用刘小枫语。原文为：极富象征意味的是，这块通体“情根”的石头由一僧一道、而非由一儒生携入红尘，儒生（贾雨村）携入红尘的只是到世间还泪的绛珠。刘小枫《拯救与逍遥》（修订本），华东师范大学出版社，2011年，第243页。

《风月宝鉴》式的色空揭露与批判，有了根本的颠倒性、翻转性思考，而非叛逆性思考，因为他并不曾完全否定过去的自我，他的想法本就极其圆融，而不是斩钉截铁的非此即彼。于是前三回定下了新稿的新基调，以及新新《红楼梦》[①]的新大纲。与林黛玉的出生本末交代捆绑在一起的第一回与第二回，又包含着贾雨村故事和甄士隐故事，三者紧密环扣，难拆难分。假使林黛玉的出场是新稿新添，今天我们所见的贾雨村故事与甄士隐故事又岂能早出？——也很有可能属后出文字。假如《风月宝鉴》之类的早稿确实存在过，则这三回文字可能非《风月宝鉴》之类的早稿所有。

林黛玉很有可能是在后出的《石头记》故事中，而非早稿《风月宝鉴》里，才成为全书女主角的。

冯其庸先生在《论红楼梦思想》中谈到《红楼梦》的理想世界的第二个内涵恋爱自由、婚姻自由时，认为贾宝玉和林黛玉的爱情"是完完全全的自由恋爱，是接近现代社会的自由恋爱"，并论述道：

> 因此，这种爱情的发生，连贾母、王夫人等都不知道，更没有什么外力的促成。……细心地读《红楼梦》，留心观察宝、黛的爱情过程，你会发现，这种爱情是自然地慢慢地从心头滋生的，也许连他们自己都不知道爱情已经在他们各自的心头滋生了，正是这样，这种爱情

---

① 借用谷崎润一郎以现代语三译《源氏物语》的最后版本《新新译源氏物语》的标题词汇，正合着由《风月宝鉴》到"明义所见旧本"《红楼梦》再到今本《红楼梦》的三番过程。

的描写，就要作者有极深的生活洞察力，甚至是自身的经历。[①]

写作《红楼梦》自然需要“极深的生活洞察力”。但关于宝黛的爱情，我认为恰恰相反——宝黛的爱情过程，从黛玉的进贾府，到“比通灵、探宝钗”（第八回），到黛玉悄悄替宝玉作颂圣诗（第十七至十八回），“意绵绵玉生香”（第十九回），再到“西厢记通戏语”（第二十三回）和二十八回与三十二回的诉衷情、“诉肺腑”，难道不觉得作者呈现给读者看的这些具体回目中的宝黛具体经历之间，有着很大的缺省和跳跃吗？作者当然巧妙高超地补全了相关要素，使读者读来也觉得宝黛的爱情过程大体能够自圆其说。但读者倒恍惚间真的是“不知道爱情已经在他们各自的心头滋生”了。又如李长之所言：

以恋爱而言，《水浒传》是唯物的，我们一听就明白，毋庸细讲。单以潘金莲和西门庆的一段恋爱故事，就足以代表了。至于《红楼梦》中的恋爱，可说是柏拉图式了，是理想的，形而上的，宝玉一见黛玉就说：“我前辈子见过”，这前辈子就是形而上的了。[②]

面对今本《红楼梦》中宝黛“柏拉图式的理想爱情”，

---

① 冯其庸《论红楼梦思想》，商务印书馆，2014年，第125页。

② 李长之《〈水浒传〉与〈红楼梦〉》，《李长之文集》第七卷，河北教育出版社，2006年，第301页。

假如我们思考它的根源，追究文本形成的过程，考虑到黛玉成为女主角之前，作者还有其他一个早期设定：宝玉本是和湘云从小同吃同住，在湘云的“爱哥哥”的呼唤声中[①]一起长大的——“四大家族”诸多小姐之中，最后嫁给宝玉的本该是湘云，那么，宝黛相恋为何显出李长之所说的“柏拉图”，曹雪芹创作心路究竟如何，文本可能曾有怎么样的变迁路线，就会变得容易理解。贴身服侍和陪伴宝玉前半生的袭人，因此才会和湘云那么亲密，会说女孩子间的那样的私房话——说了什么，今本已经看不到，被删除了的。

除了湘云这个角色，作者自然也本可以青睐宝钗，安排她成为真命女主。然而全作前八十回的前半部分，林黛玉与薛宝钗毕竟双雄“兼美”，是作者理想型女性的一分为二，难以断开。[②]如果林黛玉这个角色在早期本子里一旦缺席，自然薛宝钗也可能隐遁。

这样一来，宝黛的恋爱之所以来无影，没由头，说不通，正在于林黛玉这个角色大半出于作者的理想化虚构，非有己身当日恋人之原型可依的缘故。在有了黛玉这个形象、黛玉形象逐渐饱满之后，作者本也可以把史湘云抹去，把本

---

① 普希金《叶甫盖尼·奥涅金》第三章、29：“那些咬字不清的话音、随意的不合语法的私房话，还像过去一样地让我动心，引起我胸间的战栗和惧怕”。智量译《叶甫盖尼·奥涅金》，卢永选编《普希金文集》第五册，人民文学出版社，2018年，第108页。

② 作者的兼美理想在《红楼梦》文本中多有体现，除了最典型如第五回贾宝玉之梦境，此外举例非典型如第三十七回海棠诗社开启，宝玉诗中体现的“兼美”理想：“出浴太真冰作影，捧心西子玉为魂”。“太真”与“西子”并举。当然，这首诗由脂批来看，是“终不忘世外仙姝”，后四句重心还在黛玉。徐少知《红楼梦新注》第二分册，里仁书局，2020年，第906页。

属于史湘云的故事全部嫁接给黛玉，做一种更精简的创作处理。只是一来黛玉湘云两人性格各异，早已走出书本，生生在作者和抄本读者的眼前活动，二来湘云比起黛玉更实有其原型——曹雪芹的书稿在一次次增删中不断地给身边至亲的人批阅，“湘云”很有可能是陪伴他后半生的人物之一，怎么能将“她”擅自删去[①]——而作者又是独立创作如此一部前所未有的大长篇著作，抱负太大，每一个精心创作的人物都舍不得轻易去除，于是今本《红楼梦》中，林黛玉与史湘云当然得以并存：林黛玉第三回的初出场像是新添，而史湘云每次来贾家又很突然。[②]

我们看今本《红楼梦》里，进入前八十回的后半部分，作者似乎渐渐改变了主意，林黛玉、薛宝钗、史湘云、妙玉四分天下，无论是她们的个性诗才还是气质容貌，都呈现出相互匹敌、难分高下的局面。小说的改写，常常也会从单一主角改至多位主角并存。作者大约在不断写作不断修改的过程中，越来越得写作三昧，越写越神勇，索性撒手挥洒，逐渐抛弃了早期一味照着现实过往经历实打实的写法，甚至远

---

① 详参周汝昌《红楼梦新证（增订本）》第九章《脂砚斋批》·第二节《脂砚何人》。周汝昌《红楼梦新证（增订本）》下，中华书局，2020年。第718页。但周汝昌以为脂砚斋乃女子，甚至不断暗示乃湘云的原型。而张爱玲又认为脂砚斋是男子。两种意思姑且皆取其长，取“湘云”这个角色真有其原型的这一层意思。

② “前八十回写湘云时，有几个特点，最宜首先注意。一是写她首次出场，一点也不同于钗、黛各有一段怎样入府的特写，而是家人忽报：‘史大姑娘来了。’彼时宝玉正在宝钗处玩耍。——这已是迟至第二十回了！一是湘云来后，立刻引起宝、黛的角口，甚至由此引出听曲文，悟禅机——‘赤条条来去无牵挂’，一直注射到‘悬崖撒手’等情节。一是她来后并立即引起袭人的不痛快，马上对宝玉进行‘箴’规。——其事可说又直注射到抄检大观园”。周汝昌《脂砚斋批》，《红楼梦新证》（增订本）下，中华书局，2020年。第779页。

鉴如《演义》瑜亮之争后，又有庞统司马懿等与诸葛亮匹敌的写法，来做一种新颖的人物架构，也未可知。

但我们仔细阅读，还能进一步感知到，无论钗黛还是湘云妙玉，固然个个唯美芳艳，却都不如袭人的故事写得最质朴真挚。袭人仿佛男子现实里的母亲或者姐姐或者打小陪在身边的重要女性。她虽不能操琴吟诗，也不会在宝玉生日的次日投来粉笺祝寿，也不曾葬花[①]扑蝶，也不会憨卧在四面芍药花飞的山石上，却只有她在人间繁华时，从小最贴近宝玉的日常，最关心宝玉生活细碎的一切，与宝玉更是有过无话不说的年复一年，而又在后来断然离开宝玉，两隔尘世，于是这位女子便足以给曹雪芹乃至读者带来一种难以排遣的

---

① 关于黛玉葬花，引俞平伯《唐六如与林黛玉》中的一段话备考："《红楼梦》中底十二钗，黛玉为首，而她底葬花一事，描写得尤为出力，为全书之精彩。这是凡读过《红楼梦》的人，都有这个经验的。但他们却以为这是雪芹底创造的相像，或者是实有的经历，而不知道是有所本的。虽然，实际上确有其人，其事，也尽可能；但葬花一事，无论如何，系古人底暗示而来，不是'空中楼阁'，'平地楼台'。"俞平伯在该文末又说："总之，我们在大体上着想，已可以知道《红楼梦》虽是部奇书，却也不是劈空而来的奇书。他底有所因，有所本，并不足以损他底声价，反可以形成真的伟大。古语所谓'河海不择细流故能成其大'，正足以移作《红楼梦》底赞语。"俞平伯该文主要是考证林黛玉的葬花与唐寅葬花神情仿佛。我们从俞平伯的这篇文字，这些话里，也能读出：1、黛玉的描写非常精彩。2、无论是作家实际经历，还是别有所本，或者在此基础上的想象，《红楼梦》精彩的文字皆有来自。3、《红楼梦》之取材非常复杂，远非一般的所谓自叙传。在其中去鉴别哪些是来自自身经历，哪些别有所本，哪些是基于现实的想象，对于《红楼梦》研究以及揭示文学经典的原理，并为文学创作提供帮助都是很有意义的。引文见《俞平伯论红楼梦》，上海古籍出版社，1988年，第305页。

梦牵魂萦，难以言说的爱恨交织。①

曹雪芹心里袭人的地位与命运，在以上论断之外，还有一段不动声色的有趣文字可证：

薛蟠又跳了起来，喧嚷道："了不得，了不得！该罚，该罚！这席上又没有宝贝，你怎么念起宝贝来？"蒋玉菡怔了，说道："何曾有宝贝？"薛蟠道："你还赖呢！你再念来。"蒋玉菡只得又念了一遍。薛蟠道："袭

① 袭人的故事好像以前郑智化《麻花辫子》歌曲中所颂之女主角，虽是当代俗曲，亦足供牵连。

"你那美丽的麻花辫
缠啊缠住我心田
叫我日夜地想念
那段天真的童年
你在编织着麻花辫
你在编织着诺言
你说长大的那一天
要我解开那麻花辫
……
几番风雨吹断了姻缘的线
人已去梦已遥远
……
是谁解开了麻花辫
是谁违背了诺言
谁让不经事的脸
转眼沧桑的容颜"

《红楼梦》写实之外，唯其结构与内容上的壮阔华丽之美为世人称道。相比之下，袭人身上的梦幻感空灵感比之其他重要角色，都嫌不足，但相关事件读来却觉得无比真实。她的相貌描写也只是二十六回中借贾芸的眼，一句"细条身材、容长脸面"带过。可这不正仿佛作者的障眼法，含着他独到的心绪吗？历来文学艺术作品常有袭人这一类形象。郑智化此曲，恰恰在质朴感之外，有一种普遍的艺术真实感，故录于此供考。

人可不是宝贝是什么！你们不信，只问他。”说毕，指着宝玉。宝玉没好意思起来，说：“薛大哥，你该罚多少？”……①

出自《蒋玉菡情赠茜香罗》的这一段文字，看似叙冯紫英请客事，但薛蟠、宝玉和蒋玉菡这三个人物的对话与反应，却是作者无心插柳下的对人物命运的又一处巧合暗示。蒋玉菡此时还不识得袭人，道声得罪，却不知未来千里姻缘，阴错阳差，他要娶的正是袭人。宝玉此刻正拥有着袭人，薛蟠道破后，他的反应不正是曹雪芹下笔时对袭人之态度吗：“没好意思起来。”

薛蟠这个角色的任务，有时是作者拿来道破某种真相的。如第二十五回凤姐与宝玉着魔，园中府内大乱，众人“顾了这里，丢不下那里”之时：

别人慌张自不必讲，独有薛蟠更比诸人忙到十分去：又恐薛姨妈被人挤倒，又恐薛宝钗被人瞧见，又恐香菱被人臊皮，——知道贾珍等是在女人身上做工夫的，因此忙的不堪。忽一眼瞥见了林黛玉风流婉转，已酥倒在那里。②

自今本《红楼梦》里黛玉的第三回出场，关于她到底长

① 徐少知《红楼梦新注》第二分册，里仁书局，2020年，第737—738页。
② 徐少知《红楼梦新注》第二分册，里仁书局，2020年，第663页。

什么样，我们几无概念，只能凭阅读感受与人生经验进行大致的猜测和联想。此文偏偏由俗之又俗的薛大爷眼内来侧写黛玉风流神采，且黛玉何等仙子，居然能入薛蟠法眼，反而使黛玉另生出一种妩媚，破防了我们传统的审美体验，作者笔下满是读者的纷纷畅想；一如第六十五回偶借兴儿之口与尤三姐谈到林黛玉“面庞身段和三姨不差什么”，将林黛玉的外形与尤三姐并论，这两段皆属同类构思的奇想之文。薛蟠此处之见到黛玉，与上引“茜香罗”文字相仿佛，都是薛蟠的诗学功用之一端。要紧人物袭人及林黛玉，由薛蟠来道出和点出，作者之深意亦在其中。

在红楼梦的另一个世界——影射人间，作者想象出来的太虚幻境里，秦可卿的身后是一整个情天情海，王熙凤的底色是“一片冰山”，巧姐的背景是“荒村野店”，妙玉是“落在泥垢之中”的“一块美玉”，探春身后是两人放着风筝的“一片大海”、“一只大船”，宝钗黛玉更是“山中高士”与“世外仙姝”。凡此种种，对这些女性重要角色在小说中的现实处境和不幸结局的暗喻，无不显出一种壮美空灵。这些设定都是曹雪芹天才想象与长年艰辛创作的结晶，是他挖空心思赋予各种笔下女子的唯美情性与无常运命。但唯有袭人的“一簇鲜花”与“一床破席”，那么直率，那么凋败，隐隐还带着辛辣的嘲讽，我们似乎更能真切感受到作为凡胎俗骨的曹雪芹，灵魂深处仍然难以掩饰的对最熟悉的“袭人”之习以为常。唯独在“袭人”这里，他的喜爱与讨厌那么不需要雕饰和婉转。

对前述如秦可卿等女子通过诗与画，在太虚幻境里作如此的华美包装，反而体现出一种对世间各类女子命运的普遍关照。这种普遍性的华美，不正能对比出作者对袭人原型怀着的无穷无尽的真切想念与难以忘怀吗？比如，我们在“终不忘世外仙姝寂寞林”里，固然能强烈感受到林黛玉的注定离去带来的缥缈虚空感、恍如隔世感，以及现实与理想、得到与失去间交错传递出的悲感与哀感等等，但这又像是千万缕人生经验所汇聚起来的文学概括，而非实际中于一人身上的所历所得。但那一句看似轻描淡写、一笔带过的“谁知公子无缘”里，轻轻悄悄里，岂不藏有更多更深的曹雪芹式的对现实的悲恸悔恨，以及其中种种的缠绵悱恻，说不清的难舍难分呢？

《金瓶梅》中最贤惠的女子，是西门庆的继室吴月娘。如果拿《金瓶梅》和《源氏物语》及《红楼梦》相比，吴月娘在《金瓶梅》里的地位可以对应《源氏物语》的葵上、紫上，或者《红楼梦》的宝钗、袭人。吴月娘为人宽厚仁慈，最是《金瓶梅》里的上等人物，但这个角色透给我们的视角，终究像是写作者旁观之下的道德准绳人物，而非真情性灵的唯美人物。这和《红楼梦》《金瓶梅》之间的写作基准、写作角度大不相同是分不开的。《金瓶梅》从《水浒传》故事切入，其写作视角是旁观视角，作者隐藏得很好。《红楼梦》虽然借了石头来说话，石头的佩戴者宝玉却带给我们别样的亲历视角。旁观视角看人物写人物，视角中往往进行高下优劣、美丽丑恶的呈现；宝玉或石头的亲历视角又叠加了曹雪芹多感奔放的性情，使得《红楼梦》更多地立于人性与生命，并通向隽永与逍遥。

《红楼梦》既要展现一个泥淖世界，又要呈现一个美好诗情世界。林黛玉永远不会属于那个泥淖世界。妙玉和湘云，假如她们的结局是不幸落入或一度不幸落入了那个泥淖世界，她们也依旧永远保有清新高洁的形象。宝钗的洞察力与冷静，是因为她属于高士居住的冰雪世界，惟其冷，才能看得透彻。她也与那个泥淖世界无关，尽管她的亲哥哥欢实在那个世界里。至于其他如宝琴、邢岫烟、李纹、李绮这些原定的十二钗人物，皆属于美好的诗情世界。但袭人属于哪一个世界呢？好像她既非像邢夫人、赵姨娘、马道婆等一干人那样属于泥淖世界，但也不属于白雪红梅的诗情世界。她是活在书里之现实与曹雪芹生平之现实的双重现实里的人物。

无论是冰雪世界的人物，还是诗情世界的角色，都是作者要由衷讴歌称扬的。但作者并没有以对冰峰极顶的追求为创作美学的最高纲领。恰恰相反，《红楼梦》繁多人物所构成的群像组合是极其充满辩证的。最美的未必是最高的，作者既给每个角色以饱满生命，以及不置多余的臧否褒贬，尽在文字中。此外，我们又能在他的诗人胸臆里窥探到那颗最为平和朴实的心。试以薛宝琴的塑造为一小例。

我们见不到曹雪芹原稿八十回后的内容，而第五回的判词部分也缺薛宝琴条目，由书中散落各处的诗文来看，我们今日无法断定薛宝琴的最后结局。[1]但行文间，作者好似有

① 关于宝琴命运结局的探讨，已有的研究多集中于通过前八十回中宝琴诗句来推测分析。如林嘉《〈红楼梦〉中薛宝琴形象探讨》，《文学教育》2010年第5

（转下页注）

些喜欢和薛宝琴这个人物开玩笑:《红楼梦》写宝琴既要她在明面上处处超越宝钗,[1]但又不让她真正进入金陵十二钗的正册。她的生平经历,她说的言语,属于她的故事情节,她的诗,都给人以空荡荡的虚幻缥缈感——当然,曹雪芹所塑造的宝琴那样的女子,并非是超现实的,并非是我们的人生里没有的——第七十回林黛玉重建桃花社,宝玉评价黛玉的《桃花行》:

> 宝玉看了并不称赞,却滚下泪来。便知出自黛玉,因此落下泪来。又怕众人看见,又忙自己擦了。因问:"你们怎么得来?"宝琴笑道:"你猜是谁作的?"宝玉笑道:"自然是潇湘子稿。"宝琴笑道:"现是我做的呢!"宝玉笑道:"我不信。这声调口气,迥乎不像蘅芜之体,所以不信。"宝钗笑道:"所以你不通。难道杜工部首首只作'丛菊两开他日泪'之句不成!一般的也有

(接上页注)

期,第80页。又如孙俊红、周博、张果《从"朱楼梦"到"水国吟"——〈红楼梦〉薛宝琴命运探微》,《名作欣赏》2019年第35期,第119页。焦健《论〈梅花观怀古〉与宝琴的命运——兼论〈红楼梦〉原书的几处删改》,《桂林师范高等专科学校学报》,2012年10月第4期,第92页。其中《论〈梅花观怀古〉与宝琴的命运——兼论〈红楼梦〉原书的几处删改》一文的文献考证较有趣味与说服力。

① 比如第四十九回,袭人求证于探春,"他们说薛大姑娘的妹妹更好,三姑娘看着怎么样?"探春的回答是:"果然的话。据我看,连他姐姐并这些人总不及他。"(第1178页)又如探春传言"老太太一见了,喜欢的无可不可,已经逼着太太认了干女儿了。老太太要养活,才刚已经定了"。(第1178页)"果然王夫人已认了宝琴作干女儿,贾母欢喜非常,连园中也不命住,晚上跟着贾母一处安寝"。(第1179页)——徐少知《红楼梦新注》第三分册,里仁书局,2020年。当然,《红楼梦》体大思精,线索极其复杂,单凭只言片语获得的印象,难以轻做论断。更何况袭人之问与探春之答也或各另怀心事,而贾母的话常作春秋文章,不能简单解读。

‘红绽雨肥梅’、‘水荇牵风翠带长’之媚语。”宝玉笑道：“固然如此说。但我知道姐姐断不许妹妹有此伤悼语句，妹妹虽有此才，是断不肯作的。比不得林妹妹曾经离丧，作此哀音。”[①]

“众人听说，都笑了”，以为宝玉乃解音者。原来，要作哀音，须经过离丧。宝玉只是说得缓和，当然不会直说宝琴做不出来。宝琴事事优越，却非经离丧之人，作者亦言之凿凿矣。其次，宝琴也非事事优越于钗黛等人。对宝琴的描绘虽不是那么落于实处，但也非凭空捏造。

作者在写宝琴这个人物时，仿佛要通过她和宝钗的对比，来告诉读者：世上人物，一山更有一山，总有许多更为精彩完美的人物；宝钗和黛玉绝非女性的顶级与终点，随之兜转回来的意味是，尽管如此，更精彩却并不代表着能够入我之册。同样的，我们也可以理解为，更精彩也不代表着她最为我所惦记。

如此想来，袭人不正也是如此吗？小说第五回虚构的“薄命司”判词及红楼梦组曲哪里是预判，分明是曹雪芹到了成年、中年之后，“忽念及当日所有之女子”，回顾亲历亲见的人生里的女孩们的命运，“往事风流真一瞬”[②]，而为她们写下的总结。真正打开一本本命运之册的不是看到预言的贾宝玉，而是已经沧海的曹雪芹。

---

① 徐少知《红楼梦新注》第三分册，里仁书局，2020年，第1687页。

② 明义《题红楼梦》诗第七首。引自冯其庸辑校《重校八家评批红楼梦》第一册，青岛出版社，2018年，第138页。

袭人判词入于地位相对较低的“又副册”。但偏偏第五回中，宝玉先打开的正是“又副册”的厨门，其次是“副册”厨门，其后才是“正册”厨门。袭人是宝玉在太虚幻境里首先从“又副册”厨中取出来的那一册当中的第二位。第一位是晴雯。因为警幻的从旁干涉，我们在“又副册”里仅仅见到了晴雯与袭人两位，另十位只好由我们去猜她们是谁，以及她们的命运又怎样；“副册”只香菱一位；正册是金陵十二钗共十二位女子全员。高明作者如曹雪芹当然不会让宝玉老老实实地揭开全部册子，也不会让他从“正册”到“副册”再到“又副册”按次序来一册册翻开。

宝玉翻开的恰好是书中最重要的人物。正册的十二位主角女子笼罩全书，却放在最后，因为她们是压轴的重头戏，是《红楼梦》的灵魂人物，是读者过目不忘、作者又屡屡提醒的走在《红楼梦》舞台最前面的十二位。她们还是这一回中“曲演红楼梦”的曲判词的主角，反复渲染。那么，最先的“又副册”打开，首先映入宝玉的、我们的眼帘是晴雯、袭人，是不是暗示着，她们的原型才是曹雪芹的最牵挂；而以小说创作的诗学而言，她们或许才是一生二并生出三四五六及万物的原初呢？或许，这两位才是他后半生在“奈何天”“伤怀日”“寂寥时”最思念的青春伴侣。

二、“初为霓裳后绿腰”——第六十三回与第三十八回的袭人

第六十三回“寿怡红群芳开夜宴”的开头，袭人对宝玉说：

> 你放心，我和晴雯、麝月、秋纹四个人，每人五钱银子，共是二两。芳官、碧痕、小燕、四儿四个人，每人三钱银子，他们有假的不算，共是三两二钱银子，早已交给了柳嫂子，预备四十碟果子。①

袭人为首，袭人晴雯麝月秋纹一组，芳官碧痕小燕四儿一组，这八位是怡红院中的群芳之首。明义《题红楼梦》诗中所谓“怡红院里斗娇娥，娣娣姨姨笑语和”是也。②据俞平伯的考证，第六十三回寿怡红的当夜，此八人都是（假定）朝北坐在炕沿下，袭人为末，晴雯为首，坐在炕沿。她们看似是宾，却不代表地位不重要。“以晴雯起，以袭人结，是章法之一；由晴雯传到宝钗起令，由黛玉传到袭人收令，是章法之二”。③晴雯与袭人恰是一起一收，仿佛小心紧拽着幕绳，开启和降落故事起源与结束的帷幕，由晴雯起，到袭人收，是最重要的两端。

恰巧，境遍佛声《读红楼札记》所载的一种《红楼梦》旧时真本的结局，正好是宝玉与袭人的同赴冥途。“相传旧本《红楼》末卷”，最后“袭人嫁琪官”，袭人于某日大雪，听到门外诵经化斋之声音很熟悉，开门一看果然是宝玉，而“彼此相视，皆不能出一语”，最后一起“仆地而殁”。虽云奇异，若所传真为曹雪芹《红楼梦》某早本的情况，不正是

---

① 徐少知《红楼梦新注》第三分册，里仁书局，2020年，第1517页。

② 明义《题红楼梦》诗第二首。引自冯其庸辑校《重校八家评批红楼梦》第一册，青岛出版社，2018年，第138页。

③ 俞平伯《红楼梦研究·“寿怡红群芳开夜宴”图说》，《俞平伯论红楼梦》，上海古籍出版社，1988年，第565页。

以袭人之死来终结全书吗？[1]这个结局，让袭人与宝玉最后相偕归寂，不也绝好地说明，袭人在作者心目中重中之重的地位，挥之不去的感伤吗？假如袭人不是作者的心头最重，而设若又必须安排袭人离世，为何不让她与宝玉分开去世，而非得共赴黄泉呢？这样的人生谢幕方式，恰恰表明早本写作时，作者对袭人特殊的曲折复杂心态。

“寿怡红”一回中，黛玉当夜被请来之后，宝玉说：“林妹妹怕冷，过这边靠板壁坐。”但是黛玉的反应却是“离桌远远的靠着靠背”。黛玉当然是自重与矜持，然以黛玉之重，作者却要安排她远远坐着，可见远并不代表被边缘化，被忽略。黛玉与宝玉夹着湘云而坐，黛玉是湘云的上家，宝玉是湘云的下家。这样的刻意安排的秩序，好像在暗示湘云的命运承继着黛玉，连接着宝玉。第六十三回文字属于早本文字，探春抽中“瑶池仙品”，诗云“日边红杏倚云栽”，众人笑道：

> ……我们家已有了个王妃，难道你也是王妃不成？[2]

张爱玲认为此处“显然早本元妃原是王妃，像曹寅的女

---

① 境遍佛声《读红楼札记》，《红楼梦研究稀见资料汇编》（增订本）上，人民文学出版社，2006年，第7页。以下录相关段落的全文：“……相传旧本《红楼》，末卷作袭人嫁琪官，后家道隆隆日起。袭人既享温饱，不复更忆故主。一日大雪，扶小婢出庭中赏雪，忽闻门外有诵经化斋之声，声音甚熟习，而一时不能记忆为谁。遂偕小婢启户审视，化斋者恰至门前，则门内为袭人，门外为宝玉，彼此相视，皆不能出一语。默对许时，二人因仆地而殁。以上所云，说甚奇特，与今本大异。……”

② 徐少知《红楼梦新注》第三分册，里仁书局，2020年，第1524页。

儿，平郡王纳尔苏的福晋。可见第六十三回写得极早”。[①]既然推断第六十三回可能是早稿，那么上文的袭人为末，晴雯为首的座次，以及黛玉和宝玉夹着湘云的座次，都能起到早稿里的人物之命途浮沉的暗示。

这一回里黛玉取到的那根签是画着一枝芙蓉，“莫怨东风当自嗟”。且须“自饮一杯，牡丹陪饮一杯”。此时众人说“除了他，别人不配作芙蓉”。[②]第七十八回里，宝玉祭晴雯是《芙蓉女儿诔》。明写黛玉与晴雯皆芙蓉花，晴黛二者浑然一体。第六十三回如此靠近前八十回的后期了，宝琴也早已出场，妙玉、湘云风头日劲，可在黛玉的场合，依旧要“牡丹陪饮”，即钗黛依旧合一，两人一体，还是主角人物。[③]

进一步地，因为钗黛之一体及黛玉晴雯之另一种“一体”，于是《红楼梦》早本中的黛玉、宝钗、晴雯这三个人物具有很强烈的“原型一体”性质。所谓“原型一体”，即小说在最初濡墨起笔时，作者构思之中，这三个人物很有可能是由一个原型拆分而成的。这个原型人物在作者心目里的比重多半很大。而作者对此原型人物的情感浓烈，飞鸟同

① 张爱玲《红楼梦魇》，北京十月文艺出版社，2021年，第159—160页。

② 徐少知《红楼梦新注》第三分册，里仁书局，2020年，第1527页。

③ 《史记·黥布列传》故楚令尹薛公曰：“往年杀彭越，前年杀韩信，此三人者，同功一体之人也。”薛公所言的韩信、彭越、英布三人“同功一体”，与此处晴雯与黛玉的一体可谓相类，因为晴雯、黛玉乃是小说里的两个不同角色。而黛玉与宝钗之一体，则是作者心里或笔下的理想女性“兼美”切分成了两个角色，并还终将在小说里进行“钗黛合一”之“一体”。这两个“一体”或“一身”是有区别的。但如下文猜测，钗、黛及晴雯三人有一个共同的“始祖”原型人物，这位原型是作者心目里的一位完美女性，则是另一个话题了。即一分为二又一分为三，是另一层面的意思。点校本二十四史修订本《史记》八，中华书局，2020年，第3159页。

林，创作虚构的时候，也愿意将其拆为多个角色。拆成多个角色之初，这些角色或许还依附于原型，还没完全摆脱原型的性格经历束缚。但随着写作的推进与不断的修改，被拆分出来的人物也会越来越形成独立的个性经历。角色人物的诞生、开花与成熟的过程，来自作者在写作推进与不断修改中的技术磨炼与想象丰盈。但人物的最初来自，由一而多的衍生，再经我们由多而回归一的逆推，则与作者创作《红楼梦》之心路息息相关。虽然在现有的研究成果与《红楼梦》外证材料有限的情况下，常常只能依靠文本内证的推定，但也是值得引起我们高度注意的小说诗学。[①]

我们再来看第三十八回题菊花诗，林潇湘夺魁之前，不经意之处有一段群像描写：

> 林黛玉因不大吃酒，又不吃螃蟹，自令人搬了一个绣墩倚栏杆坐着，拿着钓竿钓鱼。宝钗手里拿着一枝桂花顽了一回，俯在窗槛上掐了桂蕊掷向水面，引的游鱼浮上来唼喋。湘云出一回神，又让一回袭人等，又招呼山坡下的众人只管放量吃。探春和李纨、惜春立在垂柳阴中看鸥鹭。迎春又独在花阴下拿着花针穿茉莉花。宝

① 不待脂批见世，清人评批程高本即注意到《红楼梦》中人物之分身与一体问题。清人张新之《妙复轩评石头记》于第二十四回“原来这小红本姓林，小名红玉，因‘玉’字犯了宝玉、黛玉的名，便单唤他做小红”句下评道：“小红，黛玉第三影身也，为绛珠，为海棠，是为红，故此曰小红。曰姓林，则明说矣。……在黛玉影身五：一晴雯，二湘云，三即小红，四四儿，五五儿。”据冯其庸辑校《重校八家评批红楼梦》第一册，青岛出版社，2018年，第668页。相关研究又可参浦安迪《〈红楼梦〉评点学的分类解释》，刘倩等译《浦安迪自选集》，三联书店，2011年，第245页。

> 玉又看了一回黛玉钓鱼，一回又俯在宝钗旁边说笑两句，一回又看袭人等吃螃蟹，自己也陪他饮两口酒。袭人又剥一壳肉给他吃。①

此处钗黛是相对文字，黛先钗后。湘云是这日螃蟹宴的主持，须到处有所招呼和照顾，尽管她并没有被列入如秦可卿、王熙凤、探春那般的贾府第一流管理者行列，她在这一回中让读者看到的是一种少女于经营管理上的努力尝试形象，也源自她作为外来亲戚身份的自尊与应有之态。乃至前文有凤姐招呼她坐下来吃，她也不肯的细节。湘云的统筹螃蟹宴全局之后，作者笔触再略及探春、李纨、惜春及迎春。因此，除元春在宫中不得出，秦可卿已在冥界，巧姐年纪尚小，凤姐要去服侍贾母吃螃蟹之外，此处迎探惜皆全，而十二钗群像其实可谓都有顾及了。钗黛与湘云及妙玉这八十回后半部的“四雄”除妙玉到不了，其他三人都在。②故这一段也是作者有意为之。宝玉是无事忙，当然殿后写他。

宝玉的表现是，看一会黛玉钓鱼，又和宝钗说笑几句，但显然流露出两处都无所着落感——虽然我们确认他与黛玉两心相知，正在悄悄恋爱——宝玉唯最后在袭人处有所着落，只有袭人对他有明确的回应：剥一壳蟹肉给他吃，小小年纪的丫鬟，亲如男性的母亲或者姐姐。假如袭人也没有一个丰

---

① 徐少知《红楼梦新注》第二分册，里仁书局，2020 年，第 937 页。

② 妙玉的出家人身份，以及她立于槛外的境地，自然不能来参加第三十八回的大观园内部螃蟹宴。但即使此回也安排她像在第五十回“芦雪广”那样的神龙忽现，则近于要她场场聚会都到，未免令妙玉这个人物缺乏神秘感，既不符合出家人身份和她的性情，恐怕也不是曹雪芹塑造妙玉本意。

满的照应作者亲历的如镜像般的原型人物，袭人与黛玉宝钗湘云等一干人平等，皆来自作者虚构，或者如上文所说，她们虽由作者从一位原型拆分而出，在文本里各自自由随着性情而生长，为什么这口蟹肉偏偏是由袭人来剥给宝玉吃的呢？且在宝玉分明于钗黛二人处皆无着落之后？

恰如第三十八回“题菊诗、螃蟹咏”的上引段落这样的较易被读者忽略的细节一般，此外我们在前八十回内还能读到许多袭人宛如男子某个阶段的最亲密女性之形象的情节。散落在前八十回中的这些袭人片段，它们彼此之间所熔铸出的袭人形象并非断绝割裂难以统一，或前后矛盾性情大别，而是在诸多角色之中，相对而言更其纯熟一筹的。

上引文字之后，作者还补了一段，叙黛玉要烧酒吃，而宝玉连忙殷勤侍奉她；一旁的宝钗呢，则是单独饮一口。由男女孩青春期的心理与关系的视角来看，我们更能确信，钗黛二人与袭人在作者心里，或有一种下意识之下而被安排的地位的亲疏远近。《红楼梦》人物与情节的最大好处固然是贴着我们的现实人生，显出某种天衣无缝，很少有离奇于我国世俗日常之外的描绘。世情小说当然是要读者能接受其中日常的合情合理。钗黛与袭人的之于宝玉的远近，因她们各自不同的角色地位与性格，而在文本里体现出为读者接纳的行为举止固然是一方面；但另一方面，抑或我们因此也较易忽略，合理的背后，作者为什么这么安排这些人物的与宝玉之“远近”？

《红楼梦》的安排人物与情节，仿佛是要竭力探索人的各种可能性。因受到时代局限，《红楼梦》中的黛玉与宝钗并不像异代的女子，可以在与男性交往这件事上，从小有各种自由的机会与选择。黛玉进入贾府后接触的可作为将来婚配对象的男性主要只有宝玉与薛蟠等人。而宝钗作为梨香院与蘅芜苑的客居者，又有母兄之依仗，看似比黛玉享有稍多之人生自由，其实她所能接触的合适婚配男性，也不过宝玉而已。难能可贵的是，在道德制约如此壁垒森严之下，曹雪芹塑造的黛玉形象和宝钗形象被迫同框于家族联姻婚配者贾宝玉面前，依然呈现出一种女子的独立性。这里既体现了颇可圈点的曹氏前卫的女权思想，也包含了曹雪芹对智性女子如钗黛在独立思考与独立行动上给予的最大优惠。这是他对心目中理想女性诉诸文本的寄托与希冀。她们以及其他很多大观园女性如湘云、探春等，在众人中的独立言行，既符合曹雪芹所处时代的某种内部因果，能让其时之读者理解，也有超越时代的文学式的神奇进化，而能普遍适合于后世读者的接纳。

而作为“富贵闲人”“无事忙”的宝玉于万花丛中，在黛玉跟前也好宝钗身边也罢，其实一直在探求与寻觅的，是自身的各种可能性——这是他作为玉石的肉身，从青埂峰来到人间的使命之一，背负着体验、探索红尘繁华的愿望使命而来，便是一种对人间各种可能性包括恋爱可能性的探求寻觅。作者本可以直接赋予这位“富贵闲人”最高权限，无止境“自由”，乃至于实现警幻所言的“恨不能尽天下之美女供我片时之趣兴”。[①] 然而摆在我们面前的今本《红楼梦》则

① 徐少知《红楼梦新注》第一分册，里仁书局，2020年，第152页。

不免令我们抚卷会心一笑，因为根据心情与具体场合，黛玉居然可以搭理宝玉，也可以不理宝玉，爱理不理。宝钗呢，更是没有义务顾及宝玉的时时刻刻的情绪与思想。甚至，作者还不愿止步于此，还“不得不”强行安排了宝玉从宝钗黛玉湘云妙玉这个台阶再下来一步，连鸳鸯翡翠平儿琪官芳官藕官之辈也可以随意给他脸色看。最后退无可退了，只剩他自己管辖得了的晴雯袭人麝月秋纹等人的怡红院的一亩三分地了。即使这最后的一步台阶，虽然情况好了不少，诸钗可供他徘徊差遣，但也未必每每令他心满意足，惬意松快。比如晴雯的案例，第三十一回“撕扇子作千金一笑”便是典型。

之所以说是“安排”，因为作品的设计与走向，总是受限于形式技巧与故事内容的攀缠一体。如若不然，作者可以直接写作宝玉与某个女孩单独的恋情故事。钗黛不理他没关系，还有晴雯呢，还有袭人呢。整个儿的贾府得不了势，那就由大观园退守至怡红院，晴雯袭人之辈一定会好生伺候。

当然，推开《红楼梦》的人物之窗，屋下架屋，床上施床，毕竟还有作为类似伊甸园隐喻的“大观园”之外的成年女性体系，如王熙凤、秦可卿等，以及东府宁国府的三尤等等。可是任你满目美女走马灯似地眼皮子底下晃悠，唯独“袭人”的温柔乡，令宝玉及下笔时的作者自由自在，最予人亲如日常之感。在前文所论钗黛婚配对象范围如此狭窄的礼教约束之下，宝玉依旧每日要苦苦周旋于怡红院袭人之外的女性的交往中，乃至于愤懑填膺，几度青春期式的崩溃，跺脚直言要去“做和尚”。除了他年纪尚小，而袭人又是善解主子心曲的大丫鬟等于故事内在逻辑而言合情合理的解释外，只能讲，作者将最自在温馨的亲身经历，最曾习以为常的男女亲密相处经验，都贴在了宝玉与袭人之间的戏份框架之内，自然而然地。这也就为第六十三回的夜宴寿怡红，在黛玉宝钗探春等“外客”退场后，怡红院一干人等还要进行“二次会”作了注解。这场属于宝玉与袭人晴雯芳官等自己的狂欢“二次会”，在作者的记忆里，刀刻斧凿，是引起作者《红楼梦》写作冲动的最渴望的场景之一。

经典文学作品于读者和作家而言，常常是不被时空限制的。文学创作者“不仅生活在与不久的过去相对的现在，而且生活在三种时间里：记忆中的过去，现在，以及预测、计划和希望中的未来”。作者“随时都可以回到我自己的遥远过去或人类的极为遥远的曾经。在个人的精神发展中，永远存在着潜在的共时性”。[①] 曹雪芹无论塑造晴雯袭人，还是构思黛玉宝钗等，都未必完全从“过去”取材，他正在写作着的当下的一切经验与际遇，也是《红楼梦》每一章节诞生的温暖而悲凉的背景。贾宝玉在他入世出世、他的“大观园”内的各种鸡零狗碎、七情六欲，可以来自也可以超越作家“过去”的人生经验。

也就是说，我们看到的宝玉，未必完全符合“富贵闲人”时期的“曹雪芹”。[②] 而曹雪芹在《红楼梦》文本中提供

① 罗钢、王馨钵、杨德友译，勒内·韦勒克《批评的诸种概念》，上海人民出版社，2015 年，第 57 页。

② 此处的曹雪芹指的是《红楼梦》第一回经历过一番梦幻、“作者自云”的那位“曹雪芹”。

给我们的，也不是单纯停留在源自作者自己的“富贵闲人”阶段的青涩经历，恋爱生平。首先贾宝玉不是作者，贾宝玉来自不同阶段的作者，来自不同阶段作者对各种人物各种人性的思考与吸纳。[①]其次，作者的“野心”是要提供人生多元多样的范本蓝图与可能性，作者无意于限定所有的假想读者对《红楼梦》的思考。人生有限的时间内，到底做什么样的选择、走哪一条道路才是最有价值与意义的，作者不愿意抛掷给我们唯一答案让我们乖乖领走，简单分享。换言之，无论是修齐治平，图谋治国安邦，还是《西厢》《牡丹》，与姐姐妹妹们共度一日复一日无目的无奋发无长进的青春年华，我们在《红楼梦》的具体阅读体验中，其实并不能清晰捕捉到作者要给出的道路。哪怕作者通过黛玉、妙玉、晴雯、宝玉这一系列的人物（虽然他们的思想也各不相同）直接或间接传达了自己的某些思想，但作者同时并没有否定另外如宝钗、袭人、麝月、探春、湘云、王熙凤甚至薛蟠、柳湘莲、贾芸甚至贾政、贾珍等人的种种各不相同的人生选择与人生状态。这是可贵的，但也是与“袭人诗学”相关联而

① “塑造贾宝玉这个人物的时候，曹雪芹是运用了他的许多生活经验，寄寓了他的许多思想感情的，但曹雪芹和贾宝玉的关系也至多不过类似托尔斯泰和他小说中的人物彼尔（按，即《战争与和平》中的皮埃尔）、列文或者聂赫留朵夫的关系罢了。究竟不能把小说中的人物和作者完全等同起来，也不能把小说中的人物的遭遇全部看成就是作者的经历。贾宝玉这个人物，显然是经过了很大的夸张和集中的。和世界上其他著名的典型人物一样，在现实生活中曾经有过许多和他相似的人物，然而却不可能找到一个和书中描写的完全相同的贾宝玉，正如在现实生活中找不到典型性那样集中的堂·吉诃德和阿 Q 一样。”叶朗、刘勇强、顾春芳主编《百年红学经典论著辑要（第一辑）·何其芳卷》，安徽教育出版社，2020 年，第 130—131 页。

可疑的。

我们再回头来看宝玉。宝玉不等同于《源氏物语》里的光源氏。光源氏在《帚木》帖中即已经是十七岁少年起步。只存在于今人各种空想、猜测中的曹雪芹《红楼梦》八十回后的内容不知会将宝玉的年纪推进到哪一岁。但宝玉似乎在“八十回后”也不会成为光源氏。从文意文脉来推断，“石归山下”的时候，他挥别尘世时大约不过还是一位青年人。读《红楼梦》虽不免也会有万一宝玉日后也成了贾政或另一个贾琏的想法。人处于青春时代拥抱种种理想与幻想，而进入成年、中年之后，理想破灭或者发生渐变并改换的也比比皆是。但我们又从文本中领悟，无论是甄士隐，还是贾雨村所邂逅的智通寺老僧，还是路过青埂峰下的一僧一道，这些角色统统在限定宝玉的其他某些可能性，故此宝玉不会成为贾琏，恐怕也来不及长大成为贾政。但作为开放性故事的《红楼梦》，同时又没有限定宝玉的一切。宝玉身上的未来的各种可能性，也同样昭示着作者对各种人生答案的容忍与豁达。

因此，这样一个垂泪于黛玉面前的宝玉也好，木讷在宝钗跟前的也罢，因《红楼梦》文本为“梦幻”的人生所做的翔实而渊博的定义限制中，宝玉既永远做不了“天下之美女供我片时之趣兴”的无限权力解封的角色，却也依旧退而拥有一位照顾他、会喂他蟹肉的亲密伴侣。这位可依靠者若不是袭人，换成了黛玉或者湘云，难道不也是作者的创作自由，而我们读者管不着的吗？可作者安排的，偏偏正是袭人。

所以，假如《红楼梦》只有黛玉或宝钗，假如《红楼梦》没有从宝钗黛玉湘云妙玉这个台阶退下来一步一层之后的晴雯袭人麝月秋纹这一层，对应的，我们也很难想象《红楼梦》会是如今日我们所见的这样一个敞亮而四通八达的多声共鸣文本。

万花丛里的宝玉可以看一会黛玉钓鱼，再俯身宝钗身边说笑两句，正是宝玉的自由。但作者为宝玉毕竟安排了一位回到其身边，她会喂他一口蟹肉的袭人。

在如上所论述的贾宝玉的于众多姐妹的摇曳摆荡中，种种不安定中，曹雪芹需要给他安排一个肉身甚至是灵魂的安歇处——恐怕执笔的作者自己也心怀着不安，也需要叙及这样的一个安歇处，来达到写作中的心灵安定——这就是袭人或晴雯等人物诞生的意义。在书写摆荡与冲击的情节而获得一种心灵之震动或不安定之后，连写作者自身也需要在用笔和纸所营造的乌托邦世界里，建立稍稍能令身心安顿的家园。尽管作者还会亲手再毁灭这个家园，来达到幻灭的目的或者其他意义。家园至少一度存在，人们一度有所皈依。正如创作了安娜·卡列尼娜就不得不创作活跃在另一片土地上的列文，有了虞白就得有一位颜铭（贾平凹《白夜》中的人物），有了娜斯塔霞·菲立波夫娜，就得有一位阿格拉雅一般。

作者给予黛玉湘云和宝钗等人以各自知性之丰饶，随时可接纳或拒绝宝玉之行动及心理的充分自主自由，是否代表作者独特的理想化之外，也在努力用艺术赋予生活以一致性和应有之意义。曹雪芹的艺术或者美学，绝不是处于现实、日常、人性之外的东西。他对大观园内在的各种风景有着与世俗同一性的追求，大观园是他的实验室，是他的诗学之骨架肌理与外在现实的二元统一。黛玉和宝钗作为理想型女子，既满足了曹雪芹对人生之美的追求与定义，同时让反英雄的、被社会零余的公子哥[①]贾宝玉来充当面对她们时做出理解、奉献、探求等努力的带有陀思妥耶夫斯基式的“白痴”形象，这本身就表明了曹雪芹在《红楼梦》故事里对于过去、现在、未来的通达。但紧接着而来的，即前文所谓“可疑”的是，这般通达亮堂的《红楼梦》世界之中，作者依旧固执地、不忘怀地去设置紧贴着有限的狭窄的“过去”，而可能与他的“现在”“未来”毫无关涉的一个袭人形象，“袭人”对《红楼梦》诞生而言的原始诗学意义，就尤其值得我们深究了。

---

① 此处是对俄苏文学及受到俄苏文学影响的我国现代文学中“零余人”或“多余人”概念的借用。以下摘自德·勃拉戈伊为《叶甫盖尼·奥涅金》写的《注释》，智量译。“‘多余人’这个名称在《叶甫盖尼·奥涅金》出版二十年之后被广为引用（从1850年屠格涅夫的《多余人日记》出现开始）。但是这个术语用在奥涅金身上却已见于普希金笔下。在一页草稿中，奥涅金在彼得堡上流社会一次晚宴中‘像个多余的什么站在那儿’。的确，奥涅金形象是后来俄国文学中大量出现的‘多余人’广阔画廊中的第一位。赫尔岑从遗传学角度把文学中的‘多余人’典型的起源定为奥涅金，他明白无误地指出了形成这种性格的社会历史环境：‘年轻人在这个卑躬屈膝、琐碎虚荣的世界里找不到一丁点儿真正的趣味。而他又命定了只能生活在这个社会上，因为人民离他还要更远……在他和人民之间毫无共同之处。’（赫尔岑:《论革命思想在俄国的发展》）小说末章中奥涅金重返上流社会，他对‘上流社会的’达吉雅娜的追求代替了对乡下、‘民间的’达吉雅娜的忽略，——这是对赫尔岑论断的别具特色的证明。”智量译《叶甫盖尼·奥涅金》，卢永选编《普希金文集》第五册，人民文学出版社，2018年，第442页。

三、“主人下马客在船”——袭人与黛玉之关系臆测

角色穿插互映的世情小说里，人影憧憧，各异其趣，作者操觚过程往往会将某个原型拆成数人，或将数人捏成一人；也会根据一个角色又写出另一个角色，触手成春，满目生辉。

《红楼梦》第一回叙甄士隐怀抱英莲至街前玩耍，遇一僧一道，僧云“你把这有命无运，累及爹娘之物，抱在怀内作甚”，又云“舍我罢，舍我罢”；① 与第三回黛玉自言“那一年我三岁时，听得说来了一个癞头和尚，说要化我去出家”，和尚云“既舍不得他，只怕他的病一生也不能好的了”的“疯疯癫癫”的“不经之谈”如出一辙。② 甲戌本眉朱批云：

> 奇奇怪怪一至于此。通部中假借癞僧、跛道二人，点明迷情幻海中有数之人也。③

迷情幻海固然暗喻人世，但首先是《红楼梦》中的迷情幻海，是作者创世之迷情幻海。黛玉与香菱虽是两人，却同有三岁上遇癞僧、跛道的相似阅历。④ 第二十四回开头林黛

---

① 徐少知《红楼梦新注》第一分册，里仁书局，2020 年，第 11 页。

② 徐少知《红楼梦新注》第一分册，里仁书局，2020 年，第 73 页。

③ 红楼梦古抄本丛刊《脂砚斋重评石头记甲戌本》，人民文学出版社，2010 年，第 73 页。

④ 第一回香菱遇癞僧跛道时的年纪，据周汝昌考证是三岁。参考周汝昌《红楼梦新证》的第六章《红楼纪历》。周汝昌《红楼梦新证（增订本）》上，中华书局，2020 年，第 153 页。按，甄士隐做梦，梦见僧道携带顽石下凡历劫，即暗写

（转下页注）

玉听《牡丹亭》曲缠绵固结而入迷，击之者正是香菱，“你作什么一个人在这里”，“一面说，一面拉着黛玉的手回潇湘馆来了”。明写两人宿命一体，又暗示黛玉乃应怜者也。前辈学者的成果常指点我们，《红楼梦》中，凡如此文字，暗示两位人物之间经历相似，或年岁相同的，都不当作等闲文字轻易放过。有了以上铺垫之后，本节专门欲就袭人与黛玉的关系做一番初步论考。

读《红楼梦》一般常将袭人与宝钗并论，对应的，是将晴雯与黛玉放在另一组合里。然而作者实际并未安排袭人与宝钗有什么亲缘关系，或让晴雯黛玉之间有什么宿世因缘——当然，貌似不经意里却说了她们都是芙蓉，这是早本六十三回内容，故祭晴雯如祭黛玉也该算是他早期的构思，中后期到底如何，则不甚了了。①

袭人有着相当独立的思考与立场，不会是要向宝钗去鹦鹉学舌的效颦之辈。宝钗评袭人“倒别看错了这个丫头，听说话，倒有些识见”，②一个小姐对丫头如此评价，两个“倒”字透露出宝钗不经意间的小小意外，“有些识见”也不过是

（接上页注）
宝玉降诞。香菱三岁，宝玉一岁。按第五回明文“袭人本是个聪明女子，年纪本又比宝玉大两岁，近来也渐通人事”而言，袭人和香菱一样也比宝玉大两岁。考虑到袭人与黛玉同月日生，而袭人与香菱同岁，黛玉香菱按照下文所论又似为一体。香菱或者也是袭人原型身上化出来的一个人物。

① 历来认为《芙蓉女儿诔》明祭晴雯，暗悼黛玉。我以为这只是早本的情况和安排。曹雪芹改写到后来，以今本前八十回的进程来看，当不至使《红楼梦》八十回之后只有二三十回便匆忙结束。那么，假使八十回后他也打算从容写下去，比如再写六十回甚至八十回，则为黛玉或另有祭文，而不会与晴雯挤用一篇。但我目前还并没什么根据。

② 徐少知《红楼梦新注》第一分册，里仁书局，2020年，第553页。

居高临下的赏赐意味的认可罢了。心里瞧不起才是主旋律，到底不过是个丫头。[①]宝钗的这番心理，愈能撇清宝钗袭人二人之间并不曾有暗暗组队的关系。但作者又偏偏安排了一个较易读过便忘的重要小细节：袭人的生日与黛玉是同一天。《红楼梦》第六十二回：

探春笑道："倒有些意思，一年十二个月，月月有几个生日。人多了，便这等巧，也有三个一日、两个一日的。大年初一日也不白过，大姐姐占了去。怨不得他福大，生日比别人就占先。又是太祖太爷的生日。过了灯节，就是老太太和宝姐姐，他们娘儿两个遇的巧。三月初一是太太，初九日是琏二哥哥。二月没人。"袭人道："二月十二是林姑娘，怎么没人？就只不是咱家的人。"探春笑道："我这个记性是怎么了！"宝玉笑指袭人道：

① 我们的印象里她总是夸人，其实《红楼梦》中宝钗除了对贾母、元春、黛玉和探春有过一些赞美之外，对其余的人评价都颇低。宝钗假借捧凤姐与黛玉来看不起刘姥姥，认为刘姥姥讲的笑话"回想是没味的"，认为刘姥姥不过市井底层俗人。（第四十二回）；宝钗对迎春评价很低，心里认为迎春是个"有气的死人"（第五十七回）；宝钗对香菱评价不高，认为她是"呆香菱"，说香菱学诗乃是"自寻烦恼""呆头呆脑"（第四十八回、第四十九回）。贾雨村是薛家的"恩人"，宝钗自然不好直接诋毁他。却在听说宝玉要去见客时，而对袭人说："这个客也没意思，这么热天，不在家里凉快，还跑些什么。"（第三十二回）正因她并不知道那客是雨村，无意却流露了对雨村行径的真实看法。宝钗认为湘云是"疯湘云"。（第四十九回）所有人眼中的完美女子薛宝琴没有在宝钗这里得到真心赞美，甚至当众直言"我就不信我那些儿不如你"。（第四十九回）薛宝琴新编怀古诗，也遭到宝钗批判："前八首都是史鉴上有据的；后二首却无考，我们也不大懂得，不如另作两首为是。"（第五十一回）更不必论宝钗对金钏儿、小红辈的评价了。原文皆引自徐少知《红楼梦新注》，里仁书局，2020年。

“他和林妹妹是一日，所以他记的。”[①]

林妹妹和袭人皆二月十二日生，由袭人之口道出。第五十五回开头，“目下宫中有一位太妃欠安，故各嫔妃皆为之减膳谢妆，不独不能省亲，亦且将宴乐俱免”，至第五十八回明确交代这位老太妃已薨。其实这几回本该写元妃的去世，即贾元妃本去世于第五十五回始至第五十八回。[②]今本既然改为了一位太妃欠安而薨，则上引出自六十二回的文字中，由探春先讲元妃生日——“怨不得他福大”——的口吻来看，分明元妃于六十二回尚在人世。不然探春决计不会这么说，也不敢这么说。故第六十二回的这段探春谈论大家生日的文字乃是后来补充的，非早本文字明矣。那么，大胆推测，袭人与黛玉同一天生日也是后补的。

袭人与黛玉同月同日生是后补文字明矣，那么，为什么偏偏安排袭人与黛玉同一天生日呢？

关于黛玉的身份，张爱玲猜测“脂砚……的心目中的黛玉是他当年的小情人。其实不过是根据那女孩的个性的轮

① 徐少知《红楼梦新注》第三分册，里仁书局，2020年，第1487页。

② 这是吴世昌的推论，详见吴世昌《初稿中的元春之死》，叶朗、刘勇强、顾春芳主编《百年红学经典论著辑要（第一辑）·吴世昌卷》，安徽教育出版社，2020年，第250—255页。张爱玲借鉴了吴世昌的推断而做了讨论：“……第五十六回本来一定有贾母王夫人等入宫探病，因为第五十八回元妃就死了。入宫探病删去，因此甄家这一段是从别处移来填空挡的。……原有的第五十七回一定是元妃托梦这一回，因为下一回开始，元妃就像今本的老太妃一样，已经薨逝，诰命等都入朝随祭。托梦一定也是像第十三回秦氏托梦一样，被二门上传事的云板声惊醒，随即有人来报告噩耗，听了一声冷汗。元妃托梦大概是托给贾政，因为与家中大局有关。也许梦中有王夫人在场，似乎不会是夫妇同梦。”详见《红楼梦魇》的《四详红楼梦》。张爱玲《红楼梦魇》，北京十月文艺出版社，2021年，第201页。

廓。葬花、闻曲等事都是虚构的——否则脂砚一定会指出这些都是实有其事。别处常批‘有是语’、‘真有是事’，但是宝黛文字中除了上学辞别的一小段之外，从来没有过。黛玉这人物发展下去，作者视为他理想的女性两极化的一端”。①张爱玲又说“黛玉的个性轮廓根据脂砚早年的恋人，较重要的宝黛文字却都是虚构的。正如麝月实有其人，麝月正传却是虚构的”。②

倘由第十九回“情切切良宵花解语、意绵绵静日玉生香”观之，是典型的题目中并列袭人与黛玉的一回。此处有一小小公案：张爱玲认为第十九回回首“庚本有元妃赐酥酪，宝玉留与袭人，全抄本无”。③其实全抄本有，张爱玲疏忽记错。但确实不作“元妃”，而写作“贾妃”。④早本宝玉已近及冠之年，已然十七八岁，“与贾珍贾琏同等身份”，元妃来省亲，“男性外戚除了生父都不能觐见”。“‘携手拦入怀内’等语，是对小孩的动作与口吻，当是一七五四本最后一次改小年龄后，一七五五年加的润色，感人至深。所有的‘元妃’都是这次添写宝玉觐见时用的。”⑤

---

① 张爱玲《红楼梦魇》，北京十月文艺出版社，2021年，第168页。

② 张爱玲《红楼梦魇》，北京十月文艺出版社，2021年，第190页。

③ 张爱玲《红楼梦魇》，北京十月文艺出版社，2021年，第57页。

④ 全抄本即《乾隆抄本百廿回红楼梦稿》本，也称为“梦稿本”。该本其实第十九回开篇作“忽又有贾妃赐出糖蒸酥酪来”云云，与张爱玲所说的“直到后文叙丫头阻止李嬷嬷吃酪，说是给袭人留着的，方知是酥酪。这样写较经济自然，但是这酪不是元妃赐物”不符。但张爱玲在《五详红楼梦》中考证了“贾妃”与“元妃”之别，依据这个，依旧可以判定第十九回开头是较早写就的。见《乾隆抄本百廿回红楼梦稿》，人民文学出版社，2019年，第211页。

⑤ 张爱玲《红楼梦魇》，北京十月文艺出版社，2021年，第281页。

“元妃”作“贾妃”的文字，体现的是早本被保留下来的痕迹。第十九回当写就于早期。这一回中，宝玉去袭人家里看袭人，故事情节既质朴，又相当真切生动，非全书其他许多情节可比，前文亦已提及。这段经历，没有太多的雕琢与装饰，当属作者亲历过而念兹在兹并发愿迟早要写下来的事件。

我们从作者在第十七至十八回元妃省亲一结束，紧挨着的第十九回即宝玉去袭人家，如此迫不及待写出了这一回，我们也很能感受到作者的心底微澜。前八十回里，茗烟顶着被打死的风险，偷带宝玉出去共有两次，后一次是祭奠金钏儿。金钏儿是晴雯体内分出来的人物，祭金钏儿属于虚构，且还要被虚构的林黛玉看破，因焦急等待宝玉不来而出言宣泄自己的不满。祭金钏儿是安排了茗烟带着宝玉一同出门，大约作者又想起曾经写第十九回宝玉前往袭人家的思路，而故伎重演，虚构加工出来。

看来，与《源氏物语》早期的源氏与惟光相比，宝玉和茗烟行动的自由度要逼仄得多。假如如此个性化地祭奠金钏儿是真有其事，作者似不该如此来写：第四十四回开初，林黛玉与薛宝钗的知觉能力与反应显然与常理相乖，不像实录。祭金钏儿之事若是为真，一定会写得更细致独特，如同第十九回般令人想不到却又觉得历历在目。同时，大约也未必会依样葫芦又让茗烟来陪同宝玉前往。此话怎讲？正因为茗烟在第十九回陪同宝玉去了袭人家，于是作者想到的，只能姑且再让茗烟冒险一次，此外无计可施。细读可知，第四十三回茗烟与宝玉的对话，正是第十九回茗烟与宝玉对话的升级版。后一次偷偷出门祭金钏儿之后，八十回内宝玉便禁足再未冒险出过贾府大门，这样的冒险出门八十回内一共两遭。

第四十七回宝玉对柳湘莲是这么说的：

> 我只恨我天天圈在家里，一点儿做不得主，行动就有人知道，不是这个拦就是那个劝的，能说不能行。①

这段文字上下文柳湘莲与宝玉的对答，及庚辰本夹批都在暗示柳湘莲与秦钟早年亦曾来往，②但今本前文丝毫没有详细的交代与展开，这一点自不消说。③但我们借此可以推断，第四十七回这一段没来由的文章，亦属早本文字。其次，宝玉是天天圈在家内的身份，出门一趟极为不易。纵观曹雪芹全作，但凡写同类事情极其简省高效，少有重复来看，前八十回中，第十九回有惊无险出门一次，第四十三回再如法

① 徐少知《红楼梦新注》第二分册，里仁书局，2020年，第1143页。

② 原文“宝玉便拉了柳湘莲到厅侧小书房中坐下，问他这几日可到秦钟的坟上去了”后，庚辰本有夹批：忽提此人，使我堕泪。近几回不见提此人，自谓不表矣，乃忽于此处柳湘莲提及，所谓“方以类聚，物以群分”也。徐少知《红楼梦新注》第二分册，里仁书局，2020年，第1142页。

③ 刘世德考证柳湘莲上坟问题甚详。(第四十七回)“宝玉、湘莲二人的谈话中向读者透露了一个重要的信息：柳湘莲不但认识秦钟，他们还是好友”。……“也就是说，只有一种可能：柳湘莲是在第16回(秦钟逝世)之前登场，而不是在第47回方始露面”。详见第刘世德《红楼梦舒本研究》的第九章《二尤故事移置考》之第四节《柳湘莲上坟》。刘世德《红楼梦舒本研究》，社会科学文献出版社，2018年，第121—122页。

炮制出门一次，于曹雪芹而言已属出格。[①]作者这样写他两次都成功瞒过众人而由茗烟带出，与“行动就有人知道”、“能说不能行”的无奈，多少有些相悖。因此，两次实在是太多。固然，这两次偷偷出行各有于总体情节之必要，非如此下笔不可。但后一次出门之写作意图的刻意兜转，虚构意味也就昭然可见了。

结合“贾妃”“元妃”字样之辨，林黛玉、薛宝钗在宝玉祭金钏儿回来后之奇怪态度，茗烟两次雷同地陪同，以及宝玉与柳湘莲、秦钟之受限的交往轨迹，可知第十九回的前半部分既属于早本内容，真实性相当之大；第十九回与第四十七回皆早本文字。而第四十三回祭金钏儿是虚构，乃是作者后补之文字。

综合上述的推测性结论是：袭人有其现实原型，早稿就已经存在这个人物。黛玉却属后筑窝巢的创作，大约到“明义所见旧本”时期才完整出现，黛玉是曹雪芹不断对书稿进行修改中越来越饱满起来的虚构人物。

《红楼梦》创作过程中，黛玉这个角色的出现虽非很早，但从今本黛玉的人物形象已经被改写得相当丰满来看，从明义《题红楼梦》诗来看，黛玉这个角色也并非很晚才有。作者要让身后几百年的所有读者都对黛玉及宝黛爱情印象至深

① 笔墨经济是《红楼梦》的写作特征之一，第五回宝玉梦中的《红楼梦曲》亦能体现这一点。“《红楼梦曲》第一支曲子，又有一条脂批：‘读此几句，反厌近之传奇中必用开场副末等套，累赘太甚。’……《红楼梦曲》首曲引子，却是交代作曲缘由。显然，这是用引子代替副末开场。因此，既可省掉副末开场，又明确地交代了作曲缘由，笔墨非常经济”。叶朗、刘勇强、顾春芳主编《百年红学经典论著辑要（第一辑）：徐扶明卷》，安徽教育出版社，2020年，第163页。

甚至为之洒泪，必须下一番苦功。今人提起《红楼梦》故事，甚至泛庸俗化地就只先想到宝玉黛玉，可见黛玉的感染力，宝黛爱情之影响力。

宝玉与袭人如此亲密，宝玉又与黛玉如此亲密。作者在创作林黛玉并渐渐将其塑为头牌女主角的过程里，既然要让她与宝玉如此亲近，那么创作林黛玉的相关细节过程中，从面目铭心的现实原型的"袭人"身上作部分的移花接木，也是情理之中的事了。

黛玉来自"袭人"，黛玉故事的一部分，是从作者与袭人原型的经历中撷取、汲取、巧取这个想法，目前只是推测。《红楼梦》不是完全写实的自叙传，而是作者在浮生挣扎中不断修改的作品。各种"旧本"也好，《风月宝鉴》也好，说到底，都只存在于想象与考证中。我们从明义《题红楼梦》诗来推测"明义所见旧本"的情节，与今本《红楼梦》进行比对，也约略能看到作者因不断修改稿本，增添删减，而使作品呈现出超出早本的巨大变化。

如上所论，黛玉情节的大部分如果不是来自作者早年经历见闻，即便全凭想象、虚构、嫁接和拼凑，那么林黛玉形象随着情节渐渐充实而丰满，也是一个十年辛苦里的漫长修改增删过程。自然，这还需要更多的外内证据的佐证，以令人服膺。

无论如何，作者的创作心路也绝非大漠无痕。作者扬弃早本的过程里，新添黛玉作为女主角，黛玉与袭人绝不是一类人，却偏要把黛玉与袭人的生日设为同一天。此无他，曹雪芹从现实人生曾耳鬓厮磨的"袭人原型"身上取出一个虚构的黛玉，但也要在作品里留一个痕迹以作念想，那就是将两人安排在同一天出生。不然，这两位性格迥异、“阵营”不同的人物，谁若是作者，谁愿意这么安排呢？“同一天生日”恰似留下的一缕头发，一对佩环，虽微若芥豆，但也足可永志怀想。

第二节 “秋月春风等闲度”

——“绛洞花主”宝玉与“怡红公子”宝玉

今本《红楼梦》的男主角贾宝玉与大观园内大大小小各阶层女性产生或远或近或亲或疏的各种联系，难免给读者带来一种作者沉迷建立塑造女性角色群体、颇具一种男性较难摆脱的荒唐的“理想化”（非上文所谓“理想化”）的印象。

也许作者自己也充分预料到了这一点，因此设定了宝玉的堂兄贾琏这个人物。[①] 且由格外难缠的王熙凤与平儿两位重要女性人物，与贾琏发生直接的联系。毕竟贾琏也是通部小说中，宝玉唯一下跪请安过的同辈年长男性。[②] 考虑到贾琏的形象或许更接近学界所谓的本来立意的男主角形象或

① 贾琏或许是一位弱化的宝玉，退出舞台中心的原定主角。当然，这只是论者的猜测。从《金瓶梅》的西门庆到贾琏，从贾琏到贾宝玉，小说人物在进步，在模仿与创作中，小说人物形象不断翻新。

② 见《红楼梦》第六十四回。“恰好贾琏自外下马进来，于是宝玉先迎着贾琏跪下”。若暂不考虑六十四回真伪，则此处为全作唯一一次宝玉向同辈年长男性行礼。徐少知《红楼梦新注》第三分册，里仁书局，2020 年，第 1562 页。

《金瓶梅》中的西门庆形象，则书至此处，这样的看似不经意的跪安礼数的安排，能否算作大小宝玉的一次蒙太奇式的人物形象的无缝对接呢？“大宝玉”的贾琏，嬉皮笑脸支应着王熙凤与平儿，分身乏术，剩下的各色青年女性交由弟弟宝玉与她们产生各种联系。不得不说，这样的人际形态决定了，宝玉身上暗藏着两种虽不至于将读者糊弄得晕头转向，但也让我们将信将疑的清浊混流的双重人格。

但正是作者因主观客观之原因，令今本《红楼梦》的宝玉具备了两种截然不同但又有说服力的不同的丰盈人格，宝玉才能承担作者不同立意、用意层面的对这个人物的精神塑造。①

关于这一点，还是要从秦可卿这个人物说起。从宝钗黛玉湘云到袭人晴雯麝月是一个维度至另一个维度，一个台阶退到另一个台阶。而宝钗黛玉湘云之上，还有另一种可能性。是作者犹豫未决，但又呼之欲出的一种可能性，那便是秦可卿，《红楼梦》中唯一所谓“兼美”者。秦可卿在宝玉的现实里，是“东府蓉大奶奶”，而“兼美”是可卿引导着宝玉所做的幻梦里，带有朦胧性与理想化的人物。尽管此处此人身上的“理想化”还未及展开，就已经香消玉殒。作者本身下笔秦可卿时，带有一定的犹豫态度，但好歹他聪明地给了“兼美”以现实与梦幻的双重设定，这种设定让“兼美”的“理想化”得到一种缓冲与包容。

---

① 或者说，作者复杂的写作心思、良苦用心，拜宝玉这个人物的精神塑造所赐，也算是如愿以偿了。

与我们即将论述的宝玉身上的双重人格相对照的，今本《红楼梦》之秦可卿也具有现实与梦幻中的两层人格。现实人格的秦可卿的形象，我们以令所有读者难忘的第五回为例，略窥一二。

东府梅宴，邀西府诸人赴会，宝玉倦怠想要昼寝，秦可卿主动请命邀请宝玉入房中睡觉。当她在宝玉不满于第一个卧室时而说出“这里还不好，可往哪里去呢”的时候，她的心中已有自己的房间那个答案了，只是不能断然说出。接着才说：“不然往我屋里去罢。”秦氏心中当然明白此事有些许忌讳之处，但还是以非常委婉和试探的、像是自言自语口吻来商量的语气说了出来。宝玉的反应是“点头微笑”，既是贵公子之坦荡随性，又完全被秦氏之袅娜尊贵所笼罩，说不出别的话来。但当“有一个嬷嬷”阻拦：“那里有个叔叔往侄儿房里睡觉的理？”秦氏的反应是：“嗳呦呦……”——嗳呦呦三字活脱脱写出秦氏之会来事与妩媚百般——秦氏与贾珍之隐秘心事，结合秦氏死后贾珍之态度来推量，大约并非完全迫于贾珍之淫威。[1]秦氏接着说起她的“兄弟”秦钟。从第八回回末我们可知，秦氏乃养生堂抱来的，而秦钟则是秦业到了五旬以上才亲生的。秦可卿与秦钟并非亲姐弟。

嗳呦呦！不怕他恼，他能多大呢，就忌讳这些个！

---

① 杜春耕《荣宁两府两本文》中的一段文字可供对照：至于贾蓉的夫人秦可卿，她的出身书上写明是一个“从养生堂抱来”的孤女，而她的“艳”，她的“风月味”，则可透过“曲演红楼梦”那一回的描述，有具体的认识，更不用说那“哭得如泪人儿”一般的贾珍对她的依恋。（杜春耕《荣宁两府两本文》，《红楼梦学刊》1998年第三辑，第194页。）

上月你没看见我那个兄弟来了，虽然与宝叔同年，两个人若站在一处，只怕那个还高些呢。[1]

处于作品的“现实”中的秦可卿风流之态尽出。“现实”影响了梦境，“这是梦的第一个诱因”，[2]是宝玉作为青春期男孩梦里受到刺激的现实依据与前提。此后的文字，除了第七回秦氏介绍秦钟与宝玉相识时，她还是健康状态外，再以后的文字自第十回起，她就进入疾病缠身状态，直到去世为止。因此，描绘秦可卿未病时的风流韵致，唯有第五回与第七回两回而已，而尤以第五回作者之点缀烘托为多。

我们再来看看描绘秦氏暗房的那段传神文字：

刚至房门，便有一股细细的甜香袭人来到。宝玉觉得眼饧骨软，连说：“好香！”入房向壁上看时，有唐伯虎画的《海棠春睡图》，两边有宋学士秦太虚写的一幅对联，其联云：

嫩寒锁梦因春冷，芳气笼人是酒香。

① 以上引文皆出自：徐少知《红楼梦新注》第一分册，里仁书局，2020年，第133—134页。此处秦氏暗点上个月那位兄弟来，大约也宿在秦氏房中，而此事拿来与宝玉宿秦氏房中对比，以说明无妨碍，则作者下笔此处时，心中已经想定秦钟与秦氏非亲生姐弟之关系。故或与第八回回末介绍秦业父女文字属同一时期之稿。

② 引自李长之《〈红楼梦〉批判》：“这是梦的第一个诱因。大概在小孩‘性的知识’刚发达的时候，在摸索，在揣想，他使用着天赋的对于性的行为的悟解力和感受性，大人的话，自以为隐约，其实都恰恰激动那一触即发的嫩敏的心弦。许多性的知识，儿童多半在成人的说笑中悟解来的。”《李长之文集》第七卷，河北教育出版社，2006年，第162页。

案上设着武则天当日镜室中设的宝镜，一边摆着飞燕立着舞过的金盘，盘内盛着安禄山掷过伤了太真乳的木瓜。上面设着寿昌公主于含章殿下卧的榻，悬的是同昌公主制的联珠帐。宝玉含笑连说："这里好！"①

如果只看此处文字甲戌本脂批"设譬调侃耳。若真以为然，则又被作者瞒过"条与"一路设譬之文，迥非《石头记》大笔所屑，别有他属，余所不知"条，则或许真容易产生各种猜测联想。但观"文至此不知从何处想来"条，②则觉得这一段室内描写虽然夸张，到底首先还是该从艺术手法考虑，未必真有如"秦学"所论的王孙公主之家世隐喻寄托在内。只不过无论怎么读，都首先能读出：宝玉眼里的秦氏卧房，是与《红楼梦》全书其他女子卧房的描写不大一样的。而秦可卿本人在宝玉眼中，也并非前文所讲的钗黛湘云之第一层、袭人晴雯麝月秋纹之另一层的这两层女子可比。作者半遮半掩写秦可卿这个角色，给人的印象是，作者大约也见过甚至见过不少秦可卿这一类型的女子，因为见过接触过，于是才能或取其外貌，或取其姿态神情，或取其说话方式，合而混捏出书中复杂的秦氏形象。但就作者与其原型或原型们的关系而言，比之十二钗中的其他女子之原型，"秦氏原型"又并不像是作者曾与之有过男女亲密关系的类型。于是我们通过宝玉眼里的秦氏，或者我们细看作者下笔之秦氏，

---

① 徐少知《红楼梦新注》第一分册，里仁书局，2020年，第134页。
② 《脂砚斋重评石头记甲戌本》，人民文学出版社，2010年，第129—130页。

就会生出一种缥缈感，一种“高处不胜寒”之感。

当然，因为作者极善抓住人物形象的要害并通过语言、行动来刻画笔下每一个人物，使我们又觉得秦氏与我们自己的生活经验里的某类女子那么接近，我们能够通过阅读而获得属于我们的熟悉感与亲切感，联想到我们所见过的“秦可卿”们。我们会去相信作为角色的秦氏之“真实性”（正如林黛玉哪怕是彻头彻尾的虚构人物，我们也愿意相信作为角色的她的真实）。但秦氏和宝玉的距离，确实又要比书中其他女子更远一些，这点也当是可以读出的。

秦氏这个人物所具备的外延与内涵的张力就在于，作者所营造的故事逻辑虽符合我们生活之辩证法，而宝玉眼里的秦氏却是“神仙姐姐”，[①]高不可攀。秦氏是曾为主人公带来一场幽梦而给青春的心灵埋下难解难分的痴情种子的重要引导人，可谓见过了“兼美”，而主人公须在钗黛两者身上去苦苦寻觅——但同时又是贾府兴衰的预言者。[②]可到了贾珍与贾蓉父子的眼里，秦可卿不过是一寻常儿媳与妻子，甚至沦为男性玩物。当然，为了维护大家族的体面，于外人面前，

① 第五回宝玉梦中见警幻时之称呼。秦氏与警幻，一为“现实”一乃梦。甲戌侧朱批：“千古未闻之奇称，写来竟成千古未闻之奇语，故是千古未有之奇文。”徐少知《红楼梦新注》第一分册，里仁书局，2020年，第136页。又见红楼梦古抄本丛刊《脂砚斋重评石头记甲戌本》，人民文学出版社，2010年，第132—133页。

② 第十三回开篇，秦氏托梦给王熙凤，谈及贾府未来困境，要王熙凤早思对策，并有“否极泰来，荣辱自古周而复始，岂人力能可保常的”，“眼见不日又有一见非常喜事，真是烈火烹油、鲜花着锦之盛。要知道，也不过是瞬息的繁华，一时的欢乐，万不可忘了那‘盛宴不散’的俗语”等忠告。庚辰本卷前脂批：此回可卿梦阿凤，盖作者大有深意存焉。见徐少知《红楼梦新注》第一分册，里仁书局，2020年，第329—331页。

他们只作极力称颂秦氏之事。称颂秦氏，是贾珍贾蓉维护自己的脸面。称颂的直接表演，落实到秦氏的丧礼，又因了天香楼之事，贾珍当然要“哭的泪人一般”，说出“合家大小，远亲近友，谁不知道我这媳妇比儿子还强十倍”这样的话。[①]

作为小说家的曹雪芹，斯人最伟大也最高明之处，正在于如实编织了现实生活中永远存在的复杂、多元的来自多声部评判构成的网络，以多途径塑造笔下每一个人物，使我们永远对小说人物横看成岭而侧看成峰。横看侧看之际，再寻思宝玉对秦氏，贾珍贾蓉对秦氏的两厢不同态度与期望，我们就能发现另一个看似充满了悖论甚至反讽结构的奥秘——曹雪芹笔下的贾宝玉，既拥有因作为贵公子、“执政者”贾母的宝贝孙子而在贾府内备受宠爱关爱的地位，同时也是一位不折不扣的惨绿少年。

宝玉形象所呈现的两种人格的整体性、形式上的一致性和完善性，令我们深长思索并激起艺术形象的剖析热情。剖析的过程，也可以拒绝承认宝玉拥有两种人格，只看成小说形成过程中的文献学问题。然而，这两种人格的呈现，其实一点也不妨碍我们阅读和感知宝玉，反而使我们读到一个性格丰盈、把玩不尽的宝玉形象。须说明的是，这里所指出的两种人格不完全是前人猜想与求证而得的文献学意义上的“大宝玉”、“小宝玉”的形象差别。这两种人格，分别是尚且年幼的纨绔宝玉形象与多情痴情却常常求之不得的少年宝玉形象。只不过在岁序递增的过程里，“他们”可能交织交

① 个中所传递的一语双关，自然是贾珍始料未及的。

错，“尚且年幼”与“少年”并不绝对分裂。因此，也有别于前人所提出的“大小宝玉”之分。

说到这里，还不妨借用作者不同阶段给他起的诨名，称前者为“绛洞花主”宝玉，后者为“怡红公子”宝玉以示分别，便于接下来的行文。

前者即“绛洞花主”宝玉，带有情爱里左右逢源的意味，后者“怡红公子”宝玉，则契合少年人伴随着不如意、伤感多愁的青春。

但笔者如此对书中完整的宝玉形象进行切分，目的还是为了发微袭人形象带给我们的《红楼梦》诗学启示。唯有做这样的关于宝玉形象的二元分析，才能更清晰地看出袭人这个人物在《红楼梦》诗学层面所起的作用，所揭示的创作原理。强调和向往《红楼梦》的伟大，也不该忽略《红楼梦》诞生过程里所经历的由松散到紧凑，由破碎至狂放的，由勤奋的作者不懈改写追加所带来的角色们的任何一张阶段性面孔。

如前所陈，《红楼梦》塑造了那么多围绕着宝玉的女孩，作者难道不担心不同背景下的读者会觉得作者过于一厢情愿了吗？当然，作者在宝玉独享温柔乡的情节安排上是清醒克制的，也设置了不少与宝玉同一时空下的男性人物，以此来分流不应由宝玉独力承担的作者的理念与志向。比如让宝玉“识分定”而情悟的龄官，她的恋人是贾蔷，她并不对宝玉产生情愫；又比如司琪有一位男性恋人潘又安；还有早先不是、但在最后的修改稿中被安排最终会与小红结为连理的贾芸；以及曾爱过香菱并不幸为她送了命的冯渊。而宝玉的挚友秦钟则有恋人尼姑智能儿，柳湘莲则被猜测会和薛宝琴结缘等。甚至还有未曾实际出场的张金哥的恋人长安守备之子等。

他们当中的一些人物或隐或现，有的只被编派几句台词，有的出于其他角色之旁叙，自然都不能和主角宝玉的分量相提并论。但回想宝玉也不过青埂峰一石头而已，他们何尝不像宝玉一样，无非都是那一僧一道要去了结的“风流公案”中的“风流冤家”罢了。他们同样承载情天情海里的各自的忧患、姻缘与宿命，以及作者在每一位男性身上寄托的女性观、婚恋观、社会观念等。

“绛洞花主”宝玉与“怡红公子”宝玉的两重人格交相辉映，构成复杂多元的宝玉。拙文之前所以说，此处所言的两重人格，不完全是前人猜想与求证并用而得的“大宝玉”“小宝玉”的形象之别，乃是因为“大小宝玉”之说难免会有将《红楼梦》的诗学问题简化为文献学问题之弊。比如薛瑞生认为的“《红楼梦》中的大宝玉、小宝玉使红学家们大伤脑筋，左解释右解释都难与书中的实际描写接榫。其实只要彻底撇开胡适提出的曹雪芹独创《红楼梦》说与自传说，从两书（石兄初创《石头记》与曹雪芹初创《风月宝鉴》）合成《红楼梦》的角度去考察，这个问题也就迎刃而解了”。又说“简言之，小宝玉是《石头记》中人物，性格比较单纯，对女儿专在体贴上下工夫；大宝玉是《风月宝鉴》中人物，性格比较淫荡，专在‘风月’上作文章”。[①]

---

① 薛瑞生《大宝玉与〈风月宝鉴〉》，《红楼梦学刊》1997年增刊，第410页。关于大小宝玉的问题另可参考沈治钧《‘新宝玉’和‘旧宝玉’——〈红楼梦〉成书过程试探》，《红楼梦学刊》2000年第二辑。

可是怎么能“简言之”呢？且在没有充分外证的情况下，又怎么做得到“彻底撇开”曹雪芹独创说与自传说呢？[①]如果依照薛瑞生之言，《红楼梦》的贾宝玉只是“性格比较单纯”或走向另一边、只是性格比较“成人化”，那么《红楼梦》就不成其为令我们叹为观止的伟大的《红楼梦》了。

第三节 “相逢何必曾相识”
——宝玉、源氏情爱性格的一体多面

在我国许多古典文本里，可以看到太多太多的二元性格光晕下的林林总总的各色人物，这大约真的是由绕不开去的人之本性所决定的。比如，司马迁在《淮阴侯列传》的结末感叹韩信的悲剧命运与性格：

> 假令韩信学道谦让，不伐己功，不矜其能，则庶几哉于汉家勋可以比周、召、太公之徒，后世血食矣。不务出此，而天下已集，乃谋畔逆，夷灭宗族，不亦宜乎！[②]

---

① 关于《红楼梦》是否作者自传，吴世昌的评价较能代表学界一般意见：“此书虽非所谓‘自传’，但书中主角的故事，有些与作者的身世有关，也无须讳言。”吴世昌《红楼梦探源》第三卷，叶朗、刘勇强、顾春芳主编《百年红学经典论著辑要（第一辑）· 吴世昌卷》，安徽教育出版社，2020年，第164页。

② 司马迁《史记 · 淮阴侯列传》，《史记》第八册，中华书局，2020年，第3187页。

且不论司马迁此处暗含的对韩信的怜惜，暗讽的汉家之处置不公，及难以明言的为韩信做的昭雪。“假令……”，“则……”，“（却）不务……”，“乃……”这个句式伴随着遗憾与痛恨的心情，本身就有一种二元解析的意味。好的作品，总是追求作者与读者在心灵之间取得一种艺术上的和谐与平衡，唯有达到心灵上的和谐与平衡，才能唤起读者持续阅读的热情。司马迁所塑造的历史人物韩信的“战神”的一面，与其性格悲剧的另一面，正是维持司马迁与读者之间心灵平衡的二元设定。当然，这种设定未必是作者的刻意而为，常常是作品人物塑造的内在要求。作者总是巴望读者的心领神会，以达到作者与读者之间何处收拾起想象，何处原谅作者超越现实的默契。我们不妨来看看《源氏物语·帚木》开头那一段对光源氏的难得的意外的早期形象“总评”：

光华公子源氏（光源氏），只此名称是堂皇的；其实此人一生遭受世间讥评的瑕疵甚多。尤其是那些好色行为，他自己深恐流传后世，赢得轻佻浮薄之名，因而竭力隐秘，却偏偏众口流传。这真是人之多言，亦可畏也。

话虽如此说，其实源氏公子这个人处世非常谨慎，凡事小心翼翼，并无逗人听闻的香艳逸事。交野少将倘知道了，一定会笑他迂腐吧。[1]（帚木）

① 丰子恺译《源氏物语》上，人民文学出版社，2019年，第21页。

光る源氏、名のみことごとしう、言ひ消たれたまふ咎多かなるに、いとど、かかるすき事どもを末の世にも聞きつたへて、軽びたる名をや流さむと、忍びたまひける隠ろへごとをさへ語りつたへけん人のもの言ひさがなさよ。さるは、いといたく世を憚りまめだちたまひけるほど、なよびかにをかしきことはなくて、交野の少将には、笑はれたまひけむかし。[①]（帚木）

作者既批评他，又拿交野少将作对比，来揶揄他还远远不是该被批评的程度之轻佻浮薄，他还远不够格。以平安时代男女交往之特殊风气为背景，这段对光源氏的评价，也有着一种“既……”，“又……”式的二元解析。将人物的二元对立内在性格先和盘托出给读者，以提示读者遇到主人公身上的具体事件而感到出入迷惑时，则可自觉借助这样的评价来重新思考其言行，建立读者心目里的更为丰满的人物形象。人物性格的不确定性，有时也会传递出乖戾和别种旨趣。我们读了上面这段话后，一时语塞，反不好拿捏光源氏之为人，对他妄下定义。性格的模糊性中显示出人物的多元多变，人物的内在含义也因此变得深广。[②]

---

① 新编日本古典文学全集《源氏物语》第一册，小学馆，2006年，第53页。

② 《蜻蛉日记》第二段，作者不屑繁琐交代与兼家恋爱前的各种书信和歌往返的恋爱史，是对以往所读物语之否定。唯独与兼家之恋爱史才是值得记录之“真实过往”。因之《源氏物语》第二帖《帚木》的开头，援引交野少将与光源氏进行对比，未必是别意，或许亦是作者对以往古物语之否定，突出我接下来所写物语的特殊。惟其如此，方能说得通，“空蝉物语”前为何插入“雨夜品定”，盖品定一篇，既是淅沥雨声中的直接破题入题，话及地领阶层各类女子，也是要宣扬此物语乃一反常态、摆脱旧套的新物语也。

紫式部的这段话的曲笔深意也有所本，试看唐传奇名篇《莺莺传》的开头：

> 贞元中，有张生者，性温茂，美风容。内秉坚孤，非礼不可入。或朋从游宴，扰杂其间，他人皆汹汹拳拳，若将不及，张生容顺而已，终不能乱。以是年二十二，未尝近女色。知者诘之，谢而言曰："登徒子非好色者，是有淫行。余真好色者，而适不我值。何以言之？大凡物之尤者，未尝不留连于心，是知其非忘情者也。"诘者识之。①

光源氏的基本性情，是由作者劈空而来的、以作者叙述人的旁白口吻交待说明的；张生是遭到"知者之诘"后，急中生智的近乎无赖的书生狡辩。所谓"登徒子非好色而有淫行，余真好色而适不我值"，分明是将此处的主角张生与曾经传说中的人物通过对比，开宗明义，给主角性格打上底色，二元解析说明的意图清晰可辨。

《红楼梦》之中是否也有类似的说明呢？我们在《红楼梦》第五回仿佛也看到这样的解析，但手法与进入方式则更为曲折变幻一些。且看警幻仙子评价宝玉的那段著名的话：

> 更可恨者，自古来多少轻薄浪子，皆以"好色不

① 李剑国辑校《唐五代传奇集》第二册，中华书局，2015年，第724页。

淫”为饰，又以“情而不淫”作案，此皆饰非掩丑之语也。好色即淫，知情更淫。是以巫山之会，云雨之欢，皆由既悦其色、复恋其情所致也。吾所爱汝者，乃天下古今第一淫人也。[①]

底下脂批曰：“多大胆量，敢作如此之文”。曹雪芹对前辈作品及先行的观念与概念正在进行叛逆与否定，所以脂批要感叹的是“多大胆量”。

此处的好色不淫，当然不是《史记·屈原贾生列传》里评价《国风》的好色不淫，乃前文所引《莺莺传》之张生之流是也。《莺莺传》至《西厢记》这一路插上鲜明标签的作品，也都属于曹雪芹精神世界汲取的重要养料。单看第二十三回曹雪芹对《西厢记》《牡丹亭》的由衷致敬即可明白。[②]《红楼梦》大约原本也可以只着眼于贾宝玉与林黛玉，以轻拿轻放的男女主角的单一故事为主线来铺陈——曹雪芹少年时代的最初构思，或未尝不曾这样谋篇腹稿过。最终的《红楼梦》却没有这么做，如前文所述，他还是决意编织出宝玉身边的琳琅满目的献给女性的青春花环。

警幻所给出的警世意味的这段文字，从既有的典型性、

① 徐少知《红楼梦新注》第一分册，里仁书局，2020年，第151—152页。

② “在围绕着《西厢记》、《牡丹亭》而展开的斗争中，曹雪芹用自己的巨著《红楼梦》表明他是站在进步的一边。端木蕻良同志说是：曹雪芹‘在十首《怀古诗》里，以《西厢记》为二轴，以《牡丹亭》为压卷，也可见他对《西厢记》、《牡丹亭》心许之深，向往之重了’!（长篇小说《曹雪芹》前言）这说得很对”。叶朗、刘勇强、顾春芳主编《百年红学经典论著辑要（第一辑）·徐扶明卷》，安徽教育出版社，2020年，第200页。

一般性和广泛性，再回收到贾宝玉身上的特殊性、独一无二性，也就呼应了后文将通过繁复细节及微观描述，来解释、验证警幻提出的“意淫”概念。学者乃至读者，一般很难抵御钻到后文去寻找合理解释“意淫”答案的诱惑。殊不知，此段文字所幽微隐含的苦心孤诣，实乃作者要为贾宝玉的性格塑造开启一扇前所未有的新窗子。作者试图断绝身后之有余——前人的经验与实践，但也是套路——勇于自己的前路。

元稹在《莺莺传》的张生身上，虽已做了唐传奇式的原始实践，《红楼梦》则意图进一步将作者心仪的各种零散美学进行崭新的包装整合。整合而产生的第一个综合体即男主人公贾宝玉。曹雪芹的天才之一种在于，他深知合乎情理与洞悉逻辑，固然是小说创作的必不可少，但有时“情理”与“逻辑”也会反噬艺术作品，掣肘艺术作品去涉及复杂人性多方面的开合开创。长篇小说主要人物的锻造，除了匠心独运或者依靠敏感热情之外，在对人类自然规律充满敬畏的同时，不妨适当打破这种外表通俗可见的“规律”，有时才会更贴合不同时代不同性格经历不同的读者们阅读时起起伏伏的激荡内心。

宝玉性格的复杂，前文所言的绛洞花主与怡红公子之并存，宝玉的“天下古今第一淫人”、“天分中生成一段痴情”、警幻辈所推之“意淫”，单靠第五回警幻一大段解释说明，单靠宝黛一条胡同走到底式的爱情模式，要想对前人的“好色”及“淫”进行破与立，根本远远不足以够纾解作者之情思。所以此后的回目里不断出现新的女性围绕或点缀宝玉的青春生活，乃是理势之必然。而不同性格女性之相继迭出，也能点染出宝玉性情五光十色的各个方面。

接下来，警幻仙子便将宝玉推入乳名“兼美”字是“可卿”的女子房中。只不过今日读来，这段文字略有笔力勉强的意味——虽或也是人为的安排，情节的选择，性格经历发展之必须。

固然，宝玉被推到“兼美”身边这个情节的寓意相当丰富，甚至也起着草蛇灰线之妙用；固然，这个情节让宝玉在梦中平白拾得秦氏小名，让秦氏好生惊喜纳闷——“我的小名，他如何知道，在梦里叫出来”；固然，也让几百年来的读者摇头纳闷，探秘不止：第六回开头，宝玉与袭人究竟算“初试”还是二遭？

之所以说“略有笔力勉强的意味”，是因为觉着，既然警幻说罢“意淫”这一段开如此生面的话，即使还是执着要让“兼美”仓促登场，也当顺手搭起更好的津梁，以助宝玉通向立意与境界更高处的光明自在。当然，恕笔者苛求，鉴于《红楼梦》乃通篇“自悔”[①]文字，宝玉刚惊喜邂逅“兼美”，紧接着就一脚踏入迷津，也未尝不是另一种很好的暗喻。

不过，宝玉被警幻推到“兼美”身边二人云雨的这个情节，也能帮助我们的论证。梦中的这位“兼美”之“鲜艳妩媚有似乎宝钗，风流袅娜则又如黛玉”，首先点明了曹雪芹对钗黛一视同仁，齐量等观。钗黛于曹雪芹而言，是理想

---

① 戚序本于宝玉入迷津后有夹批：“看他忽转笔作此语，则知此后皆是自悔”。《戚蓼生序本石头记南图本》第一册，人民文学出版社，2017年，第204页。

女性的两种路线，且今后的行文中，曹雪芹终将使之合而为一。① 再者，于拙论而言最要紧的，梦中男子渴望的“兼美”，也反衬了梦醒后那位被强迫着“初试云雨”的袭人是那么普通与现实。梦里的“兼美”究竟有多妩媚袅娜，他一定不会告诉她。男孩子青春迷梦憧憬的，与现实里遇到的得到的之间的差距，被曹雪芹以梦想照进现实的隐喻，书写得意味深长。

这种几乎不谈道德职责，而一味讲求诗意感知的梦境般的书写，也多少与我们前文所言的宝玉情爱世界里左右逢源的一面，即“绛洞花主”之灵魂的一面相契合，使之有了根源来由，合情合理：毕竟宝玉是十几岁就于梦中得到了警幻亲授的男子。这种亲授的意义在不同读者那里可小可大，小则对应每个男子神秘的生理变化，大则显示情场的一切做戏已得了开悟，宝玉、唐璜还请带上奥涅金，他们并驾齐驱。

至于源氏呢，那是被塑造成彻头彻尾没来由的天生擅长捕捉女性的心意，而于情场如鱼得水的行家里手。有人将《源氏物语》中的“雨夜品定”与《红楼梦》第五回相提并

---

① “钗黛合一”论最早由庚辰本脂批体现。庚辰本第四十二回回前一页，有一条单独的批语：“钗玉名虽二个，人却一身，此幻笔也。今书至三十八回时，已过三分之一有余，故写是回，使二人合二为一。请看黛玉逝后宝钗之文字，便知余言不谬矣。”红楼梦古抄本丛刊《脂砚斋重评石头记庚辰本》第三册，人民文学出版社，2010年，第955页。而俞平伯最早在《红楼梦辨·作者底态度》(第186—187页)及《红楼梦研究·“寿怡红群芳开夜宴”图说》(第562页)中，为黛玉与宝钗同为作者“悲金悼玉”最重要人物作分析，是“钗黛合一”论的滥觞。俱见《俞平伯论红楼梦》，上海古籍出版社，1988年。

论。[1]实则如果考虑到《若紫》《红叶贺》《花宴》《葵》《贤木》《花散里》为一个系列，即“若紫系列”；《帚木》《空蝉》《夕颜》《末摘花》《蓬生》《关屋》是另一个系列，即“帚木”系列；且帚木三帖之成立过程，首先是空蝉物语、夕颜物语的书写，其次作者才补上了“雨夜品定”，而不得已将空蝉物语一分为二帖的话，[2]则“雨夜品定”与《红楼梦》第五回并论而可同视作男性主角的女性开眼故事就根本不成立。因为如此一来，“雨夜品定”的灵魂不在别处，而在揭示作者对地方领主中等家庭的女性的独到关注。《源氏物语》的核心要害不是皇室贵族男子的宫廷勾当，而是女房们构建起来的话语系统。这些女房正好大部分和紫式部同样，属于地领阶层的女儿们。书写了此书的紫式部，在描绘她眼皮子底下最熟悉的景象时，也把心中向往的某种更高远的境界夹塞了进去。可哪怕再是绮语迭出，惟妙惟肖，我们的分析眼光依旧不允许我们在正经说真话与托腮思幻想之间存在界限的模糊。关于这一层，将在后文“女房论”中细致分析。

人在成长而遇到新的异性时，永远会不知疲倦地萌发新的想法与新的念头，憬悟新的人生道理。所以，当《若紫》帖中出现这样的话：

> 他心中想：“今天看到了可爱的人儿了。世间有这等

① 如陈京松《〈源氏物语〉第二回与〈红楼梦〉第五回中预示的比较》，《承德师专学报（社会科学版）》，1990年第2期，第4页。

② 参考今井源卫「戦後における源氏物語研究の動向」。出自今井源衛「源氏物語の研究」，未来社，1981年，第207—210页。

奇遇，怪不得那些好色之徒要东钻西钻，去找寻意想不到的美人。像我这样难得出门的人，也会碰到这种意外之事。”他对此事颇感兴趣。[①]（紫儿）

あはれなる人を見つるかな、かかれば、このすき者どもは、かかる歩きをのみして、よくさるまじき人をも見つくるなりけり、たまさかに立ち出づるだに、かく思ひの外なることを見るよ、とをかしう思す。[②]（若紫）

读者便既可以理解为意外邂逅若紫的源氏此时还未有太多的女性经验，则《若紫》是全作之真正开篇，《若紫》系列单独创作之说也能合情合理——如此一来，“雨夜品定”就不再重要；或者按照现行的帖顺，也可觉得源氏虽历空蝉、夕颜，当他遇到新的北山环境里的若紫时，会生出新的“好色者”的领悟，也是完全可能之事，毕竟他才十八岁。名作的诠释空间，永远是开放纵容的。

僧都谈些人生无常啦，来世之事等道理给源氏之君听。源氏听了愈觉自身罪孽深重，恐今生徒然劳心于无益之事，苦恼自是不免，而来世将不知更受何等苦痛，遂顿生出家之念。但是，另一方面，白天所见到的那位

① 丰子恺译《源氏物语》，人民文学出版社，2019年，第104—105页。另，此处林文月译为：“想不到无意间遇到了这么一个乖巧的可人儿！怪不得那些登徒子每好悄悄走动，原来时常有这种意外的发现哩。他暗觉有趣。”然林译「たまさかに立ち出づるだに」这句漏译，故此处的翻译不如丰译信息全面。参考林文月译《源氏物语》第一册，洪范书店，2020年，第100页。

② 新编日本古典文学全集《源氏物语》第一册，小学馆，2006年，第209页。

可人儿的印象又笼罩心头拂不去，……[1]（若紫）

僧都、世の常なき御物語、後の世のことなど聞こえ知らせたまふ。わが罪のほど恐ろしう、あぢきなきことに心をしめて、生けるかぎりこれを思ひなやむべきなめり、まして後の世のいみじかるべき思しつづけて、かうやうなる住まひもせまほしうおぼえたまふものから、昼の面影心にかかりて恋しければ、……[2]（若紫）

十八岁的源氏在听了作为若紫外婆兄弟的僧都讲起人生无常的话题种种之后，觉得“我之罪恐惧，无论如何也难逃宿命而心中忧患，此生为限将为此种罪孽一直烦恼，来生也不知会受何等苦患”，而萌生了在此种地方隐居离世之念。接下来骤然想起日间所见若紫之面影，话题急转至若紫。源氏巧言托梦，说起若紫话题，而听僧都娓娓道来若紫之来历。听完之后他想道：

那么，那女孩是这女儿所生的了。……这样看来，这女孩是兵部卿亲王的血统，是我那意中人的侄女，所以面貌相像。他更觉得可亲了。[3]（紫儿）

さらば、その子なりけり、と思しあはせつ。親王の御

① 林文月译《源氏物语》第一册，洪范书店，2020年，第101页。

② 新编日本古典文学全集《源氏物语》第一册，小学馆，2006年，第211—212页。

③ 丰子恺译《源氏物语》上，人民文学出版社，2019年，第107页。原文为：“源氏公子猜度：‘那么，那女孩是这女儿所生的了。’又想：‘这样看来，这女孩是兵部卿亲王的血统，……’”引用时稍作了改动。

筋にて、かの人にも通ひきこえたるにやと、いとどあはれに見まほし。（若紫）[①]

由若紫的血脉而想到了“那个人”（丰译“我那意中人”）。“那个人”，指藤壶之宫。藤壶母后是《若紫》帖的隐藏线索，她是源氏不可攀登的雪域高峰，藐姑射的神人，是源氏青春时代的初恋与一生最理想之女性。若紫的恋爱故事与悲剧人生，发端于源氏对“那个人”的禁断恋情。一切都源自“那个人”。如此说来，若论起理想女性，藤壶可以算得上是源氏心目里的“兼美”吗？

源氏之君一边听着，一边心里想起某一个人的模样儿。只有她能符合这一番论调，既不为过，亦无不及，真是世所稀有的理想女性啊！但是每一思念她，便教他心痛不已。[②]（帚木）

君は人ひとりの御ありさまを心の中に思ひつづけたまふ。これに、足らず、また、さし過ぎたることなくものしたまひけるかなとありがたきにも、いとど胸ふたがる。[③]（帚木）

答案在《帚木》帖“雨夜品定”结束时早作了揭晓。品定的结末于源氏而言，在他的心内，还是“那个人”为女性

① 新编日本古典文学全集《源氏物语》第一册，小学馆，2006年，第213页。
② 林文月译《源氏物语》第一册，洪范书店，2020年，第37页。
③ 新编日本古典文学全集《源氏物语》第一册，小学馆，2006年，第90—91页。

之理想型。源氏心中的“那个人”是没有任何缺陷，也没有任何越过本分之处的人，只不过越想越令他心塞罢了。关于藤壶之宫在全作中的地位，紫式部直接给出了明确的答案。

而《红楼梦》中的宝玉呢，虽在第五回梦境里看到了人世间没有的“兼美”，暗示着钗黛终将合一而生出的女子完美性。可一来“兼美”属于梦幻，现实里对应的却是与宝玉有些距离甚至殊途的东府蓉大奶奶秦可卿；二来曹雪芹终究没有直接给出过一言之评论，《红楼梦》将“品定”的权力全都交给了读者，每个人都可以在里面寻觅自己心目里的“兼美”与真理。大约真如张爱玲所说，“尽量留着空白，使每一个读者联想到自己生命里的女性”。①

不过，这里又生出另一个问题：曹雪芹是男性，紫式部是女性。光从表面来看，《红楼梦》的第一主角是男性，《源氏物语》的第一主角也是男性。那么，如果两书男性主角的复杂性格与二元对立形象是作者创作意图的体现，又该如何看待作为男性作家的曹雪芹与作为女性作家的紫式部在实践各自的意图上的目的与预期效果呢？本书谈及的源氏与宝玉的性格中，都存在复杂的二元对立，并不同于很多作品中一般而言的主人公的性格复杂性，即不是福斯特所谓的与“扁平人物”相对立的“圆形人物”那么简单。②超越了福斯特式的一般而言的“性格复杂性”，贾宝玉的书写也好，源氏的书写也罢，他们在不同性别作者笔下各自所要发挥的“情

① 张爱玲《红楼梦魇》，北京十月文艺出版社，2021年，第58页。

② 关于扁平人物与圆形人物，参考杨淑华译E.M.福斯特《小说面面观》，人民文学出版社，2021年。第四节《人物（续）》，第47页。

性的欢悦与执着”，以及对“本然”的突破与回归，[①]到底指向什么样的诗学呢?

本来，对于女性作者紫式部时不时竭力夸赞的光源氏形象，[②]读者对比书中描写的其实际的各种渔猎女色行为，难免因为困惑而涌起一些心潮拍岸。如果结合平安时代宫廷男女交往之文化背景来看待光源氏，这种困惑或许会稍作退潮，但沙滩依旧湿润，困惑难以消失。光源氏的形象可以说是文学史上独一无二的，我们大约能更容易地理解叶甫盖尼·奥涅金、聂赫留朵夫、梅诗金公爵、阿辽沙。而到了我国清代的曹雪芹，则问世了一个似乎比光源氏形象还要新鲜和复杂的贾宝玉形象。[③]

---

① 刘小枫语。刘小枫《拯救与逍遥》(修订本)，华东师范大学出版社，2011年，第271页、第186页。

② 不仅是作者，还有同时代的读者，也有人觉得源氏是完美的理想的男性形象，比如那位《更级日记》的作者菅原孝标女。“那些期待过的、幻想过的，这世上果真存在吗？像光源氏那样出色的人物，这世上果真存在吗？像浮舟那样，被薰大将藏在宇治的有福之人，如今这世上是不会有的”。(第348页)日记作者认为光源氏出色，而浮舟有福。可管窥紫式部同时代同阶层的女性，对《源氏物语》的读后感想。《更级日记》，选自张龙妹主编、日韩宫廷女性日记文学系列丛书《紫式部日记》，重庆出版社，2021年，第348页。

③ 笔者对于紫式部的这种手法，大抵是在留意了义经的相关影视作品后才陷入新的思考。义经形象之塑造，也是斑斓多姿，一些源平合战题材的影视里的义经，会被塑造得既有明显的优点，也有导致他走向悲剧的缺点。比如NHK电视台的电视剧《炎立》(1993)、《平清盛》(2012)、《镰仓殿的十三人》(2022)等，其中的义经形象皆非“完人”形象，悲剧命运早有性格伏笔。但《义经》(2005)中的源义经角色，从表面来看，被完美塑造，光华绚丽。甚至因该角色的过于良善，恐会引起部分观众的些微反感。但唯独该剧第三十八回的一处小细节，剧中由白石加代子扮演的虚构人物老妇阿德(同时也负责该剧旁白)，在私见由泷泽秀明扮演的义经时，对义经说“我知道您是正直的人，可周围的人能否正直地看待正直的您呢”，并转告义经，如今镰仓方面对他的风评，是“于战场上无视东国武将，不深

(转下页注)

他既有情爱里的如鱼得水，也有在女性面前缩手缩脚的时候。仔细想来，《红楼梦》中使宝玉觉得棘手的女性大致有这么几位：彩霞（彩云）、玉钏儿、妙玉等。另外，还有萦绕难去的两位女主：薛宝钗与林黛玉，也时不时要给宝玉的青春之歌注入一些伤感之音。尤其宝玉与黛玉时时动荡并不安泰的爱情，算是“怡红公子”宝玉青春类烦恼的一个深刻根源。当然，以上所列的人物与宝玉交往中所谓的“棘手”，有性质与程度上的不同，这些不同也符合作者对精心走笔、摆布有致的人物韵味方面的追求，以遵循创作上的各合宫调、熨帖入微的基本逻辑。

两书关于男主人公情爱性格上的二元对立，都能从各自成书的文献学考证中找到一些因果依据，但又都是些至今不能定论的依据。然若撇开文献学上的问题不加理会，却也能引起艺术上的复杂感与美感。无论宝玉形象倒向是一个让袭人与他初试云雨，在秦钟智能的面前宛如前辈，与秦钟蒋玉菡还暗藏别情的少年这一边，还是倒向将大量青春投掷于在钗黛之间的徘徊，在彷徨茫然里的不断自我更新，偶尔会“无端弄笔”来“作践南华庄子因”，又会因细想“赤条条来去无牵挂”而大哭的多情多事的少年那一边，都不如今本

（接上页注）

思熟虑，而独断专行”。当义经紧接着否认并表达自己的委屈时，阿德道：“您是这么觉得，但有人不这么看。”阿德的话语为我们提供了另一个观看该剧义经形象的视角。这个视角不等于一般的人对主角之诬陷、坑害或误判，而是部分率直的镰仓武士对义经的真实想法。可以说，该作潜藏的深度因第三十八回而被挖掘。带上这种思维重新阅读与审视日本物语作品的巅峰，也许能重新理解日式的对人性深度挖掘的有别于我们以往阅读经验的角度与方式。

《红楼梦》所见合二为一的宝玉形象更有丰富的人性维度与复杂的精神向度。源氏亦然。

源氏有他的得到与得不到。同宝玉一样，源氏的形象也合情合理地出现了两种甚至两种以上维度的不同人格。在初恋情人、作为继母的藤壶之宫面前，他是伤感的惨绿少年形象；在空蝉面前，他有几分自作主张与自以为是，是初入情场的莽撞青年；在夕颜与若紫面前，他就是情爱里左右逢源的高手。《若紫》帖中，源氏第一次与僧都接谈“交锋”之后，紧接着的段落里他就霹雳出手了。《若紫》帖中他的雷霆手段今日读来也觉得震撼。其间还伴随着山间夜半的雨点落下、山风的声音、诵经声、念珠声，列岛湿润季候的气息里，他所说的“佛所指引，虽暗中亦无错误”，[①] 既高雅，又可怕。这就是《若紫》帖的节奏，这就是《源氏物语》的独特魅力。太可怕的是源氏的行动，太可怕的还有作者对文章进度结构之把握。源氏对若紫之攻略，或许是不恰当的比喻：宛如《史记·淮阴侯列传》写井陉之战与潍水之战。

《红楼梦》与《源氏物语》所共同体现的人物戏剧性的多样化及表面上的不协和音，看似相反相异，而实际互相平衡，并永远在作者的写作中与读者的阅读中自觉进行着内在的自我修整，以达到用永无完美之境来展现另一种完美的艺术目的。两者兼具对人性的终极反诘与追问，虽时而矛盾，反而还能因人物形象的立体感而体现作者的洞明。

---

① 林文月译《源氏物语》第一册，洪范书店，2020年，第103页。原文是「仏の御しるべは、暗きに入りてもさらに違ふまじかなるものを」。新编日本古典文学全集《源氏物语》第一册，小学馆，2006年，第215页。

第四节 “未成曲调先有情”——妙玉面对的“三个宝玉”

既然说到《红楼梦》中令“怡红公子”宝玉“棘手”的女子，我们不妨先探明一端，再概其余，暂且选取和围绕十二钗正册中的妙玉来鉴貌辨色，揣测一下曹雪芹虚构创作少年间恋情的奥秘，并以之对比掂量宝玉之于袭人，以探究袭人角色背后存在的真实意味，或能更加贴近《红楼梦》独特的创作诗学。

《红楼梦》前八十回中的妙玉共面对着“三个”贾宝玉。

刘再复将红楼人物按照精神气质、风度形态分为四类，分别是“形贵神俗、形俗神贵、形神俱俗、形神俱贵”。其中妙玉属于第四类，形神俱贵。[①]

“形神俱贵”的妙玉，在前八十回文本中与宝玉共有三次或直接或间接的来往，散见于第四十一回的栊翠庵品茶，第五十回的宝玉取梅，第六十三回“槛外人”遥叩芳辰。

这三场双玉对手戏，如若不察，囫囵吞枣地读将下去，只觉自然始终还是那一个宝玉，哪来“三个宝玉”的分身呢？即使阅读中觉察出微末差别，丝毫异样，我们也大可以将险些要分离的“三个宝玉”不假深思地在心内进行合并同类项，纤毫无损地还原出彼此之间浑然天成、统一和谐的一个宝玉，并感受双玉之间缠绵朦胧、点到为止又高远惆怅的

① 刘再复《红楼梦悟》，上海三联书店，2021年，第158页。

爱情。

作为《红楼梦》男主人公的宝玉，当然只是一个宝玉，实际并未如六条御息所般生魂出窍。然而在三段双玉正传里，正是这同一个宝玉，无论展现爱情智慧，还是他在男女关系里的地位，都各出心裁。

按照时序，首先是第四十一回“茶品栊翠庵”里的宝玉。

曹雪芹对妙玉用笔不多，相当谨慎节制，莫测高深，却不妨碍她被禁欲色彩的神秘所包裹下依旧不失性感气质，渗透出别致的女性魅力，并成为十二钗中最重要的角色之一。比如，我们甚至不必亲眼见到宝玉的踏雪求梅，就能被妙玉的迷人光彩所笼罩。八十回的未完稿里，片段式出现的她，却不停释放出年轻生命的清幽香味与深邃回声，牵动每一位读者心底的柔情。

至今关于妙玉的研究，多就其身世、性格、精神世界、人物关系进行评述与考证。就中有一篇朱琛晨、彭磊《从黛玉到妙玉——兼论脂砚斋为谁》之文，认为黛玉和妙玉是脂砚斋一体之分身，并论及《红楼梦》中诸多女子皆为脂砚斋之分身。可谓十分新奇特别，很给人以启发。[①] 不过，在脂砚斋性别与身份尚未彻底弄清楚之前，仅凭小说情节细节进一步断论黛玉妙玉的原型与脂砚斋、曹雪芹之间的关系，虽云胆识可嘉，也未免失之武断。同时，这种推断在诗学上简

---

① 朱琛晨、彭磊《从黛玉到妙玉——兼论脂砚斋为谁》，《哈尔滨师范大学社会科学学报》，2020年第4期。

化了作家的创作苦心与创作方式。

抛开《红楼梦》作者之争的问题，大凡脱胎于现实生活而落之笔下的世上所有小说的各种人物，理论上都可算作是作家本人的“分身”，人物的言行之中也都会有一些作家自己的影子。奥里维固然是罗曼·罗兰，克利斯朵夫也是作者他自己。即使《红楼梦》内部，如第二回冷子兴见到贾雨村时寒暄的那段开场白，言语里大约也能见出曹雪芹平日里的一些风致，[①] 难道就可以说冷子兴这个人物的原型乃曹雪芹吗?

比如该文认为“从身份上看，在书中宝钗是贾宝玉的原配发妻，而在现实中是作者之一曹霑的发妻”。并认为四十一回中妙玉“分茶”场景的“写作或是修改应是薛宝钗原型去世、脂砚斋成为曹霑续弦之后”。书中的宝钗，八十回后终究嫁给宝玉与否尚属未知。曹雪芹的意思，钗黛既然兼美，则你我不分，实为一体。四十一回中妙玉请黛玉宝钗来喝茶，也并非要贬宝钗而捧黛玉，妙玉的醉翁之意，本来就是要吸引宝玉也跟着她们一起来。

妙玉端出两只杯来给宝钗黛玉，据庚辰本，给黛玉的乃是“杏犀盉”。因此处人文社《红楼梦》偏偏从了程甲本作“点犀盉”，朱彭二位的文章所据《红楼梦》底本亦只是人文社本，未能参他本，于是便跟着人文社《红楼梦》“点犀盉”

① 冷子兴的话是：“去年岁底到家，今因还要入都，从此顺路找个敝友说一句话，承他之情，留我多住两日。我也无要紧事，且盘桓两日，待月半时也就起身了。今日敝友有事，我因闲步至此，且歇歇脚，不期这样巧遇。”这话岂不是浓浓的一股家败后的尘世中的曹雪芹的口吻吗？引文来自徐少知《红楼梦新注》，里仁书局，2020年，第43—44页。

而进一步对妙玉黛玉的关系做了阐释，说"'点犀'二字易让（原文作'由'，径改）人联想到李商隐'身无彩凤双飞翼，心有灵犀一点通'，暗示脂砚斋同曹霑之间'心有灵犀'的青梅竹马之情；同时，林黛玉在书中的形象多是'心较比干多一窍，病如西子胜三分'，'点犀'二字恰到好处描写其心思玲珑之态"。[①]

究竟该是"杏犀䀉"还是"点犀䀉"？徐少知《红楼梦新注》第四十一回的注释中有详尽之介绍以正本清源，自不必多论。

又，以宝钗黛玉受邀进入妙玉房内的座位而论，"只见妙玉让他二人在耳房内，宝钗坐在榻上，黛玉便坐在妙玉的蒲团上"，看似客主无序，坐卧随意，惟此处倒是确易予人黛玉与妙玉岂非在此成为了一体的感觉——偏偏这一点朱、彭二位的文章反而放过未涉。但假若我们来做实验，让宝钗且坐到妙玉的蒲团上，黛玉坐到榻上，依照朱、彭二位的思路，是不是也该灵光一闪地推出，黛玉与妙玉是同榻，故两人的原型做了作者的妻子，唯有宝钗最后孤苦守寡，面壁参禅，冷冷清清呢？所以这类推断无论如何，或许都也能够自圆其说。因为跳将出来看，《红楼梦》文本线条复杂，脉络庞大，我们据文本作各种角度的或离奇或不离奇的解释，往往都能顺利或不怎么顺利地找出一些依据，来自圆我们的各种说法。作者诚然留给我们一个超多义的文本，但究竟也须

---

① 朱琛晨、彭磊《从黛玉到妙玉——兼论脂砚斋为谁》，《哈尔滨师范大学社会科学学报》，2020年第4期，第100页。

防备过远地偏离了作者之原意。故此，还不如小心地“就事论事”来得稳妥。

栊翠庵茶品梅花雪的第四十一回的黛玉还未接受宝钗在四十二回的“兰言解癖”，还未和宝钗合一，而黛玉为人轻灵跳脱，不拘一格，故若细想，黛玉在第四十一回中进妙玉耳房时，直接坐到妙玉的蒲团也是合情合理——她在妙玉处很是放松，坐主人蒲团也不以为意。另一处很体现黛玉妙玉性格的细节，也常常遭到可能的误读的是（当然也许是笔者误读），当后文黛玉问妙玉：“这也是旧年的雨水？”妙玉的反应是冷笑道：“你这么个人，竟是大俗人……”云云，妙玉虽或许也把黛玉颇引为知己，但更能坐实的是，妙玉在黛玉面前是直来直去、毫无心机的。只不过妙玉不知，黛玉虽然的确是问了“这也是旧年的雨水”，但未必就是黛玉不能分辨茶水来源。试想，以黛玉之冰雪聪明，根据被招待的房间之不同，用杯之差别，该已能体察出这水并非刚才侍奉贾母等人的水了。但黛玉毕竟作为客，还是得先向妙玉确认，于是用了“这也是”的句式。我们在心中有了猜疑，而去向对方求证时，也常会用黛玉这句话的问法。

但本书想论及的关键在于，三位女子喝茶的此时，宝玉也已经在场。妙玉通过黛玉和宝钗来“引诱”宝玉也进来喝茶的目的已然达到，宝钗和黛玉对于妙玉而言，就显得多少有些“碍事”。这“碍事”倒并非是妙玉非撵她二人走，好和宝玉独处不可。只不过，妙玉虽云是出家之人，她此时的小儿女心思，的的确确全在宝玉一人身上了。黛玉的突然一问，且又质疑她的可贵水源，难免让妙玉一时失去了细辨的力量，而简单应答，并且言语里带上了一些“不快”，顺口便道出“你这么个人，竟是大俗人”的话，又颇自鸣得意地对茶水来源作了一番著名的解释——这解释的弦外之音，其实也是说给在场的男孩宝玉听的。

说到底，曹雪芹要给读者看的，才不是黛玉妙玉到底是不是一体，是否她们的原型共同嫁了谁之类的问题，而是女孩子们在自己欣赏的甚至心仪的男孩面前，所流露出来的与平日里只有女孩与女孩（而没有男孩在场）的情况下很不同的反应及口吻。诗学意图不直接说破，意则求多，字惟求少，每每只体现在人物台词上来教读者琢磨，本就是许多明清小说家的看家本领。

这一回中，且说贾母等进去吃茶，妙玉迎入时，宝玉先是“留神看他是怎么行事”，想来宝玉也是茶道的行家，也见得不少，但此处的留神看妙玉，于茶之外，更有“绛洞花主”对女性的好奇心在里面。他出于天性，而跟着钗黛二人随妙玉进入耳房之中。他与钗黛二人更熟悉，与妙玉不那么熟悉，于是先对着钗黛说：“偏你们吃梯己茶呢。”以免直接对话妙玉而引起妙玉的不快或不适。而这句“偏你们吃梯己茶呢”之中，看似流露出对对方（钗黛二人）的羡慕，自己“处境”的不如，入于妙玉之耳，也较易引起妙玉的好感，至少不会遭来恶感。

当妙玉将“自己常日吃茶的那只绿玉斗来斟与宝玉”时，妙玉对宝玉的心起码是友好（不讨厌）的且很大可能是妙玉已倾心宝玉、将宝玉视为自己的同道，甚至是妙玉对宝玉早有了极大的爱慕之心。

而妙玉的这种心理幸或不幸已被宝玉识破了。宝玉显然首先顾及到女孩儿妙玉的羞耻心，于是故意开了一个玩笑，这次不再是对着钗黛，而是直接对着妙玉："常言'世法平等'，他两个就用那样古玩奇珍，我就是个俗器了。"宝玉这里显然是怀抱琵琶，心弹别调，玩的是一石二鸟的枪法，故意将钗黛使用的茶具视为"古玩奇珍"，自贬只配用"俗器"。得到的是"俗器"，也是顾虑到黛玉，并或能消减黛玉可能会出现的醋意，仿佛告诉黛玉：自已不过是正被妙玉随意对待着，绝没什么特殊之处哟。当然，从第五十回来看，进入八十回内后半部分的黛玉似乎已经不会为妙玉而"吃醋"了。

而妙玉呢，妙玉的回答是"这是俗器？不是我说狂话，只怕你家里未必找的出这么一个俗器来呢"。显然，这一场双玉对手戏，妙玉不是"这个宝玉"的对手。怀揣少女羞涩之心的她，已经被宝玉引入茶具高下的专门话题，这倒不是说，她真的只在乎茶具问题，哪怕她明知宝玉是在故意打趣，出于纯洁少女的本能，她也想暂借茶具高下之论，反唇相讥，来掩去少女的面对心仪男子的羞耻之心。同时，两人一个"诉苦"，一个辩解，打情骂俏之际，宝玉正在使用着妙玉日常使用口唇相触的杯子，这件即使放在今日十几岁少年男女间一旦被挑破挑明了也会觉出无比亲昵感的事，就被轻轻松松地给淡化掩埋过去了。

宝玉既轻松安抚了心底暗涌情澜的妙玉，之后还有袅袅余音。我们看宝玉立刻道："俗说'随乡入乡'，到了你这里，自然把那金玉珠宝一概贬为俗器了。"引得妙玉"十分欢喜”，两人此后的对话随着这份欢喜和宝玉依旧保持着的分寸感而得以愉快继续。妙玉说：“独你来了，我是不给你吃的。”妙玉说的当然是反话，其实她最盼宝玉能来此处喝茶。这句“独你来了，我是不给你吃的”，正话反说，彼此不露声色、心领神会地表演了一段青春年少的爱情对手戏。

接着宝玉就势回答“我深知道的，我也不领你的情，只谢他二人便是了”，便到得一个“此时无声”的高潮，惹得本就学不来轻颦浅笑、偎红倚翠之类的妙玉一句“这话明白”。[①] 中心议题被宝玉不动声色地轻悄改变，而宝玉既独享了妙玉的赐杯，又成全了妙玉的小心思和小目的，女孩子家心里填满了欢喜，少女花荫下的宝玉也从容而优雅。[②]

曹雪芹铺纸伸笔写人，看来也是有一个不断进步的过程。比如第三十回写黛玉宝玉的怄气，及宝玉说宝钗“怪不得他们拿姐姐比杨妃”，惹得宝钗生气进而转攻刚刚和解的宝黛二人，致使二人“听了这话早把脸羞红了”之类的段

---

① 以上第四十一回内容均引自徐少知《红楼梦新注》第二分册，里仁书局，2020年，第1011—1013页。

② 对“栊翠庵茶品梅花雪”当然也有别解。此处附上李希凡的解读备考，其解读与本书解读全然相反：“谁知呆宝玉不仅不识货，竟连妙玉的情意也浑然不觉，反而抱屈说：‘常言“世法平等”，他两个就用那样古玩奇珍，我就是个俗器了。’激得妙玉一顿‘抢白’：‘这是俗器？不是我说狂话，只怕你家里未必找的出这么一个俗器来呢！’宝玉解嘲道：‘到了你这里，自然把那金玉珠宝一概贬为俗器了。’妙玉听后‘十分欢喜’。当黛玉询问这茶水是不是陈年雨水时，她毫不留情地讥讽：‘你这么个人，竟是大俗人，连水也尝不出来。’平素孤高自许、伶牙俐齿的黛玉，‘知他天性怪僻’，竟不敢吭气，吃完茶只拉着宝钗赶紧离开。宝玉认不得贵重的绿玉斗，黛玉品不出沏茶的梅花雪，妙玉从他们的‘露怯’中收获的是骄矜和惬意。”据《李希凡文集（第二卷）——〈红楼梦〉人物论》，东方出版中心，2014年，第319—320页。

落。这样的精彩桥段，灵心慧齿，针尖麦芒，虽或也大致符合小儿女间常态，但比起四十回后的有些篇目，就稍显得左支右绌了。小儿女间情感对话，最为难写。即使作者将亲历亲闻的段落照搬下来，也难免有种种尺度进退与分寸把握的问题。这样的情感对话若是拿捏不当，读者便不买这个账，古今皆然。

《红楼梦》不似历来野史，有迹可循。《红楼梦》是无本可依。且看他前期写宝黛之间，宝黛钗三人之间的许多段落，大多像出于虚拟，固然也写得精彩，但本就尤为难写。其次，至四十二回钗黛合一之前，曹雪芹将心目中的理想女性硬是分割为黛玉与宝钗二人，要使她们围绕宝玉而横生出许多枝节，以此来推进宝黛情感，不免也偶尔有开弓无力、未中鹄的之处。这样的文字，也就远不如袭人规谏宝玉、宝玉悄悄去袭人家等宝玉和袭人间的段落来得更为真实与亲切自然了。

妙玉与宝玉的对手戏，全在四十回之后。妙玉与宝玉的三场对手戏，以及妙玉与湘云黛玉“冷月诗魂”这些脍炙人口的场景，是妙玉在《红楼梦》前八十回的本传。妙玉的身上，大约既有曹雪芹的某种性情自况，又是他写到后期真正心目中的另一种理想女子——钗黛可娶，而妙玉是藐姑射的女神用来瞻仰——他写妙玉既尽心力，又因维持了妙玉宝玉之间的距离感，反而更容易写得入神逼真。这是我们继续研究双玉的第二出戏和第三出戏之前，先须有所交代的。

第五十回，妙玉与宝玉之间的情愫表现得更上层楼。只不过这一回兼写湘云黛玉，两雄争锋，而宝钗呢，似乎已经渐渐落后。若以第四十回左右作为分水岭，作者在第四十回之后明显有捧湘云而稍抑宝钗之势，莫非真与创作时的经历和心境有关？

宝玉作诗是每社都落第，第五十回里宝玉又逢落第。这回落第之罚正是取红梅。女追男如隔一窗之纸，而男追女如隔重山，凡落到须追的地步，就生出许多无端恼恨。唯有两情相悦，最是得意。宝玉心中有妙玉，妙玉心里恐亦暗暗对宝玉怀着特殊的春情。宝玉与妙玉既有追求的意味，又是彼此映照。作者大约尚未想好究竟如何定性二玉的爱情，因此在第五十回姑且借助“乞梅”来虚写传达这种暧昧。因已有芦雪广群芳争联的衬托，作者对读者采以魏武“偷袭乌巢”之术，读者或被芦雪广美好的群芳场面混乱迷惑，一时倒也不会见怪：第四十一回与第五十回之间，妙玉与宝玉两人的情感之跳跃怎么如此突然。

而由谁来布置“乞梅”惩罚的任务呢？作者把它交给了李纨。李纨是诗社诸姐妹中唯一的已婚女性。由李纨来命宝玉赴栊翠庵取梅，而非别人，只能说明，写第五十回时的作者，对李纨之外其他姐妹的身份定义，恐怕皆属未谙真正男女情爱的纯洁少女。李纨到底是经历过的人，懂得男女之心，明白人间常情，于是也善于真正地成人之美好。李纨说：“可厌妙玉为人，我不理他。如今罚你去取一枝来。”李纨之罚，“比金谷酒尤韵雅”。[①]李纨既智慧，又有体谅心，似乎深知妙玉对宝玉特殊的关照（虽然我们也会疑惑，她

① 此洪秋蕃之评。引自冯其庸辑校《重校八家评批红楼梦》第二册，青岛出版社，2018年，第1286页。

何时深知？)。李纨自然“厌妙玉为人”，在作者清净的眼里，她和妙玉当然非同类。拿李纨与妙玉作比，侧面也显出作者是追求理想境界中人。但成全宝玉妙玉的还是李纨，则作者又不忘李纨之功。李纨之形象这样也同时顺带具备了多义性。

有趣的是，宝玉衔命出发时，“湘云、黛玉一齐说道：‘外头冷得很，你且吃杯热酒再去’。”

首先，宝钗明明在场，作者却安排湘云黛玉一齐；其次，黛玉湘云似在助攻宝玉之行为。细细想来，此处无论是让宝钗说出“吃杯热酒再去”这句话，甚至让袭人登场来说，都不太像，因为宝钗袭人算是心有芥蒂之人。“吃杯热酒”这话非要说，也只可安排心无芥蒂的湘云，与深知宝玉妙玉的黛玉一齐来说。情爱的缤纷落英里，最值得赞美者，是默默助力成就之人。李纨是温暖的暗中助力，不动声色；湘云和黛玉是闺中少女的明里助力。然而深爱宝玉的湘云和黛玉，为何一齐说出这话呢？

彼时姑娘们的吸引力，自然都落到了即将去取梅的宝玉身上，湘云黛玉作为在座的爱宝玉的女孩子，自然唯恐落后，便要说些什么。宝玉即将去见的妙玉，乃是旧时代望断炎凉的出家的姑娘，见面之后两人会说什么，宝玉如何取到梅花，黛玉湘云也心里大致有数，不至于如何。且此刻谁也禁不住宝玉的前去，众人兴头又高，亦没必要禁他。妙玉和湘云、妙玉与黛玉都看似很难构成新一重的“情敌”关系，以至于争着“一齐”说出“吃杯热酒再去”。细细体会，就合情合理起来——她们到底是作者虚构的女孩子，大观园青春世界里的纯净角色，而非李纨式的守寡妇人。

宝玉于栊翠庵红梅，如刘阮于天台胡麻，属于曹雪芹的神妙之笔。栊翠庵如何取梅，取梅时二人究竟你来我往地说了些什么，一笔未落。唯宝玉回来的一句“你们如今赏罢，也不知费了我多少精神呢”给人无限遐想。这么写固然空灵，文学写作本也不必事事坐实，巨细描绘。但是否恰恰也暴露了，其一，作者大约未能和现实里如妙玉这般的女子真的打过情爱上的交道；其二，妙玉乃是理想化的女性。[①]

之所以如此说，是因为第三个故事。

第六十三回，前一夜是怡红院为宝玉祝生日而群芳夜宴，“席上风光，莺娇燕妒，极旖旎之文情”。[②]次晨大家醒来，宝玉梳洗了正喝茶，一眼看见砚台底下压着一张纸。宝玉委婉批评怡红院的丫头们：“你们这随便混压东西也不好。”于是“袭人晴雯等忙问”，“晴雯忙启砚拿了出来”，丫鬟们以为误了公子正事，一番忙乱之后，宝玉才发现，这是妙玉昨日悄悄送到的“槛外人妙玉恭肃遥叩芳辰”。

宝玉“直跳了起来”，简直是收到心上人——单恋的对象——的信笺的反应和心态。而“袭人、晴雯”双双见了这般情景，以为出了大事，“忙一齐问”是谁接的帖子。当获悉是妙玉遣人送来的，曹雪芹写道：

① 以上第五十回内容均引自徐少知《红楼梦新注》第三分册，里仁书局，2020年。

② 俞平伯《红楼梦研究》，《俞平伯论红楼梦》，上海古籍出版社，1988年，第573页。

众人听了，道："我当谁的，这样大惊小怪！这也不值的。"①

此处不再专点"袭人、晴雯"，却只是含糊其辞地一句"众人"，因为这句话让袭人出口也好，由晴雯专美也罢，岂不都有偏向，都会让不输于小说里妙玉身份地位的晴雯袭人的品味与价值矮人一头。这里的"众人"可能还包括临时来凑一把热闹又散去了的芳官、麝月，但此前一直恪尽职守的袭人、晴雯必置身其中。这种捣糨糊般的折衷的解决办法，既不至于改变语言修辞本身所传递的事实，还能起到令叙事内涵不被稀释的作用。自然，我们若是非要较真起来，也并不难做一回解开红线蓝线的"拆弹专家"：前半句"我当谁的，这样大惊小怪"像是晴雯口吻，后半句"这也不值的"该是袭人语气。然而彼时此刻，与其说得明明白白，不如拿"众人"虚掩过去，更为巧妙。为着晴雯袭人与妙玉在小说里身份地位上的一碗水端平计，我们也不妨被作者"含糊"一回。

双玉第三个故事的真谛在于，妙玉在宝玉的心中，固然分量足够，但之于晴雯袭人而言，不过与我等一样，也是一女子罢了。晴雯袭人的第一反应，看到宝玉跳起来，而替宝玉担忧的，无非是怕贾政又来唤他？或雨村及其他公子哥儿、官道贵人又来扰他？抑或怕迟迟才发现这张帖子，会不

① 以上第六十三回内容均引自徐少知《红楼梦新注》第三分册，里仁书局，2020年。

会耽误了我们宝爷的锦绣前程？及至知道了是庵里的妙玉处送来的，晴雯袭人就不再是低眉顺眼的唯诺的丫鬟，而变回了与妙玉一般的怀春女孩，想必又是该梳洗梳洗、该打扮打扮、该笑闹笑闹去了。这样的人物性格变换，不禁令我们拊掌感慨——曹雪芹几百年前便活写出的，是一群心底燃烧着爱的火焰却又难免因爱生妒的可爱女性——比之钱锺书笔下令方鸿渐一见倾心的唐晓芙及其表姐苏文纨之间的爱与妒的流转和回环的诗学意味，更其美丽而忧郁。

这一回里，因为妙玉没有置身现场，品味妙玉是何种心态自然可以有多种解释。比如洪秋蕃的妙评是：

> 妙玉肃柬贺芳辰，分明因宝玉一向冷落，特来招揽。“槛外人”三字，牢骚语也。宝玉覆柬，只从门缝投入，并不入庵一叙，实属疏淡。宝玉欲回妙玉拜帖，忙命快拿纸研墨，及提起笔来，又不知回什么字好。想见忙乱半天，仍交白卷，煞是可笑。[①]

洪秋蕃亦是老到之人，他将妙玉放在被冷落的地位，用上“冷落”、“疏淡”这样的词，可见洪秋蕃评论之下的宝玉，似乎被诠释成了情场高手的“绛洞花主”宝玉。但后文宝玉的欲回妙玉拜帖却一时不知道回什么字好，以及此后得邢岫烟的启发而写下“槛内人”，亲自拿回帖到栊翠庵，却

① 冯其庸辑校《重校八家评批红楼梦》第三册，青岛出版社，2018年，第1611页。

只门缝里投入，岂不更像青春年少对心上人付与的郑重与因郑重而生的踯躅徘徊？

双玉的三股清流归拢看来，栊翠庵吃茶时，宝玉妙玉无非搭讪着寥寥数语，五十回求梅干脆又舍去了说些什么和做些什么，六十三回又如何教雪芹下笔让宝玉“入庵一叙”呢？即便有那么一叙，该从何叙起呢？然而即便是这样的写意、留白和休止，我们仍然可以揣想妙玉并没有所谓的被冷落，宝玉也不至于疏之淡之。在宝玉妙玉爱情的一唱三叠里，在作者给出的如此吝啬的对白里，我们仿佛看到了雪芹笔下有三个宝玉。

妙玉与宝玉“勾连”的这三个故事，个个精彩，个个精微。但最体现曹雪芹笔下之宝玉对妙玉真实心态的，恐怕正是第六十三回妙玉槛外下粉笺这一出。但凡让洪秋蕃来捉刀，大约深知“入庵一叙”该让宝玉妙玉说些什么吧？曹雪芹却摊开双手表示我可写不来。在洪秋蕃心里，妙玉无非是宝玉一众普通泛爱之一罢了。洪秋蕃哪里会知道，在曹雪芹心里，妙玉其实是那一朵有别于寻常家花的晴雯袭人的深谷幽兰。若按常理出牌，写宝玉追逐妙玉，而终获得妙玉芳心，正常的编排顺序反倒该是先有六十三回互相投柬，其次是五十回宝玉求梅，最后才是四十一回用妙玉之杯喝茶——像是柏木将女三宫的猫捧在了怀里当成了她一般——这是《源氏物语》里男女情爱的经典顺序：互递和歌在先，其次到访求物，最后是求当面的男女亲近。但曹雪芹是颠倒着排演给我们看了。

第六十三回的另一个妙处在于，我们所讨论的核心对象袭人，终于在这一次的双玉故事里露脸开口了。

袭人诚然是那盏“灯”，[1]也是宝玉情爱世界的镜子。凡袭人的出场，都或能更现出曹雪芹细致入微的人性观察与真实色彩强烈的情爱经验。试举与第六十三回相似的另一处为例：第四十九回薛宝琴等人加入大观园的情节。新入者一共五人，李纨的两位妹子李纹、李绮，薛蟠的堂弟薛蝌及其胞妹薛宝琴，以及邢夫人兄嫂带来的邢岫烟。新人加入大观园，最按捺不住欢实内心的当然是宝玉。

> 然后宝玉忙忙来至怡红院中，向袭人、麝月、晴雯等笑道：“你们还不快看人去！谁知宝姐姐的亲哥哥是那个样子，他这叔伯弟兄形容举止另是一样了，倒像是宝姐姐的同胞弟兄似的。更奇在你们成日家只说宝姐姐是绝色的人物，你们如今瞧瞧她这妹子，更有大嫂嫂这两个妹子，我竟形容不出了。老天，老天！你有多少精华灵秀，生出这些人上之人来。可知我井底之蛙，成日家自说现在的这几个人是有一无二的，谁知不必远寻，就是本地风光，一个赛似一个，如今我又长了一层学问了。除了这几个，难道还有几个不成？”一面说，一面自笑自叹。[2]

本回标题“琉璃世界”，既然是琉璃世界，新入的人物

① 参考《〈红楼梦〉中的“灯”——袭人“告密说”析论》，欧丽娟《红楼梦人物立体论》，北京大学出版社，2020年，第327页。

② 徐少知《红楼梦新注》第三分册，里仁书局，2020年，第1177页。

都有旧人物参照，薛宝琴映照薛宝钗，薛蝌是薛蟠的另一面，李纹李绮的人物形象与李纨同样黯淡而缺乏存在感，邢岫烟算是黛玉与妙玉及迎春的一个综合变体。这些人物都是“白雪红梅”一般晶莹的塑形，同样都不入金陵十二钗正册。仿佛作者要开始渐渐抬高妙玉与湘云的地位，而请了一堆人物来做障眼法。至于宝玉这番十三岁男孩的“人物论”，其实暗暗遥应第五回太虚幻境内容。可见第五回至第四十九回整整四十四回过去了，他才“长了一层学问”，除了所授云雨的事他记得清楚，梦一醒就要和袭人试验，警幻其余的良苦用心通通付之东流。但此后袭人与晴雯的不同姿态，却也值得玩味。

> 袭人见他又有了魔意，便不肯去瞧。①

袭人的不肯去瞧，与第六十三回的“我当谁的，这样大惊小怪”云云，是同一个意思。但此前的热闹里，毕竟还有“众人”在掩护她，“众人”里还夹带了晴雯的混战助阵，喧阗一旦归静，作者直接单点袭人，袭人也就躲无可躲了。

> 晴雯等早去瞧了一遍回来，兮兮笑向袭人道：“你快瞧瞧去！大太太的一个侄女儿，宝姑娘一个妹妹，大奶奶两个妹妹，倒像一把子四根水葱儿。”②

① 徐少知《红楼梦新注》第三分册，里仁书局，2020年，第1177页。
② 徐少知《红楼梦新注》第三分册，里仁书局，2020年，第1177—1178页。

晴雯是真直率，有什么便说什么。第一，在怡红院里，她是宝玉践行某种思想的旗帜鲜明的支持者，晴雯也有自己的主张，但更多情况之下，宝玉说什么就是什么，她是宝玉最忠勇得力的应声虫。第二，晴雯偏偏也长得面容姣好，她的容貌是芙蓉，是黛玉的影子，且不是象征主义风格而言的“宝钗一党”，没有无原则护着宝钗的义务。同时，晴雯的这次出言，是很巧妙地泛泛去夸“四根水葱”，而非专夸“薛大姑娘的妹妹更好”，两头捧得实惠，何乐而不为。作者也是当真下得去手，还嫌对袭人的刻画不够入木三分，还要让她再平白多遭遇一些“尴尬”。且看，接着又使三姑娘探春进入了怡红院。

> 一语未了，只见探春也笑着进来找宝玉，因说道：“咱们的诗社可兴旺了。”宝玉笑道：“正是呢。这是你一高兴起诗社，所以鬼使神差来了这些人。但只一件，不知他们可学过作诗不曾？”探春道：“我才都问了问他们，虽是他们自谦，看其光景，没有不会的。便是不会也没难处，你看香菱就知道了。”
>
> 袭人笑道：“他们说薛大姑娘的妹妹更好，三姑娘看着怎么样？”探春道：“果然的话。据我看，连他姐姐并这些人总不及他。”袭人听了，又是诧异，又笑道：“这也奇了，还从那里再好的去呢？我倒要瞧瞧去。”[1]

① 徐少知《红楼梦新注》第三分册，里仁书局，2020年，第1178页。

袭人口中的“他们”是宝玉与晴雯。谨言慎行如袭人也会脑子发昏，居然想请探春来选择站队，她在做最后的无谓抵抗。探春一抬头就是一句“果然的话”，根本不给袭人任何缓冲与余地，直接将袭人于众目睽睽之下按倒在地。

此处的探春，当然是作者故意横插一杠的。功能是兴旺诗社，交代诗社可添新人了，热闹起来了，全书欢喜情节的最高潮即将到来了。作者也顺便安排她来顺嘴月旦人物，肯定宝玉晴雯，否定袭人，让她姑且站到宝玉和晴雯的一边，让袭人孤零零地立到她们的对面去。无论怎么看，都只能是作者的刻意而为了。

只要袭人在场，曹雪芹细致入微的人性观察与真实色彩强烈的情爱经验，都会在袭人这面镜子上清晰可鉴。但和第六十三回妙玉投笺后袭人晴雯的反应那一段同理，作者最终还是想说，宝琴一干人与宝玉终究无缘，宝玉不过空欢喜一场，只是小男孩心性。而袭人晴雯探春等才是这边的人，是触手可及者。宝琴一干人虽来，短暂应景而已，暗度陈仓地混乱里要将湘云与妙玉的地位抬高而已。即使明文老太太要把宝琴认作干女儿，抬宝琴如此之高，依旧改不了字里行间的宝琴、邢岫烟、李纹李绮的玻璃透明之感。

第六十三回袭人、晴雯并举，她俩合在一起是怡红院丫鬟的标签，她们觉得妙玉不过如此，不值得宝玉兴奋。在她们眼里，可能还觉得妙玉多半不能为宝玉所得。妙玉的来柬是宝玉兴头上的东西，不值一提。考虑到晴雯与袭人的性格经历差别太大，晴雯不太会是袭人原型身上抽离出来的人物，再结合从第四十九回到第六十三回的晴雯的两次表现，晴雯并非一直站在袭人之对面，她到底首先和袭人一样，属于怡红院宝玉私密阵营。《红楼梦》的迷宫般的人物设计，兼收并蓄了古典艺术宝库中的多种造型艺术。《红楼梦》之于我们也是一座宝库，面对这个宝库，我们有一个使命，那就是找到这个宝库通向各个殿堂的钥匙，解构作者的复杂初衷和写作堂奥，解析小说人物在原型与角色、角色与角色之间的纠葛和脉络。

沿着曹雪芹布下的人物写作的纠葛和脉络，无论从晴雯独特的性格，还是晴雯并不具备鲜明的阵营归属，以及作者在故事里时不时流露的对她的特殊眷顾来看，大约晴雯和袭人一样，也有一个具体的原型。这个原型曾是曹雪芹现实里身边的丫鬟，是他印象最为深刻的人物之一，却大约早早就离开了作者。这样的一个听凭主子差遣的鞍前马后的伺候班底，既要有袭人麝月这样的柔婉，也得有晴雯芳官这样的刚烈，人物的阵容才得以组织得精神飒爽。

组织这样的阵容，作者还要打起精神，忙乎着取晴雯的故事发展出同为丫鬟（或俳优）的金钏儿和龄官，① 又从晴雯与龄官的性格连接到林黛玉性格的虚构与完成。或者如张爱玲所说的，林黛玉的原型本是寄居在他家的那位远房亲戚。② 那么，小说里的林黛玉的性格，到底是这位“远房亲戚”固

---

① “金钏儿这人物是从晴雯脱化出来的”，是取张爱玲之主张。详见《红楼梦魇》之《三详红楼梦》。张爱玲《红楼梦魇》，北京十月文艺出版社，2021 年，第 156—161 页。

② “……原来黛玉是他（指脂砚斋）小时候的意中人，大概也是寄住在他们家的孤儿。宝钗当然也可能是根据亲戚家的一个少女（改写的），不过这纯是臆测”。据张爱玲《红楼梦魇》，北京十月文艺出版社，2021 年，第 166 页。

有的呢，还是作者别有所据再虚构的呢，就不可捉摸了。又或者晴雯影响黛玉，从晴雯原型里抽出一部分性格赐给黛玉原型，再进行改写而创作出人物；或者是黛玉影响了晴雯，将黛玉的性格的一部分化给晴雯。当然，黛玉晴雯，一为小姐一为丫鬟，身份不同，性格言语命运的表现方式也要大不相同。

依照前文将宝玉分为“绛洞花主”宝玉：情爱里左右逢源的宝玉；以及“怡红公子”宝玉：恋爱里求不得，常常不如意、爱伤感和多愁绪的宝玉。大抵如前文分析，由秦可卿（警幻）一手调教出来的、与袭人初试及在金钏儿等人面前的、与秦钟蒋玉菡柳湘莲结缘的，应该是“绛洞花主”宝玉，而为钗黛尤其是黛玉心碎的、与妙玉暧昧甚至若将六十三回五十回四十一回倒过来看像是在追逐妙玉的、悄悄旁观而见证贾蔷龄官爱情的、梦境里甄家丫鬟不理他而遭冷落的、缠着刘姥姥讲抽柴故事的则是“怡红公子”宝玉。

须作出说明的是，这样的两分当然不是每一处都彼此扞格不入，曹雪芹不断地增删修改，使“绛洞花主”宝玉与“怡红公子”宝玉渐渐融合为一，且日益得以和谐。比如涉及钗黛问题而受袭人规谏的宝玉，纵容晴雯撕扇的宝玉，笔墨的天平上，砝码也都偏向“怡红公子”宝玉。如果两个宝玉的截然分明能轻易识破，《红楼梦》也难成其复杂伟大。正如金钏儿晴雯之间的关系，须张爱玲之慧眼才能启发我们，憬悟我们。

第五节 “寻声暗问弹者谁”
——“明义所见旧本”与《风月宝鉴》发微

关于《红楼梦》的旧本，今所能见的一条著名的重要材料，即明义《题红楼梦》诗。诗前小记云：

> 曹子雪芹出所撰《红楼梦》一部，备记风月繁华之盛。盖其先人为江宁织府，其所谓大观园者，即今随园故址。惜其书未传，世鲜知者，余见其钞本焉。[①]

周汝昌先生说：

> 明义所见的《红楼梦》，是多少回的本子，疑莫能明。比如他在诗序里只说“备记风月繁华之盛”，而不说有甚么兴衰荣悴，又二十首诗中所写绝大多数是八十回以前的情节，这两点使人疑心他所见到也只是个八十回传本。可是，有几首诗其语气分明是兼指八十回以后的事，似乎目光已注射到我们所未曾见到的后半部部分。所以，明义所见到底是多少回本，尚属疑案。[②]

① 冯其庸辑校《重校八家评批红楼梦》，青岛出版社，2018年，第138页。以下所引明义《题红楼梦》诗文字亦据此。

② 周汝昌《红楼梦新证（修订本）》下，中华书局，2020年，第968—969页。

明义的二十首《题红楼梦》诗反映的明义所见《红楼梦》旧本，仅气象而言，有一种庭院深深的幽奥清冷感，又充满着读完全书之后的物是人非感，而无今日《红楼梦》前八十回之新丽壮阔感。当然，人读《红楼梦》，各有各的感受，我们对这个早本的猜测与感觉也大有可能首先要受到明义诗风的影响甚至“破坏”。这个“明义所见旧本”好像薄薄的，有一种将今本《红楼梦》简化了的意味。人物也不齐全。关于这一点，吴世昌论及明义所见《红楼梦》的初稿时说：

> 当然，明义可能只挑一些他有兴趣的故事加以题咏，并非为主要情节作提要。也有可能明义做的诗本来不止这二十首，钞存时作了选择。尽管把这些可能性都考虑进去，仍不能不令人觉得雪芹这个初稿是比较简略的，并且在把这些故事编入《石头记》时，雪芹作了精细的加工增删，作了前后次序的调整。[①]

先不论吴世昌此文其他的观点。仅上引这一段，我们在读明义题红诗时，也不得不同感于吴世昌的判断：“仍不能不令人觉得雪芹这个初稿是比较简略的”。虽然只是吴世昌的“觉得”，暂且也别无他法。由以上推断，我们可以姑且认为，“明义所见旧本”《红楼梦》当是一个人物较今本精简，

① 吴世昌《论明义所见〈红楼梦〉初稿》，《红楼梦学刊》，1980年第一辑，第19页。

故事相当集中的关于代表着青春梦幻的大观园的兴废故事。①

明义的题诗之中，明确提到黛玉角色存在的其实只有三首。“潇湘别院晚沉沉”一首，“伤心一首葬花词”一首，“莫问金姻与玉缘”一首。其他如“可奈金残玉正愁”首，“病容愈觉胜桃花”首，“生小金闺性自娇”首等，模棱两可。自然，也都可以作为黛玉相关的题诗来解释，但这是我们先读了今本《红楼梦》而倒回去代入到明义题诗里，先入为主，再获取的某首某首乃事关黛玉的印象，却未必符合早本内容。因此笔者以为，唯有如“潇湘别院”“葬花词”以及配对着“金姻”的“玉缘”等关键词出现的诗句，才可能是明确关于林黛玉的题诗。

吴世昌认为《红楼梦》的写作至少经历了三部书的阶段:《风月宝鉴》阶段、“明义所见旧本”《红楼梦》阶段，以及今天我们所见的脂批《石头记》阶段。②

---

① 又如陈维昭所论:“明义说:‘曹子雪芹出所撰〈红楼梦〉一部，备记风月繁华之盛。’但在他的二十首〈题红楼梦〉诗中，我们只看到‘风月’，没看到‘繁华’；只看到儿女嬉戏，没看到家族兴亡。或许，明义看到的是一部〈金陵十二钗〉的雏形”。可见明义诗给不同读者带来的关于《红楼梦》早本的感受，多有类似之处。陈维昭《〈金陵十二钗〉与曹雪芹及其他》,《红楼梦学刊》2022年第一辑，第75页。

② 吴世昌对所谓《红楼梦》旧稿的看法摘录如下:“现在我们知道，在1754年至1791年，在脂评《石头记》八十回以抄本形式流传之前，至少有两种旧稿:一名《红楼梦》，一名《风月宝鉴》。前者可能是一简本，作者给明义看过。从明义为它题咏的二十首诗看，主要的故事已经写完，但其中有些内容与今传前八十回不同。在另一旧稿《风月宝鉴》中，故事有一百回。在修改时，前三分之二以上被展开成八十回，即现存的《石头记》。余下的部分，据脂砚说还有三十回，作者也准备加以展开或修改。存在于今本第四十二回里棠村的序指出它的上一回是‘第三十八回’，可见旧本的分回和现存八十回本不同。在现存八十回本中仍有旧本的

（转下页注）

暂且搁置"明义所见旧本"《红楼梦》，我们再回顾《风月宝鉴》的情况。脂批甲戌本第一回第八页那条吴世昌爱用的著名批语如下：

> 雪芹旧有《风月宝鉴》之书，乃其弟棠村序也。今棠村已逝，余睹新怀旧，故仍因之。①

新是新稿，旧指旧稿，"睹新怀旧"就是看到新稿，想起旧稿。看来，新稿与旧稿被放在了对立面。但这确实既可理解为新旧两稿截然不同，是两部书，也可以解读为旧稿与新稿合起来是带有承继性质的同一部作品。学界一般认为，《风

（接上页注）

残迹，如第十七和十八回尚未分开，第十九和七十五回尚无回目"。——叶朗、刘勇强、顾春芳主编《百年红学经典论著辑要（第一辑）·吴世昌卷》，安徽教育出版社，2020年，第358页。吴世昌所下之论，猜测性非常之大，虽然为我们拓开了很可贵的思路。吴世昌所谓"棠村序"，其实包括分散在脂本各回目前的一部分脂批。上引文字中所说的"第四十二回里棠村的序指出"云云，原文为："钗、玉名虽二个，人却一身，此幻笔也。今书至三十八回时已过三分之一有余，故写是回，使二人合二为一"。（徐少知《红楼梦新注》第二分册，里仁书局，2020年，第1027页）吴世昌所言固然也能自圆其说，然而这段文字亦可做别解：一者，脂砚斋若不等于棠村，此段文字还是脂砚斋所批，就谈不到什么"棠村序"。明义讲"雪芹旧有《风月宝鉴》之书，乃其弟棠村序也。今棠村已逝，余睹新怀旧，故仍因之"。既然棠村是给旧稿做了序，而明义今日睹新怀旧，看到新稿，怀念旧稿，则旧稿连同棠村之序安在哉？故而吴世昌既能自圆其说，但目前没有他证的情况下，反过来也能立刻将此说否定。二者，第四十二回脂批这段文字可这么理解：宝钗和黛玉在作品里虽然是两个人物，人却是来自一身，这是作者的幻笔。现在写到（此前的）第三十八回，这部书算是已经过了三分之一有余了，（再不写钗黛合一就晚了），所以到如今这第四十二回，非写"合一"的内容不可了。这么理解，便谈不上什么第四十二回的上一回是第三十八回云云。

① 红楼梦古抄本丛刊本《脂砚斋重评石头记甲戌本》，人民文学出版社，2010年，第15页。

月宝鉴》旧稿留存在《红楼梦》中的内容，大多为宁国府人物相关故事。[①]另外还有与书中“太虚幻境”相关的一些书写也属于《风月宝鉴》。因为小说中虚构的那面魔镜“风月宝鉴”本就是出自“太虚玄境”或“太虚幻境”，第十二回贾瑞命在旦夕，“无药不吃，只是白花钱，不见效”。“口称专治冤业之症”的跛足道人给他镜子时解释道：“这物出自太虚玄境空灵殿上，警幻仙子所制，专治邪思妄动之症，有济世保生之功。”[②]《风月宝鉴》与“太虚幻境”两者是很难分开的。

> 曹雪芹著《红楼梦》，据说原稿写得极其率真露骨，屡经改纂，始成今本。……东鲁孔梅溪又题曰《风月宝鉴》。它本有一段很惨痛的历史，后来再说，现在只顾名思义，就晓得它乃是人间男女的一面爱的镜子，所有痴男怨女，我我卿卿，离合悲欢，生生死死，都一一映入这面镜子——这一部书里。其实这面镜子也许就是一

---

① 比如刘世德认为：曹雪芹《红楼梦》的创作过程，原来有两个不可混淆的阶段，一个是《风月宝鉴》写作的阶段，另一个是《红楼梦》写作和修改的阶段。所谓《风月宝鉴》其实就是《红楼梦》的一部分初稿。我们今天所见到的曹雪芹的《红楼梦》则是在他的旧有的《风月宝鉴》一书的基础上增饰、改写而成的。因此，二者的人物和故事都有着若干的重复和交叉。但在重复和交叉中，人物的思想境界和性格特点都会有所发展和有所改变，故事的细节也会有所丰富和有所歧异。（第129—130页）又云：……也就是说，尤二姐、尤三姐故事，和其他的故事（例如闹学堂故事、“秦可卿淫丧天香楼”故事、贾瑞与王熙凤故事、秦钟与智能儿故事、贾琏与多姑娘故事等等）一样，无疑都是“风月宝鉴”的内容。只不过其他的故事都还保留在原先的开卷二十回左右的位置上，只有“二尤”故事往后挪移了五十回左右的篇幅。（第130页）据刘世德《红楼梦舒本研究》，社会科学文献出版社，2018年。

② 徐少知《红楼梦新注》第一分册，里仁书局，2020年，第321页。

件荫蔽的外衣，故意把人的眼光移在风月方面，逃开当时政治上的注意，所以那时虽已流入人间，但仅有极少数士大夫取为消闲排闷之资，并没把它当作正经书看。[①]

对太虚玄境或者《风月宝鉴》的阐发当然没有个尽头，以上这段话又是跳出了考证的如来佛掌心，从广义上阐述推演开去的文字。假如甲戌本这条脂批所说的棠村序及所谓的雪芹旧稿《风月宝鉴》确曾存在，无论《风月宝鉴》是《红楼梦》的阶段性初稿习作，还是雪芹早年的另一部作品——今本《红楼梦》或《石头记》是另起炉灶——《风月宝鉴》乃人间之镜的主旨这点，大体不会改变。旧稿与新稿之间，雪芹总该有一个慢慢合成，漫长修改的过程，大约也八九不离十。这个过程里，《红楼梦》渐渐由人间的一面风月风流镜子，成了昨夜的朱楼一梦。由“风月镜子”而“朱楼一梦”，既然要伴随猜想而跨越两书，那么依旧认为旧稿《风月宝鉴》里的“太虚幻境”等同于今本《红楼梦》中的那个“太虚幻境”，可能就过于简单了。

昆德拉《小说的艺术》开篇探讨了小说让欧洲陷入“存在的遗忘”，世上只剩下写作者们无穷无尽的胡言乱语。[②]《红楼梦》井井有条，行阵和睦，自然不是“胡言乱语”，但作者自嘲“满纸荒唐”，《红楼梦》的故事也说得上是另一种意

① 叶朗、刘勇强、顾春芳主编《百年红学经典论著辑要（第一辑）·高语罕卷》，安徽教育出版社，2020年，第22页。

② 参考米兰·昆德拉《小说的艺术》，尉迟秀译，上海译文出版社，2022年，第27页。

义上的带有现代性的“胡言乱语”。[①]相对于《红楼梦》里的现实世界，“太虚幻境”就是一个虚拟的让人暂时遗忘现世的地方。宝玉在第五回由可卿、警幻引导而一梦太虚，醒后却让我们读者不知是太虚幻境的宝玉梦回现实的贾府，还是贾府的宝玉历劫太虚幻境的梦幻。脂批说“睹新怀旧”，旧的太虚幻境与今本的太虚幻境，区别到底在哪里呢？

从今本《红楼梦》中与宁国府相关的内容来看，从贾敬贾珍贾蓉、尤氏与二尤、秦可卿、贾瑞及秦钟宝玉智能儿等人的相关情节来看，相关回目的写作风致，与第十七至十八回后关于钗黛、湘云、妙玉等人的篇目，很不一样。因此说这样一个载托宁府诸人故事为主的文本中的太虚幻境，该与今本宝玉所梦之太虚幻境很不一样。十二钗曲子诞生后，才有《金陵十二钗》、《红楼梦》等题名。很难想象这两个题名出现之前，旧稿《风月宝鉴》里就有宝玉在太虚幻境里听十二钗曲段落。安排他听，是受了荣宁二公所托，因他尚执迷不悟。假如旧稿《风月宝鉴》的宝玉有跛道癞僧的通透，不无犀利冷峻，如何下笔去写他于秦氏房中朦胧里睡去，梦

---

① 王国维所说的“《红楼梦》，哲学的也，宇宙的也，文学的也。此《红楼梦》之所以大背于吾国人之精神，而其价值亦即存乎此”、“《红楼梦》一书与一切喜剧相反。彻头彻尾之悲剧也”，都从作品的思想境界层面、故事内容层面等揭示出《红楼梦》的一种现代性。（王国维《红楼梦评论》，叶朗、刘勇强、顾春芳主编《百年红学经典论著辑要（第一辑）·王国维、蔡元培、胡适、鲁迅卷》，安徽教育出版社，2020 年，第 14—15 页）又如陈维昭云“无论对于哪一个时期，《红楼梦》都具有强烈的现代性。其根本原因在于它探究的是一种关于人的存在的终极关怀，人类不停地追问这一问题，但这一问题的终极答案却不是人类自身能够提供的”，即从《红楼梦》的思想性和意义的角度来审视其现代性。（陈维昭《〈红楼梦〉的现代性与红学的解释性》，《汕头大学学报》，2005 年第 1 期，第 27 页）

中警幻以十二钗曲文开悟呢？其次，旧稿《风月宝鉴》该有着大量的《金瓶梅》式的肉欲描写。《金瓶梅》描写的是彻头彻尾的成年人世界，《风月宝鉴》虽未必是百分之百的《金瓶梅》《肉蒲团》的后辈作品，但旧稿《风月宝鉴》大约总很有些《金瓶梅》的影子。而今本《红楼梦》的大观园世界，我们看到作者更想突出的是与《金瓶梅》总体气质很不同的怀金悼玉、摹写“当日所有之女子”青春年华的未成年人世界。既然如此，假如作者在创作《石头记》时舍不得旧稿《风月宝鉴》，要把《风月宝鉴》的一部分作为支流汇入《石头记》的汪洋，就不得不对《风月宝鉴》旧稿中的许多人物与情节进行处理与改写了。

旧稿《风月宝鉴》既存，作者不忍割舍其中人物与故事，大体保留，嫁接调整至今本《红楼梦》中，其间所做的艺术处理当颇费工夫。从今本回目的组织与格局揣测，作者首先并非轻率地将旧稿整块整块地运到今本或新稿里，形成如同《水浒传》“林十回”“武十回”“宋十回”般的[①]颇具连续性的单元式章节，而是大约将之打散，与新故事新内容杂糅，化入今本《红楼梦》之中。[②]刘世德认为曹雪芹从《风

① 十回是百回或百二十回的明清长篇小说的一个单元，但具体到《水浒传》，“林十回”“武十回”的说法只是概说，事实上未必达到十回。“在《水浒传》十回单元的总框架之下，我们也可以看到类似《西游记》的三至四回的较小单元穿插出现。例如，第三至第七回的叙述重点以鲁达为主；第七至第十一回写林冲；第四十四至第四十六回写杨雄”。浦安迪《中国叙事学》，北京大学出版社，1996年，第70页。

② “《水浒传》前几十回，实际上是各个梁山人物的小传，它接连写了晁盖、吴用、阮氏兄弟、杨志、宋江、林冲、武松、石秀、卢俊义的出身、遭遇、生活和

（转下页注）

月宝鉴》到《红楼梦》的改写过程里，为了要突出宝黛及宝钗恋爱、婚姻故事这条主线，而必须使一些“喧宾夺主”的支脉“退避一侧”。[①] 今本《红楼梦》的森罗万象之中确实有这么一条主干，攸关婚恋，儿女情长，但未必只是笼统简单的宝黛与宝钗三人间的恋爱故事。如果将《红楼梦》的主干仅仅局限于宝玉与钗黛，恐怕《红楼梦》丰富的精神内涵也会大打折扣。

今本《红楼梦》中贾瑞、秦可卿、二尤等人的故事，虽然是在回目与回目之间互相交错，形成你中有我、我中有你的格局，但也在一定程度上流露出史传式的纪传结构。我们透过各种脂批《红楼梦》抄本来探索《风月宝鉴》废墟里曾经的雕梁画栋，难免发现人物与人物之间仿佛有着各自独立章节的连缀。如果解决了二尤的问题[②] 与秦可卿死亡的问

（接上页注）
性格。每个人的故事都可以成为一个完整的中篇或短篇。因为当时的水浒故事，是以人为单位的。施耐庵统筹全书，他以误放妖魔作为楔子，以智取生辰纲展开故事，突出一个‘逼’字，以这些人物齐集梁山为一结局。这样的结构，在艺术上说是完整的。”孙犁《长篇小说的结构》,《孙犁选集·理论》，陕西师范大学出版社，2003 年，第 152 页。

① 刘世德意见的原文：从艺术表现上说，在初稿写出后，曹雪芹同样需要芟除枝叶，以突出主干。贾宝玉、林黛玉和薛宝钗的恋爱、婚姻故事，是全书的精华，也是全书的中心线索。他必须采取一切艺术手段，使这条线索起贯串全书的作用。尤其不能使它停滞、中断，甚至退避一侧，造成喧宾夺主的局面。引自刘世德《移花接木：从柳湘莲上坟说起》,《文学遗产》2014 年第四期，第 123 页。

② “二尤问题”即尤二姐、尤三姐于何时出场，她们的相关回目本该出现在什么位置的问题。是研究《风月宝鉴》问题绕不开的。详参刘世德《二尤故事移置考》，其结论之一为：在曹雪芹的初稿里，描写尤二姐、尤三姐、柳湘莲故事的篇幅应位于现今我们所看到的第 14 回至第 16 回之间。它们被往后挪移了五十回，则是在曹雪芹“披阅十载，增删五次”的创作过程中完成的。刘世德《二尤故事移置考》，出自《红楼梦舒本研究》，社会科学文献出版社，2018 年。第 129 页。

题[①]，二尤故事与秦可卿故事完全挪移至今本《红楼梦》第十七至十八回之前，那么《风月宝鉴》的面貌将更清晰地显示出一种纪传体的编排方式。这么一来，一旦将今本《红楼梦》前八十回笼统分为《风月宝鉴》旧稿部分与大观园故事部分，再以第十七至十八回作为一堵围墙，则基本可以认为，《风月宝鉴》旧稿部分的书写离不开群像人物相对独立的性与死亡主题（秦钟之死、秦可卿之死、鲍二家的之死、二尤之死等），而第十七至十八回之后的大观园故事部分更多的是世情小说写法的青春物语及其他，没有或很少涉性。

与性如影随形的死亡主题，是《风月宝鉴》用来训诫人间男女的棒喝利器——秦可卿、贾瑞、秦钟、尤二姐、尤三姐等主要人物，出场之后，未及转身，就急遽命赴黄泉。贾瑞死到临头依旧不悟，违背跛足道人的指示，等待他的便是阴森森笔调下的一个“死”字。不见“荣国府”字样而只剩下“宁国府街上一条白漫漫人来人往”的关于秦可卿之死的遗留文字，也不无凄冷阴森的视觉效应。[②]

今本《红楼梦》第十二回至第十四回，贾瑞的死亡与林

① “秦可卿死亡问题”指的是秦可卿在《红楼梦》旧稿中死于何时、因何而死的问题，其本质也如二尤问题一般，是《红楼梦》成书考证的文献学问题。当然，旧稿和新稿之间曹雪芹做出的修改，自然也涉及种种文艺学的问题。二尤之死与秦可卿之死的问题，都是文献学与文艺学结合的问题。关于秦可卿死亡问题，最精彩而曾经引起最大争议的论述，当属戴不凡的考证。戴氏认为：有关赏中秋的文字（今本《红楼梦》第七十五回至第七十六回前半）本是旧稿原有，经雪芹润色而又未及细改。秦可卿死于“赏中秋”的晚上。戴氏认为《红楼梦》旧稿与新稿乃是不同的人所作，新稿出自雪芹修改，而旧稿乃“石兄”所为，这点与刘世德考证的出发点与根基很不一样。戴不凡观点文章，可参考戴不凡《红学评议·外篇》，文化艺术出版社，1991 年。

② 徐少知《红楼梦新注》第一分册，里仁书局，2020 年，第 337—338 页。

黛玉父亲林如海之死及秦可卿之死前仆后继，若视今本为独立单一之作，自然以这三回为中心而分析《红楼梦》死亡主题，或颇能得个中三味。然考虑到林如海之死乃新添于贾瑞及秦可卿之死中间，文面之时序问题和前后各种矛盾一旦凸显，也许更能有助于理解《风月宝鉴》旧稿之精神面貌与新稿之别。

今本《红楼梦》前八十回中，第十七至十八回后的“大观园故事”部分内，死亡的主要青春人物与想象中的旧稿《风月宝鉴》部分内死亡的青春角色相比，是一目了然的少。旧稿《风月宝鉴》系统存于今本《红楼梦》中仅仅二十回不到的内容里，死于前八十回的重要青春人物即有秦可卿、贾瑞、秦钟、尤二姐与尤三姐等五人，而“大观园故事”系统内于前八十回死去的重要青春人物只是金钏儿与晴雯二人。

另外，从出场到死亡的叙述过程来考虑，旧稿《风月宝鉴》的人物章节安排，岂不是与《源氏物语》前半部分的章回结构——《帚木》《空蝉》《夕颜》《末摘花》《花散里》及“玉鬘十帖”、《若菜》（女三宫降嫁故事）等，以单个人物或事件为一帖或者连续数帖的编排方式非常接近吗？所谓《源氏物语》的章回结构，亦可以理解为《史记》式的纪传体模式。我们不难从今本《红楼梦》里看出，秦可卿、秦钟也好，贾瑞也好，尤氏姐妹也好，他们的故事虽说已构成了描绘贾府各种复杂情况的长篇作品里不可缺少的组成部分，彼此之间也环环相扣，但依旧能被提取而作成一个个精致的相对独立的短篇或者中篇。

《红楼梦》旧稿与《源氏物语》前半部分，都蹈袭了这样的一种以人物为单元或以事件为单元的传统书写方式。《源氏物语》前半部分各帖的鲜明独立性一目了然，自不必说；而想象中的旧稿《风月宝鉴》大约在形式上，本由若干短篇与中篇组合，人物之间彼此关联，但又相对独立，集合起来做一种对性与爱的教化讽谏与规劝。大约两位作者最初都只围绕单个人物进行短篇习作，久经操练，才开始驾驭长篇。而以往创作的独立短篇，又不舍丢弃而融入新稿，做适当改写编排，使之大体适应，尽量不留被看破的痕迹。但我们若要从经由作者高妙之手混入《风月宝鉴》旧稿后而变得颇为驳杂的今本《红楼梦》里，离析出《秦可卿传》《秦钟传》《贾瑞传》或《二尤传》，终究也并非难事。最典型如第十一回与第十二回合并，便是一篇完整的《贾瑞传》；第十回与第十三回以及删却的“淫丧天香楼”内容合并，便是《秦可卿传》；第九回、第十五回与第十六回合看是《秦钟传》。《秦钟传》据刘世德考证，还缺少了本有的薛蟠大闹学堂故事。[①] 秦钟宝玉的故事里，我们仿佛于秦钟身上看到了

① “薛蟠大闹学堂”是今本《红楼梦》中有明文暗示，但未见实际章节的情节。第三十三回宝玉挨打之后，各本第三十四回宝钗前来探视宝玉，当宝玉反过来安慰宝钗之后，都有一番著名的宝钗心理活动，其中一句是“当日为了一个秦钟，还闹的天翻地覆”，这便是薛蟠曾为秦钟而大闹学堂。宝钗既非浪语，但今本又不见薛蟠闹学堂的实际文字，于是形成“薛蟠大闹学堂”的红学疑案。刘世德认为这段故事也是《风月宝鉴》旧稿里的，后为曹雪芹所删去。舒本《红楼梦》第九回最后的文字与别本不同，“贾瑞遂立意要去调拨薛蟠来报仇，与金荣计议已定，一时散学，各自回家。不知他怎么去调拨薛蟠，且看下回分解”。详见红楼梦古抄本丛刊《舒元炜序本红楼梦》(一)，人民文学出版社，2019年，第289页。刘世德的考证可见《红楼梦舒本研究》的第十一章《舒本第九回结尾文字出于曹雪芹初稿考辨(下)》，刘世德《红楼梦舒本研究》，社会科学文献出版社，2018年。

《约翰·克利斯朵夫》[1]第一册卷二《清晨》篇里的“奥多”，或是《叶甫盖尼·奥涅金》里的“连斯基”的身影。[2]秦钟这个人物的原型，大约是作者最难忘的昔日青春期旧友，因此哪怕他开始写新稿《石头记》，也不舍得删却已经显示出诸多文字风格相乖、甚至可能造成宝玉音容前后相左的与秦钟相关的部分文字。而今本《红楼梦》中，秦钟与薛蟠的故事我们看不到了，秦钟与智能儿的故事则或被大量削减过，这两条若成立，也可佐证曹雪芹对新稿《石头记》的新定位，那就是尽量删却充斥旧稿的性与欲的主题部分，而集中笔力挥洒青春物语。

> 蒲聊斋之孤愤，假鬼狐以发之；施耐庵之孤愤，假盗贼以发之；曹雪芹之孤愤，假儿女以发之：同是一把辛酸泪也。[3]（二知道人语）

“假儿女以发之”，即主题确定在了青春书写。作中虽然依旧有大量的成年人世界，但新版大观园的青春世界是主舞

---

① 本书《约翰·克利斯朵夫》采傅雷译本，见《傅雷全集》第7、8、9、10四册，对应通行的人民文学出版社四册本。《傅雷全集》，辽宁教育出版社，2002年。

② 《叶甫盖尼·奥涅金》第二章、13：“可是连斯基当然无心，跟他们套上婚姻关系，他却由衷地愿意跟奥涅金，建立起更为亲密的友谊。他俩交上朋友。水浪与顽石，冰与火，或者散文与诗，都没有他们间这样的差异。起初，由于相互间的距离，他们两人都感到烦闷；后来，彼此逐渐有了好感，每天都骑着马儿前来会面，于是很快便亲密难分。”智量译《叶甫盖尼·奥涅金》，卢永选编《普希金文集》第五册，人民文学出版社，2018年，第64页。

③ 二知道人《红楼梦说梦》，引自冯其庸辑校《重校八家评批红楼梦》，青岛出版社，2018年，第60页。

台。以上所提到的数人数传之外，第十七至十八回之后的第六十三回后半部分至第六十九回，也可看作《二尤传》。《二尤传》的后移，本来不妨碍今本《红楼梦》大致的故事演进。王熙凤与贾琏的婚姻出现裂痕，原本也须一些时日，贾琏之与多姑娘、鲍二家的来往亦是尤二姐事件之合理铺垫，读者大体能接受这个变故。不过，《风月宝鉴》版贾琏与王熙凤到底如何，就需要依据文本内证进行深入推断了。

因此，想来当初，若真有个旧稿《风月宝鉴》，曹雪芹将它融入新稿《红楼梦》当很花费改写的气力。作者须做出的许多调整中，首先就是年龄问题。

以今本《红楼梦》中的人物年龄而言，如王熙凤虽与秦可卿是不同辈分，年龄不相上下，都在二十左右，但展现的个性却不像二十左右的人；秦钟是贾宝玉年少时最重要的挚友，且由第五回秦可卿口中说出，秦钟是与贾宝玉同庚，则秦钟仅十三岁；贾瑞也是少年；尤二姐尤三姐年纪也不大。因此，旧稿《风月宝鉴》里的成年人物们，大约在进入今本《红楼梦》之后，为了达到《红楼梦》总体的青春梦幻书写，作者第一步就是大幅进行年龄改配。毕竟新版“风月宝鉴”不再单单只是老生常谈的对成年人进行情欲规谏与色空说教，毕竟连空空道人都转行成了“情僧”。旧稿《风月宝鉴》也须改头换面，重整旗鼓，进入情天情海，融入新《红楼梦》的青春王国里才好。今本《红楼梦》所能见之大量暗示、隐喻的手法，或许与旧新两稿间的变迁分不开。青埂峰下潇洒的一僧一道，与《风月宝鉴》里借人宝镜、度化痴情人的一僧一道合体了，从旧稿的单纯劝谏世人，走向了宇宙开启到人类终结的星火传递者。只是，当然，曹雪芹可能还来不及做进一步的修改整理使情节与人物性格更合理——或者在他看来，有的内容那么保留着，也未为不可——于是涉及宁府人物的一些内容、语言，比如荣国府贾琏王熙凤夫妻的部分，依旧有不少笔调过于“写实”。相关故事的参与者如王熙凤、贾琏、贾珍、贾蓉、秦可卿、尤二姐等，虽大约都被做了手脚调整了年纪，但多半是告别了闺秀和碧玉的已婚或在故事中将要结婚的状态，而秦钟、智能儿、贾瑞、尤三姐等人物呢，虽曰未婚，也多已涉成人世界。不得不说，这些人物与内容，即使被修改了，我们也依旧能觉得他们与描写大观园里的“娣娣姨姨”们的总体氛围总体状态及格调，是很不一样的。

另外，以大观园的建成为分界线，作者为我们留下前后两部分隔离的痕迹。旧稿《风月宝鉴》与大观园故事之间有一道明显的隔离厚墙，便是己卯、庚辰本《石头记》的第十七至十八回。第十七至十八回内容主要写大观园落成、宝玉陪同贾政及众清客题匾额、元妃省亲、众姐妹题诗等。这两回结束之后，渐入大观园正戏，第二十三回宝玉正式入住大观园。如果这么来思考《红楼梦》之结构，回看这两回的前后内容，此前的回目，第一至第五回为全书纲领的一部分，第六回至第十六回则具体展开荣宁二府各等人物的书写。其中秦可卿、贾瑞、秦钟等人“肉”与“死亡”的内容尤占诸多篇幅。此后的回目，亦有贾琏、贾珍、尤氏姐妹等的“肉”的一面描写，但当作者有意识地将大观园青春故事、大观园的姐妹欢聚盛况至青春梦散作为全书的主体之后，作者所“忽念及”的“当日所有之女子”成了舞台中心人物，《风月宝鉴》人物退居其次，前八十回中的宁国府成了荣国府的陪衬与镜像。[1]

当然，第十七至十八回之后的内容，与性及死亡相涉的，并非全是从旧稿《风月宝鉴》嫁接而来人物。属于“大观园故事”里的人物也并非一味都是“灵”的，也有一些角色在灵与肉之间做着徘徊，还有一些角色涉及到死亡。青春的书写何尝离开过性与死亡？大约肯定了这样的构思念头，曹雪芹才不怕将旧稿《风月宝鉴》移挪至“怀金悼玉”的《红楼梦》里吧。给读者印象深刻的女性角色除了尤二姐尤三姐的逝去之外，金钏儿、晴雯这两位人物的死也写得非常郑重与突出。

首先，金钏儿与晴雯这两个人物，或者两个人物的本源：晴雯，是否来自曹雪芹旧稿《风月宝鉴》呢？

猜测一：如果她们二位（或一位）也曾凄凉孤寂地立在那面“镜子”里，她们是旧稿《风月宝鉴》中的人物，那么如此看来，旧稿《风月宝鉴》不仅要戒妄动风月之情，也不乏青春梦幻与虚无。单从题名来看，既然是那面我们在贾瑞手里，僧道手中所熟悉的风月镜子，则其中出场的宝玉形象

① 俞平伯即主张今本《红楼梦》的成书是“两书合成”。“我以为本文是以《风月宝鉴》和《十二钗》两稿凑合的。《风月宝鉴》之文大都在前半，却也并非完全在前半部。若宝玉、秦氏、凤姐、贾瑞、秦钟、智能等事固皆《宝鉴》旧文，但下半部也是有的，如贾敬之死只尤氏理丧以及二尤的故事，疑皆《风月宝鉴》之文。仔细看去，文章笔路也稍微有些两样，不知是我神经过敏否”。俞平伯《读〈红楼梦〉随笔》之十四《不见全书，回目点破之例》，《俞平伯论红楼梦》，上海古籍出版社，1988年。第755—756页。

大约要归于前文所谓的“绛洞花主”宝玉形象，且他与晴雯（金钏儿）或有过一段聂赫留朵夫与玛丝洛娃般的情缘。《风月宝鉴》不仅要规谏男女，以己为镜，看来，还是作者早年所创的一部沉痛的忏悔录。

猜测二：金钏儿与晴雯并非旧稿《风月宝鉴》人物，而属于新稿《红楼梦》人物，在大观园故事之中，是“明义所见旧本”《红楼梦》的人物。于是她们的死，与秦可卿的死，贾瑞的死，尤二姐尤三姐的死，就有了天壤云泥的区别。曹雪芹不再用女孩的死来训诫，来说理，而是控诉，意义便不大一样了，成了他另一番衷肠，是字字看来皆是血的血泪凝结。早年《风月宝鉴》的创作大约有些模仿《金瓶梅》文字的刻意的冷眼狷傲，待经成长之后，渐渐抛开旧风格放开手去写，决心走自己的独特的路，他便多了一种温情眷恋。[①]“大观园故事”系统里的女孩的死，不是肮脏猥琐的，警戒世人的，而是纯净的洁来洁去的。大约作者人虽年轻，却愿以癞僧跛道的癫狂形象自许，摆出告诫世人的姿态。可

---

① 今本《红楼梦》第十二回，跛足道人想以“风月宝鉴”拯救贾瑞时，解释道：“这物出自太虚玄境空灵殿上，警幻仙子所制，专治邪思妄动之症，有济世保生之功。所以带他到世上，单与那些聪明俊杰、风雅王孙等看照。千万不可照正面，只照他的背面，要紧，要紧！……”这段文字除了提供“太虚幻境”曾有“太虚玄境”之名外，似乎别无重要信息。但留意“单与那些聪明俊杰、风雅王孙等看照”这句，假若这段文字出自《风月宝鉴》旧稿，则推测旧稿气氛，作者彼时实有一种旁观冷眼的气质，早稿里跛足道与癞头僧还是作者的某种化身和代言。这很符合作者年纪轻轻时或有的狷介与傲世性格，也很有初期习作的特质。我们联想《金瓶梅》有一位应伯爵来冷眼看着西门家的事，那么以仿作而言，大约《风月宝鉴》里的宝玉还是次要人物、虽是贾府中人却旁观着的形象。《风月宝鉴》之中心人物乃在贾琏贾珍等人，而非宝玉。原文引自徐少知《红楼梦新注》第一分册，里仁书局，2020年，第321页。

到了中年后，反处处显示温润性情并时时忆念旧境。

《红楼梦》里的大观园就成了一个“结界”。这个“结界”用来区别大观园内与外的纯粹与世俗，当然还有缥缈梦幻与柴米琐碎。它区别了青春与成年，界限了未婚与出嫁。贾雨村之流总之是怎么都进不了这个结界内部，它试图把外边的丑恶隔绝。它是作者过去一个个难忘的春夏秋夜的即事，在人生的冬夜里回想而美好温馨。它随着沁芳闸底下的水流出去了，到了“有人家的地方”“混倒”之处，便会被糟蹋埋没。当然，这并非在简单地认为，旧本《红楼梦》的大观园内就没有成年与污秽。但总而言之，我们所见的今本《红楼梦》，在第十七至十八回做出一种前后的刻意分割后，连十六回末、十七回初的贾宝玉最重要的年少友人秦钟之死都写得如此仓促，可见作者在此处似乎急忙欲删去枝节，迫不及待地进入大观园的青春世界。如清人洪秋蕃说的“大观园虽为元妃归省而造，实为宝、黛诸姊妹居住之处，其间设色点染及拟匾联，若随意泛填，味同嚼蜡，妙在处处寓言，贴切书旨，煞费匠心”，[①]这话既表明第十七至十八回书写带有如第五回一般的“寓言书旨”的纲领意义。这个纲领虽不是全书总纲，却是此后的大观园故事的前奏先鞭，地理信息之外，还要暗示人物命运。同时，又让我们意会了大观园的落成是小说的一个分水岭，是宝黛等诸多姐妹进入大观园、故事转入大观园叙述世界的明媚开端。

① 冯其庸辑校《重校八家评批红楼梦》第一册，青岛出版社，2018年，第506页。

那么，旧稿《风月宝鉴》与“明义所见旧本”又是什么关系呢？

假使明义的兴趣只在怡红院，只在金玉缘；假使明义所见曹子雪芹出所撰《红楼梦》与今本的篇章规模结构已极为接近，“明义所见旧本”是应有宁国府事的，只不过明义个人很不愿在题诗里提及，明义就是单单喜爱题诗大观园内男男女女的小清新情节——假使以上“假使”成立，则我们也奈何不得他。而以下讨论就难以进行，也没必要再进行。

但这个可能性极小。为什么呢？我以为推翻这个可能性的关键在题红诗的第十五首：

> 威仪棣棣若山河，还把风流夺绮罗。不似小家拘束态，笑时偏少默时多。

吴世昌解析它，说得很含糊，云：“这首大概是咏凤姐。但全诗只写她的性格容态而没有说具体情节，不易确定是指某回某事。”[①] 吴世昌的解读已经说出了一半答案，这首诗诚然写凤姐，只写凤姐“性格容态”而未及“具体情节”，是因为凤姐要到今所见《红楼梦》中，以协理宁国府才真正崭露头角。明义所见旧本《红楼梦》中的凤姐，还只是群芳里的一位，是“假充男儿教养的”“南省所谓辣子”的女中豪杰，女性而有男孩子气质，以充实旧本中人物的各种性格。

---

① 吴世昌《论明义所见〈红楼梦〉初稿》，《红楼梦学刊》，1980年第一辑，第12页。

好比只写史湘云常爱男装，性格像男孩子，但未特写她掌权荣府、参与家政。彼时的王熙凤，却还不是今本《红楼梦》那位有着种种手腕乃至邪恶手段的凤姐。这也正合着吴世昌、张爱玲所推测的，早本没有秦可卿托梦凤姐的情节，而是贾妃托梦给贾政夫妇。[①] 自然，凤姐只有成为了荣宁二府管事人了，以及元妃之死延后，才只能改为可卿托梦于凤姐。

另外明义题红诗的第七首云：

> 红楼春梦好模糊，不记金钗正幅图。往事风流真一瞬，题诗赢得静工夫。

吴世昌以为这一首题第五回宝玉梦游太虚幻境事，我以为失之毫厘差之千里。这一首恰恰是明义的自况。明义读罢《红楼梦》（明义所见早本）而觉得大观园的故事如一梦模糊，不必具体去记得书中金陵十二钗的每一个，因为只觉往事青春，都是风流一瞬，我今读罢闲来题诗而已。“金钗正幅图”不当作太虚幻境的正册副册解释。“金钗”的确是“金陵十二钗”的缩写，正幅图或宜当作“整幅图”解，即喻《红楼梦》全景。如此，“明义所见旧本”里还没有太虚幻境，自然也没有警幻仙子，也就没有秦可卿及秦可卿背后

① 前已注。详见吴世昌《初稿中的元春之死》，叶朗、刘勇强、顾春芳主编《百年红学经典论著辑要（第一辑）· 吴世昌卷》，安徽教育出版社，2020年，第250—255页。张爱玲议论见《四详红楼梦》，《红楼梦魇》，北京十月文艺出版社，2021年，第201页。

的东府人物群，没有风月宝鉴，这就颇解释得通了。①

因此，从明义题诗来看，“明义所见旧本”未及东府即宁国府的种种事情，所显示的故事较为集中，都在大观园之内，开篇第一句就是“佳园结构类天成”，“佳园”虽美赞大观园，但从明义诗整体格局氛围看，彼时大观园之规模，似还只是今本《红楼梦》大观园的雏形。第二首“怡红院里斗娇娥，娣娣姨姨笑语和”，“娣娣姨姨”自然是男性主人公之亲戚姐妹而言，而非怡红院中的袭人晴雯麝月秋纹一干丫头，故“明义所见旧本”的“佳园”大约并不大，姐妹们都还主要在怡红院里活动。又，据第十九首云“石归山下无灵气”来看，“金姻玉缘”都如烟消散之后，宝玉又回到青埂峰下；且云“纵使能言”，则石头用来记录红尘故事的功能和今本是相似的。“明义所见旧本”《红楼梦》当是一个完整的石头故事，即早期较为简略的一个《石头记》。

今本《红楼梦》中，惜春是贾敬的女儿，贾珍的妹妹，第二回冷子兴介绍“四小姐乃宁府珍爷之胞妹，名唤惜春”者是也。这话就有许多暧昧处，惜春在书里的存在感并不很突出。她的身份尤其令读者觉得模糊和奇怪。第七回周瑞家的送宫花，“原来近日贾母说孙女儿们太多了，一处挤着倒不方便，只留宝玉、黛玉二人这边解闷，却将迎、惜、探三人移到王夫人这边房后三间小抱厦内居住，令李纨陪伴照

① 该诗若置于二十首题红诗之最末，来作为明义之“自况”，似更能自圆其说。但明义题红诗中亦有为后人考证似是颠倒次序者，如吴世昌即假定“明义的二十首诗中第十七首被钞错了地位，第十九首第二十首应互易次序”，备考。详见吴世昌《论明义所见〈红楼梦〉初稿》，叶朗、刘勇强、顾春芳主编《百年红学经典论著辑要（第一辑）· 吴世昌卷》，安徽教育出版社，2020 年，第 521 页。

管”。又周瑞家的宫花送至王熙凤处，平儿“半刻工夫，手里拿出两枝来”，吩咐彩明送到“那边府里蓉大奶奶”处。[①]可见这一回中，“那边府里”与这边是泾渭分明的，绝不至于混淆，而惜春作为“那边府里”贾珍的妹妹却长年在这边。智能儿也是来“这边”即荣府找她。惜春作为贾珍妹妹，却由贾政养着。张爱玲推测：“惜春本来是贾政幼女，也许是周姨娘生的。今本惜春是贾珍之妹，是后改的，在将《风月宝鉴》收入此书的时候。有了秦可卿与二尤，才有贾珍尤氏贾蓉，有宁府。”[②]“明义所见旧本”的内容，从明义诗里来看既然似乎是与东府无涉，而单纯围绕荣府展开的，再据诗味推敲，其中的人物数量恐怕也较今本《红楼梦》里的荣府人物还要简略些。后来合并《风月宝鉴》进入之后，自然人物的配置要做一些调整。[③]

“明义所见旧本”《红楼梦》的创作，与《风月宝鉴》的创作之先后又如何呢？这恐怕又是很难讲的。

或许是《风月宝鉴》更在先一些。曹雪芹到底在他的青年时期，更爱模仿《金瓶梅》去创作《风月宝鉴》呢，还是先写了一个以宝黛爱情、大观园儿女故事为中心的《石头记》呢？从“风月宝鉴”故事所体现的教化警世意义而更像习作者之初创作来看，《风月宝鉴》可能在先，但也不排除

① 徐少知《红楼梦新注》第一分册，里仁书局，2020年，第212—214页。

② 张爱玲《红楼梦魇》，北京十月文艺出版社，2021年，第212页。

③ 早期脂评本如甲戌、乙卯、庚辰等皆称此书为《石头记》，可见假如存在“明义所见旧本”与《风月宝鉴》，一旦要做合并，一定是《风月宝鉴》进入“明义所见旧本”，再继续修改增删。两者关系是《风月宝鉴》从属“明义所见旧本”《红楼梦》。

是先有一个以大观园兴废为背景的关于“石头”的青春故事，再有更为深刻的现实主义作品《风月宝鉴》的可能性。两者合并之后再继续修改增删，渐渐才走向成熟的《石头记》(《红楼梦》)。

当然，我们不应忽略“是书题名极多”的背后，《风月宝鉴》《石头记》《情僧录》《金陵十二钗》等这些题名也极有可能只是作者的故弄狡狯。甲戌本《脂砚斋重评石头记》凡例：

> 是书题名极多，红楼梦是总其全部之名也。又曰风月宝鉴，是戒妄动风月之情。又曰石头记，是自譬石头所记之事也。此三名皆书中曾已点睛矣。如宝玉作梦，梦中有曲名曰红楼梦十二支，此则红楼梦之点睛。又如贾瑞病，跛道人持一镜来，上面即錾风月宝鉴四字，此则风月宝鉴之点睛。又如道人亲眼见石上大书一篇故事，则系石头所记之往来，此则石头记之点睛处。然此书又名曰金陵十二钗，审其名则必系金陵十二女子也。然通部细搜检去，上中下女子岂止十二人哉。若云其中自有十二个，则又未尝指明白系某某。极至红楼梦一回中亦曾翻出金陵十二钗之簿籍，又有十二支曲可考。[1]

甲戌本这段凡例，还可以和第一回对读：

---

① 红楼梦古抄本丛刊《脂砚斋重评石头记甲戌本》，人民文学出版社，2010年，第1—2页。

（从此空空道人）因空见色，由色生情，传情入色，自色悟空，遂易名为情僧，改《石头记》为《情僧录》。（至吴玉峰题曰《红楼梦》），东鲁孔梅溪则题曰《风月宝鉴》。后曹雪芹于悼红轩中披阅十载，增删五次，纂成目录，分出章回，则题曰《金陵十二钗》。①

与甲戌本的凡例相较，此处又多出《情僧录》一名。同时还出现了如空空道人、吴玉峰、孔梅溪、曹雪芹等称号或人名。②

作品拥有着不同的名号，哪怕是作者的故布疑阵，或者成书过程里的沧海变迁，本身就代表这部作品所蕴含的多义性。“情僧录”是一种悬崖撒手和幡然悔悟，“风月宝鉴”是一种人世关怀与忧虑劝诫，而“石头记”和“红楼梦”又何尝不是作者在彻悟后的执着痴念。《红楼梦》的多义多解，

① 徐少知《红楼梦新注》第一分册，里仁书局，2020年，第6页。又据红研所《红楼梦》，人民文学出版社，2010年，第6页。

② “曹雪芹对于名义似乎有着异乎寻常的兴趣。他自己的名字和别号甚多，以目前所知，雪芹的本名士曹霑，字梦阮，号雪芹、芹圃、芹溪、耐冷道人等。这些名号当然有它的意义，尤其是字和号，更反映着主人的志趣和追求。如梦阮显示着曹雪芹自觉地和阮籍的生命连接起来，而耐冷道人则有很强的佛教意味，呈现了他自己的心灵世界。作者很喜欢给书中的各种角色设置字号，如三十七回记载，大观园初起诗社，黛玉要众人皆起名号，于是李纨号稻香老农，探春号秋爽居士（后改称蕉下客），宝钗号蘅芜君，黛玉号潇湘妃子等，宝玉也要众人帮他起个号……这段话应该仔细琢磨。对于全书的主角，‘我们爱叫你什么，你就答应着就是了’，颇具意味。而宝玉的回答：‘当不起，当不起，倒是随你们混叫去吧’，也值得回味。如果把宝玉比作是《红楼梦》，其他人看作是读者，对话中的说法似乎也适用。每个人都可以从自己的角度给宝玉命名，正如每一个读者都会有属于自己的《红楼梦》印象。”引自王博《入世与离尘：一块石头的游记》，三联书店，2020年，第14—15页。

从其正名就已经开始。

如此繁杂的题名之下,《红楼梦》当然既有可能是由这些题名书稿合成再进行改写的作品(即学界所说的“二书合成论”或多书合成),也有可能是曹雪芹从青春时代起不断修改他创作的这部长篇作品,这些书名只是代表着作品的不同阶段(即学界所说的“一稿多改论”)。但笔者以上诸多的分析,到底还是倾向于多书合成之论,即早稿《风月宝鉴》与“明义所见旧本”《红楼梦》的合成与不断修改,才有了今本《红楼梦》。

第六节 “转轴拨弦三两声”——本章结论

笔者以上分析,粗浅勾勒曹雪芹创作《红楼梦》实由旧稿《风月宝鉴》到“明义所见旧本”《红楼梦》再渐至今本《红楼梦》的过程。旧稿《风月宝鉴》是初学写作的曹雪芹的处女作品,偏重“性与死亡”之主题,而人物角色往往出场不久即奔赴死亡——既是曹雪芹在初创作时,对人物命运以短篇体裁来谨慎处理的表现,更是从生命与死亡的角度,发作风月警世之鉴之心声。作者最初大约很是叹赏《金瓶梅》的写法,跃跃欲试仿作一部世情小说。今本《红楼梦》第十三回“秦可卿死封龙禁尉”,就很能见出明中期以来小说的通常写法，显然是《风月宝鉴》的遗留。[①]今本《红楼梦》中《好了歌》黄土红灯、白骨鸳鸯对举成文，彰显强烈的醒世意义，也大有旧稿《风月宝鉴》精神的继承。[②]

"明义所见旧本"与今本《红楼梦》则渐渐成为"怡红快绿之文、春恨秋悲之迹"[③]。曹雪芹改变了他的创作理想与创作理念。从《风月宝鉴》转而撰写新稿《红楼梦》的直接动机是什么？我以为恰是作者自己说的那段有名的话：

> 忽念及当日所有之女子，一一细考较去，觉其行止见识，皆出于我之上，何我堂堂须眉，诚不若彼裙钗哉？实愧则有余，悔又无益之大无可如何之日也！[④]

无论这段话所在的段落确实是小说正文开头，还是脂批误入，都不会影响作为曹雪芹在"作者自云"里关于创作由头的一个最直率的告白。我以为旧稿《风月宝鉴》更像他还未完全跌入落魄境况时，虚构了一个贵族之家的宁国府（也许只叫作贾府，且是尚未有后来的荣宁并列、唯宁国府一支

① 对比第十三回"秦可卿死封龙禁尉"与第十七至十八回"荣国府归省庆元宵"的内容，就很能看出作者处理这样两件前二十回中的大事件，其写法很不相同。另外，如杜春耕"可卿丧事的夸张性是显然的，像明中期以来的小说的文风。而丧事规格过高之不合理性在书中是有内证可寻的"云云。参看杜春耕《荣宁两府两本文》，《红楼梦学刊》，1998年第3辑，第196页。

② 参见罗雁泽《骷髅符号与全真话语：〈红楼梦〉风月宝鉴新释》，《曹雪芹研究》2020年第2期，第87页。

③ 蔡元培《石头记索隐》，叶朗、刘勇强、顾春芳主编《百年红学经典论著辑要（第一辑）·王国维、蔡元培、胡适、鲁迅卷》，安徽教育出版社，2020年，第83页。

④ 徐少知《红楼梦新注》第一分册，里仁书局，2020年，第1页。

的贾府），来展示他更为年轻的时候心里的孤高桀骜与冷眼愤世，[①]他的创作目的主要在于批判。会不会是因为他的年少好朋友“秦钟”之辈的因色而误了前程甚至失去生命，使他痛定思痛陷入反思，悲愤提笔创作出《风月宝鉴》？而后来的《红楼梦》体系作品，则是他完全贫困之后，渐渐开眼，对世界取一种更为宽厚博约的看法，以潦倒中深情回顾“当日所有之女子”作切入的借口，展开了以青春追忆为主干的更为广袤的世情书写呢？

我们仔细咀嚼曹雪芹的这段话，“堂堂须眉”与“裙钗”的对比意味赫然其中。细究文意，作者对“裙钗”的态度似乎经历过一个巨大的改变，那样一个打压女性、蹂躏女性的旧时代，堂堂须眉的“我”，在作者早先的头脑里，本该高高在上凌驾于裙钗之“彼”。可是在经历了巨大的人生冲击之后，作者以为唯有昔日的所有“裙钗”，才最给孤独落寞里的他以最大的慰藉与温暖。而进一步的，借用刘小枫语，在曹雪芹看来，“本然情性的女性干净”与“脉脉柔情的女性美质”才最能“隔离现世”之“恶”。[②]

倘将这创作的直接理由再做进一步推敲，笔者以为，这“所有之女子”的由头中，当首推他对“袭人”的萦绕于怀的复杂情感。当然，还有“晴雯”这一类逝去而令他难忘的女子。这些导致了他的推倒《风月宝鉴》，而新写《红楼

① 这才是鲁迅所说的“悲凉之雾，遍被华林，然呼吸而领会之者，独宝玉而已”。《中国小说史略》，《鲁迅全集》第九卷，人民文学出版社，2005年，第239页。

② 引刘小枫语。参见刘小枫《拯救与逍遥》（修订本）第三节《走出劫难的世界与返回恶的深渊》，华东师范大学出版社，2011年，第276页。

梦》。如果《风月宝鉴》的创作实践发生于“袭人”离开他之前，则从情理上变得更为说得通。唯有“袭人”的背叛，才雪上加霜，真正将已处于落魄之中的曹雪芹推向深渊。以往身上的孤高桀骜与冷眼愤世，在此时的他看来，不过是青年人尚未真正知世味的浅显表现，往事堪惊引向的更大愁闷，让他一度失去了《风月宝鉴》式的旁观冷眼与狷介清高。曹雪芹的思想亦在不断进步，再到下一个阶段，完成了相当于“明义所见旧本”的《红楼梦》书稿。由《红楼梦》书稿再回看《风月宝鉴》，发现《风月宝鉴》依旧有巨大的价值，不忍丢弃。于是将两稿甚至多稿在那个辛苦不寻常的十年里进行合并增删，有了今本《红楼梦》，就显得不足为奇了。

袭人、晴雯等人的原型对于作者而言，正是德国诗人缪勒笔下的菩提树，作者在这棵树下做过无数青春幻丽之梦。[①]当时的曹雪芹或许只道是寻常，人至中年回味起来则不免百感杂陈。广大读者心目里经典的第二十三回，宝黛于花树芬芳里同看《西厢记》，是“作物语”里的标签性回目，而第十九回前半部分的内容则是作者记忆隧道里的光芒。但读者常常更愿意记得第二十三回这样的虚构得较好的章节，那里有更宽泛和模糊的、值得憧憬的浪漫情愫与青春

① 德国诗人威廉·缪勒《菩提树》第一小节：在城门外的井边，长着一棵菩提树。在它的绿荫之下，我做过美梦无数。钱春绮译《德国诗选》，人民文学出版社，2020年，第212页。

美好——尽管那也是宝黛爱情悲剧的预示。[①]宝黛在花瓣飞舞之中共读《西厢记》的一幕，永远彪炳于我国古典文学的长廊。富贵公子宝玉因为挂念回了家的亲密的袭人，悄悄去贫困的袭人之家看袭人一节，才是后来困苦中的曹雪芹回想起来最甘美而心情最复杂的一节。宝黛同看《西厢记》美则美矣，毕竟寄托的是更广泛普遍而光芒四射的天下有情人之共通情思，而宝玉让茗烟悄悄带着他去花袭人家等情节，只属于雪芹自己中年以后踽踽独行里挥之不去的甜蜜酸楚的永久记忆。

① “曹雪芹让黛玉看十六出的《西厢记》，显然表明他也赞同《西厢记》是到草桥惊梦为止。这在《红楼梦》的构思中，可以做出可信的解说。因为《红楼梦》中宝、黛的爱情，最后就是悲剧结束。在《红楼梦曲·枉凝眉》里已有了预示，所谓‘心事终虚话’（当作‘化’）。明义《题红楼梦》诗第十八首云：‘伤心一首《葬花词》，似谶成真自不知，安得返魂香一缕，起卿沉痼续红丝。’可知明义看到的《红楼梦》原稿，就是黛玉病死，宝、黛爱情落个悲剧结局。……曹雪芹之所以主张《西厢记》止于惊梦，其理由可能在于此。这就是曹雪芹对自由爱情的悲剧观”。叶朗、刘勇强、顾春芳主编《百年红学经典论著辑要（第一辑）·徐扶明卷》，安徽教育出版社，2020年，第203页。

私语探源

第二章

『女房论』视域下的《源氏物语》诗学考索

第一节 “四弦一声如裂帛”——女房众声喧哗的《源氏物语》

平安时代的日语，在读惯了汉文听惯了汉语的中国人的视角看来，本是一种片段化、碎片化的语言。如果这么讲有失公允，我们不妨更换说法：相比平安时代贵族的书面的汉文，平安时代的国语如若缺失汉文的润泽与补救，相较而言回归平安时代日语的本来面目，而没有了和汉混淆表达的丰富与多元，那么其对事物的描述和表达，在文学作品中常会显示出的特点，是“直指人心”与“朦胧可见”的两种看似大相径庭最终又并轨合流的感受。

所谓“直指人心”，指的是平安时代日语对事物的描绘，对情感的诉说的直白短促，意境鲜明，点到为止。所谓“朦胧可见”，虽然朦胧但拂开了也（终究）可见，意谓有时读来既需要上下推敲文意之具体所指，又能够在推敲之后恍悟文字所要营造的意境和思想。不过一旦明白了这种意境和思想，也会达到直指人心的效果。

《源氏物语》的语言是平安时代所谓“女房语”，区别于公家男性的语言、书面的汉文及平安时代后期武家的口语和书面的候文，[1]“女房语”是“女性语”的一种。然而，“女房语”也好“女性语”也好，其实态究竟如何，文献不足故而今日难窥其全豹。侍奉一条天皇时代后宫的女房们，虽留有一些作品，如著名的《枕草子》《紫式部日记》《源氏物语》《和泉式部日记》等，但仅凭这些作品也不能够完全了解当时女房的用语。而这些作品在创作时毕竟又融入作者各自独特的个性风采，要说这些文本就是女房语原原本本的完整映射也是不能够的。[2]

《源氏物语》产生的时代，宫廷女性在宫中消遣寂寞的途径之一即“物语”——说话、说故事、看图说话、看图你一句我一句地一起说话——无论《源氏物语》的形成方式是作家笼闭居室内通过长年的独立撰写来完成，还是其间经由身边女房们纷纷参入；是先有女房共同的口头创作，再由某位作者单独整理记录——宫廷环境背景下的《源氏物语》怎么也难以摆脱“女房语”、女房说话的强烈痕迹，烙痕深深。

精神苦闷需要排遣，对于紫式部而言，排遣的方式是书写。欲通过语言来抒发时，语言的既有形式对人类精神活动的规定和限制便蠢蠢欲动起来。有时这种规定与限制格外突

① “武家”即武士系统之家，武门。同时也可以指幕府将军，以及伺候幕府将军的武人之总称。“候文”是以汉字“候”——今读作「そうろう」、相当于当代日语的「ます」「ございます」——作句末敬语结尾的文章之称呼。平安时代后期武家崛起，镰仓时代以降至近世，这种以“丁宁语”的“候”书写的文章，广泛见于武家人物之书简、公文及愿文等。

② 详参玉上琢弥《源氏物语的语言》，《源氏物语研究・源氏物语评释别卷一》，角川书店，1986年，第329页。

出，甚至超出我们的日常想象。紫式部的困境与藤原道纲母的困境终究一样，女房语既成了宣泄的工具，却还是限制了她们的思想。岂止女房语呢？和文、汉文、和汉混淆文，无不如是。人与人，人与自我之间的精神产生冲突，冲突之下的语言表达看似出自某个个体，这个个体无论菅原道真、源融还是源高明，或者无论和泉式部、清少纳言还是菅原孝标女，以及紫式部，都很难避免受到具体文化环境之下的公众语言的制约再制约。

从紫式部创作所选择的体裁与卷轴长度而言，她显然足备超越藤原道纲母之魄力与志向。既从道纲母处获得了如何以文学进行宣泄的启发，又五内里奔涌着破立的决意。写作之神灵交给她的使命是，她的这番精神排遣，既只能借助女房语来达成，又必然要突破已往女房语的书写，不然就无以摆脱旧套，没有新的意义。如果不能突破，既达不到自我疗救，又不得引领她的周边听众读者云开日见。“昔卞和献宝，楚王刖之；李斯竭忠，胡亥极刑。是以箕子详狂，接舆辟世，恐遭此患也”[①]，佯狂与避世是无奈选择，因为既非出仕去效忠，也没完全达到个体性命的自在追求，出与入之间的模糊性使得汉籍世界中的特定人群暂且能够逍遥于尘世祸害之外。羡慕汉籍，向往汉籍式的书写，与汉籍世界处于相对平行世界的紫式部，用女房语来书写情爱故事，本身就颇具有佯狂与避世的特点。紫式部并不直书政事，也似无意于

---

① 语出《鲁仲连邹阳列传第二十三》，点校本二十四史修订本《史记》八，中华书局，2020年，第2994页。

此。[①]她的母语、母语影响下的学识、与母语相关联的文化环境在在对她进行钳制。以物语、日记、和歌排遣忧闷，在女房语中寻找解脱，得到生命暂时的佯狂避世，是她的自我拯救与超然。不过，最初就已存在的陷阱是，女房语的直指人心虽然带给她抒发之快感，女房语的暧昧性则为她的表达增添了迷雾。

通观整部《源氏物语》及《紫式部日记》，紫式部对女房群体大约取一种敬而远之的态度。[②]尽管她不得已而本身也属于这个群体。少女时代于父亲身边的日日大约才是她的精神伊甸园，无论是京都时代，还是越前冰冷的日本海边。[③]然而自二十七岁左右嫁给藤原宣孝至宣孝去世而后入宫，便是她的被迫进入宫廷女房世界。我们看她借源氏之口在

① 本居宣长《紫文要领》:“在紫式部看来，对三经五史无所不通的女人反而不可爱。但虽如此说，女人若对人间世道一无所知也很可悲，所以对人间世事还是应该有所了解。了解人间世事是理所应当的，因而也就不必以此自负自傲，而一知半解的人却往往自以为高明，好在人前卖弄学识。……这是冷泉天皇和源氏在谈论天下政事时说的话，认为女人稍一涉及政事，就很丢脸。”王向远《日本古代诗学汇译》下卷，昆仑出版社，2014年，第869—870页。又见王向远《日本古典文论选译·古代卷（下）》，中央编译出版社，2012年，第733—734页。

② 类似的，曹雪芹对本阶级取的批判态度之极深刻亦向来为研究者称道，《红楼梦》中比比皆是。举一小例，周汝昌《红楼梦新证》的第十章《新索隐》第四十五条“当票”：第五十七回：“湘云道：什么是当票子？众人都笑道：真真是个呆子！连当票子也不知道！薛姨妈叹道：怨不得他！真真是侯门千金，而且又小，那里知道这个，那里去看这个？……薛姨妈忙将原故讲明，湘云、黛玉二人听了，方笑道：原来为此，人也太会想钱了！姨妈家的当票也有这个不成？众人笑道：这又呆了，天下老鸹一般黑，岂有两样的！按康熙五十四年七月十六日曹頫折报告家产，内云‘通州典地六百亩，张家湾当铺一所，本银七千两’，可知曹家亦自有当铺。剥削阶级，手段如一，正所谓‘天下老鸹一般黑’。”周汝昌《红楼梦新证（增订本）》下，中华书局，2020年，第830—831页。

③ 长德二年（996），父亲藤原为时作为越前守赴任时，紫式部曾跟随而在越前的国府生活过一年。

《萤》“物语论”开篇就达成先声：“哎呀，你们妇道人家呀，真不怕麻烦，天生就是爱教人欺骗的。明知道那么多图片故事之中没有几个可信的，就是喜欢受骗上当。”[①]这岂不是以女房语之矛在狠命攻击女房语之盾？紫式部强烈的对父亲的依恋，都书写在失去常陆宫父亲的《末摘花》，苦苦寻求生父、在生父与养父间的苦闷之“玉鬘十帖”，以及“宇治十帖”大君中君的故事里了。她对是和还是汉的文学取径，或许内心还是尊崇父祖所推举之汉文学至伟，性情里也诚然更多汉文学的精神基因。然囿于文化环境与故事表达模式，以及终究《蜻蛉日记》或给少女时期的她冲击最大，女房语便成了她用来完成终生之大业宏愿的首选。

甚饶趣味的是，尽管如上所述，紫式部对宫廷女房群体取敬远态度，但女房语本身缺乏精确的表达功能，常显一种暧昧模糊。这种暧昧模糊一旦令我们分不清话语的出自——是我还是你？——至于如庄子所说“非彼无我，非我无所取”[②]之地步，我们不知道声音的来源，如同渐渐分不清她内心的取舍，读至《梦浮桥》，读完全作，甚至惊觉，别说于经典作品常有的作者在完成宿命之作后“明天通圣”或者“闲游江海”了，[③]即使连本来作清醒之态的她，都已深陷在女房语境之中。同时，在现实中，她与其他女房同样的一而再、再而三地难以避开来自男性世界惯常的侵袭骚扰，越是使用女房语、借助构

① 林文月译《源氏物语》第二册，洪范书店，2018 年，第 551 页。

② 《庄子·齐物论》语。新编诸子集成《庄子集释》上，中华书局，2016 年，第 62 页。

③ 《庄子·天道》语。新编诸子集成《庄子集释》上，中华书局，2016 年，第 465—466 页。

建架空的女房群体来为女性进行抒写，愈显出困顿与愁闷之深刻。《源氏物语》故事本身存在着大量的来自不知名字的女房或女房们的对话。日本的注释家们、现代语译者也好，英译者、法译者，我国中译者如丰子恺、林文月等也罢，在处理《源氏物语》原文时，关于书中哪句话是由某个女房单独说，还是女房们集体说，是此人说还是彼人说，常满载困惑，莫衷一是。而这里更突出的，便是她与她本取敬远态度的女房群体，到了最后，已混沌一片，分不清彼此了。

当然，《源氏物语》当之无愧是一部伟大的女房"物语"作品，事关女房世界，不涉真正意义上的政治世界、男性世界，是女房的见闻录。在那样的痛苦时代，为女性发声，荆棘王冠。这样一部以"女房语"进行书写的作品里，还包含着第二层意义上的"女房语"：该物语是在每一帖中作为人物角色的"女房们"[①]的众声喧哗里诞生的——物语使用的是平安时代女房用语，而物语故事之中又处处是作为角色的"女房"们在说话，故事里的作为表面主角的男女们的恋情与爱恨悲仇，其实都被女房们的语言所时时刻刻蔓绕着。《源氏物语》看似是源氏、若紫、藤壶中宫等人主宰的物语，其实故事本身是在各种各样的女房们的行动里推进的。女房们要阻扰，事情便只能停滞，女房们爱推进，事情就顺从地前行。如同但丁在神性面纱之下偷偷开启了人的双眼，[②]紫式

① 有时人物角色看似虽为男性，其实是以女房语来发声的。

② 借用刘小枫语。"但丁在神性的面纱下偷偷开启了人的双眼。在这双眼里，人的高贵超过了天使，虽然天使的高贵是神性的，但人应该赞美自己的人性而不是神性"。刘小枫《拯救与逍遥》(修订本)，华东师范大学出版社，2011年，172页。

部虽如前段所云终是困顿于女房话术，只能姑作避世佯狂之态，不得真正逍遥，但她毕竟又巧妙借助女房语、女房群体表达，来为我们展现一个时代的甚至是贯通古今的某种人类男女的生态心态，她的作品属于人的觉醒，是人的本真状态的描摹。《源氏物语》与世上许多经典作品一样，展现人类本来之是非、爱憎、善恶、忧喜，我们的情绪既得以与紫女相通，也获得不分语言国界的今古相通。阅读《源氏物语》虽然会因为女房世界的无善无恶带来的终极的恶，而感到荒诞虚妄和绝望，但也能同样获得阅读《红楼梦》、莎士比亚、《神曲》、《浮士德》和托尔斯泰所能获得的终极的泊然无感、体气和平[①]。

第二节 “间关莺语花底滑”
——若紫的乳母少纳言

《若紫》帖中源氏在北山邂逅若紫，发现她貌类藤壶母后，又看到她的生活实际种种状况，渐生要迎娶她回家的想法，但总是为若紫的外祖母所阻挠。若紫随外祖母迁回京城，源氏从北山回来，与藤壶私通，又一直保持着与六条的某位情妇（未必是《夕颜》帖里出现的六条御息所）的交往，直到途经若紫京中住宅，再生夺取若紫之念。

---

① 嵇康《养生论》。戴明扬《嵇康集校注》，人民文学出版社，1962年，第146页。

且说北山僧寺里的老尼姑，病情好转，回京城来了。源氏公子探得了她的住处，时时致信问候。老尼姑的回信总是谢绝之辞，这也是当然之理。近几月来，为了藤壶妃子之事，源氏公子心事重重，无暇他顾，所以平安无事地过去了。……要去的地方是六条京极，从宫中到那里，似觉路程很远。途中看见一所荒芜的邸宅，其中古木参天，阴气逼人。一向刻不离身的惟光言道："这便是已故按察大纳言的邸宅。前些日子我因事经过此地，乘便进去访问，听那少纳言乳母说：那老尼姑身体衰弱，毫无希望了。"源氏公子说："很可怜啊！我该去慰问一下，你为什么不早点告诉我呢？现在就叫人进去通报吧。"……侍女吃惊地答道："啊呀，这怎么好呢！师姑近日病势沉重，不能见客呀！"但她又想：就此打发他回去，毕竟是失礼的。便打扫起一间朝南的厢房来，请公子进来坐憩。[①]（紫儿）

かの山寺の人は、よろしうなりて出でたまひにけり。京の御住み処尋ねて、時々の御消息などあり。同じさまにのみあるもことわりなるうちに、この月ごろは、ありしにまさるもの思ひに、ことごとんなくて過ぎゆく。……

おはする所は六条京極わたりにて、内裏よりなれば、すこしほど遠き心地するに、荒れたる家の、木立いともの古りて、木暗う見えたるあり。例の御供に離れぬ惟光なむ、「故按察大納言の家にはべり。一日もののたよりにと

① 丰子恺译《源氏物语》上，人民文学出版社，2019年。第119页。

ぶらひてはべりしかば、かの尼上いたう弱りたまひにたれば何ごともおぼえずとなむ申してはべりし」と聞こゆれば、「あはれのことや。とぶらふべかりけるを。などかさなむともせざりし。入りて消息せよ」とのたまへば、……おどろきて、「いとかたわらいたきことかな。この日ごろ、むげにいと頼もしげなくならせたまひにたれば、御対面などもあるまじ」と言へども、帰したてまつらむはかしことて、南の廂ひきつくろひて入れたてまつる。[①]（若紫）

丰译文字里写作“侍女”的，原文未交待何人、但惊讶而说出这句话的，便是“女房”：

> 「いとかたわらいたきことかな。この日ごろ、むげにいと頼もしげなくならせたまひにたれば、御対面などもあるまじ」

将突然到访的源氏迎入室内的是女房，惶恐出来答礼的也是女房。无论是源氏这方面的源氏、家司惟光，还是若紫方面的尼上与若紫等，只要出现源氏访问若紫的剧情，“舞台”上将这些主要人物包裹的，全是若紫京中宅邸的各种女房。平安时代贵族的家中一切巨细照料处处离不开“女房”群体，这是紫式部最熟悉的现实。她被包裹在这样的现实里，

① 新编日本古典文学全集《源氏物语》第一册，小学馆，2006年，第235—236页。

从小习惯。她自己出仕宫廷，也成为了女房世界的一员，于是在作现实主义的这部杰作时，女房便成了她的起点与基点。

侍女禀告公子："敝寓异常秽陋，蒙公子大驾光临，多多委屈了！仓促不及准备，只得就在此陋室请坐，乞恕简慢之罪！"源氏公子觉得这地方的确异乎寻常。便答道："我常想前来问候。只缘所请之事，屡蒙见拒，故而踌躇未敢相扰。师姑玉体违和，我亦未能早悉，实甚抱歉。"①（紫儿）

「いとむつかしげにはべれど、かしこまりをだにとて。ゆくりなう、もの深き御座所になむ」と聞こゆ。げにかかる所は、例に違ひて思さる。「常に思ひたまへたちながら、かひなきさまにのみもてなさせたまふにつつまれはべりてなむ。なやませたまふこと重くともうけたまわらざりけるおぼつかなさ」など聞こえたまふ。②（若紫）

以上是源氏入室之后与女房的对话。女房迎源氏入内，第一轮对话在女房与源氏之间进行。但进入第二轮对话，则是尼上先委托女房代为答话，之后作者写道：

老尼姑的病房离此甚近，她那凄凉的话声，源氏公子断断续续地听到。但听见她继续说道："真不敢当啊！

① 丰子恺译《源氏物语》上，人民文学出版社，2019年，第119页。
② 新编日本古典文学全集《源氏物语》第一册，小学馆，2006年，第236页。

要是这孩子到了答谢的年龄就好了。"①（紫儿）

いと近ければ、心細げなる御声絶え絶え聞こえて、「いとかたじけなきわざにもはべるかな。この君だに、かしこまりも聞こえたまひつべきほどならましかば」とのたまふ。あはれに聞きたまひて、……②（若紫）③

尼上说的这句话及此后的话，皆非是直接说给源氏听的，而是断断续续讲给其周围的女房们听，却被源氏听到的。在这里，尼上要隔着屏障与源氏对答，或通过女房们来

---

① 丰子恺译《源氏物语》上，人民文学出版社，2019年，第119—120页。

② 新编日本古典文学全集《源氏物语》第一册，小学馆，2006年，第237页。

③ 林文月在翻译类似的段落时，常常故意不明确究竟对话来自女主人（比如此处的尼上）还是女房们，给中文读者以模糊之感。附上这个部分的林译：那位山居之尼已大体病愈，故而下山来到京城。光源氏曾经过访她在京城的住所，彼此间也时有信件往返，不过答复始终是同样的，这也难怪人家；只是，这几个月来，他更是心事重重，几无暇作其他思想。时间就在其间一天天过去。……目的地是在六条京极附近，他是从皇宫出发的，所以感觉上显得远了些。偶然走经过一座古木荒凉的府邸。那个忠心的随从惟光介绍道："这就是故按察大纳言的家。某日顺路过访时，里面的人告诉我说：那位尼姑病重，大伙儿正不知所措哩。"源氏之君不禁同情的说："哦？怪可怜的。应当去探望慰问才是。怎么不早告诉我呢？快进去替我打听打听。"……"哎呀，怎么办呢？这五六天以来十分衰弱，恐怕没法儿会客；不过，也总不好意思教人就这么回去呀。"于是，连忙收拾一下南侧的厢房，谦逊地说："简陋的地方，暂时充作答礼的场所。真是意外的荣幸，也没有来得及准备。这么脏乱，还请多多包涵。"果真是来到一个全然没有见惯的地方呢。"一直想来探望您的，只因为信上对我总是那么冷漠，所以也不敢太过冒昧。同时也真没有想到您的病情会如此严重，实在教人担忧。"……房间就在近处，因此可以断断续续听到老尼微弱的嘱咐声："真太不敢当了。小姐若是年纪稍大些，还可以叫她出去答谢的……"源氏之君听了，心中更加怜恤。（若紫）引自林文月译《源氏物语》第一册，洪范书店，2020年，第112—113页。台版林译《源氏物语》有些明显的错字，译林引进编辑时，大多有错则改，但本段"偶然走经过一座古木荒凉的府邸"句，南京译林出版社也是如此，未做修改，故保留。林文月译《源氏物语》第一册，译林出版社，2011年，第106页。

传递话语。因为尼上此时处于病弱，女房们也可以自作主张答话。当尼上直接的或间接的话语，以及女房们的话语传到源氏耳边时，对源氏而言，都成了代表尼上意志的言语。这些语句渐渐融合在一起分不清。作者有意或无意中在暗示着，源氏对若紫的爱恋，其真正对手或障碍，并非完全是尼上，随着尼上的病痛加剧，尼上的存在也像风中之烛一般逐渐微弱。源氏要夺得若紫，他的对手其实是若紫宅中的女房们。这一点，在尼上去世之后，就更加清晰明确了。

且说若紫外祖母即尼上去世后，一度回了北山，又由北山迁回京邸。源氏听说便前往。此时少纳言乳母，作为《若紫》帖中的女房，引导公子进房，并诉说若紫孤苦之状。

> 少纳言乳母说："本当送姑娘到父亲兵部卿大人那里去。可是已故的老太太说：'她妈妈生前认为兵部卿的正妻冷酷无情。现在这孩子既非全然无知无识，却又未解人情世故，正是个不上不下之人。将她送去，教她夹在许多孩童之间，能不受人欺侮？'老太太直到临死前还为此事忧愁叹息呢。现在想来，可虑之事的确甚多。因此之故，承蒙公子不弃，有此一时兴到之言，我等也顾不得公子今后是否变心，但觉在此境况之下的确很可感谢。只是我家姑娘娇憨成性，不像那么大年纪的孩子，只有这一点放心不下。"源氏公子答道："我几次三番表白我的衷心诚意，决非一时兴到之言，你又何必如此过虑呢？小姐的天真烂漫之相，我觉得非常可怜可爱。我确信此乃特殊之宿缘。现在勿劳你等传达，让我和小姐

直接面谈，如何？”[①]（紫儿）

「宮に渡したてまつらむとはべるめるを、故姫君のいと情なくうきものに思ひきこえたまへりしに、いとむげに児ならぬ齢の、またはかばかしう人のおもむけをも見知りたまはず、中空なる御ほどにて、あまたものしたまふなる中の侮らはしき人にてや交じりたまはんなど、過ぎたまひぬるも、世とともに思し嘆きつるも、しるきこと多くはべるに、かくかたじけなきなげの御言の葉は、後の御心もたどりきこえさせず、いとうれしう思ひたまへられぬべきをりふしにはべりながら、すこしもなずらひなるさまにもものしたまはず、御年よりも若びてならひたまへれば、いとかたはらいたくはべる」と聞こゆ。「何か、かうくり返し聞こえ知らする心のほどを、つつみたまふらむ。その言ふかひなき御ありさまの、あはれにゆかしうおぼえたまふも、契りことになむ心ながら思ひ知られける。なほ、人つてならで聞こえ知らせばや。……」[②]（若紫）

源氏在说完这段话之后便赋歌：

「あしわかの浦にみるめはかたくともこは立ちながらかへる波かは」。

① 丰子恺译《源氏物语》上，人民文学出版社，2019年，第122页。
② 新编日本古典文学全集《源氏物语》第一册，小学馆，2006年，第241页。

少纳言的回赠是：

「寄る波の心も知らでわかの浦に玉藻なびかんほどぞ浮きたる」。

少纳言的回歌直译了看似毫不留情，语中带刺。此前对源氏说话的时候，谦逊、客气，毕竟一再退让，歌的风格却很不一样。实则正是平安时代的女房文化在和歌中的体现。歌词好像在质疑源氏的心是否坚定，其实是渐渐“入港”，将源氏引进来，流露出可以逐步接受源氏，彼此之间的赠返歌亦可继续下去的意思。这便是代替了女主人（若紫）自作主张在开启恋爱了。①

既没有父亲在身边保护，外祖母也已经去世，若紫年幼而孤苦，她的命运就决定于少纳言乳母一人。少纳言乳母成了关键人物，她可以选择坚守尼上遗志，也可以无情地出卖

① 此处丰译完全采用意译，两人歌词分别为，“弱柳纤纤难拜舞，春风岂肯等闲回”（源氏）；“未识春风真面目，低头拜舞太轻狂”（少纳言）。据丰子恺译《源氏物语》上，人民文学出版社，2019年，第122页。林译为，“海藻聚兮芦若浦，波涛拍案复返归，此行坚定兮岂容补”（源氏）；“玉藻荡兮随海浪，未谙波心徒漂摇，轻言辄靡兮嫌放宕”（少纳言）。据林文月译《源氏物语》第一册，洪范书店，2020年，第115—116页。丰译这组歌中的“柳”、“春风”等意象与原文中的“苇若之芽”、“海藻”、“玉藻”等全然无涉，简化了原歌的意象而取归化之法直接扑向歌意。而林译这一组的译法又必须借助注释来解释意象背后的挂辞。但两译都能看出少纳言的“不客气”。“不客气”的背后其实是平安时代宫廷女房歌风下，恋爱环节的必须，好引导源氏步步接近失去了真正的保护人尼上的若紫。聪明灵秀、“无所不能”的源氏自然听得明白，当下的反应是“看见这乳母应对如流，心情略觉畅快，便朗吟‘犹不许相逢’的古歌。歌声清澈，众青年侍女听了感入肺腑”。丰子恺译《源氏物语》上，人民文学出版社，2019年，第122页。

若紫，背叛主君尼上。作为女房，少纳言是源氏与若紫之间的墙垣。因此源氏的要求「人づてならで」就是要突破女房这一层屏障，得以与若紫直接对话。

在《若紫》帖中，若紫的外婆（尼上），以及尼上和若紫身边的女房多认为若紫年纪太小，无法接受源氏的求爱。当然，待到若紫稍稍年长，再送到源氏身边云云，也不过是尼上和女房们的托词，缓兵之计。若紫的身份、年龄，本不适合紫式部创作的这个由女房来传达男女情爱的故事——这才是当时的现实，甚至是人类很长时期的某种现实。紫式部写下这个现实或者说事实作为铺垫，是为了之后的飞跃作准备。所以，按照现实情况，按照我们的现实人生，若紫本不该出现在这个故事里。我们读到的《若紫》是这部物语里异军突起的一个变数。作为男性的源氏要求直接和年幼的若紫对话，是要把若紫纳入《源氏物语》成年男女恋爱的体系之内，不把她当做小女孩看待，这是男性的要求。大概也是一种人类很长时期都有的男性要求。但接下来的女房世界，就是紫式部营造的独立王国，独创世界了。

也就是说，增强女房在男女恋爱里的作用，是《源氏物语》独有的诗学内涵。现实世界（紫式部生活的时代里，男女恋爱的实际）与理想世界（理想男性与理想的女性的结合）以及紫式部笔下的女房世界，在《源氏物语》里是三位一体。

紫式部在《若紫》的构思上倾注了创意，把一般的现实世界与笔下的女房世界打通连成一片。超凡脱俗、全新写法的《若紫》，离不开女房的无形之中的默默推进，是一个“女房语”故事。《若紫》在被创作时，本身即取女房视角。

而当外祖母尼上去世后，若紫身边的少纳言乳母这位女房，实际上是源氏想要成功夺取若紫的关键人物。“成败”决定于她。少纳言最终也没有辜负源氏的“期望”。

当少纳言成为若紫实际的“后见人”之后，随着周遭环境逐渐恶化，比起若紫外祖母在世时，“执政方式”立即有了变更。《若紫》帖的写作推进，离不开这位少纳言。少纳言终于成为了那个促成之人。假如去掉这位少纳言乳母角色，《若紫》帖的剧情该如何行进呢？

> 此时紫儿为恋念外祖母，正倒在床上哭泣。陪伴她玩耍的女童对她说：“一个穿官袍的人来了。恐怕是你爸爸呢。”紫儿就起来，走出去看。她叫着乳母问道：“少纳言妈妈！穿官袍的人在哪里？是爸爸来了吗？”她一边问，一边走近乳母身边来，其声音非常可爱。源氏公子对她说：“不是爸爸，是我。我也不是外人。来，到这里来！”紫儿隔帘听得出这就是上次来的那个源氏公子。认错了人，很难为情，便依傍到乳母身边去，说：“去吧，我想睡觉。”源氏公子说：“你不要再躲避了。就在我膝上睡觉吧。来，走近来些！”少纳言乳母说：“您看，真是一点也不懂事的。”便将这小姑娘推近源氏公子这边去。紫儿只是呆呆地隔着帷屏坐着。源氏公子把手伸进帷屏里，摸摸她的头发。那长长的头发披在软软的衣服上，柔顺致密，感觉异常美好。[1]（紫儿）

① 丰子恺译《源氏物语》上，人民文学出版社，2019年，第122—123页。

君は、上を恋ひきこえたまひて泣き臥したまへるに、御遊びがたきどもの、「直衣着たる人のおはする。宮のおはしますなめり」と聞こゆれば、起き出でたまひて、「少納言よ。直衣着たりつらむは、いづら。宮のおはするか」とて寄りおはしたる御声、いとらうたし。「宮にはあらねど、また思し放つべうもあらず。こち」とのたまふを、恥づかしかりし人とさすがに聞きなして、あしう言ひてけりと思して、乳母にさし寄りて、「いざかし、ねぶたきに」とのたまへば、「いまさらに、など忍びたまふらむ。この膝の上に大殿籠れよ。いますこし寄りたまへ」とのたまへば、乳母の、「さればこそ。かう世づかぬ御ほどにてなむ」とて押し寄せたてまつりたれば、何心もなくゐたまへるに、手をさし入れて探りたまへれば、なよよかなる御衣に、髪はつやつやとかかりて、末のふさやかに探りつけられたるほど、いとうつくしう思ひやらる。[①]（若紫）

所谓“直衣”，只是平安时代以来自天子、摄关家以下之公卿平常的衣服，“直衣之袍”的省略。丰子恺译为“官袍”，意在令我国读者好作想象。其实翻译成“常服”更确。[②]若紫的玩伴告诉她，来了位穿常服之人，像是王爷。若紫便首先询问少纳言，是不是父王来了。源氏本来也该是亲王，不过早早的就被降为臣籍，此处与《空蝉》中的“你

① 新编日本古典文学全集《源氏物语》第一册，小学馆，2006年，第242—243页。

② 此处翻译，得广西师范大学出版社曾威智老师的指点。

刚才叫中将，我就是中将”的文字游戏取相反之道。虽然不是王爷，但也不是外人，大可亲近的。林文月在此处将源氏讲的这句话（宮にはあらねど、また思し放つべうもあらず。こち）判定给少纳言，[①]忽略了「のたまふ」是尊他，此话必出自源氏。但林文月会不会在译文时，也觉得正是这位少纳言一步步促成了源氏得到若紫，这话由少纳言来说更合理，而不小心这么写下来了呢？

当然，为了故事的好看，也要让故事符合现实，被听者与读者接受，少纳言乳母对若紫与源氏的婚姻并非一味推进。她毕竟是尼上与若紫这边的看护人，所谓的少纳言作为女房的促成，只是相对而言的。同时，作为一个有复杂情感的人，她时时检点反思自己的行为与想法，比如当源氏方面疏于问候时，少纳言乳母便思虑重重：

> 源氏之君差遣惟光，并令送上一信。信内大意说：“甚盼能再来拜访，不过，宫中频频召见，故而一时无法前来。心中则时刻不能忘怀那楚楚可怜的影像。”同时又派了宿直守卫的人前来保护。“哎哎，真没意思！就算是逢场作戏吧，怎么一起始就这样随便呢？将来被

① 林文月译为：当时若紫正因思念祖母，哭哭啼啼在房里躺着，游伴的女童们带来消息道：“有位穿着外褂的客人在客厅里。一定是你父亲哩。”于是，她一骨碌跳起来，边叫边跑地来到外间。“少纳言哟，穿着外褂的客人在那儿呀？是父亲来了吗？”那声音真是清脆悦耳。“不是你父亲。不过，也是不必太疏远的一位呢。来，到这儿来。”少纳言这么一说，她才觉察出，原来是那位了不起的人物，于是，她明白自己说错了话，羞涩地贴近乳母身边坐着。林文月译《源氏物语》第一册，小学馆，2020年，第116页。

主上晓得，岂不挨骂，说是咱们这些侍候小姐的没尽责？小姐啊，您将来可别在父亲面前说溜了嘴哦。”少纳言虽然如此叮咛，……[1]（若紫）

君の御もとよりは、惟光を奉れたまへり。「参り来べきを、内裏より召しあればなむ。心苦しう見たてまつりしも静心なく」とて、宿直人奉れたまへり。「あぢきなうもあるかな。戯れにても、もののはじめにこの御事よ。宮聞こしめしつけば、さぶらふ人々のおろかなるにぞさいなまむ。あなかしこ、もののついでに、いはけなくうち出できこえさせたまふな」など言ふも、……[2]（若紫）

源氏不能亲来，遣惟光来，带来的口信，像是当时男性惯用的托词。展读交代完了之后，又说多差了个坐更的人。其实正是惟光。丰子恺译为“又命惟光带几个人来值宿”。虽译出了“添人”之意，其实文面没说“带几个人”云云，值宿之人还是惟光。林译则保守未说何人。接下来这段话非少纳言的话，乃是女房语，丰译与林译却都处理成了少纳言的话。[3]这段女房语共三句：

---

① 林文月译《源氏物语》第一册，洪范书店，2020年，第119页。

② 新编日本古典文学全集《源氏物语》第一册，小学馆，2006年，第249—250页。

③ 丰译：少纳言乳母说：“这太不成话了！虽然他们在一起睡只是形式而已，可是一开始就如此怠慢，也太荒唐了。倘被兵部卿大人得知，定将责备我们看护人太不周到呢！姑娘啊，你要当心！爸爸面前切勿谈起源氏公子的事！”（紫儿）。引自丰子恺译《源氏物语》，人民文学出版社，2019年，第126页。

(1) あぢきなうもあるかな。戯れにても、もののはじめにこの御事よ。

(2) 宮聞こしめしつけば、さぶらふ人々のおろかなるにぞさいなまむ。

(3) あなかしこ、もののついでに、いはけなくうち出できこえさせたまふな。

这三句话分别由三位女房说出，亦解释得通。[①]形成一种你一句我一句的氛围，惟其如此，才能说得幼龄可爱的若紫摸不着头脑。女房是《源氏物语》男女情爱故事的底色，女房里的突出人物是右近、少纳言、大辅等，而她们又以其他无名的女房为背景。这是灯火阑珊的宅邸里，我们透过纸门看到的平安时代室内烛影之下的群像情景。三句女房语结束之后，才是少纳言登上舞台聚光的前部的独语——这是作者如同绘画般的叙述中，于弹性、力度、节奏、空间、虚实、质感上有变化有层次的苦心安排：

少纳言乳母便把紫儿的悲苦身世讲给惟光听，后来又说："再过些时光，如果真有宿缘，定当成就好事。只是目前实在太不相称；公子如此想念她，真不知出于何心，我百思不得其解，心中好生烦恼！今天兵部卿大人又来过了，他对我说：'你要好好地照顾她，千万不可轻举妄为！'经他这么一嘱咐，我对源氏公子这种想入非

① 此处断句问题，得广西师范大学出版社曾威智老师的指点。

非的行径，也就觉得更加为难了。”说到这里，她忽然想起：如果说得太过分了，深恐惟光竟会疑心公子和姑娘之间已经有了事实关系，倒是使不得的。因此她不再那么哀叹了。惟光确也莫名其妙，不知二人之间究竟是怎么回事。[1]（紫儿）

少納言は、惟光にあはれなる物語どもして、「あり経て後や、さるべき御宿世のがれきこえたまはぬやうもあらむ。ただ今は、かけてもいと似げなき御事と見たてまつるを、あやしう思しのたまはするもいかなる御心にか、思ひよる方なう乱れはべる。今日も宮渡らせたまひて、『うしろやすく仕うまつれ、心幼くもてなしきこゆな』とのたまはせつるも、いとわづらはしう、ただなるよりは、かかる御すき事も思ひ出でられはべりつる」など言ひて、この人も事あり顔にや思はむなど、あいなければ、いたう嘆かしげにも言ひなさず。大夫も、いかなることにかあらむと心得がたう思ふ。[2]（若紫）

方才女房们集体的你一言我一语是工笔画里的“统染”，此处少纳言的劳心叮咛则是局部之“分染”与“提染”。少纳言乳母吃不准若紫之未来究竟如何，因受其父兵部卿宫的嘱托，肩上责任重大。伴随着她心内矛盾的展开，我们似乎也能看到紫式部细腻而颇为矛盾纠结的心态与性格——以后

① 丰子恺译《源氏物语》，人民文学出版社，2019年，第126—127页。

② 新编日本古典文学全集《源氏物语》第一册，小学馆，2006年，第250—251页。

的章节，将论述这部作品女房们的乃至于主人公们的矛盾，其实是作者一人之矛盾表现，《源氏物语》是作者之独语的作品。若紫的父亲兵部卿宫此前来访时，未必有“你要好好地照顾她”云云的这么一番嘱咐。兵部卿宫此前来时的谈话，主旨仍在抚慰祖母见背的若紫。对源氏的情思与计划，以及此处宅邸里的动乱浑然不知的兵部卿宫，那稍显有些浑浑噩噩的父亲形象，被作者活写出来。少纳言乳母推想若紫父亲的意思，托言说“你要好好地照顾她”，正是女房在代主人主张。少纳言对于源氏与若紫的婚姻，虽不是十分赞成，也并不极力反对，她取折中保守态度，既隐隐希望若紫将来能得到源氏有力的庇护，又觉得当下还为时过早，因此顾虑重重。但此后当源氏强行夺取，要她服从跟随，她又只能进行消极抵抗：

若紫正酣睡着，忽被人抱起，故而惊醒过来。她困眼矇眬，还以为是自己的父亲来相迎哩。源氏之君温柔地掠起她的头发，又轻轻地抚摩着说：“走，来吧。你父亲叫我来接你的。”那少女听了声音才晓得弄错了人，把她吓呆了。源氏索性一不做二不休的：“别怕，我也是人哪！”说着，将她一把抱起，跨出房间。惟光和少纳言都惊叫：“做什么啊！”……少纳言急得团团转。“今天不成，一会儿她父亲来，教我们怎么说好呢？等过几年，如果真有缘分的话，那时再怎样都不迟。现在她还是不懂事的年纪呢。您这么做，教我们左右的人如何好呀。”“好啦，好啦，那么等以后再派个什么人来

吧。”……少纳言知道如今已无法阻止，故而连忙收拾起昨夜缝好的衣服，而她自己也只好换了衣服跟着上车。[1]（若紫）

君は、何心もなく寝たまへるを、抱きおどろかしたまふに、おどろきて、宮の御迎へにおはしたると寝おびれて思したり。御髪掻きつくろひなどしたまひて、「いざたまへ。宮の御使にて参り来つるぞ」とのたまふに、あらざりけりとあきれて、おそろしと思ひたれば、「あな心憂。まろも同じ人ぞ」とて、かき抱きて出でたまへば、大夫、少納言など、「こはいかに」と聞こゆ。……心あわたたしくて、「今日はいと便なくなむはべるべき。宮の渡らせたまはんには、いかさまにか聞こえやらん。おのづから、ほど経てさべきにおはしまさば、ともかうもはべりなむを、いと思ひやりなきほどのことにはべれば、さぶらふ人々苦しうはべるべし」と聞こゆれば、「よし、後にも人は参りなむ」と……少納言、とどめきこえむ方なければ、昨夜縫ひし御衣どもひきさげて、みづからもよろしき衣着かへて乗りぬ。[2]（若紫）

少纳言乳母害怕的是源氏这一边与若紫父亲那一边的两边得罪，她寻求的是两处平衡，好教若紫有一个好归宿，自己也有个好结果。故事进行到这时，女房群体在《若紫》中

① 林文月译《源氏物语》第一册，洪范书店，2020年，第121页。

② 新编日本古典文学全集《源氏物语》第一册，小学馆，2006年，第254—255页。

宣告暂败，表现出《若紫》帖中的女性在贵族男性面前的柔弱而缺乏主张。源氏如此强横掠夺若紫的手段，连惟光大夫都要“惊”讶，[①]少纳言当然是更不知所措了。女房群体在《若紫》帖里，因为若紫父亲的缺席，外祖母的去世，力量过于单薄，还不足以建构一个坚稳的“对反的世界”，以与男性抗衡。[②]

> 但她们的信念又不够坚定，……这原因也在于她们对男人的态度过于矛盾。男人无疑是孩子，是随机偶发而脆弱的肉体之身，是天真的人，是让人厌烦的大黄蜂，是卑劣的暴君，是自私之徒，是自负之人，但他同时也是解救女人的英雄，握有价值判准的天神。[③]（第十章、《女人的处境与特征》）

少纳言最后被迫跟着若紫前往二条院，与第四帖《夕颜》源氏抱走夕颜，右近跟随主人同去十分类似。

此后她还零星登场。这位少纳言在《源氏物语》中的最后出场，是《须磨》帖中，她请北山僧都举行法事，为流放须磨中的源氏祈祷平安，保佑紫上幸福。那时的少纳言，已

---

① 因为此处原文为：大夫、少納言など、「こはいかに」と聞こゆ。一说“大夫”乃“大辅”，也是若紫宅邸中的一位女房，且后文云「など」，则是同类，解释为同是女房的一人，似乎更通。毕竟惟光乃是源氏这边的人。但若理解为惟光也对源氏手段感到惊讶，也并非没有可能。丰译林译皆认为是惟光，姑从之。

② 参考西蒙·德·波娃《第二性》第二卷（下），第十章《女人的处境与特征》，邱瑞銮译，猫头鹰出版，2021年，第1030页。

③ 西蒙·德·波娃《第二性》第二卷（下），邱瑞銮译，猫头鹰出版，2021年，第1030页。

完全心悦于若紫与源氏的婚姻，只是为作为流放者的悲剧形象的源氏，以及她的主人——他的娇妻满心虔诚祈祷与担忧了。作者让她在这样一种虔诚满足与心事重重里退出了《源氏物语》的华丽舞台。

第三节 “别有幽愁暗恨生”——藤壶中宫的女房王命妇

若紫的乳母少纳言对于源氏夺娶若紫起了关键的推动作用，同为女房，藤壶中宫身边最贴身的王命妇则是源氏与藤壶私通恋情的见证人。

藤壶与源氏私通事件由《若紫》帖明确开端，一开始，这条线索就少不了王命妇。《若紫》帖穿插源氏同时与藤壶中宫、葵上交往的情节别有深意。如果说安排葵上在《若紫》帖中出现的意图，主要是为了让她扮演照旧冷淡源氏的正妻形象，以此来加强源氏对若紫的执念，好教源氏多将心思用在若紫那头，这是一种推动，那么，穿插藤壶中宫的故事就显示另一种意味，是若紫故事的镜像。

藤壶中宫是《源氏物语》最重要的人物之一。她在《源氏物语》的前半部中频频出场，占有相当大的篇幅。[①]《若紫》

① 藤壶中宫登场的帖目为《桐壶》《帚木》《若紫》《红叶贺》《花宴》《葵》《贤木》《须磨》《澪标》《绘合》《薄云》《朝颜》《梅枝》《幻》。《朝颜》《梅枝》《幻》中是对去世的她的回顾。

帖中，藤壶中宫是标志性和暗示性的人物，她是若紫的父亲兵部卿宫之胞妹，也是紫上的叔母。若紫在明，藤壶居于暗处。若紫是源氏异想天开的追求，是紫式部别开生面的创意；[①]藤壶是源氏之所以为源氏的根源，是源氏最大的心结，是若紫物语的萌芽。源氏对若紫的真情，源于年少时对藤壶中宫的恋爱。

《若紫》帖关于她的部分，主要记叙她与源氏的两度私会及她的怀妊。第二次私会是明示，第一次私会是暗表。

> 至日暮，委实无法再忍，寻着平素侍候藤壶左右的王命妇，苦苦求她设法达成幽会之目的。片刻的欢乐，有如置身梦境，痛苦则恒与爱情相随。过去的失足已使皇妃无限懊悔，她本已决心从此斩断情丝，只把它埋藏心底，做为永生的回忆；讵料，如今又发生了这等事情，教她自责自怨，悲痛难言。那种优雅端丽，既高贵又羞涩的模样儿，实在独具一格，无人能与相比。为什么她会如此完美无瑕呢？这反倒令人不安，光源氏几乎

① 据《紫式部日记》第三十节，"宽弘五年十一月一日"条，藤原公任道"哎呀失礼，若紫可是在这里"的名段，这场景虽是当时贵族男子随意地揶揄紫式部，也体现出时人读了紫式部的物语后，尤其对若紫这个角色印象深刻，而以之来称呼作者——恰恰说明物语里的其他角色之行径，反而是他们日常里最熟悉的，不值一提。日本古典文学全集《和泉式部日记·紫式部日记·更级日记·讃岐典侍日记》，小学馆，1979年，第201页。又，藤原公任在当时的文坛、歌坛、乐坛，无论是自评还是他评，皆许为翘楚人物。这样的著名文艺评论家口中说出"哎呀失礼，若紫可是在这里"，来称呼作者紫式部，侧面透露他对与"若紫"这个角色相关的文章之注目与好评。当然，紫式部的态度是既不认为自己是"若紫"，更不认为公任配得上是"光源氏"。"光源氏"与"若紫"在作者心目里都有独特的崇高地位。详参玉上琢弥《源氏物语评释》第二卷，角川书店，1988年，第28页。

要埋怨起来。[1]（若紫）

……暮るれば王命婦を責め歩きたまふ。いかがたばかりけむ、いとわりなくて見たてまつるほどさへ、現とはおぼえぬぞわびしきや。宮もあさましかりしを思し出づるだに、世とともの御もの思ひなるを、さてだにやみなむと深う思したるに、いと心憂くて、いみじき御気色なるものから、なつかしうらうたげに、さりとてうちとけず心深う恥づかしげなる御もてなしなどのなほ人に似させたまはぬを、などかなのめなることだにうちまじりたまはざりけむと、つらうさへぞ思さるる。[2]（若紫）

《若紫》帖之外，王命妇主要活跃于《红叶贺》《葵》《贤木》《须磨》和《薄云》帖。《红叶贺》是藤壶与源氏私通事件的升温，于《贤木》至于高潮，《须磨》《薄云》中，源氏与藤壶中宫的恋爱走向尾声，藤壶出家并香消玉殒。这中间都少不了王命妇。藤壶中宫与源氏的私会由王命妇促成。知道藤壶与源氏私生冷泉东宫的人，只有《薄云》帖中的夜居僧都与她。她在物语里将自己的一生都献给了藤壶。

《薄云》帖藤壶去世，七七佛事做满之后，于宫中闲静的一个黎明，夜居僧都向冷泉帝透露其生父乃源氏之秘密。这位僧都出现于《薄云》，像是写到这一帖时才新添加的人物。从后文源氏质问已经担任御匣殿别当的王命妇是否泄漏，王

---

① 林文月译《源氏物语》第一册，洪范书店，2020年，第110页。

② 新编日本古典文学全集《源氏物语》第一册，小学馆，2006年，第231页。

命妇矢口否认来看，作者既要塑造王命妇的忠诚无二，又要暗示读者世间秘事泄漏总别有他人。因为写作《须磨》时，作者大约还没设定源氏从明石返京后的重新崛起。而源氏的崛起离不开冷泉帝的认可与尊重，冷泉帝势必知道了源氏是生父，才能有助于源氏之世道的到来。故而夜居僧都形象像是为了泄漏给冷泉帝而专门临时增添的人物。夜居僧都来传话给冷泉帝，也是因法事之需，及为了营造独特的神秘氛围。

源氏内大臣便去访晤，探问她："那桩事情，母后在世之时是否曾向皇上泄露口风？"王命妇答道："哪有此事！母后非常恐惧，生怕皇上听到风声。一方面她又替皇上担心，深恐他不识亲父，蒙不孝之罪，而受神佛惩罚。"源氏内大臣听了这话，回思藤壶母后那温厚周谨、深思远虑的模样，私心恋慕不已。[①]（薄云）

大臣対面したまひて、このことを、「もし物のついでに、つゆばかりにても漏らし奏したまふことやありし」と案内したまへど。「さらに。かけても聞こしめさむことをいみじきことに思しめして、かつは、罪得ることにやと、上の御ためをなほ思しめし嘆きたりし」と聞こゆるにも、ひとかたならず心深くおはせし御ありさまなど、尽きせず恋ひきこえたまふ。[②]（薄雲）

① 丰子恺译《源氏物语》上，人民文学出版社，2019年，第423页。

② 新编日本古典文学全集《源氏物语》第二册，小学馆，2016年，第457—458页。

知道源氏与藤壶的秘密的，除了临时新添一笔的夜居僧都，就只剩下王命妇了。作为女房的王命妇，既要推进藤壶中宫的物语，又要由她来侧写藤壶的性格与品质，与书中其他女房相比显得尤为重要。是作者塑造的为数不多的品质高尚的女房之一。

假如去除王命妇，物语故事可否照样顺利进行呢？恐怕作者若写源氏与藤壶的没有中间人而直接拉其衣袖进行私通的事，既显得前卫大胆不符合当时情况，对于如何描绘中宫的言行，也很费思量。但女房阶层是作者最熟悉的，作者及其周围的女子都是宫廷里的女官，她们构成了女房的日常起居与言行。作者安排女房代物语女主答歌返歌，也是试着让女房能直接参与物语的体现。另外，源氏与藤壶中宫之间的恋情假如有一王命妇在，则藤壶怀妊之后闭门不见源氏，源氏无处诉说衷肠时，也可以找寻作为女房的王命妇倾诉和哭泣，这也是设置王命妇的必要性。

> 公子思念婴儿，时刻不忘，对王命妇说定要一见。王命妇答道："您怎么说这没道理的话！将来自会看见的呀！"她嘴上虽然严词拒绝，脸上表示无限同情与烦恼。源氏公子正像哑子吃黄连，说不出的苦。只能暗自思忖："不知哪生哪世，能不假传达，与妃子直接晤谈？"那悲叹哭泣之相，教旁人看了也很难过。公子吟道：
>
> "前生多少冤仇债，
>
> 此世离愁如许深？

如此缘悭，令人难解！”王命妇亲见藤壶妃子为源氏公子而思慕愁叹之状，听了这诗，不能漠然无动于衷，便悄悄地答道：

“人生多恨事，思子倍伤心。

相见犹悲戚，何况不见人。

你们两地伤心，大家终日愁怀莫展，真好苦也！”源氏公子每次向王命妇纠缠，总是不得成果，空手归去。[①]（红叶贺）

若宮の御事を、わりなくおぼつかながりきこえたまへば、「など、かうしもあながちにのたまはすらむ。いま、おのづから見たてまつらせたまひてむ」と聞こえながら、思へる気色かたみにただならず。かたはらいたきことなれば、まほにもえのたまはで、「いかならむ世に、人づてならで聞こえさせむ」とて、泣いたまふさまぞ心苦しき。

「いかさまに昔むすべる契りにてこの世にかかる中のへだてぞ

かかることこそ心得がたけれ」とのたまふ。命婦も、宮の思ほしたるさまなどを見たてまつるに、えはしたなうもさし放ちきこえず。

「見ても思ふ見ぬはたいかに嘆くらむこや世の人のまどふてふ闇

あはれに心ゆるびなき御事どもかな」と忍びて聞こえ

① 丰子恺译《源氏物语》第一册，人民文学出版社，2019年，第167—168页。

けり。かくのみ言ひやる方なくて帰りたまふものから、……[1]（紅葉賀）

设若没有王命妇，恐怕更没有“成果”。“王命妇亲见藤壶妃子为源氏公子而思慕愁叹之状”，听了源氏的歌之后，“不能漠然无动于衷”，出手悄悄代替藤壶中宫答歌。作者大约也深深地将笔下虚构的藤壶中宫与现实里侍奉的如中宫彰子一般的宫廷尊贵人物的面影进行了幻想中的重叠。如此一来，在写作这样的章节时，王命妇或许正是作者自况。作者将自己代入王命妇这个形象，王命妇的代为答歌，倒也不是作者要借此展现自己的才华。但作为低调谦逊的女性作家紫式部，写作途中若能通过王命妇（她不敢自命为藤壶）这样的角色，来渗入高贵的主人公们（源氏与藤壶）的哀氛，可能也是非常痛快的事情。比如曹雪芹自嘲的“也有几首歪诗熟话，可以喷饭供酒”，考虑到曹雪芹生平以及他所处时代的文学情况，的确是作者谦逊的真心话。但紫式部在物语里令王命妇悄悄代为答歌，王命妇乃自况的话，则这种行为无疑接近于以旁白擅入故事与参与故事，作者如此沉溺难以自拔，真的是其心可鉴。

六条御息所的女儿秋好前斋宫于《澪标》《绘合》两帖入宫而由藤壶中宫从中极力资助、斡旋，乃是受源氏之嘱托，这中间便没有王命妇出场。《澪标》帖里，藤壶已是女

---

① 新编日本古典文学全集《源氏物语》第一册，小学馆，2006年，第326—327页。

院，源氏去找她商量秋好入宫之事的段落：

源氏大臣思之再三，只好去找皈佛的藤壶商量。“事情如此这般，教人百思不解。她的亡母故六条夫人原本是一位气质高贵，颇识分寸的人，只因为当时我好色风流，害她徒留浮名，含怨以终。至今想来，内心仍觉得过意不去。当其临终的时候，曾经一再把那女儿来托付给我，可见得人家是相信我定会贯彻遗嘱的，这怎不教人感动呢？……”“这倒是好主意。违背院上的意思虽然不恭，不过，还是顺着她亡母的遗嘱，假装不明就里，让她入宫去吧。……”[①]（澪标）

……入道の宮にぞ聞こえたまひける。「かうかうのことをなむ思うたまへわづらふに。母御息所いと重々しく心深きさまにものしはべりしを、あぢきなきすき心にまかせて、さるまじき名を流し憂きものに思ひおかれはべりにしをなん、世にいとほしく思ひたまふる。この世にてその恨みの心とけず過ぎはべりにしを、いまはとなりての際に、この斎宮の御事をなむものせられしかば、さも聞きおき、心にも残すまじうこそはさすがに見おきたまひけめと思ひたまふるにも、忍びがたう。……」「いとよう思しよりけるを。院にも思さむことは、げにかたじけないとほしかるべけれど、かの御遺言をかこちて知らず顔に参らせたてまつりたまへか

① 林文月译《源氏物语》第二册，洪范书店，2018年，第352页。

し。……」[1]（澪標）

两人计议，并不需要王命妇居中传达。固然藤壶已经出家，源氏也在禀报正事。但源氏口内提到自己曾经在秋好的生母、六条御息所身上犯下的罪孽，是否兼顾正坐在对面的母后呢？考虑到两人此番对答乃是为私生之冷泉谋划，则写这一部分时，作者该已写私通之事。不然，真该怀疑这部分对答与此前私通无关。

朱雀院曾中意秋好，作者《绘合》的旁白里说他不如源氏衷情如一，没能爱秋好始终，此处《澪标》藤壶母后也说朱雀院“反正近来对这方面的事情也看得比较淡”，擅替朱雀院打主意做决定，完全否定架空了他于秋好之可能性。源氏与藤壶一拍即合，这样暗地里密谋坑人，要将秋好送入宫中给冷泉帝做女御，全乃为二人之幼子计。这个段落在《澪标》中所占篇幅亦不多，作者“不谈政事，”故政事相关就少。谈政事而王命妇也全然不出场。其实王命妇若出场，其功能之一就是掩盖藤壶的情态，将藤壶这方面的乱伦私情给撇清，王命妇立在正面中央，藤壶退后，藤壶是迫不得已，且又能现出源氏的钟情。而像此处的政谋私谈，两人这般你来我往地密商，大约于紫式部而言可资借鉴的其实还是作为汉籍的《史记》的相关段落，氛围陡然有些鬼祟紧张，藤壶也不再温柔可爱，此刻的形象是偏向政治上的“铁娘

① 新编日本古典文学全集《源氏物语》第二册，小学馆，2016年，第319—320页。

子”了。

我们试着比对主人公的爱情有女侍参与而得以推进的段落，曹雪芹塑造紫鹃，创作“慧紫鹃情辞试忙玉”这样的章节时，只是为了逼真还原。作为侍女的紫鹃若不真，岂非违背他第一回的赌誓？而若不写紫鹃这样的他所亲历亲见的女子，宝黛直接切入一切恋爱行为，或者丫头还是老套形象，这书便成了他极其厌恶的“千部共出一套”的“佳人才子等书”了。[①]但他在创作时，既是宝玉，也要考虑紫鹃如何说话行动，他还要当黛玉。不能像紫式部只是立在女房立场去幻想沉醉。无论紫鹃还是黛玉，曹雪芹都要极力还原，或经创造而使之逼真靠近具有真实感的人物形象。

谁知宝玉一把拉住紫鹃，死也不放，说：“要去连我也带了去。”众人不解，细问起来，方知紫鹃说“要回苏州去”一句顽话引出来的。贾母流泪道：“我当有什么要紧大事，原来是这句顽话。”又向紫鹃道：“你这孩子素日最是个伶俐聪敏的，你又知道他有个呆根子，平白的哄他作什么？”薛姨妈劝道：“宝玉本来心实，可巧林姑娘又是从小儿来的，他姊妹两个一处长了这么大，比别的妹妹更不同。这会子热剌剌的说一个去，别说他是个实心的傻孩子，便是冷心肠的大人也要伤心。这并不是什么大病，老太太和姨太太只管万安，吃一两剂药就

① 以上引自徐少知《红楼梦新注》第一分册，里仁书局，2020年，第5页。

好了。”[①]（第五十七回 慧紫鹃情辞试忙玉、慈姨妈爱语慰痴颦）

同样是对待宝玉因紫鹃几句话而犯“痴傻”这件事，贾母深喜宝黛，深深盼望宝黛结合，宝玉黛玉一旦结合，紫鹃即陪嫁丫鬟，于是贾母此处对紫鹃的责嗔中，实际上包含了深深的爱惜。薛姨妈身为外客，表面和蔼慈祥，调停分说，隐隐又似在说，贾母您心心念念的宝黛婚恋，黛玉的优势不过因为是“从小而来的”，与宝玉“一处长了这么大”，因此才比别的妹妹比如她家宝姑娘更不同，实际又该如何呢？薛姨妈又叫贾母与王夫人不必在意，宝玉于黛玉之情痴乃是吃一两剂药就好的小病。情痴阶段一过，各人过各人的，果然以理而言，宝玉最配的还是我家宝钗。虽读者各人读来体会不同，但无疑在阅读时都能觉出，《红楼梦》里这些人物被设置得话内有话，别有深意。

正因如此，我们进而明显感受到，曹雪芹无意扮演此处的宝玉或者紫鹃或薛姨妈或贾母，但曹雪芹又可以说是此处的每一个角色。曹雪芹所考虑的只是如何来穿行结构各人的对话，对话先后与内容是否贴合生活真实。曹雪芹的目的是力图艺术逼真。紫式部虽也朦胧追求或者无意识地在追求艺术逼真——因为只有逼真到位，越逼真，作家进入故事氛围内作为参与者的参与感也更真实、更强烈。比起创作出贴切真实的对话，紫式部更意在参与和进入物语。进入物语满足

① 徐少知《红楼梦新注》第三分册，里仁书局，2020年，第1387—1388页。

自己的心境需要，先有自我排遣，其次才是创作供他人、周边人排遣的物语。

我们离紫式部的时代较远，因此很难切身体会。大约她写作时，想到要让周围女房们如宰相之君（道纲女丰子）在听读她的物语时，时时能有代入感并深以为然。女房们也能获得讲故事人的快乐。当然，如果执政者藤原道长或道长之子赖通来听读，则可能借由紫式部塑造的光源氏、夕雾来得到慰藉。若不与女房共话，只是冷雨敲窗的青灯下独自写作时，她当然也要寄托自己的哀思。所谓各取所需。

这其中的情况虽说复杂多样，但作者和读者听众的共同参与，以及作者为了这份参与感而去营造的一切，是她的物语不同于别作的一大特点。[①] 虽说，《源氏物语》这座虚拟的宫阙，本来就是她和她周围的女房亲手亲口添砖加瓦逐层营造起来的，她和她们本来就已经可以做故事的主宰者，但我们仍能感受到她们参与物语时的谦逊与低姿态，以及热衷于进入某个物语的热切心。还有一旦读到某个角色时的那一份同理心、迫切心。由此观之，《源氏物语》和《红楼梦》在人物配置上所体现的视角与倾向性是很不相同的。

① 关于《源氏物语》的创作与其他物语的创作之显著不同，可参考阿部秋生《源氏物语的物语论——虚构与史实》的第一章与第二章，其中有详细论述。阿部秋生《源氏物语的物语论——虚构与史实》，岩波书店，1985年。

第四节 “妆成每被秋娘妒”
——末摘花的女房大辅命妇

“雨夜品定”生出三条直接支脉，都是品定中所谈到的中等人家的女子。三条支脉是《空蝉》《夕颜》与《末摘花》。三帖之间又互为照应，如《末摘花》一帖开宗明义，始于源氏对夕颜的思念，又在源氏与紫上新年的相偕游戏里终结。这一帖的女主角是末摘花，而大辅命妇是推动源氏与末摘花恋情的女房。

不过，这位女房的身份却稍有不同，她乃是源氏的另一位乳母（别于《夕颜》帖里的大弍乳母，大弍乳母乃惟光之母）——通称左卫门之乳母——的女儿。左卫门乳母改嫁，跟随后夫奔赴地方，大辅命妇便依赖父亲而在宫中任职。我们当然不能回回断言，凡作中有母亲改嫁或母亲缺席，而女儿依靠父亲长大，与父亲生活的情节，就来自紫式部的身世，与她自己的经历息息关联。但连接《帚木》《空蝉》《夕颜》《若紫》数帖而后的《末摘花》，确有作者写作时意欲变局求新、别开生面的体现。

这种变幻的最明显的着笔就在于，作者这一回安排了一位相貌有缺陷，不是那么姣好的女子，来做源氏情爱的对手，充当帖中的女主角。同时，大辅命妇的身份是末摘花的“知音”，并非身边贴身的女侍。她心下一惯轻视末摘花，在装作闲聊的不经意中，将末摘花介绍给源氏。她笃定末摘花难配源氏，却又把源氏带到常陆亲王旧邸，让他躲在自己的房间内好窃听末摘花琴音。既然已经将源氏请来，又觉得自己的房间实在过简，心生自卑。源氏饶有趣味中，想要继续听琴，她又打断末摘花的琴音，认为末摘花弹得并非上乘。源氏想更接近末摘花一些，她就出来设计阻挠。

末摘花能进入源氏的法眼，全在源氏对夕颜的追忆。当秋日里源氏“愁思萦绕”，将末摘花与昔日的夕颜一样看作心中的沉鱼落雁，想借末摘花来满足对已经回不去的夕颜的怀想，进一步与末摘花交往时，大辅命妇简直摆出像女子介绍了闺蜜给男性，事后又生后悔的姿态：

> 原来源氏公子每逢听人谈起世间女子的情况，看起来似乎当作家常闲话听取，其实他牢记在心，永远不忘。大辅命妇不知道他有这个脾气，所以那天晚上寂寞无聊，闲谈中偶逢机缘，随随便便地说起“有这样的一个人”。不料源氏公子如此认真，一直同她纠缠不清，她实在觉得有些困窘。她顾虑到：“这小姐相貌并不特别漂亮，和源氏公子不大相称。如果硬把两人拉拢了，将来小姐发生不幸之事，岂非反而对不起她么？”但是她又念头一转，想道：“源氏公子如此认真地托我，我倘置之不理，也未免太顽固了。”[①]（末摘花）
>
> なほ、世にある人のありさまを、おほかたなるやうにて聞きあつめ、耳とどめたまふ癖のつきたまへるを、さうざうしき宵居などに、はかなきついでに、さる人こそとばかり

① 丰子恺译《源氏物语》上，人民文学出版社，2019年，第141页。

聞こえ出でたりしに、かくわざとがましうのたまひわたれば、なまわづらはしく、女君の御ありさまも、世づかはしくよしめきなどもあらぬを、なかなかなる導きに、いとほしきことや見えむなど思ひけれど、君のかうまめやかにのたまふに、聞き入れざらむもひがひがしかるべし。[1]（末摘花）

源氏的光临，照例令末摘花宅邸中的女房们兴奋，接着照例又要将女主人推入火坑。

如今这个身份高贵、盖世无双的美男子源氏公子的芳讯常常飘进这里来，年轻的侍女们都欢喜庆幸，大家劝小姐："总得写封回信去才是。"然而小姐惶惑不知所措，一味怕羞，连源氏公子的信也不看。[2]（末摘花）

……かく世にめづらしき御けはひの漏りにほひくるをば、生女ばらなども笑みまけて、「なほ聞こえたまへ」とそそのかしたてまつれど、あさましうものづつみしたまふ心にて、ひたぶるに見も入れたまはぬなりけり。[3]（末摘花）

虽说平安时代的贵族阶层，有其特殊的恋爱逻辑与方式，但不得不感叹的是，女房世界所具备的暗涌魔力，有时会将是非黑白统统颠倒。不仅如此，即使是看似"无所不能"的、在当时的恋爱里占据主动的男性们，有时都会被女

① 新编日本古典文学全集《源氏物语》第一册，小学馆，2006年，第278页。
② 丰子恺译《源氏物语》上，人民文学出版社，2019年，第141页。
③ 新编日本古典文学全集《源氏物语》第一册，小学馆，2006年，第279页。

房世界玩弄于股掌而不自知。大辅命妇正是运用了来自女房世界的神奇魔法，一步步操纵着源氏与末摘花。她虽非唯我独尊的君主，却可以暗度陈仓。失去了可以依靠的父亲而孤独的末摘花，越是要坚持自我的存在与尊严，越容易陷入当时社会所营建的那个专门捆绑贵族女性的“诗意”“高贵”世界。

> 小姐异常困窘。要她应酬一个男客，她做梦也没有想到。然而大辅命妇如此劝告，她想来大约是应该这样的，便听她摆布。……大辅命妇看到这个情况，心中想道：“……现在这个人全然不懂情趣，实在对不起源氏公子。”一方面又想：“只要她端端正正地默坐着，我就放心。[1] 因为这样就不至于冒失地显露缺点。”接着又想：“源氏公子屡次要我拉拢，我为了卸责，做这样的安排，结果会不会使这个可怜的人受苦呢？”她心中又觉得不安。[2]（末摘花）
>
> いとつつましげに思したれど、かやうの人にもの言ふらむ心ばへなどもゆめに知りたまはざりければ、命婦のかう言ふを、あるやうこそはと思ひてものしたまふ。……「見知らむ人にこそ見せめ、はえあるまじきわたりを。あないとほし」と命婦は思へど、ただおほどかにものしたまふをぞ、うしろやすうさし過ぎたることは見えたてまつりたまはじと思

---

① 此句林译与丰译差别较大。林译为“所幸，女方是一位十分端庄的人，所以大概也不至于导致什么过分的结果吧”。从原文来看，丰译更确。备考。

② 丰子恺译《源氏物语》上，人民文学出版社，2019 年，第 142—143 页。

ひける。わが常に責められたてまつる罪避りごとに、心苦しき人の御もの思ひや出で来むなど、やすからず思ひゐたり。[1]（末摘花）

所谓“使这个可怜的人受苦”，原文乃指“会不会让她（末摘花）埋下痛苦的相思之种”。大辅命妇在将末摘花“出卖”给源氏时也有着不安和矛盾，此种不安和矛盾与前文所论的少纳言乳母、王命妇的情况却并不完全一致。少纳言乳母犹受若紫外祖母托孤之重，即使有心“出卖”若紫，终究要尽责使若紫的归宿更让自己心安。而王命妇呢，到底贴近藤壶的日常，是藤壶身边最得力，也最真正心悬藤壶命运，为她的悲喜而悲喜的忠实女房。王命妇对于自己引源氏入室的行径，始终充满了对藤壶的愧疚。但另一面，大约她也不忍心看着源氏的苦恋，因而做出此种违背伦理之举。唯大辅命妇对末摘花的态度则始终含着轻视，轻视里虽也有怜悯，但终究还是轻视。将源氏介绍给孤苦的末摘花，似乎更像要炫示自己与源氏之间的亲密关系。而一旦这种介绍足够引起作为登徒子的源氏的兴趣，她也有百般顾虑，不是真为了末摘花，而是常常先顾虑自己在源氏心中的名声地位。

大辅命妇曾“偶尔借着月光看到”末摘花“鼻尖的红色”，[2]介绍给源氏之前，她就知晓末摘花的容貌，心中早已给末摘花宣判了死刑。她的以貌取人，以及她对末摘花坚守

---

① 新编日本古典文学全集《源氏物语》第一册，小学馆，2006年，第281—282页。

② 丰子恺译《源氏物语》上，人民文学出版社，2019年，第154页。

旧式亲王家庭流仪的不屑，嘲笑与轻视末摘花的行为，都在都诉说着她内心并不很珍惜末摘花。大辅命妇始终最在乎的是自己的风流名声，首先顾及自己于源氏心目里的斤两。而与大辅命妇的明显的恶意与轻视相对照的，作者安排源氏对末摘花既有顽童般恶劣的轻佻戏弄，也充分体现源氏世故圆滑的另一面。末摘花对于源氏而言，不过“一种特殊的风味与乐趣”。源氏对末摘花的追求，本源于曾经追求过得到过夕颜这样的女子，他渴望再次领略那样的快乐与哀情，继以攻陷末摘花来实现一己私欲，实现自己人生的快感目标。为了重复经历曾经的快乐与哀情，他受大辅命妇的诱导主动诱骗末摘花。而在与末摘花相“逢”之后，发现她面容的真相，对于长得丑陋而作风旧派的这位末摘花，又忍不住时时进行顽劣的各种形式的嘲讽。

相逢常恨衣衫隔，
又隔新添一袭衣。①（末摘花）

逢はぬ夜をへだつる中の衣手にかさねていとど見もし見よとや②（末摘花）

《末摘花》帖中的这首和歌，大约最能体现源氏对于像末摘花这样外表不那么如意又行为古板的女子的既轻视，又怜悯，因此不愿意明言不忍全然抛下的复杂态度了吧。

---

① 丰子恺译《源氏物语》上，人民文学出版社，2019年，第155页。
② 新编日本古典文学全集《源氏物语》第一册，小学馆，2006年，第302页。

如果将《末摘花》与《蓬生》两帖合起来看，作者对末摘花的态度或可进一步做一些推测。

> 住在这种老房子里，若是面对着古老的诗歌啦，小说等，或者尚可以打发无聊安慰寂寞，可是她偏偏缺乏这方面的修养。又如，书函往来未必是上策，但是情投意合者互遗书信，既可以消磨时间，而年轻人之间，尤可以寄情草木风景，以忘怀消愁的，但是，这位小姐却保守着先人的遗教，以为世事多烦扰，所以连那些偶尔也该联系的人家，都不敢轻易与之接近。故而独处的日子里，只能打开那破旧的书橱，取出唐守啦，藐姑射夫人啦，赫耶姬等图画故事来观赏玩弄一番。[①]（蓬生）

说话人对末摘花闲居里的生活情趣的评价，恰恰是说话人自己爱好的体现。紫式部自身是疯狂的阅读爱好者，无书不读，尤其耽读“古老的诗歌”和小说，因此认为即使处于末摘花这种贫乏状态，坚守自己的灵魂，防范登徒子侵扰固然是好，但不妨闲暇寄情小说甚至汉籍作消遣。末摘花的阅读趣味只停留在一般的“唐守啦，藐姑射夫人啦，赫耶姬等图画故事”即所谓绘物语上，自然要被看不起。紫式部当是既认可末摘花的坚守旧宅，淡泊明志，但也质疑末摘花的不识时务。“而年轻人之间，尤可以寄情草木风景，以忘怀消愁的”，在与人交往已属极其谨慎的紫式部看来，末摘花的

① 林文月译《源氏物语》第二册，洪范书店，2018年，第360页。

态度也未免过于古板了。或者这种文章中处处透露的轻视，竟然是作者的正话反说，春秋笔法？但无论是读书之道还是交友之道，末摘花被作者视为缺乏高尚情趣，不合标准，当无疑问。

而此时我们转睛《末摘花》帖中那位大辅命妇，不禁会猜疑，她与末摘花的组合会不会恰是如梦人生里，作者所不愿取的两种陷溺。大辅命妇和末摘花于性情而言，一位是太过，另一位又不及。相较于此前几位女房，大辅命妇一者与源氏早有所染，多情风流，玩世不恭，二者她因为并非末摘花贴身侍女，故不必严守末摘花亡父常陆宫亲王的遗托，而可以抛开道德负担、精神自由地游走周旋于源氏与末摘花之间。她甚至像位老鸨，她哪有什么道德束缚呢？面对末摘花的种种"不如人意"，大辅命妇几番后悔，徘徊犹豫，从这一点来看，她的初衷毕竟是同情末摘花，要将末摘花包装一番，偷渡给源氏。考虑到大辅命妇的生母——左卫门之乳母与前夫离婚改嫁的经历，或许，也曾给少女时代的大辅命妇带去深刻的创痕。只依靠着父亲生活的大辅命妇，莫非早在末摘花身上看到了另一个自己而生出惺惺相惜？

而源氏这边，他对末摘花的真正改观，要等到他的须磨流放回京之后。须磨的经历真正让他明白何谓人生炎凉。他终于从轻薄风流的少年，转型而走向内敛丰富的中年政治家。《蓬生》中已经没有大辅命妇的身影，换了另一位女房——两次无理强逼末摘花与自己同赴西国、其实是想利用末摘花，让她做自己宝贝女儿们的侍女，以之来羞辱末摘花的叔母。末摘花面对更大的羞辱，她的处境更糟了。《蓬生》

帖在《澪标》与《关屋》间突然作插叙的手法，不由得想到《约翰·克利斯朵夫》卷六《安多纳德》——其实那是隐藏着的罗曼·罗兰自己的真实经历在小说中的折射。而紫式部要在明石君为源氏新诞未来的明石中宫的故事，与源氏将与念念不忘的空蝉短暂重逢的故事之间，硬生生插入早被遗忘的末摘花，而写下《蓬生》一帖。可见作者即使浸染宫廷日久，依旧最难释怀她真正的来自，以及那些与她处于同一阶级，出生于贫苦没落的旧派亲王或是地方守护家庭的独生（也是独身）女儿。她们无可言说的满腹孤寂与惆怅，都斜晖映照在《蓬生》的夕阳里。当然，究竟是作者在写作《末摘花》时就草蛇灰线，埋伏好了《蓬生》里源氏性格的转身，以及末摘花命运的改变，还是《蓬生》或许其实换了一副执笔说话面孔，总之，《末摘花》对末摘花的强烈轻视感已在《蓬生》中悄悄褪去，末摘花成了“清光犹为君”的孤云微月，有一些平远冲淡，有一些梅雪相映。然而，在《源氏物语》的世界里，对末摘花而言，世上唯一的救命稻草终究只能是苦等昔日那位如此调侃嘲讽自己的人——源氏。他也终于在访问花散里的半途中，顺道想起以前踏过的“三径”。试问除了“源氏”，地领阶层家庭的女子们，还能指望什么样的男性呢？也只能徒唤奈何。这是作者于《蓬生》帖里最后留给我们的深沉哀感。

无论是对若紫、藤壶还是末摘花，《须磨》帖以前，源氏接近心仪女子的物语中，女房的陪衬总是少不了。女房既是一堵墙，也是一股河流，墙可以阻挡，河流是用来疏畅。而作为物语主人公的光源氏，以《须磨》为界限，也呈现出前后不同的品质与性格。

但《须磨》之后“女房”并没有真正消失，一方面，作为故事背景的女房们依旧还在六条院内各处忙忙碌碌，另一方面，女房不再只是女房，女主人们也不再只是“女主人”，光源氏物语前期的一些主要人物，如紫上、花散里等在《须磨》《明石》之后，担当了“女房”的任务。她们虽是实际的女主人，而非实际上的女房，却成为故事的津梁，其实也在扮演着女房角色。惟其如此，作者才可以继续用她熟练的笔致来编写故事。

每一位写作者都有自己熟悉的场域，自己的擅长。如《水浒传》作者明显的对于市井文化的熟悉，对于杭州人文地理的熟悉;《三国志演义》作者对于“士”阶层生活的熟悉，对于乱世中“士”之去就心态的洞悉；路遥最熟悉陕北农村生活，贾平凹最熟悉陕南农村以及由西北农村进入西安的知识分子的心态;《应物兄》的作者李洱最熟悉高校教师群体的生活等等。

上文所谓女房的担当，即作者在作品中可以轻松给予直接描写与正面描写的女性角色。作者赋予大段的对话与心理，这些对话与心理无不显得逼真，较容易展现出作者内心的延宕与情绪，同时角色本身还能展现物语方方面面的错综与交汇。其中的根因在于，作者入宫之后，尽管对于平安时代的宫廷生活与宫廷内各类人物有了进一步的把握，但作者自己最熟悉的到底还是女房群体与女房话语。作者在展现一切生活时，最擅长和最惯用的还是以女房语、女房生活来勾勒故事。《若紫》帖中需要少纳言乳母作为女房中介，来引导光源氏亲近若紫，若紫是毫无疑问的女主角。但当源氏与明石君的孩子明石之姬君入内的物语成为光源氏物语的后半部分的一条主线时，紫上显然挑起了某种女房的担当。

源氏从须磨、明石回到京都之后，明石君即使在生产中，也一直身居明石地区，作者并未安排她上京住到六条院、源氏的身边去。明石君在明石的生活如何呢？作者统统采用侧面描写，其实即对女房话语体系之外的生活情境尽量避而不写的态度。《澪标》帖中，源氏只是通过乳母的派遣与物品赠与，来使明石君的心灵得到慰藉。按理，这位派去的乳母本也可以在明石浦那里成为女房之担当，但作者不过是一笔带过。此后，明石君与源氏未约定却同赴住吉神社，也不过遥遥以歌互赠，这在作者是不难的，明石君随后便退至难波而回。

但作者当然不会对明石的生产这样的关系到物语全作进程的大事全然规避，相反，我们在阅读时获得的印象是，作者对之进行了大书特书。这种印象除了种种闪现的侧面描绘之外，还要归功于作者高超而轻巧地将场景又搬至了她最熟悉的女房话语体系内。

> 源氏之君对那新诞生的婴儿异常思念，盼望早日父女相会。此事他本不欲紫夫人知悉，却又怕她若由他人口中得知则更不妙，故而说道："老实说，发生了如此这般的事情。人生真是有些儿恶作剧一般，希望她生孩子的人，偏偏毫无消息，却教料想不到的人来生产呢！而且，这又是个女娃儿，所以也没什么教人高兴

的。本来嘛，舍弃不理，也可以的，不过，究竟有点什么吧……。几时找个机会让你一见，希望你不要怀恨才好。”紫夫人红着脸说：“这是什么话呀。总让您这样警告，莫非是我脾性不好？真教我自己讨嫌呢。我几时学会怀恨别人来着？”她那埋怨的样子十分妩媚。源氏之君微笑道：“咦？看你！谁教你这些的呀。怎么这样说呢？别多猜疑了。瞧你这么埋怨，可真教我伤心啊。”……

于是，他娓娓而谈：“我这样子想起那个人，实在是另有原因的。不过，现在谈这些，怕你又要误会了。”又道：“当时我觉得她人品挺不错，或许是由于旅居滨海寂寥的关系吧。”接着，又提到渔夫们烧盐田的情景啦，当时明石夫人所谈的话啦，还有，那晚依稀见到的容貌啦，以及琴声动人之情形等等，这一切都好像在源氏之君的心底留下了深刻的印象。回想那些时日，紫夫人自己却在京城度过何等悲伤的生活啊！就算是逢场作戏吧，他这种移情别恋，怎能不教人怨恨呢？“反正，我是我……”她别过脸去，又若有所思地自言自语：“世事总是悲哀的啊。”[①]（澪标）

あやしきまで御心にかかり、ゆかしう思さる。女君には、言にあらはしてをさをさ聞こえたまはぬを、聞きあはせたまふこともこそと思して、「さこそあなれ。あやしうねぢけたるわざなりや。さもおはせなむと思ふあたりには心もとな

① 林文月译《源氏物语》第二册，洪范书店，2018年，第339—340页。

くて、思ひの外に口惜しくなん。女にてあなれば、いとこそものしけれ。尋ね知らでもありぬべきことなれど、さはえ思ひ棄つまじきわざなりけり。呼びにやりて見せたてまつらむ。憎みたまふなよ」と聞こえたまへば、面うち赤みて、「あやしう、常にかやうなる筋のたまひつくる心のほどこそ、我ながら疎ましけれ。もの憎みはいつならふべきにか」と怨じたまへば、いとよくうち笑みて、「そよ、誰がならはしにかあらむ。思はずにぞ見えたまふや。人の心より外なる思ひやりごとしてもの怨じなどしたまふよ。思へば悲し」とて、……

「この人をかうまで思ひやり言とふは、なほ思やうのはべるぞ。まだきに聞こえば、またひが心得たまふべければ」とのたまひさして、「人柄のをかしかりしも、所がらにや、めづらしうおぼえきかし」など語りきこえたまふ。あはれなりし夕の煙、言ひしことなど、まほならねどその夜の容貌ほの見し、琴の音のなまめきたりしも、すべて御心とまれるさまにのたまひ出づるにも、我はまたなくこそ悲しと思ひ嘆きしか、すさびにても心を分けたまひけむよ、とただならず思ひつづけたまひて、我は我とうち背きながめて、「あはれなりし世のありさまかな」と、独り言のやうにうち嘆きて、……[1]（澪標）

① 新编日本古典文学全集《源氏物语》第二册，小学馆，2016年，第290—292页。

源氏的须磨明石回忆中很重要的一部分便是对明石君的回忆。明石君约略让他看到的美丽容貌，两人共对海边暮烟的歌诗唱和，明石君高超的琴艺等等，都在《明石》帖的“提染”与“罩染”之后，通过与紫上的对话进行一次“醒染”，重新使明石海边的一幕幕画面变得醒目。而紫上此处的“女房语”，则是对明石君故事的“烘染”。作者要写明石君，却以运用自如的女房语，借紫上来烘托。同时，紫上的话语又“复勒”作品的一大主题：女性的悲惨命运。紫上的命运与明石君的命运即慢慢相连，最后她们会在《藤里叶》帖中到达圆拱的顶端而进行会合。

另外，源氏与紫上的的这一段对话，虽不至于是贾宝玉看到宝琴等新降而在袭人晴雯等面前“老天，老天！你有多少精华灵秀，生出这些人上之人来”[①]（第四十九回）的情痴感叹，但我们也看到源氏分明从那个《帚木》《夕颜》《末摘花》等帖中处于荒唐的渔色时期的少年，成长为了明石浦荣归后深沉而带有“宝玉式”的多情中年男子。

> 扁子曰：“不然。昔者有鸟止于鲁郊，鲁君说之，为具太牢以飨之，奏九韶以乐之，鸟乃始忧悲眩视，不敢饮食。此之谓以己养养鸟也。若夫以鸟养养鸟者，宜栖之深林，浮之江湖，食之以委蛇，则平陆而已。”[②]（达生）

① 徐少知《红楼梦新注》第三分册，里仁书局，2020年，第1177页。
② 新编诸子集成《庄子集释》下，中华书局，2016年，第668页。

借用庄子的话，紫式部可谓擅以“女房语”来养“女房物语”者。笔者虽还没有足够的新材料与文献考据能力来探讨《须磨》帖创作的具体时间及与诸帖先后的关系，但现呈《须磨》帖后的故事，无论是人物性格的多维度变化，还是故事气魄、格局的重生，不都说明着紫式部的《源氏物语》写作亦有一个渐入佳境，在对女房世界的规律充分把握的前提下，慢慢真正学会对客观事实进行提取抽离，以渐渐至于“用志不分”的境界吗？

> 然而，随着执笔之推进，与之相伴的，如右所述般的以宫廷尤其是皇族为中心的物语世界逐渐显露出变貌。描写皇族众人时的理想性、浪漫性的要素逐渐减少，自朱雀帝以下人物的写实性日渐加强，更重要的是他们（指桐壶、朱雀、冷泉等皇帝，以及藤壶中宫、紫上、光源氏等人物）逐渐从物语的中心被排除。从须磨归京后的光源氏自身，也不再单单是美丽的皇子，握有摄政实权的他，与曾经如此要好的葵上之兄头中将展开了政治的敌对。《绘合》帖虽然也描绘了后宫里的风流韵事，实则已经化为了入宫立后的争夺场。作为理想女性的藤壶，出家后为了守护爱子冷泉帝，其画像也突变为施行豪强政略的“铁娘子”。如此这般的主题大转换，若要考虑认为是执笔最初就有的写作计划，恐怕是颇难的。[1]

① 今井源卫《紫式部》，吉川弘文馆，2017年，第136页。

即我们是否可以说，在《须磨》之后的写作里，曾经的“线的艺术”渐渐成为了“面的艺术”，紫式部也渐渐实现了艺术的真正自由，已不太需要借助专门的“女房”角色，来推动男女世界、物语故事的进程？“女房”和女房语融入了整个故事，无论戏里戏外，一些塑造出来的人物既是主人翁，同时也可自由地被作为视角人物或旁白、连接人物（有时与主要人物看似难以区分）来编缀作者最熟悉和最想写的故事与她的情思。在《夕颜》《若紫》《末摘花》等早期诸帖之中，女主人们是女主人，女房只是女房，但渐进光源氏故事中后期以来，对女房生活、女房语言熟悉的紫式部，已经渐渐熟练地能用女房语来锻造、铺陈心之所向的任何故事。直到全作最后的宇治十帖，创作者真正让自己笔下的人物与故事可以“栖之深林，浮之江湖”，再也不局限于表面的单纯京都宫廷女房世界。

不过，早期的创作里也有一个例外。早期如此之多的女房环绕的物语中，只有空蝉物语是那个例外。《帚木》的后半部分及《空蝉》帖是空蝉的本传，故事好像带有紫式部“自传”的意味，有她曾经的心迹流淌而过。或许我们可以这么理解：既然这位空蝉是某种意义上的作者自己，讲自己的故事，则不需要女房。源氏与空蝉的恋情是《源氏物语》中少有的没有女房参与的“女房语故事”——语言虽是女房语，有没有女房却已无关紧要。

空蝉出现于《帚木》《空蝉》《夕颜》《末摘花》《关屋》《玉鬘》《初音》诸帖，尤其《帚木》《空蝉》《关屋》，是她活跃的主场，这几帖给读者留下深刻印象。如果将空蝉与源氏的恋情切分为不同阶段，不同阶段里，他们之间恋情的表达方式、两人的心思、恋心的深浅都各有不同。同时，在源氏第一次直接与空蝉接触之后，此后常由空蝉的弟弟“小君”（《关屋》帖中的右卫门佐）、而非女房，来交递二人间秘密的书信。因为，其一，空蝉人妻的特殊身份，其二，空蝉谨慎稳健而细腻多情的性格，其三，源氏与空蝉之间恋情的秘密性。如此一来，作者进行源氏与空蝉恋情的书写时，将传统中间人的“女房”给缺失了。

> “听您在召唤中将，所以我来了。就像是我平日默默的思念应验了一般。”事情这样突如其来地发生，女的只是惊恐地叫了一声：“啊！”可是正巧源氏的衣袖蒙着她的脸，所以外边当然是听不到的。“这样太突然，也许您会怪我冒昧鲁莽，可是我想要把这郁积心头已久的思慕向您来倾诉。今夜有这个机会，也算是冥冥中有些缘分的吧。”源氏温柔地说，那么优雅多情的态度，即使鬼神都要包涵他。这时候总不能不识相地大声惊呼：“来人哪！”夫人心中虽然有些恼怒，却又有些无可如何的销魂，只能勉强轻轻娇喘着：“您认错人了吧。”看着她羞怯如一朵将萎的花，源氏心中充满怜爱的感情。……方才被唤作中将之君的人回来了。源氏不禁轻叫一声“哎呀”，那侍女听见这声音，诧异地暗中摸索着走过来。……那侍女觉着奇怪，一时间竟说不出话来，也不知该如何是好。……源氏头也不回地从容走进里

间，拉上纸门，对那侍女说："明晨来接她回去好了。"[①]（帚木）

「中将召しつればなむ。人知れぬ思ひのしるしある心地して」とのたまふを、ともかくも思ひ分かれず、物におそはるる心地して、「や」とおびゆれど、顔に衣のさはりて音にも立てず、「うちつけに、深からぬ心のほどと見たまふらむ、ことわりなれど、年ごろ思ひわたる心の中も聞こえ知らせむとてなむ。かかるをりを待ち出でたるも、さらに浅くはあらじと思ひなしたまへ」といとやはらかにのたまひて、鬼神も荒だつまじきけはひなれば、はしたなく、「ここに人」ともえののしらず。心地、はた、わびしくあるまじきことと思へば、あさましく、「人違へにこそはべるめれ」と言ふも息の下なり。消えまどへる気色いと心苦しくらうたげなれば、をかしと見たまひて、……求めつる中将だつ人来あひたる。「やや」とのたまふにあやしくて、探り寄りたるにぞ、……あさましう、こはいかなることぞと思ひまどはるれど、聞こえむ方なし。……動もなくて、奥なる御座に入りたまひぬ。障子を引き立てて、「暁に御迎へにものせよ」とのたまへば、……[②]（帚木）

本来，这里的女房，文中的侍女中将险些就要进入源氏与空蝉的物语了，我们险些要读到一个老套的源氏通过女房

① 林文月译《源氏物语》第一册，洪范书店，2020年，第40—41页。

② 新编日本古典文学全集《源氏物语》第一册，小学馆，2006年，第99—100页。

来勾引有夫之妇的故事。但源氏的一句"明晨来接她回去好了"，便是强行地将女房拦在了故事之外。在空蝉面前，源氏越过女房，直接与她对峙。想来，这般噩梦经历，在平安时代的贵族女性身上亦当较为普遍。熟悉女房生活与女房语的作者，唯独在《帚木》中舍弃女房，原因只能是一个，因为空蝉的故事就是源于她自己的经历。[①]命运弄人，即使提防、谨慎，有先见之明如紫式部，大约在守寡之后的生活里，依旧没逃过一位"源氏"的强行追求。[②]

作者对她自己孕育的虚构角色"源氏"的神秘情感，可以说，通过《帚木》或能窥探一二。《帚木》的位置虽然摆放在《源氏物语》的第二帖，未必是很早就写就的。有女房作为中介的《夕颜》《若紫》《末摘花》等故事，是作者的尝试创作，那里面大概还有一些美好的情愫，人生理想的憧憬。但《帚木》则充满了无力感与绝望感，是作者在积累了一定的创作经验后的真实自剖，"涕泣交而凄凄兮，思不眠以至曙"[③]的孤独受伤的心的集中表露，《复活》中玛丝洛娃

---

① "作家在大部分文字中，比如虚构作品中，总是努力绕开自己的真实经历，特别是现实生活中的人事关系。这既是扩大想象的需要，也是为了避免对号入座，防止将作品简单化。但无论如何，如果把作家的全部作品打碎了再粘合，仍然会是一部非常丰富的'自传'"。张炜《文学：八个关键词》，广西师范大学出版社，2021年，第6页。

② 《紫式部日记》第五十六段：一天夜里，我睡在回廊的私室里，听到有人敲门，心里害怕极了，一整夜没敢出声。第二天早上，道长大人送来这样的和歌：昨晚秧鸡通宵啼，木门不开彻夜叹。我答歌道：秧鸡声声非寻常，如若开门定反悔。摘自张龙妹主编、日韩宫廷女性日记文学系列丛书《紫式部日记》，重庆出版社，2021年，第301—302页。

③ 语出《楚辞·九章·悲回风》，洪兴祖《楚辞补注》，中华书局，1983年，第157页。

式的独白。

源氏与空蝉的凄美恋爱物语，是由源氏与空蝉之间直接接触而开启的。在两人第一次情交之后，作者安排了空蝉的胞弟小君为两人进行书信传递。在小君的身上，我们似乎看到了另一个秦钟的影子。源氏一方面将不能达成与空蝉的约会，都怪罪于小君的无能；另一方面，又仗着小君对他的崇慕，幻想小君的身材与那夜暗中触到的空蝉十分相似，而将小君作为暂时的情感寄托。秦钟死在《红楼梦》第十六回，没能进入大观园的故事，被永远封印在宝玉的青春惨痛记忆里。小君却没有止步于《空蝉》《夕颜》。紫式部安排小君直到《关屋》又再度出现，那时从须磨归来的源氏饱历沧海，与空蝉之间随着岁月流逝，早已音讯两渺茫；而物是人非的是，小君长大成人之后，丢弃了少时对源氏的纯真信赖与带着痴傻的喜爱，当他看到多年后的源氏照旧对姐姐一片痴情，不禁认为：

> 嗳，这么多年了，也应该忘怀才对，怎么情丝这么长啊？[①]（关屋）
>
> 今は思し忘れぬべきことを、心長くもおはするかなと(思ひゐたり)。[②]（関屋）

我们已经看不到当年为这边源氏的失望与那边姐姐的责

① 林文月译《源氏物语》第二册，洪范书店，2018年，第375页。

② 新编日本古典文学全集《源氏物语》第二册，小学馆，2016年，第362页。

备，两边做不得人，暗自掩面悄悄伤心的那个纯粹可爱又有些懦弱的小君了。读到的是长年于地领仕宦层奔波，夹在左右两派的政治风云之中，而身心俱疲的一具成年空壳。反倒是这一帖中的空蝉“抑压不住内情激动”，“一反常态”而给源氏寄去回复。多年沧桑后，我们难以获晓空蝉心中是否“原谅”了当年十七岁的源氏。虽不能于《关屋》帖中会面，他们也隔着吹越筑波岭之山的风，[①]得到了心灵上的彼此谅解。谅解里饱含着的，是这对男女俱入中年后回眸相望的各自无奈悔恨。《关屋》帖很短，好像还没写完，作者便收笔了。

颇具反讽意味的是，空蝉的物语中一直明显隐身了的女房声音，要在《关屋》帖的最后以别样的形式露相。曾经的伊予介、后来的常陆守——空蝉那位年老的丈夫去世后，万念俱灰而谨守寡妇尊严的空蝉，面临或将落入一直觊觎继母的河内守手里之虞。空蝉决心遁入空门，但这时候作者却巧妙安排女房声音在不经意处悄响。

> 空蝉私忖之下，有所觉悟，乃悄悄地，也没有通知任何人，便做了尼姑。害那些侍候左右的侍女们，人人都为她惋惜慨叹着。河内守也深自苦闷，说什么“您真的就这样讨厌我吗？瞧您还年纪轻轻的，今后的日子怎么过呀？”“何须装成贞女的样子嘛！”据说，背后还有人这样批评她呢。[②]（关屋）

---

① 筑波嶺の山を吹き越す風も浮きたる心地して、……（関屋），新编日本古典文学全集《源氏物语》第二册，小学馆，2016年，第359页。

② 林文月译《源氏物语》第二册，洪范书店，2018年，第377页。

……人知れず思ひ知りて、人にさなむとも知らせで尼になりにけり。ある人々、いふかひなしと思ひ嘆く。守もいとつらう、「おのれを厭ひたまふほどに、残りの御齢は多くものしたまふらむ、いかでか過ぐしたまふべき」などぞ。あいなのさかしらやなどぞはべるめる。[①]（関屋）[②]

女房群体的声音在空蝉物语里不见影踪，既没出现在源氏最初求爱的时刻，女房们也没有自觉成为源氏与空蝉之间煎熬爱恋的推动者、延续者或传递人。但当空蝉已摆脱了少年源氏背德的无赖追求，又终于从年长丈夫这里得到解脱时，作者才在此处为我们展现女房阵营人言可畏的另一种可怕。

空蝉作为《源氏物语》中少有的拒绝光华出众的主人公源氏的女性，历来颇受读者注目。由叶渭渠给丰子恺译本《源氏物语》作的前言，就专门点名空蝉与浮舟，认为这两个人物是作者“着力塑造”的“具有反抗性格的妇女形象”。[③]空蝉的晚境平和寂然。到了《玉鬘》帖中，她是为源

① 新编日本古典文学全集《源氏物语》第二册，小学馆，2016年，第364—365页。

② 此段最后一句丰译译为：“河内守闻讯，恨恨地说：‘她嫌恶我，故而出家。来日方长，看她如何过得。此种贤良，毋乃太乏味了！’”都处理成河内守的想法，不确，后半句乃世评之故也。林译断句确，意思也更近原文。引自丰子恺译《源氏物语》上，人民文学出版社，2019年，第376页。

③ 叶渭渠作的这篇“译本序”从人民文学出版社的丰译《源氏物语》初版以来，从未被“下架”过。无论是早先的长彩图三册本，后来的黑白插图三册本，还是近年的两册精装本或三册复古网格本，每回人文社丰译《源氏物语》的再版再印，皆必附这篇“译本序”。详见丰子恺译《源氏物语》上，人民文学出版社，2019年，第4页。

氏准备正月之衣装的女性中的一位；《初音》帖里，她和末摘花等一样，在二条东院接受着源氏的照拂。空蝉晚年已经出家为尼，专念于佛道。[①] 看着空蝉的最后，我们仿佛在读《红楼梦》的后四十回，难以接受其中某些人物结局的黯淡失色，并怀疑是不是已经远远背离了作者的原意。

第五节 "自言本是京城女"

——"玉鬘十帖"的女房语叙事

紫式部在《玉鬘》的开篇打开新局面，一个幅跨九州至京都的带有强烈地方气息、市井气息的故事展现在读者面前。《玉鬘》鲜活写出了紫式部眼内当时作为地方的北九州与作为中心的京都，在人情风土上的差别。从地方上洛的人一路的新奇闻见，很能让我们陷入一种跨越时代的联想。这样的描写在经典小说中并不少见：小说的视角突然由中心转向边缘，从首都迁移到地方，并再由地方汇聚至中心。既有从叙事内容上而言的，也有从地理转换意义上而言的。从叙事内容上来讲，《红楼梦》第六回贾宝玉初试云雨之后，突

① "……所以那位仕佛的人自然一心修行"（初音）。指的就是空蝉。参见林文月译《源氏物语》第二册，洪范书店，2018年。第516—517页。原文:「行ひの方の人は、その紛れなく勤め、仮名のよろづの草子の学問心に入れたまはん人は、またその願ひに従ひ」（初音）。前句指空蝉，后句指末摘花。新编日本古典文学全集《源氏物语》第三册，小学馆，2014年，第153页。

然拼接上刘姥姥一家的故事，“忽起忽结，忽转忽断”，[①]即是此种手法。而从地理转换意义上而言，《玉鬘》帖乳母一家人为了保护玉鬘的成长，带玉鬘上京，宛如《约翰·克利斯朵夫》卷六《安多纳德》暂时按下克利斯朵夫不表，而插叙耶南太太带着安多纳德与奥里维从耶南逃至巴黎。《安多纳德》卷显示的是罗曼·罗兰早年从地方到巴黎时的某种亲历，《玉鬘》中折射的，会不会是作者紫式部跟随父亲由任地赴京的过往呢？

源氏由《帚木》之“雨夜品定”而产生对中等家庭女子的好奇，进一步蔓开《空蝉》《夕颜》《末摘花》三条大支线。“玉鬘十帖”是《夕颜》续传，是由《夕颜》帖往前推进的产物。“玉鬘十帖”本身又完全可作为完整独立的故事存在。

“玉鬘十帖”式的故事，通常情况下，其最初的发生带有这样的一种基调：“夕颜”故事由于夕颜之死而告终，讲话者于是向听众讲述：“夕颜还有一个女儿哩。”如此这般尝试勾起听众新一轮的好奇，以让物语得以继续下去。考虑到这个作为话头的“女儿”，并非到《玉鬘》帖里才新生重设，而是《帚木》“雨夜品定”就已有的既定的（最初的那位）头中将之子，于是一般而言，可认为有以下几种情况：

（1）作者写作《帚木》《夕颜》时已构思成“玉鬘十帖”，或已有轮廓雏形。

① 钱锺书《李长吉诗》，《谈艺录》，三联书店，2019年，第119页。

（2）作者写作《帚木》《夕颜》时，并无意拓至玉鬘的版图。但写作“玉鬘十帖”时，与其另起炉灶，新编某位大臣失落了早先生下的女孩的物语，不如将《帚木》《夕颜》所提到的常夏抚子的身份赋予这个即将下笔的女孩。

（3）当然还有作者先写了《玉鬘》，其后才补写《帚木》并展开《夕颜》的可能性。

不论新编还是宿构，这当中有一座隐形的桥梁，穿联起“帚木三帖”与“玉鬘十帖”，那就是源氏对夕颜绵绵不绝的爱恨追忆。形同今之短篇小说的一个个单篇珠连起来，构成了长篇散文作品《源氏物语》。那么，哪怕号称完整，《源氏物语》的帖与帖之间依然关系微弱，各自相对独立。但“帚木三帖”与“玉鬘十帖”跨越了中间的十七帖还能前后照应，形成长篇小说般的体系架构，使前后的角色与情节都不会无所着落，必然带给当时的宫廷听众们、此后历代的读者们这样一种不凡的感受：读者被作者推动着，而对夕颜格外牵挂，格外恋慕。给读者带去这样的牵挂与恋慕，除了穿线搭桥，还得依靠作者铺展抒情的笔调，柔媚的文笔，试看《末摘花》《玉鬘》两帖的开篇，作者皆曾温情作出相似的提要回顾：

话说那夕颜朝露似的短命而死，源氏公子异常悲恸，左思右想，无法自慰。虽然事过半载，始终不能忘怀。别的女人，像葵姬或六条妃子，都骄矜成性，城府甚深，丝毫不肯让人。只有这夕颜温良驯善，和蔼可

亲，与他人迥不相同，实在很可恋慕。[1]（末摘花）[2]

思へどもなほあかざりし夕顔の露に後れし心地を、年月経れど思し忘れず、ここもかしこも、うちとけぬかぎりの、気色ばみ心深き方の御いどましさに、け近くうちとけたりし、あはれに似るものなう恋しく思ほえたまふ。[3]（末摘花）

虽然事隔十七年，源氏公子丝毫也不曾忘记那个百看不厌的夕颜。他阅尽了袅娜娉婷的种种女子，可是想起了这个夕颜，总觉得可恋可惜，但愿她还活在人间才好。[4]（玉鬘）

年月隔たりぬれど、飽かざりし夕顔をつゆ忘れたまはず、心々なる人のありさまどもを見たまひ重ぬるにつけても、あらましかばとあはれに口惜しくのみ思し出づ。[5]（玉鬘）

"帚木三帖"与"玉鬘十帖"的故事串联，也少不了女房来发挥作用。曾经作为夕颜女房的右近成了跨越这两个部分的最重要人物。在夕颜去世之后，右近的身份从夕颜的侍

① 丰子恺译《源氏物语》上，人民文学出版社，2019年，第134页。

② 此段林译虽有不确的地方，但总体风致更接近原文，附上："岁月流逝。夕颜之死，像花之凋零露中，在光源氏心底留下难忘的记忆。在他身边到处是端着架子的女性，她们互相地警戒着，竞争着，更使他眷恋不忘那无比可亲的影像。"（末摘花）引自林文月译《源氏物语》第一册，洪范书店，2020年，第130页。原文只是说"这里那里"，并未明言端着架子的女性或骄矜的女性是指葵上或者六条御息所，到底指谁，全靠读者自行领会。一旦明说了，即表示作者对这些重要女性有了旁白里的直接评价，便不太符合《源氏物语》之风情。

③ 新编日本古典文学全集《源氏物语》第一册，小学馆，2006年，第265页。

④ 丰子恺译《源氏物语》中，人民文学出版社，2019年，第479页。

⑤ 新编日本古典文学全集《源氏物语》第三册，小学馆，2014年，第87页。

女，彻底成为了源氏这边的女房，只因源氏要把她当作夕颜的遗念。当然，这其中有一个不动声色的渐变推移，作者将这个过程写得饱满有致。[①]同时，表面看夕颜与玉鬘母女的命运相续书写，实则背后亦有时代政治斗争的转换暗藏。《夕颜》帖中，源氏在“一个闲适的黄昏”向右近打听已逝夕颜之过往，右近谈到头中将还在少将的时代，与夕颜交往约莫三年，“去年秋天里，那位右大臣家方面差了人来羞辱一番”。[②]当时的右大臣即弘徽殿女御之父。《夕颜》时代，还是左右大臣的竞争，源氏与头中将都属左大臣方面，为亲密战友，因之他们与夕颜的交往，时则先后，利益则毫无干涉。但到了“玉鬘十帖”，源氏与这位原来的头中将、此时的内大臣的竞争已趋白热化，源氏的藏娇玉鬘就变成了政治手段之一种。

其次，《夕颜》暗示作者对女性的理想不止一处，“女人往往是娇弱的比较惹人爱怜。好强而不听话的女人一点也不讨人喜欢”，(夕颜)[③]透露出来的正是作者眼中夕颜作为理想

---

① 《源氏物语》的松散结构常能给读者一种“妇道人家的命运如浮萍一般漂移不可把握”的感受（语取林文月译《源氏物语·帚木》,《源氏物语》第一册，洪范书店，2020年，第39页）。作者并不求人物之前后存在与照应，这和我国明清小说很不一样。《源氏物语》里前面出现过的人物，渐渐便失踪了，是常有的事。一旦某个人物大幅度跨帖存在，则其形象与精神哪怕前后有矛盾，也会使作品写实的意味浓厚。右近由夕颜之死开始，被源氏留在身畔，《夕颜》帖后半部分“一个闲适的黄昏”（林、页84）应源氏之询，而娓娓道来夕颜生平，宛如男子的女性恋人离开，与恋人闺蜜谈论恋人的情节，是非常真实而必要的一幕。此后随着岁月流逝，右近彻底脱胎而为源氏心腹。源氏则将其视为亡人之遗爱与念想。文至《玉鬘》，她会成为重要的中间人，注定已是不可避免的情节。

② 林文月译《源氏物语》第一册，洪范书店，2020年，第84页。

③ 林文月译《源氏物语》第一册，洪范书店，2020年，第85页。

女性的典范性。这也是作者要反复渲染她的美好及对她的怀念的原因。但玉鬘作为夕颜的亲女儿，性格却与夕颜不尽相同。玉鬘看似非月旦品评意义上的“理想女性”，却是于诗学意义而言，塑造得相当饱满而栩栩如生的独特女性。

源氏与夕颜的爱发生在他的十七岁，他在十七岁十八岁时所经历的几场恋爱，无不带有叛逆性质。夕颜亦是。不然，源氏不会在“闲适的黄昏”复盘时对右近说“只是这种不见容于世人的秘爱还是第一次，皇上那儿要戒惧，自是不消说”这样的话。(夕颜)[1] 私会夕颜时，尤有对父皇的顾忌，收养玉鬘当然也得时刻顾忌时人眼光，但人至中年、荣耀无限的源氏，早已没了十几岁时的青涩，同时玉鬘不再是如母亲般作为玩偶一样的只提供理想女性模板的存在，我们观察玉鬘的性子，很有一种玉鬘式的爱摆架子，这在夕颜是没有的。究其原因，大概夕颜是生造的理想女性，而玉鬘的性格和心理则与作者非常贴近。我们看她创作这一组母女人物，便能去逐步推想她的创作思维：作者该是从自己的身上取材而写出物语中空蝉的那番经历、玉鬘的饱满性情及宇治大君中君的身世，这大约是比较接近事实的推想，较为合理贴切的判断。

之所以说玉鬘很爱“摆架子”，而作者或与之相似，且看《夕颜》帖里，写源氏与夕颜在五条的夕颜住宅里约会，黎明听到平民邻家的对话及晨起时周围各种声音，夕颜担心源氏身份高贵而觉得听不惯且好奇，她的态度是“有些赧然

① 林文月译《源氏物语》第一册，洪范书店，2020年，第84页。

不自在”。[①] 此处无疑是一种耻感流露。然而同帖夕颜去世，源氏“又想起那一夜在五条的陋巷里听见的砧声，心中无限感慨”；[②] 当初的耻感对象，如今成了追忆材料。又，《末摘花》中，“时已入秋。光源氏独自浸淫于回忆之中。连投宿夕颜之家那次拂晓时分闻见的砧声，如今都已变成甜蜜而又辛酸的往事了”，[③] 源氏的两次对砧声表示回忆，皆该视为作者的真实想法。作者对很多民间的事物本来并不排斥，或且相当熟悉，但写起来总要摆一些谱，因为她已身处宫中，周围听众皆女房阶层。物语的潜在听众与读者，在她创作时映入了脑内，好像是讲话的对象，则既然讲给她们听，有时下笔评价，就会变得没那么坦率与放得开。看她偶尔描摹皇宫之外民间百姓的场景，笔调往往取嫌弃态度，但笔者想到这未必属于她的本性衷肠。因此细细推敲去，其实是有一些骄矜在作怪。

作为源氏心中理想女子之一的夕颜，也非凭空捏造，全无取材。作者的父亲藤原为时曾任那位朗咏“文华留作荆山玉，风骨消为蒿里尘”[④] 的具平亲王的家司，如源氏之家司惟光者也。作者少时亦曾踏入过具平亲王家邸多次，《夕颜》

① 林文月译《源氏物语》第一册，洪范书店，2020 年，第 71 页。

② 林文月译《源氏物语》第一册，洪范书店，2020 年，第 86 页。

③ 林文月译《源氏物语》第一册，洪范书店，2020 年，第 135 页。

④ 具平亲王《题故工部橘郎中诗卷》：“君诗一帙泪盈巾，潘谢末流原宪身。黄卷镇携疏牖月，青衫长带古丛春。文华留作荆山玉，风骨消为蒿里尘。未会茫茫天道理，满朝朱紫彼何人。”《校本本朝丽藻附索引》，汲古书院，1992 年，第 85 页。

帖所谓源氏带夕颜前往的“这附近的某院”[1]，通说是河原院，但角田文卫认为指具平亲王宅。具平亲王有一位唤作“大颜”的杂仕女，角田氏以为是夕颜原型之一。这位“大颜”性情也是柔弱，还为具平亲王诞了一位世子，元服后取名为赖成。赖成又是紫式部堂兄藤原伊祐（为赖之子）的养子。同时，具平亲王的母亲庄子女王的母亲与紫式部的祖母是姐妹。所以《紫式部日记》中，道长牵肠挂肚与具平亲王家结亲时，会就此事而询紫式部的意见，让她说说亲王家事。[2]

具平亲王在“九月的名月之夜”带那位杂仕女大颜去遍照寺赏月。广泽池西端的遍照寺乃京都赏月名所。将大颜带去赏月的夜里，大颜便顿逝了。紫式部将这个事件幻化入了《夕颜》的创作。[3]当然，夕颜有材可取，或作为理想女子而全然虚构，其周边人物的白描稍嫌简略。至于玉鬘，仅其上京故事里其身边之人的描绘就已显得颇费作者心思。但无论是在北九州时期，那位肥后的贪图玉鬘美色的大夫监，还是嫁给了太宰少贰后也极力呵护玉鬘、严拒大夫监求婚的乳母，作者的褒贬都非常清晰。维护玉鬘的阵营统统忠勤，侵害出卖玉鬘者则判定奸邪。比如只出现在《玉鬘》一帖里，一路忠心护卫玉鬘上京、夕颜乳母与大宰少式的长子丰后介，作为《源氏物语》的男性，全程居然没有对玉鬘有任

① 原文「そのわたり近きなにがしの院におはしまし着きて」、新编日本古典文学全集《源氏物语》第一册，小学馆，2006年，第159页。

② 《紫式部日记》第二十三段。日本古典文学全集《和泉式部日记·紫式部日记·更级日记·讚岐典侍日记》，小学馆，1979年，第187页。

③ 夕颜来自大颜之说参考角田文卫、中村真一郎「おもしろく源氏を読む·源氏物語講義」，朝日出版社，1980年。

何邪念。我们不由得会觉得，他只是一位工具人，作者要靠他快快地将九州物语的航船驶向物语的中心舞台——京城。丰后介不过是一位将玉鬘交到源氏手中的监护人、过渡人罢了。

> 丰后介遂成为舍人之一。他这些年来，一直埋没在乡下小地方，原本有些郁悒的；如今，已愁云全消，竟然在做梦也想不到有机会参上的大殿里朝夕自由出入，并且还可以在此指挥别人，办理诸事务，所以觉得十分荣幸。对于大臣的巨细靡遗，用心周全，则只有由衷感铭了。[①]（玉鬘）
>
> 豊後介もなりぬ。年ごろ田舎び沈みたりし心地に、にはかになごりもなく、いかでか、仮にても立ち出で見るべきよすがなくおぼえし大殿の内を、朝夕に出で入りならし、人を従へ、事行ふ身となれるは、いみじき面目と思ひけり。大臣の君の御心おきてのこまかにありがたうおはしますこと、いとかたじけなし。[②]（玉鬘）

看，这岂不是回到了《竹取物语》时代的旁白简述及单线条情感展现的笔法。所谓成了舍人，即成为家司家臣，作者写这位丰后介长年沉沦之后的突然觉得荣光，有一种早期物语较为简单的善有善报之说理风格。我们看她交待“九州

① 林文月译《源氏物语》第二册，洪范书店，2018 年，第 504 页。
② 新编日本古典文学全集《源氏物语》第三册，小学馆，2014 年，第 133 页。

上京传”中诸人命运，都予以或如此或那样的各类褒贬，不乏退回到了《竹取物语》《落洼物语》的叙事水准阶段，但一到京城首都圈要去初濑长谷寺参诣，玉鬘的心理描写便逐渐繁多。参诣中迎面不防那位右近重又登场，作者立刻恢复了女房叙述的本色。这九州寻亲传的许多人物当中，夕颜昔日的女房里，唯右近不被作者轻置任何明显的褒贬，反留给读者她才是主角的印象。以及，也是这位右近，贯穿这对可怜母女的故事之外，还让夕颜与玉鬘的故事平添一层梦幻与无常。也就是说，一旦进入女房语话语体系，作者又忍不住开始写她自己的心灵。《玉鬘》由“九州上京传”的恩怨褒贬而生之明朗轻快，再度陷落到女房传的潮湿暧昧氛围里。玉鬘人物形象因之对读者“摆起了架子”，异常骄矜复杂。

《夕颜》帖中，源氏一度把右近当做了去世的夕颜的安慰与替代。如今有了玉鬘，源氏便要向右近打听玉鬘的相貌如何，因右近已成了源氏这边的人。而夕颜、玉鬘和末摘花在同一个体系之内互为参照，玉鬘不能再照《末摘花》来仿写，作者便先安排源氏内心害怕玉鬘变成末摘花，以断绝这条路途。

> 他就写信给玉鬘。因为他想起了末摘花的生涯潦倒，不知玉鬘在沉沦中长大，人品究竟如何，所以想看看她的回信。[①]（玉鬘）
>
> ……御消息奉りまたふ。かの末摘花の言ふかひなか

① 丰子恺译《源氏物语》中，人民文学出版社，2019年，第498—499页。

りしを思し出づれば、さやうに沈みて生ひ出でたらむ人のありさまうしろめたくて、まづ文のけしきゆかしく思さるるなりけり。[①]（玉鬘）

源氏害怕玉鬘长成末摘花，固然包含着源氏对夕颜・内大臣生下玉鬘的基因传承期待。这是物语内部的线条。但作者既然把夕颜、末摘花、玉鬘摆放在一组，三人三身却实为一体。怎么将一体之女房物语写成三种模式，正是对紫式部创作力的考验。

此前我们在谈论大辅命妇时，论及《末摘花》与《蓬生》两帖中末摘花的变化。假若夕颜不死，也将迎来另一种《蓬生》。从《末摘花》至《蓬生》的变化，是紫式部的绝路逢生。但由《蓬生》开辟的荆棘之路，却不能依样画葫芦地妨碍和影响《玉鬘》的执笔。

作为夕颜女儿之玉鬘，该如何书写呢？九州上京传既已取昔物语中求婚传的传统写法，可上京之后，该当如何？夕颜既然有现成的具平亲王事迹能够依照，有材可取，则作者执笔时不太需要费心打磨女房在其中的起承转合。末摘花与玉鬘的形成，则与紫式部内心女性塑造、女房物语编写的理念大有关联。《末摘花》帖中的末摘花，再到《蓬生》帖的末摘花，再到玉鬘，是紫式部自身不断的进阶和变化。《末摘花》以大辅命妇为首的女房们对末摘花是逼迫而使人几乎不堪。《蓬生》中作者对末摘花观念转变，导致我们也跟着

① 新编日本古典文学全集《源氏物语》第三册，小学馆，2014年，第123页。

以为须磨流放回来的源氏变得深沉了，我们以为是人物在变化，其实是作者自己在变。至于玉鬘，这个人物自诞生起，就既少缺陷，却又复杂。作者在总结此前所写的基础上，又想另起炉灶来设置玉鬘这位开启新篇的人物。只有中年源氏一人恬不知耻地疯狂向玉鬘求爱，是一种写法；女房群体对玉鬘围而不攻，围点打援是一种写法；从九州求婚传，再升级至京都版的求婚传，让源氏与内大臣两府的多位青年才俊围着玉鬘、转马灯般地车轮出场也是一种写法。显然作者最终魄力决断，三种皆取，于是《玉鬘》篇幅被拉长，一帖成了十帖，进入旷日持久的功课。

作者自己执笔时亦不曾料到，玉鬘被作者的思绪沾染，居然成了可与此后“宇治十帖”大君中君浮舟三人组抗衡的《源氏物语》最个性最复杂角色。物语中从九州上洛时的玉鬘也想不到，自己会身陷到作者女房话语体系那么深的无底洞般的纠结沉沦之中。

女房话语笼罩之下的玉鬘，被塑造成了什么样的性格呢？

源氏以父亲的口吻给她写信，“玉鬘深恐露出乡下人相，羞涩不敢动笔”，玉鬘很有主见且形成了自己独立的各种观念。“大家催她快写”，[①] 她虽然最终也挡不住时代的大势，这是无奈的，但有限度的范围里，她绝不会轻易屈服于身边的女房群体，绝不是女房让她做什么就做什么。她一旦出手，给源氏回信，很令源氏满意。这里面有紫式部自己的自负寄

① 原文引自丰子恺译《源氏物语》中，人民文学出版社，2019年，第499页。

托在玉鬘身上。

对于源氏的种种馈赠，玉鬘的心理被写得灵动真实：

但在玉鬘本人想来，倘是生身父亲内大臣的信，即使只有三言两语，也是很可喜的，而和这源氏太政大臣素不相识，如何可去依附他呢？她嘴上虽然不说，心中很不乐意。[①]（玉鬘）

正身は、ただかごとばかりにても、実の親の御けはひならばこそうれしからめ、いかでか知らぬ人の御あたりにはまじらはむ、とおもむけて、苦しげに思したれど、……[②]（玉鬘）

此段的林译与丰译各有特色，意思离原文也都相去不远。丰译的"倘是……""即使……""也是……"活写出玉鬘心中精密的计较，我们很能觉出来自玉鬘的聪明细心，及她的内敛特质。而林译的"倒是巴不得……""不过"，就很有女房闲谈、说长道短的意味。仅此处而言，丰译重刻画，林译重旁白的氛围烘托。但紧接着的几句，林译既压着原文译出，又饶有趣味，附而备考：

但是，一方面由于右近恳切地劝她依源氏之君的话

---

① 丰子恺译《源氏物语》中，人民文学出版社，2019年，第499页。此处林译为"玉鬘本人倒是巴不得这一切来自自己的生父；不过，要她突然搬到陌陌生生的人那儿去住，可又觉得怪不自然的，故而犹豫不决。"（林文月译《源氏物语》第二册，洪范书店，2018年，第500页。）

② 新编日本古典文学全集《源氏物语》第三册，小学馆，2014年，第124页。

去做，另一方面，大伙儿又都奉劝："假如您的地位尊贵起来，令尊内大臣自然也会晓闻吧。世间亲子之情是决不会断绝的。右近虽然算不得是什么了不起的人物，可是，人家虔诚祈祷要跟您相会，瞧，菩萨不是果然就指引了她吗？何况，只要双方都平安无事，总有会面的一天吧。"遂七嘴八舌地强迫她先给源氏之君一个答复。[①]（玉鬘）

……あるべきさまを右近聞こえ知らせ、人々も、「おのづから、さて人だちたまひなば、大臣の君も尋ね知り聞こえたまひなむ。親子の御契りは絶えてやまぬものなり。右近が、数にもはべらず、いかでか御覧じつけられむと思ひたまへしだに、仏神の御導きはべらざりけりや。まして、誰も誰もたひらかにだにおはしまさば」とみな聞こえ慰む。[②]（玉鬘）

丰译此段未曾译出"一方面""另一方面"两边对玉鬘造成紧张的夹击态势。[③]右近之外的侍女在丰译中显得友好和善了些。玉鬘初到京城，既自尊自爱，又时时要担忧着会不会遭人轻视及道刺眼儿，因此各种紧忙里还要画出她的不

① 林文月译《源氏物语》第二册，洪范书店，2018年，第500页。

② 新编日本古典文学全集《源氏物语》第三册，小学馆，2014年，第124页。

③ 丰译：右近便开导她，教她此时应该如何应付。别的侍女也对她说："小姐到了太政大臣家里，身份自然高贵起来，内大臣也会来寻访小姐了。父女之缘是决不会断绝的。像右近那样身份低微的人，发愿寻找小姐，向神佛祈祷，神佛不是果然引导了她么？何况小姐与内大臣身份如此高贵，只要大家平安无事……"大家安慰她。先得写封回信，大家催她快写。（丰子恺译《源氏物语》中，人民文学出版社，2019年，第499页。）

被混乱，不失方寸。周遭形势既逼迫人，玉鬘却有一定的从容，才是原文要传达的。作者写出她虽还没见过内大臣，但对亲生父亲有着不须任何人教，就怀有的天生强烈的向往与期待，故而有“倘是生身父亲内大臣的信，即使只有三言两语，也是很可喜的”的想法。

前文作者分明交代，由筑紫上京的乳母一行的其他人得到了源氏馈赠后，个个都当做珍宝看待，唯独玉鬘陷入对父亲与源氏——亲父，以及想要接受自己的未来“养父”的疑惑中。作者拿玉鬘与同行的女房们做对比，而历尽艰险、好不容易上京的玉鬘，是去投奔生父内大臣，还是离奇地投靠和自己不相干的源氏，玉鬘虽然脑子清清楚楚，但竟然身不由己。谁在把持与推动着局势呢？张本人还是那位右近。

前期执笔《玉鬘》时，玉鬘的优长总要通过右近来传递，我们通过右近来了解玉鬘。玉鬘身处九州时，右近人在京都，自然不能飞奔九州为玉鬘作解说。于是在右近还没登场时，玉鬘的“身价”到底如何，属于未知。作者引导读者关注的，不过是老套的物语：九州求婚传。等到右近与乳母一行合流，读者眼里的玉鬘突然渐渐生出光辉来。

比如《玉鬘》帖后半部分，源氏与紫上谈论夕颜与玉鬘。源氏对夕颜的定位是“此人如果在世，我总得与西北区的明石姬同等对待她……夕颜才气洋溢，而幽雅之趣较差，然而终是个高超可爱之人”（玉鬘）。[①] 而《胡蝶》帖中，源氏更言，“这个人（指玉鬘）的模样异常讨人喜欢。她那已故

---

① 丰子恺译《源氏物语》中，人民文学出版社，2019年，第500页。

的母亲，态度疏欠明朗；这女儿却知情达理，温柔可亲”。[1]（蝴蝶）处处都是念旧与比较。旁白亦宣布：

> 与她生母相比，虽未见得十分相像，不过，究竟予人的感觉还是有些类似，而她这方面则更具韵致和才气呢。[2]（胡蝶）
>
> 似るとはなけれど、なほ母君のけはひに、いとよくおぼえて、これは才めいたるところぞ添ひたる。[3]（胡蝶）

在源氏心目里，藤壶中宫与紫上属于最上最理想的女性之外，其次便是夕颜与明石君了。但这其中带着源氏的私情，我们依然可以一笑置之。源氏向右近打听起玉鬘的相貌，右近认为“不一定像她妈妈，然而从小就长得很漂亮”。又问她跟紫上比如何。右近当然是非常世故地回答，“哪里！同夫人怎么好比”[4]时，玉鬘突然“升值”。同时，作者悄悄地躲在暗处，引导着读者逐渐接受右近的思想呢：玉鬘暂时寄身于源氏篱下是合理正当的！作者让右近如此评价玉鬘，等于在《玉鬘》帖中给了玉鬘一个可上可下的伸展空间，对于那些不喜好藤壶中宫或紫上的物语听众而言，玉鬘就成了新的理想化女性。这便是女房话语逐渐渗透的可怕力量。

---

① 丰子恺译《源氏物语》中，人民文学出版社，2019年，第529页。
② 林文月译《源氏物语》第二册，洪范书店，2018年，第531页。
③ 新编日本古典文学全集《源氏物语》第三册，小学馆，2014年，第175页。
④ 丰子恺译《源氏物语》中，人民文学出版社，2019年，第498页。

源氏问右近玉鬘长相，右近的回答固然顾虑到主人紫上的地位。在作者心目里，紫上的地位也是继故去的藤壶中宫之后的第一。但源氏发问，右近回答，我们突然领会，玉鬘于容貌及其他诸多方面俨然是能向紫上发起挑战的黑马，于一超（与“紫”有缘的几位属于超级的范畴，很难被挑战）多强体系的《源氏物语》而言，这已经非常难得。又好比我们在《三国志演义》的阅读中，发现有明文能够明确周瑜、庞统及司马懿在智慧上皆有不达诸葛亮处，但若论到郭嘉与诸葛亮的比较，就显示出争议与谜团。因为这两人本无从比较，很难决出高下。置于《红楼梦》则是后起之湘云与妙玉。湘云和妙玉很难理解为只是钗黛的影子，因为毕竟湘云的住处从宝钗这里移到了黛玉那里，是明笔，既是第三十八回“螃蟹宴”之后湘云厌恶起了宝钗，又在诗学上表明作者态度的一种变化。因此，更应该认为湘云与妙玉是后起而能与钗黛四分天下的红楼女性人物。①

按下不表，回到右近。乳母一行从北九州上京，本来目的正在令玉鬘会见生父内大臣，得到生父庇护。但邂逅在京都的右近之后，局势突变，玉鬘寻父的故事与荣华登峰的中年源氏故事得到了会合。对于玉鬘的寻父，右近虽然并没有明显阻挠，但夕颜逝世而一直跟随源氏的她，所思所想已时刻首先以为源氏服务为第一宗旨。乳母始终坚持要让玉鬘

---

① 前八十回内妙玉相关的文字虽不及钗黛、湘云为多，却有人物地位渐渐抬高之势。吴世昌将妙玉与宝钗置于第一回贾雨村诗境中并题，无论吴世昌关于宝钗与妙玉结局之推论对不对，但妙玉在八十回后的文章里与宝钗地位等同，是可以推想的。参见吴世昌《宝钗的下场》，叶朗、刘勇强、顾春芳主编《百年红学经典论著辑要（第一辑）·吴世昌卷》，安徽教育出版社，2020 年，第 432—435 页。

与其生父认亲，但右近的话语里是极力向他们推荐源氏。其中，源氏自当年夕颜暴毙以来，对夕颜久久难忘，想要抚育她的遗孤的心理，成了右近反复诉说，以之为玉鬘该先前往源氏处的首要理由。

玉鬘并非当年十八岁的源氏收养的北山若紫，年纪尚小，玉鬘是二十二岁的大姑娘。北九州长年的成长生涯，早已稳固了她的三观。她亲生父亲的妹妹，也就是源氏早先的正妻葵上，正是十分谨慎端庄的性情。作为女性的玉鬘，除了继承夕颜的美貌与柔顺，恐怕也继承了内大臣家族尤其是葵上的谨慎和多虑吧。我们往往只关注她背后的夕颜，却极易忽略父系这边的血缘影响。玉鬘内心的低调隐秘，与潜在的骚乱不安，以及来自外界与内心的多重冲突，种种繁复多变，让她的形象显得更加丰富。

内大臣府里的少爷们，倒是颇有几个人想靠着夕雾的关系，向玉鬘表示情爱，故诸多费神徘徊且又烦恼碎心；可是，这位小姐本身却丝毫无意于爱情之事，她内心苦思着，默默地只求一见自己的亲父，然而口头上又只字不敢提出。瞧她，只是全心倚赖着源氏之君的样子，真个楚楚可怜。[①]（胡蝶）

内の大殿の君たちは、この君に引かれて、よろづに気色ばみ、わび歩くを、その方のあはれにはあらで、下に心苦しう、実の親にさも知られたてまつりにしがなと人知

① 林文月译《源氏物语》第二册，洪范书店，2018年，第531页。

れぬ心にかけたまへれど、さやうにも漏らしきこえたまはず、ひとへに、うちとけ頼みきこえたまふ心むけなど、らうだけに若やかなり。[1]（胡蝶）

作者写出了玉鬘的成熟。玉鬘当然不会是葵上，不会成为源氏正妻。但玉鬘这种对源氏既排斥，又带着忍辱负重意味的智慧，不乏葵上的身影。作者安排玉鬘作为"黑马"发起的对紫上的"挑战"，在紫上占有绝对优势地位的中后期，既能勾起听故事者新的好奇心，又在慢慢显示紫上是最完美的这个潜在观念的崩塌。察觉这种崩塌，而给听众、读者带来的无常感在于，源氏虽至死把紫上放在心中最重要的地位，但客观上，无论是紫上、玉鬘还是此后《若菜》系列中的女三宫，被源氏当作女儿领养的这一系列前后三位不同性情与来自的女子，她们所演绎的一切，既与《须磨》之后源氏在政治上的不断进取相辅相成，又彰显着已不可阻挡的随着老境渐至、在爱情上逐渐疏忽乏力、而要为过去种种风流付出代价的必然。源氏最后没有得到玉鬘，也没能"保护"好玉鬘，又从未能进入年少的女三宫内心，这和"雨夜品定"之后源氏于《空蝉》《夕颜》《若紫》《末摘花》诸帖中对女性的"手到擒来"之书写风格也是截然不同的。

玉鬘悲剧之必然，以及必然所带来的无常感，与作为女房的右近分不开。右近之志，自重逢玉鬘一行以来，便是暗

① 新编日本古典文学全集《源氏物语》第三册，小学馆，2014年，第175页。

暗积蓄，一心要促成玉鬘与源氏的婚姻。如此说来，她和源氏以及源氏周围那些贵族公子一道，本该是玉鬘悲剧的刽子手之一。可我们在读到玉鬘最后的意外归属与结局时，是不是已然于阅读的渐变流转中，忘记了源氏最初的用心不良，忘记了右近的不怀好意，而对源氏、右近产生了巨大的同情呢？以女房语写作的这部《源氏物语》造成的最反常的逻辑在于，它往往明明将是非与黑白颠倒，可读者一旦沉浸，便容易忘怀或淡漠主人公与女房们原有的一切罪孽，甚至站到他们那一边去，为他们的悲喜而悲喜。所谓物哀思想之普遍而无不笼罩，那种无事无人不哀的终极感受，正是来自于女房语推进下的故事进程里，道德功罪的逐渐淡化乃至于抹杀。试想，这在“分明报应”的《红楼梦》体系里，难道不是极其艰难的吗？

右近在一旁比较眼前这两位，不禁嘴角泛出笑意来。主上这么年轻，做为小姐的父亲，实在不怎么合适，倒是让他们做夫妇还相称些。[①]（胡蝶）

右近もうち笑みつつ見たてまつりて、親と聞こえんには、似げなう若くおはしますめり、さし並びたまへらんはしも、あはひめでたしかし、と思ひゐたり。[②]（胡蝶）

《绘合》帖中，前斋宫、即此后的秋好皇后入宫一事，

① 林文月译《源氏物语》第二册，洪范书店，2018年，第532页。

② 新编日本古典文学全集《源氏物语》第三册，小学馆，2014年，第179页。

源氏心中认为，嫁给今上于年龄上还很不合适，秋好与朱雀院却正相配。其时朱雀院三十四岁，秋好二十二岁。作者借源氏心内，认为两人般配，并有后悔不已之叹。[①]但读者却未必买账，因为这其实是妥协的道路。此话怎讲呢？我们再看"玉鬘十帖"就很能明白作者延宕而丁宁的性情。《胡蝶》中，右近在一旁认为源氏与玉鬘般配，这其实暗暗代表着作者在"一旁"的评价。我们会想，这大约能看出作者婚恋观之一种吧。作者自己嫁年长男性，虽然不是自由幸福的婚姻，但大约妥协之后，静夜思之，觉得男女般配与否，到底与年龄无关。所以物语中，即使如源氏和玉鬘、朱雀院与秋好，年龄差在十几岁亦是无妨。秋好配朱雀院还和源氏在政治上的安排进退有关，也与他个人单纯对哥哥的复杂情绪有关联。玉鬘配源氏，就是作者更为理想化的思考了，同时，塑造右近，依托右近，借助右近的女房语，来表达这种理想化思考，是作者的任务。于是右近要去成为促成源氏玉鬘婚姻的先头部队。

当然，玉鬘周围虽暗伏险境，作者笔调却很温柔细腻，不乏风趣。作品的残酷与深刻，是在温柔细腻与不乏风趣里

---

① 院の御ありさまは、女にて見たてまつらまほしきを、この御けはひも似げなからず、いとよき御あはひなめるを、内裏はまだいといはけなくおはしますめるに、かくひき違へきこゆるを、人知れずものしとや思すらむ、など憎きことをさへ思しやりて、胸つぶれたまへど、……（絵合）。新编日本古典文学全集《源氏物语》第二册，小学馆，2016年，第372页。附林译：朱雀院的姿容清丽脱俗，几乎可比女子，而这位斋宫呢？二人堪称匹配，实在是天造地设的一对。皇上则相形之下，显得太幼稚了些。而今，事情运行如此，斋宫心中或有不快吧？嗳嗳，真是作孽啊！想及此，心中不禁隐隐作痛，后悔不已。……（绘合）——林文月译《源氏物语》第二册，洪范书店，2018年，第381页。

行进的。源氏询问已经寄来给玉鬘的种种情书来自何人，右近在旁一一解释，源氏便对正在向玉鬘求爱的萤兵部卿宫与鬓黑大将做出了评价，并装模作样教玉鬘情爱中的种种道理。这两位的被评价，伏下此后的《萤》与《真木柱》，这两位于追求玉鬘的结果上而言是一失一得。综上而能首先搭建起来的逻辑框架是：

最上一层，右近认为源氏玉鬘般配；

往下一层，源氏对玉鬘聊起萤兵部卿与鬓黑，认为两人皆有缺陷；

再下一层，玉鬘见不到生父、不得满足的内心，多重冲突境遇下不能明言的恐惧与焦虑，与她的性格可能伴随有葵上家族传承的隐忍与细致。

于是我们知道，“玉鬘十帖”中右近代表作者的某一种声音——不是她的全部声音。右近在某种意义上，俨然作者之代言人。这就是女房不动声色地推进故事的厉害之处。

假如我们追问，玉鬘的心理与作者心理的深层关系是什么呢？照着前文的论述，玉鬘的心理不也是作者自己的心声吗？其实玉鬘是，右近亦是。右近、玉鬘构成了两股作者心内的强大力量，在“玉鬘十帖”里左右碰撞。作者时时渴求着答案，但大约暂时也得不到什么答案。这是《源氏物语》的一贯风格，《源氏物语》并不为人们提供答案。我们再对前文故事进行回思，上溯《夕颜》，作为多年来已被培养为源氏心腹的女房右近，她若不能重逢夕颜之女玉鬘也就罢了，一旦重逢，她在“玉鬘十帖”里的核心目标，便是促成玉鬘与源氏的婚事。而另一面，玉鬘的目标是要逃离六条院的婚姻，靠近自己的生父，哪怕婚姻大事也要生父来替她做主，而非右近、源氏替她安排。我们便能明白，玉鬘是离开了父亲由不得自己做主的少女心紫式部，右近是进入宫廷后，伺候在中宫身边的女房紫式部。两股冲突的力量之外，还有源氏，当年夕颜悲剧的间接造成者。因为是悲剧造成者，因为是男性，作者便不愿让他与两股核心力量汇流，只是安排这位近乎亲手害死夕颜的情郎，如今再去对夕颜的女儿跃跃欲试。既能写出风情风雅，又确是当年的罪的延续。右近看似在充当帮凶，充当帮凶则该与源氏同一阵营，但她又与源氏、玉鬘三足鼎立。右近的充当帮凶很容易被看出，但结合玉鬘心理，而得出玉鬘右近都是作者自己的内心，就得进一步探求，这种冲突内心来自什么。

我们能明显从行文中感受到，无论是透过右近的心理与口语，还是玉鬘自身的表现及应对，作者用女房语将玉鬘包围在一种《源氏物语》前所未遇的多重困境中。比如前来求爱的男子之一，柏木，与玉鬘是同父异母兄妹。但源氏明晃晃地要玉鬘及周围的人暂且隐瞒，不要声张玉鬘之真实身份。这是玉鬘寻父这一条线的现实难度体现。源氏其实在以政治强权对玉鬘进行干涉与阻挠。面对这样的现实，玉鬘如果妥协一下呢？妥协之后，在作者看来，最佳婚配者就只能是源氏了。首先源氏一直被塑造为全作中的理想男子，其次在“玉鬘十帖”我们才深刻领会，这是源自性情谨慎的紫式部无意识的内心里，那种遭遇迫害后，退而求其次的舒适心理。嫁给源氏，是玉鬘寻生父破灭后最理想的境地。《源氏物语》的压抑感与绝望性由此得以成功营造：首先切断争取真正幸福的前路，其次提出当下的最佳方案。切断与提出，都由女房语担当。

进一步，在这样的包围与重重冲突之下，玉鬘就成了比这部物语里其他女性主角们更为关注与在乎自己心中的感受的形象。《源氏物语》塑造女性心理的成功，揭示现实之深刻，便是这样通过女房语与女房世界得以实现的。

这样的创作上的成功，当然还少不了对以往物语作品的借鉴。比如“玉鬘十帖”中，玉鬘对源氏的提防，她的时刻不忘寻找机会脱身，好向生父表明自己的存在，她的种种隐忍与智慧等，作者明示我们，这些其实都有一个精神基础，那便是“昔物语”的阅读爱好与经历。这也正好暴露爱读“昔物语”即叙事通俗文学的作者自己的关于人生思考以及经验获得的一大源头。

> ……实则，玉鬘心中未必真如此想法吧。她正暗自焦虑，不知何时方得一究实情？眼前这位大臣对自己可谓呵护备至，而所谓亲父呢？反倒十分疏远，即使将来相会，也未见得会像他这般疼爱自己吧。世态人情，证之于古老的小说，更加令人心寒，所以也不便自动表明身份认父亲。[1]（胡蝶）

---

① 林文月译《源氏物语》第二册，洪范书店，2018年，第534页。此处丰译更直白表现原文意思：她读了些古代故事小说，渐渐懂得人情世故。因此行事小心谨慎，觉得未便自动前往寻亲。（丰子恺译《源氏物语》中，人民文学出版社，

（转下页注）

さるは心の中にはさも思はずかし。いかならむをり聞こえ出でむとすらむと、心もとなくあはれなれど、この大臣の御心ばへのいとありがたきを、親と聞こゆとも、もとより見馴れたまはぬは、えかうしもこまやかならずやと、昔物語を見たまふにも、やうやう人のありさま、世の中のあるやうを見知りたまへば、いとつつましう心と知られたてまつらむことは難かるべう思す。[①]（胡蝶）

但来自昔物语的知识，根本应对不了复杂的现实。昔物语被玉鬘遇到的种种“现实”——作者的曾经与当下的实际困境、及内心如上述般的冲突，给轻易突破了。直面这种种困境，但又冲突而不得解答，于是《源氏物语》成为了一部高峰作品。

更有意思的是，随着情节推进，源氏在物质层面无微不至的照拂，作为大臣之君而对玉鬘提供扎实可靠的庇护，都在渐渐改变少女的心。另一方面，寻求生父的希望似乎变得越来越渺茫。不断地两相权衡对比，少女心中幽微、曲折及缤纷的变化，紫式部通过女房语逐层展示。少年人总将注意力投注在外，相比之下，玉鬘更走向内心与自我。因此此后

（接上页注）

2019年，第529页）林译虽未能像丰译那样明确直白地展示原文所要表达的“先读了昔物语，后通过昔物语而懂得很多人情世故”这个逻辑顺序，但林译的句式转换更能体现昔物语证于现实的二元关系，以及现实既映照昔物语，验证着昔物语，又比物语更为可怕严峻的内在含义。相比丰译之明快，林译此处含蓄深刻，故此处的正文采林译。玉鬘的昔物语阅读教养，显然是在从前长年九州成长期间开始接受的，这不得不令我们联想紫式部随父亲赴越前，而在越前可能有的阅读经历。

① 新编日本古典文学全集《源氏物语》第三册，小学馆，2014年，第183页。

的行文里，玉鬘的表现，便总是不那么习惯于因循守旧，也不那么容易被当时世俗所认为正经的事物老老实实地束缚。

作者在《玉鬘》《初音》《胡蝶》三帖之后，安排了别具趣味的《萤》这一帖。源氏的胞弟萤兵部卿向玉鬘求爱，源氏于黑夜之中放出萤火虫，来照亮玉鬘的所在，营造别具一格的“香艳的氛围”。[①]

> 兵部卿之宫虽然滔滔不绝地说了许多情话，玉鬘却丝毫没有动静反应。她正踌躇不知如何是好。此时，大臣忽地靠近来，掀起几帐的里层，出其不意地出示不知什么闪闪发亮之物。咦？什么东西呀？是纸烛吗？可真吓了她一跳。原来是源氏之君傍晚时用直衣包藏了许多萤火虫暗暗放置着，如今故意佯装整理直衣而突然散放开来，所以一时间周遭亮了起来。玉鬘大为吃惊，连忙用扇子遮掩面庞。哦，那张萤光之下的侧脸，真个清艳出奇哩！[②]（萤）

玉鬘当然对此大为讨厌，我们可以透过文本想象她骄矜羞涩的样子。女房们对于源氏帮助萤兵部卿宫向自己“女儿”求爱的行为纷纷赞叹，唯独玉鬘活在苦痛里。在这一帖中，女房们是映在墙上的忽强忽弱忽起忽落炙烤着玉鬘的火苗的影子。而源氏是美学胜利者。玉鬘的智慧与成熟在于，

① 林文月译《源氏物语》第二册，洪范书店，2018年，第546页。
② 林文月译《源氏物语》第二册，洪范书店，2018年，第546页。

她时刻明白自己的真实身份，看得破源氏的任何把戏。但她又有些低估了情爱本身于细水长流里水滴石穿的威力。自己在源氏不断放纵宫廷年轻男子前来求爱的过程里，正渐渐产生倒向源氏的情爱之心。比起刚被右近带至源氏府上时，玉鬘已经和源氏相当熟悉，且有了比之以往不少的心灵默契了。苦痛的根源是她既非源氏的亲生女儿，又被认作女儿的尴尬情况下，自己最不适合接受源氏禁断的爱。

> 独有玉鬘内心隐隐作痛。看他表面上对自己殷勤照顾，不禁又要自叹命薄运蹇了。唉，若是能与生父相认，恢复普通人家小姐的身分，再来接受他这一番情意，倒也罢了；如今这种奇异的境遇，日后万一教人传说开来，真不知会遭受怎样的物议呢。为此，正日夜烦恼不已。[①]（萤）

男女爱情的秘密之一是，两人在不停的流逝时间中对某种顿时的神秘领悟。这一刻你知我知，心意忽然畅通，只觉此刻乃恒久以来，我们想的其实一直一样。玉鬘频频不给来访男子好颜色看，潜意识里，却浸润到另一种自己不愿承认的情绪：因这频繁的拒绝别人，而慢慢与源氏站到同一阵线。紫式部又偏偏选取了萤这个特殊的日本人所喜欢的意象，既表示光洁美好，又代表幻灭瞬间。萤成了帅皇子（萤兵部卿宫）的代名，却象征玉鬘与源氏的爱情，依旧逃不开

① 林文月译《源氏物语》第二册，洪范书店，2018年，第547页。

背德与禁断。源氏放萤，表面为的是萤兵部卿宫，背后也显示中年男子的小小恶作剧心态、恶趣味行为。但穿越时光隧道后的日后两人记忆里，尤其是嫁给鬚黑大将终又守寡的清寂的玉鬘心中，《萤》这一瞬，会不会是曾在六条院居住的青春少女时期的最难忘与最美好呢？而那位将玉鬘甩给那些青年才俊以夸示自己美好的“女儿”的源氏，俨然于《萤》里代替了女房的见闻与声音。

因为紧接着，紫式部就要借助源氏来说出著名的“物语论”了。

> 这一次的梅雨较往常下得久。淅淅沥沥，不知何时方得放晴。六条院的妇人们，有的竟以图片故事来打发时间，消磨无聊。……主上见到处散置图片故事，乃道：“哎呀，你们妇道人家呀，真不怕麻烦，天生就是爱教人欺骗的。明知道那么多图片故事之中没有几个可信的，就是喜欢受骗上当。瞧，这种燠热的梅雨季节，也顾不得披头散发，尽在那里认真书写哩。”[①]（萤）
>
> 長雨例の年よりもいたくして、晴るる方なくつれづれなれば、御方々絵、物語などのすさびにて明かし暮らしたまふ。……殿も、こなたかなたにかかる物どもの散りつつ、御目に離れねば、「あなむつかし。女こそものうるさがらず、人に欺かれむと生まれたるものなれ。ここらの中にまことはいと少なからむを、かつ知る知る、かかるすずろごと

① 林文月译《源氏物语》第二册，洪范书店，2018年，第551页。

に心を移し、はかられたまひて、暑かはしき五月雨の、髪の乱るるも知らで書きたまふよ」とて、……）[①]（蛍）

《萤》借源氏而推出“物语论”，正如程千帆先生举例的《三国志演义》中诸葛亮的《隆中对》，《红楼梦》里贾宝玉的“鄙视功名利禄的谈话”，都是“倚仗议论来加强人物形象，使之被塑造得更为完美和突出”的来自抽象思维对形象思维之辅弼。[②]紫式部提供给我们一个昔物语中的经典案例：《住吉物语》的女主。也是作者有意无意出卖了自己的创作构思来源，并用来炫示《源氏物语·玉鬘十帖》之新奇、较以往传统物语之不同。[③]《住吉物语》当是紫式部少女时代即非常熟悉的昔物语，但轮到她自己创作时，“玉鬘十帖”却能不落窠臼，曲折新颖，另辟一途。作者当然因为有了这样的创作自信与经验，才敢让物语中的人物源氏来做一番物语

① 新编日本古典文学全集《源氏物语》第三册，小学馆，2014年，第210—211页。

② “以形象思维为基础的文学作品，在塑造人物时，从来不排斥来自抽象思维的某些议论，反之，有时还倚仗一些议论来加强人物形象，使之被塑造得更为完美和突出。试想，如果《三国志·诸葛亮传》和《三国演义》中没有诸葛亮的隆中对，《红楼梦》中没有贾宝玉鄙视功名利禄的谈话，这两个人物形象岂不是要大为减色吗”？《韩愈以文为诗说》，程千帆先生《唐代进士行卷与文学·古诗考索》，商务印书馆，2014年，第321页。

③ 一般认为现存《住吉物语》乃后世之改作，但故事的梗概与原版大致不差：住吉之姬君，由拥有皇室血脉的母亲所生，身份尊贵，却受继母迫害与阻挠，不得与恋慕的四位少将厮守。继母欲将住吉之姬君强嫁给年老的主计头，却幸得乳母之子的帮助，有情人终成眷属。市古贞次在《中世小说的研究》中认为，继母虐待故事，一般都顺着生母去世，而继母迫害女主人公，生母在天之灵护佑女儿，女儿得神佛保佑而能与心爱男主人公重逢结婚的模式来建立。参考市古贞次《中世小说的研究》，东京大学出版会，1955年。

的漫谈——直如《红楼梦》第五十四回的“史太君破陈腐旧套”[①]——源氏的观点虽不能全代表紫式部，但从创作诗学而言，源氏恰好扮演了女房的角色。即源氏之声口，乃紫式部等女房口吻也。

阅读《住吉物语》的玉鬘，才不会将物语中的故事等闲对待：她自己亦经历过类似的险些被九州那位大夫监捕获的危险经历，感同身受。如今以六条院的公主身份而享尽源氏给予的优渥待遇，读着物语而回想己之生涯，岂不有「わがみさへこそ揺るがるれ」[②]之慨！同时，当九州来的玉鬘面对这些由明石之君馈赠的绘物语时，当然会觉得是“新奇的经验”，因为九州比起京城皇室，毕竟书籍匮乏。所以玉鬘“日夜沉醉于书写阅读之中，十分起劲”[③]的行为，既符合其经历，又符合其身份。这个场面也很写出玉鬘的可爱。但这并不代表，这些昔物语真能骗得了玉鬘，而需要源氏来点明。

玉鬘“这边倒有一些精于此道的年轻侍女，听她们七嘴八舌虚虚实实真假莫辨的传说”，[④]也知道了像自己这样的经历极为罕见，不见于传统物语——逃过肥后那位大夫监的追求，出离九州地狱，被源氏大臣收养了做女儿，好像获得了

---

① 具体贾母的“小说论”内容见徐少知《红楼梦新注》，里仁书局，2020年，第1322页。

② 语出《梁尘秘抄》第359首。新潮日本古典集成（新装版）《梁尘秘抄》，新潮社，2018年，第151页。这首歌向来有两种解释，可译为“连我心亦动摇起来”，或“我也不禁翩翩起舞起来”，此处姑取前一个意思。

③ 林文月译《源氏物语》第二册，洪范书店，2018年，第551页。

④ 林文月译《源氏物语》第二册，洪范书店，2018年，第551页。

难得的幸运幸福。但玉鬘已不是孩童，又颇涉人世，不待源氏未展开物语论时前半段的调笑挖苦，就当深明昔物语是带有理想色彩与童话性质的。玉鬘的沉浸物语之中，本同于古往今来人类借助文艺作品来消遣寂寞的行为；同时，曾经没什么机会阅读精致的绘物语的她，体内的文艺特质一旦借经典物语而为激发，作者便是要展现出女子受阅读教育时的一种美好状态。

而那些周边所谓熟悉古代绘物语的“年轻侍女”则如同低级话语权女房，目的只是为主人源氏的禁断行为开解，早日促成玉鬘源氏的结合。她们尚只任牵线人之职。女房们的劝诱，认为玉鬘获得了虚构物语里的角色都难以得到的幸福，是要敲打她莫再好高骛远，而当珍惜目下六条院能受到源氏宠幸的现实。她们甘当源氏进攻玉鬘的先头部队，接下来将轮到进屋见“到处散置图片故事”的源氏来大谈物语，以进一步贴近玉鬘的心灵，也假惺惺扮演所谓的监护人角色。至于玉鬘，虽看似自始至终是一日本平安时代的不越本分的守拙女子口吻，其实她的不越本分，她的守拙回答，不过是因为当她面对着从未见过的精美物语绘本，既沉醉享受，乐在其中，又毕竟有些因出自九州地方，在博学且掌握男性话语权的京都源氏面前的文化自卑罢了。源氏并非生父，自己必须先与生父会面，再谈情爱的执念，在玉鬘心内从未真正动摇和改变。所以在周边女房眼里，她依旧是好高骛远、不识时务的。

玉鬘那句回应源氏，带有轻微挖苦而不失玉鬘骄矜特色的“说惯了假话的人，难免会这样想的吧。我倒是总深信不疑的”，[1]看似昭示以玉鬘为代表的当时一般女性的物语观念，其实玉鬘亦在调动女性智慧而与源氏逢场作戏。她不这么说，也无法引出接下来源氏真正的物语论——这里亦包含着紫式部借源氏与玉鬘及后文的紫上多种声音来表达自己的独语的意思。我们从这两位男女交往的细节情态来琢磨，玉鬘此言，更类女性的娇嗔口吻。惟其娇嗔，则读者或猛然惊觉，玉鬘相比最初于《玉鬘》帖的表现，已是大大放低了姿态，撤除了局部的对源氏的心理防线。

> 然而源氏在听到玉鬘的这句话之后，亦惊觉：玉鬘岂不正是活在物语中的那位少女啊。她的前半生，不正好是一部物语吗？与生父母别离，远去京城，四岁至二十二岁一直待在比住吉更遥远的九州乡下，其间还遭到了九州大夫监之逼迫，乘船海上五百公里祈愿于神佛，而终得逃脱于苦辛。京城里以往会过的那些女性们不过对自己俯首帖耳，惟命是从之辈，饱经生活之种种忧患的玉鬘却不是这样。于是源氏猛然改了口：“物语也并非虚妄……”[2]

源氏展开了真正的物语论。这段被讨论了千年的著名“物语论”，与拙文所论《源氏物语》“女房论”之间的关系

① 林文月译《源氏物语》第二册，洪范书店，2018年，第551页。

② 这段话意译自玉上琢弥《源氏物语评释》第五卷中《萤》帖的评注，并非直译，为了使文意流畅，笔者有些微改动。玉上琢弥《源氏物语评释》第五卷，角川书店，1987年，第337页。

究竟如何呢？笔者提出的女房论，主张《源氏物语》根本而言是用女房语记录女房视角下的见闻的作品。兼顾到笔力、想象力，而不轻易涉及女房见闻、女房世界之外的内容，对作者而言，是一种尽力保持作品求真性的明智的创作方式。《源氏物语》力求写实，当然，力求写实也并不代表《源氏物语》所写的事情乃真实历史，而是尽量让读惯了物语、史传而能区分虚构与真实的读者，在阅读《源氏物语》时，虽知道它是虚构的作品，也带着享受真实故事的心态读下去。因此，一旦超越了女房见闻与女房世界，创作就变得得依靠作者的编造力来维持女房世界之外的想象写作，这既增加了作者的创作难度，也不符合女房论之下的《源氏物语》的求真性。

因此从女房论出发，可以发现历来探讨《萤》之“物语论”都着重于物语与史记文学的纪实与虚构等的比较探讨，但作者借源氏说这番话，真实意图乃或在说明，作者所构建起来的女房世界之物语，虽不是事事实录，也没必要写一部实录的物语作品，却是笔下事事都能经得起推敲的物语。因为经得起推敲，《源氏物语》的真实性，与以往的《住吉物语》《落洼物语》等，就很不相同。境界手眼皆不可同日而言。这是作者借源氏之口吻而最为心得自负的区别于以往物语的最大特点。

《萤》的“物语论”其本质论部分并没有否定物语的虚构性。只是物语并非是直接取材自历史，将历史事件简单照搬的体裁。物语要通过夸张与润色等来尽量写出符合人们对现实的认知的虚构作品，并写出世上之人们应有的各种生活状态。

但源氏对玉鬘的这番“物语论”，透过以上所论表层，再用心观察，会发现源氏在戏言玉鬘的同时，亦幽了读者一默。假若读者与源氏较真《萤》之“物语论”，则真的中了源氏之计，陷入作者的思维泥潭。当我们一旦将源氏所说的物语乃虚构之真实的结论予以认可时，即等于也承认了《源氏物语》虽非史实，但其中故事也正在上演或曾经上演。那么，我们岂不成了源氏戏谑对象的玉鬘？《物语论》与《红楼梦》第五十四回贾母的“小说论”还是有本质区别的。说到底，源氏更大的一个话语目标在于戏弄玉鬘，这反映的是处于平安时代的男性对女性的知识获得权力的一种垄断。我们当透过物语文字表面，能够读出这一点。

女房语的表征是碎片化的众声喧哗、七嘴八舌。源氏在这一帖中代女房而语，评价玉鬘的绘物语阅读，他的声音不过是女房声音的一种。我们大可不必非联系《紫式部日记》所记的“日本纪局”①不可，而被作者骗过，以为作者在此崇高了物语的纪实功能。源氏在玉鬘面前说的话，如同在紫上、六条御息所、槿斋院面前说的话一样，首先都是为了获得女子芳心的情场话术。将情话当做理论，假如认真研讨源氏“物语论”而辨明作者的物语创作理念，则等于忽略了源氏对玉鬘说这番话时，两人正处于的情爱纠缠的背景，所谓“假作真时真亦假”，这又成了一种误读。

① 张龙妹将“日本纪局”译为“女太史令”和“史书仕女”，申非译为“女翰林”，备考。见张龙妹译《紫式部日记》，重庆出版社，2021年，第297页；申非译《源氏物语与白氏文集》，国际文化出版公司，1985年，第32页。

第六节 “曲终收拨当心画”
——本章结论

一条帝在听女房朗读《源氏物语》给自己听时，发出了“此人（指紫式部）能读那难读的《日本纪》，才能卓越”的感叹。[①]《源氏物语》的内容让一条帝产生了正史、国史的联想。当然，这并不代表紫式部创作的《源氏物语》就等于历史作品。

紫式部读过《蜻蛉日记》，不仅是《蜻蛉日记》，唐代的传奇，她家中也藏有不少。这些都是她的父亲、祖父搜集的。兼辅、雅正、为时都是当世之学者，紫式部的家庭是学者之家。其时，为时还能够与宋国人频繁接触，因为任越前守时，宋国的人会来到越前，带来新闻以及书籍。紫式部的文学训练与传承主要来自唐宋传奇、日本的古物语以及《蜻蛉日记》。虽然被夸赞为“日本纪局”，但女房语是她的创作本色。《源氏物语》之前的《蜻蛉日记》《和泉式部日记》等，是连文章之道都不理解的女性，用假名来排遣苦闷的产物罢了。明治时代以后国文学兴盛，曾经是车的两轮般并行的汉诗文与假名作品，只抬高一方，而不顾及另一方。学者

① うちの上は、源氏の物語、人に読ませたまひつつ聞こしめしけるに、「この人は、日本紀をこそ読みたるべけれ。まことに才あるべし」と、のたまはせけるを、……——新潮日本古典集成《紫式部日记·紫式部集》，新潮社，2016年，第96页。“主上令人为他朗读《源氏物语》，他一边听一边夸奖道：‘作者一定是读过《日本纪》的吧。太有才了！’”张龙妹主编、日韩宫廷女性日记文学系列丛书《紫式部日记》，重庆出版社，2021年，第296页。

们也不读三史五经，不读文选文集，只要读假名作品便可称为国文学者。

《源氏物语》的语言主要是女房语。“《源氏物语》以女房语为根基，取舍之推敲之而洗练之，奔赴特殊的言语功效，夸示独特的书写技巧”。①

即使如《萤》当中著名的“物语论”，虽出自作为男性的源氏之口，在这一帖中，源氏却也扮演起了某种意义上的一位“女房”。《源氏物语》是女房的见闻录。因此物语所记，仅限于女房的见闻。连“物语论”的语言，亦属于“女房语”，是女房世界里的一段评论。至于书中的男性世界，不过是应景而已，不过以传言传说传闻的形式出现。比如朱雀院的山居生活、光源氏出家后的生活，作者全然不展开具体细致的描写，一笔带过甚至只留下空白一片，正因为朱雀院也好光源氏也罢，出家之后，皆没有女房跟随之故。此外，于平安时代，与其说光源氏、薰是当时女性心目里的理想男性，不如说头中将这样的男子，才更使人觉得正常与亲切。物语所描绘的世界，若看成了当时人们的理想世界，那是不大对的。

① 玉上琢弥《平安女流文学论》，《源氏物语研究·源氏物语评释别卷一》，角川书店，1986年，第275页。

私语探源

第三章

『木石前盟』与『禁断之恋』

——贾宝玉遇见光源氏

第一节 “弦弦掩抑声声思”
——如人饮水的“木石前盟”

贾宝玉与光源氏是扞格迥然的不同人物形象，那么绕开人物形象的具体塑造呢？两书诗学层面的深远意境，也颇可令我们沉吟叩弹。

诗学的探究是弯道、近道，也是险道。《金瓶梅》之西门庆与《废都》之庄之蝶，也是八竿子打不着的小说人物，但人物形象、创作理念、创作方法却多有相似之处——即小说的诗学意味的相似，而能很有俯仰伸屈的比较空间。庄之蝶也好或如夜郎也好，都是受着西门庆或者贾宝玉的影响而作，而《废都》《白夜》则是因憧憬《金瓶梅》《红楼梦》，离不开它们给的启发而成的。“贾平凹多次坦白自己深受明清白话长篇小说传统的熏染，尤其是《金瓶梅》和《红楼梦》的艺术熏染，《废都》和《秦腔》与《金瓶梅》和《红楼梦》的艺术渊源是明眼人一望即知的”。[①]但，光源氏与贾

---

① 李遇春《“说话”与贾平凹的长篇小说文体美学——从〈废都〉到〈带灯〉》，《小说评论》2014年第4期，第30页。

宝玉就少了“明眼人一望即知”的艺术渊源。

然而渊源还是有的，毕竟同属植根于东方文化的一衣带水的邻国，日本没有理由拒绝吸收唐土儒释道文化，吸收的同时，挣扎着的叛逆的复杂民族情性也是客观存在的。

《红楼梦》与《源氏物语》同属中日两国各自巅峰性的文学作品，《红楼梦》爱情故事中的“木石前盟”彰显的是中国人的美好爱情理想；《源氏物语》中的“禁断之恋”，则标榜出日本人的反叛传统心理。“禁断之恋”所反叛的对象，可以是其本国的传统文化，也会是由大陆国家经过半岛而辗转输出的汉字文化。

曹雪芹对女儿似水柔情的清洁感追求，当然也属于对以往人伦纲常的叛逆，这种叛逆有时甚至跨越了大彻大悟式的悲悯，投怀于由他生平体验所得出的如细流般亲切温存的美学。但毕竟这种美学承载的还是五千年的文化，它深藏的还是永恒性情感的思辨与反思，其本质还是要指向我们人人所能接受的美好，而不会也不应该以空虚与荒诞简单终结。以“袭人”“晴雯”等女子原型为启发，“念及当日所有之女子”而创作的《红楼梦》，相较以往的长篇小说与戏曲作品，在“叛逆”上更具进步意义，作者与读者也在一定程度上形成了抵抗现世之恶的统一战线。

而由此观彼呢，以女房话语为根基、为手段创作的《源氏物语》，不仅没能旗帜鲜明地对儒家文化所界定的传统的“恶”加以鞭挞警戒，反而在传统观念的“恶”的基础上，阴差阳错地盛开出另一种美好且夺目的“恶之花”。因此取两部作品中的意象来概括，《红楼梦》的创作是对“木石前盟"的偿还与回报，紫式部则是通过"禁断之恋"来对抗与反叛传统，写歌写心。

"木石前盟"在文本中首先属于前世和今生的关联。"木石前盟"不只是表面的黛玉与宝玉之间的爱情，其背后实乃作者有感于生命里各种"奇缘"而生出的神话想象。作者把好不容易来一遭红尘所遇到的种种难忘的人，都视作"缘"，种种的缘里，固然也曾给他带去艰辛痛苦，但事过境迁之后，是非对错已经不再重要，感叹缘本身之神奇，成了他最大的动容。

与"木石前盟"相对照的是"金玉良缘"。前者来自时光的透视，是"前盟"；后者来自现世的评判，为"良缘"。"金玉良缘"与"木石前盟"平行存在，映照出作者对尘世既无解又无奈的心态，但他还是将这段缘冠之以"良"，这也表明他并不否定尘世与尘缘。他既执着地表明要对"前盟"负责、追寻，百折不挠，同时对于"良缘"，他亦安然接受，平和看待。因此我们看曹雪芹的终极总结是：

空对着山中高士晶莹雪，终不忘世外仙姝寂寞林。[①]

山中高士不是反讽，是极高的评价。只不过对作者而言，山中高士有一些浪费，有一些可惜，故曰"空对"。当然，在曹雪芹平和看待的温煦目光里，有时也藏不住他的叛逆之心：

---

① 徐少知《红楼梦新注》第一分册，里仁书局，2020年，第147页。

都道是金玉良缘，俺只念木石前盟。[①]

然而这其中依旧还是他对“金玉良缘”的宽厚情怀下的可惜可怜。而“只念”里，满是身处尘世的奋迅苦情与无奈。越是“只念”，越能看出“前盟”之难以践行，以及“金玉缘”对他的无处不在之强势逼迫与包围。因为“都道是”，则意味着周遭世人普遍点头认可，唯独我念念只愿属于我之“前盟”。木石之盟在先，既不得轻易违背，又是我性情的爱好，天生取向，于是“木石前盟”始终与“金玉良缘”展开着相辅相成，平行成对的关系，《红楼梦》根本上的一组对立也变得清晰明确。[②]说到底，他还是不会去故意肯定或者否定什么，既要对“木石前盟”偿还不休，又对“金玉良缘”太息不止，两边厢合起来都不妨碍他对女儿清洁之美好的终极追求，钗黛因之合一而为兼美。宝钗黛玉也本由一人分身所致。所以《红楼梦》看似是反叛，其实终究还是汇入了五千年文学文化大河的长流而被温柔容纳。

---

① 徐少知《红楼梦新注》第一分册，里仁书局，2020年，第147页。

② 正如周汝昌论述曹雪芹与张岱的区别，认为“张岱除了罗列旧梦，看不出他的很多思想特色。而曹雪芹的主要光芒是思想的光芒。他对封建社会有全面的深刻的不满的看法，但又不是停留在暴露黑暗上。他的作品中有主张，有光明；《红楼梦》不是一部《陶庵梦忆》，也不是一部《官场现形记》。其间的区别是重大的，重要的”。详见周汝昌《红楼梦新证》（增订本）下，中华书局，2020年，第701页。周氏的主张也可以侧面说明，曹雪芹并不只是怀念什么，或者只是批判什么，他有着对万事万物一种较公允的谦和谦卑的低姿态。既有批判，也有肯定。这样的一种态度决定了他对自己笔下的“木石前盟”和“金玉良缘”也并非肯定一个而否定另一个。

不过，由文献考证角度来讲，在《红楼梦》的早本当中，“金玉良缘”大约暗示的是湘云与宝玉。[①]待作者在后来不断修改后，宝钗的戏份渐多，至少在前八十回中上升为第二女主角后（原计划的八十回后部分，湘云是否再次能夺魁则未知），“金”似乎便成了宝钗的代名词。“金玉良缘”也成了民间喜闻乐道的宝钗与宝玉的婚恋情缘。因此，算上宝钗、湘云等一干人物，“木石前盟”与“金玉良缘”实则牵涉到的作品人物与文本叙事的变化极其复杂，难以撇开其他人来营造只属于宝黛的小小王国，偏居一隅。如此一来，“木石前盟”的主题仍然能够彰显《红楼梦》是注定拥有众多不同声音的作品。也许这甚至导致了曹雪芹最后面对他的新新未完稿，自已也无法确定该如何导向结尾。以至于大约他在诸多结尾如何安排的旬日踌躇中，就匆匆结束了对于用来创作《红楼梦》这样的作品而言实在是太过短暂的生命。

曹雪芹现实人生中的“袭人”原型与落之笔下的“林黛玉”，亦不妨看作又一组“金玉良缘”与“木石前盟”的共立共生。第三十五回“黄金莺巧结梅花络”中，莺儿要为宝玉编织配汗巾子的络子时，宝玉问“松花色配什么”，莺

① 这个观点参考张爱玲《红楼梦魇》，北京十月文艺出版社，2021 年。张爱玲该书对《红楼梦》“旧时真本”与现在我们看到的本子之间的关系，有较为详细的研究与讨论。其中“五详红楼梦”这一节，对于湘云与宝玉的关系，有较为详细的、于她的《红楼梦》研读史而言已经比较成熟的探讨。另外，即以“因麒麟伏白首双星”这个回目来看，历来认为可能指的是宝玉与湘云偕老的旧本结局之一种。“金玉缘”与“木石之盟”的二元对立可能出现得较晚，也就是说黛玉宝钗这两位人物较晚出的可能性很大。在作者写作的早期未必把“木石”与“金玉”如此对举。

儿根据自己的女红经验回答“松花配桃红”，宝玉立刻赞同道：“这才娇艳。再要雅淡之中带些娇艳。”宝玉对松花与桃红两立认可。后文当莺儿说葱绿柳黄是最爱，宝玉立刻道：“也罢了，也打一条桃红，再打一条葱绿。”[①]作者借宝玉的态度表明，本来对于松花之“袭人”与“桃红”之黛玉，并不存在彼此之别。他考虑的是，无论松花还是桃红，关键还在于雅淡或娇艳能够共存。各类清洁女儿于大观园世界的共存共生，才是他温柔乡层面的理想世界。“金玉良缘”对他而言至多是太可惜，但绝不是非一把推开不可的被排斥的对立面。

曹雪芹塑造的宝玉内心世界，如人饮水，个中深意非一般世俗价值观或大观园里的几个婆子能作轻易评判。[②]但由之而来的便是交给宝玉的“选择难”问题，也就是看不到出路。对曹雪芹而言，其身所处之清代背负的是自有孔孟以来的数千年文化史，在动态的文化历史之中，各声部发出各种浑厚的声音。缺失了孔子的万古长如夜，固然会使人们精神失明；但既有了孔子，因之产生的针对孔子而在各个时代的各种正统或“异端”的倡导，于世路功名之十字路口，抑或也会令人觉得茫然无所适从。作为小说家的曹雪芹必也深刻感受到文化突围之艰难，于是既不执着于一味高蹈雅淡，又不过分沉溺于世味娇艳。以庄老的混沌天然之态，在那样的

① 引文来自徐少知《红楼梦新注》第二分册，里仁书局，2020 年，第 873 页。

② 意思取自第三十五回“那两个婆子见没人了，一行走，一行谈论”段后的一条蒙府本侧批：“如人饮水，冷暖自知，其中深意味，岂能持告君。”红楼梦古抄本丛刊《蒙古王府本石头记》三，人民文学出版社，2010 年，第 1347—1348 页。

时代中共存各种思想，使之友好谐和而为我所适用，或明知自身最终可能走向溃败也坚持不休，这才是他赋予笔下虚构人物宝玉的根本态度与精神。

第二节 “说尽心中无限事”
——跌宕罪孽的“禁断之恋”

于《源氏物语》而言，“禁断之恋”是一种开宗明义。桐壶帝对更衣——光源氏的生母——的爱虽不算乱伦，却在当时遭到以右大臣派为首的众臣反对，作者因此不惜处处“破坏”自己作品的独创性，不顾后来读者会频频联想、怀疑其与《长恨歌》的嫁接关系，而以《长恨歌》典故来暗示桐壶帝与更衣爱情背后受到的政治干预——故事里的爱情受到的以及物语书写受到的双重干预。而又以本于《梅妃传》的故事脉络来揭示这段爱情中的另一种禁断——爱里面的违背常理的执着与无奈，周遭的异样眼光带来的对爱人的伤害。而蹚过父亲桐壶帝对母亲更衣的爱情河流的，是《桐壶》帖后半部分幼年光源氏对藤壶中宫的禁断之爱。从光源氏对藤壶独一无二的钟情，到须磨明石的放逐，再到朱雀帝女三宫降嫁光源氏后、柏木与女三宫禁断之恋而生下薰——源氏的继承者、“宇治十帖”最重要人物之一——开宗明义的“禁断之恋”贯穿了物语全作。这条主干之外的枝叶是源氏与众多“源氏”直系或旁系妇女的恋情，[1]以及他的继承者薰和匂宫与所遇女子们的各种情爱，其中亦多属于禁断恋情。

《红楼梦》把“梦”作为书名，此外尚有《石头记》之书名，“一记一梦，有真有幻，有现实有理想”。[2]各种记梦之中，首推宝玉之梦，所谓“一场幽梦同谁近，千古情人独我痴”[3]是也。《红楼梦》的八十回之后，会不会如《源氏物语》一般，出现一位类似“薰”的故事继承者呢？我们从今天可见的八十回正文及脂批似乎并不能看出这种可能性。《红楼梦》无论是从前八十回的文脉来看，还是由诸多的脂本批语来推断，贾宝玉都会贯穿一整部《红楼梦》。《红楼梦》的第一主角是贾宝玉，而他所佩戴的那块石头，则如同安插在他身上的一个针孔，是《石头记》故事的记录者，一位旁观的叙述者。[4]“木石前盟”与“金玉良缘”摆在一起，

① 《源氏物语》中的一些重要女性角色，大多其实与源氏有或近或远的血缘关系（但我们活在今天，又受到中国文学阅读经验与习惯的影响，往往在阅读《源氏物语》时会忽略之），这也是称《源氏物语》乃“禁断之恋”的作品的广义原因。当然，这并非说中国传统的小说里，缺乏近亲通婚的例子。放到《源氏物语》的场合，这些女子都是出自“源氏”血统，大约也是此书题名《源氏物语》的一个原因、作者的一个暗示。兹举书中若干人物为例：源氏的正妻葵上是左大臣之长女，但她的母亲大宫是桐壶帝的妹妹；明石君的父亲明石入道之父与桐壶更衣之父按察大纳言乃是兄弟；大君中君及浮舟的父亲八之宫（宇治八亲王）乃桐壶帝的第八皇子；藤壶中宫是先帝的第四女，先帝与桐壶帝关系虽不明确，毕竟同为皇室成员；而紫上乃藤壶中宫的兄弟兵部卿宫的女儿等等。

② 刘再复《红楼人三十种解读》，上海三联书店，2021年，第1页。

③ 徐少知《红楼梦新注》第一分册，里仁书局，2020年，第154页。

④ “宝玉也是叙述者，也许这点最初并不明显。他属于那类第三人称‘反映者’或‘意识中心’。作者创造了石头，令其为自身历史的见证者，并告诉读者小说的蓝本是其回忆录，由此便确立了宝玉作为这类叙述者的角色。随着石头幻化为

（转下页注）

掷地有声的碰撞，产生不同的声音，环绕着宝玉。这些环绕着宝玉的不同声音，并不完全是对抗，也有互相妥协与理解，也都因为宝玉的妥协与理解。

“贾宝玉，假的宝玉”。[①] 所谓“无为有处有还无”，宝玉当然不是作者，作者却未尝不是宝玉。于《红楼梦》而言，“整个世界、金陵十二钗，以及所有的人和事都从贾宝玉的眼中写出、心中流出。作者把自己的血泪寄托在贾府内外的人物之上，寄托在黛玉和宝钗之上，更寄托在宝玉之上。某种意义上说，宝玉便是作者的影身。”[②] 宝玉的人生随着一僧一道的提携而降临尘世，宝玉既是参与者，又俨然是一位见证者。作者虽然以“石兄”口吻时不时作为旁白来点醒读者，此书是石头所记故事，此书有一个说话人即石头。但分明，故事中的宝玉更是那位对“当日所有之女子”亲历亲见者。更毋庸说，“假”宝玉本身与石头就有骨肉相连的奇特因缘。

作为第一主角、男性主角的“宝玉的第一次现身在第三回”，但《红楼梦》第一回开篇即明白揭示贾宝玉的来历与石头紧密相关。初遇林黛玉即摔玉的宝玉尚不知道，正是石头变作的“独一无二的通灵宝玉”，让贾宝玉成为了世上独

（接上页注）

宝玉的玉佩，故事自然主要使用宝玉的视角，遇到意义重大之事，故事必须经宝玉之意识呈现。读者事实上习惯于站在宝玉一边，接受他的视角，从而接受他那套准则”。黄金铭《视角·准则·结构:〈红楼梦〉与抒情小说》，出自吴文权译，浦安迪主编《中国叙事——批评与理论》，上海远东出版社，2021年，第260页。

① 王博《入世与离尘：一块石头的游记》，三联书店，2020年，第221页。

② 王博《入世与离尘：一块石头的游记》，三联书店，2020年，第218页。

一无二的人物。“玉是宝玉生命的标志，也是他一生的困惑。冷子兴、黛玉的母亲，所有人谈起宝玉的时候，都会提到这块玉。对于贾母等来说，这就是宝玉的命根子。”“玉伴随着他进入红尘，但石头的本质赋予宝玉的生命‘通灵’的面相，不至于完全陷溺在滚滚红尘之中。宝玉生命的特征，是玉面石底。由此，玉和石的并存以及冲突，成为他在这个世界生存的基本线索。”①

因为这样的“玉面石底”，贾宝玉这位唯一主角既受享了人间的荣华富贵，参与了大观园故事，又成为了潜在的尘世旁观者。以“袭人原型”思想来创作《红楼梦》的曹雪芹，进入具体写作的平台与窗口正是贾宝玉。“贾宝玉”是参与体验者，是见证人，也是“袭人原型”的书写得以达成的重要工具。

相比之下，《源氏物语》的世界则因女房话语体系而呈现出“众生平等”的客观叙述。源氏的确是主人公，但也本是被女房语包裹的物语中，一位与不同女子来往的男性角色罢了。光源氏是渺小众生中的一位，《源氏物语》的叙述者依旧另有其人，即自谦作为女流的作者。

光源氏没有“玉”。今本《源氏物语》中，源氏于《桐壶》帖初登场的时候，作为物语人物形象是单纯而守旧的，守的是文学表现形式之旧，是以往物语作品之旧。这一篇楔子一样的故事，并没有载之以贯彻宇宙的如“女娲炼石”“大荒无稽”“木石前盟”般充满绚丽色彩的神话依托。

① 王博《入世与离尘：一块石头的游记》，三联书店，2020年，第221页。

然而《桐壶》帖开篇就以伤逝而哀悲的风情，奠定了物语的清冷又华丽的基调。从表面看来，源氏正是在这种基调之中降诞。这基调中有战国末期以来以屈骚为代表的楚风，并糅合汉代挽歌、《古诗十九首》，再至魏晋《世说新语》为代表的以情为核心的文艺美学。中国文学的种种情绪，借倭国宫廷皇帝与更衣之恋，以宫廷女房笔调，给人带来的深度依旧因为其“超出了一般的情绪发泄的简单内容，而以对人生苍凉的感喟，来表达出某种本体的探寻”。①

《源氏物语》的本体探寻是什么呢？或者说，“禁断之恋”命题下的源氏，他与“木石前盟”的宝玉，究竟有何区别？

源氏作为天皇与一位出身并不十分高贵却出众走时的更衣间所生的亲王，降为臣籍，赐姓源氏。他的童年和少年按理该活在失去母亲与外祖母的孤独凄凉中，遭受宫廷敌对势力嫉妒憎恶而时刻警惕防备的恐惧里，这些却都看不见，只是藏于文字背面。我们读罢掩卷，或许会妄做主张地认为，《桐壶》帖文字背面的小皇子的孤独恐惧，为他此后一生奠定了伤逝带来的哀感基调。这文字的背面，还有他与他生母并未好好谋面，并没有真正得到过太多的来自母亲的爱，还有他对同父异母的哥哥（此后的朱雀帝）所渴求的异母兄弟之爱，都既在贴合日本文学传统之感伤情调，又为他今后的人生奠定了思想与行动的基础。但《桐壶》帖正面只是通过一位天皇与三位女性间的互动，尤其是来往于天皇与更衣母家间的命妇与更衣母亲间的赠答，来推动《源氏物语》三代

① 李泽厚《华夏美学》，长江文艺出版社，2019年，第169页。

人的第一代的天皇与第二代的小皇子之间情节的衔接。此后源氏在作品里众多的女性面前之自在潇洒，与第一帖的皇子源氏之间虽云也能算得上互文书写，却又看似截然无关、判若两人。或者说，这其间的关联，只得靠读者自行去想象。他的生母更衣的故事，常被用来比附白居易《长恨歌》以及唐传奇的《梅妃传》，但我们细读发现，《桐壶》帖依旧于女房话语体系下集中笔力展开情节，并做系谱、地位的说明。而它的别致别样的悲感，只是围绕女房生活，以女房语来生成。《桐壶》帖中，当更衣去世，皇上思念妃子，命妇于是拜访更衣故里，对话之间更衣的母亲最为纠结的，依旧是作品开头提及的其先夫之遗志与更衣入宫后“风刀霜剑严相逼”的现实处境间的二难问题。更衣母亲推论更衣去世缘由，也反复执着于女房环境下的对得宠女子的传统性质的攻击仇视。这种找不到确定加害者，而由女性集体对个别女性施加冷热暴力的情节，好像又要承担在全作开篇就为我们树立女房世界总体险恶氛围与愁闷境地的任务：

> 死去的女儿从小就是我们寄托希望的孩子，先夫大纳言临终的时候还一再嘱咐说：“务必要让这个孩子达成入宫的愿望，不要因为我死，就改变初衷。”为了实现先夫的遗嘱，虽然明知其难，也总算勉强让她跟那些体面人家的小姐一样地入了宫。怎料竟蒙皇上过分垂爱，而招致别人的嫉恨。可怜她天生娇弱，不堪忍受百般折磨，终于积郁夭折。天下父母心，如今倒有些儿埋怨皇

上的恩宠呢。[①]（桐壶）[②]

生まれし時より思ふ心ありし人にて、故大納言、いまはとなるまで、ただ、「この人の宮仕の本意、かならず遂げさせたてまつれ。我亡くなりぬとて、口惜しう思ひくづほるな」と、かへすがへす諌めおかれはべりしかば、はかばかしう後身思ふ人もなきまじらひは、なかなかなるべきことと思ひたまへながら、ただかの遺言を違へじとばかりに出だし立てはべりしを、身にあまるまでの御心ざしのよろづにかたじけなきに、人げなき恥を隠しつつまじらひたまふめりつるを、人のそねみ深くつもり、やすからぬこと多くなり添ひはべりつるに、よこさまなるようにて、つひにかくなりはべりぬれば、かへりてはつらくなむ、かしこき御心ざしを思ひたまへられはべる。これもわりなき心の闇になむ。[③]（桐壺）

更衣母亲这段话，强调的是《桐壶》帖开头已经提过的更衣在宫内的险恶处境。固然能理解老夫人当着命妇的面，因失去了宝贵女儿，忍不住流露出对皇上的种种怨怼，

① 林文月译《源氏物语》第一册，洪范书店，2020年，第7页。

② 《源氏物语》第一帖《桐壶》恰有钱稻孙仅存一帖的译文，此段的钱译附于此处：当年一生她，就属意不浅，故了的大纳言直到临终，还反复叮嘱的："只是这个入宫本愿，务必达成了。莫要我死之后，就懈了意！"所以明知没了着力依靠是且不容易的，只唯恐违背了遗嘱，勉力打发上去，忝蒙逾分的隆恩，她也不敢不隐忍辛苦，勉事敷衍过来，岂料担受不了人家妒忌之深，难处的事越多起来，竟是这般结局，沐恩反倒成了苦事。这也是迷昧了心肠的胡言呵！（桐壶）——高等学校文科教材《外国文学作品选》第一卷，上海译文出版社，1979年，第251页。

③ 新编日本古典文学全集《源氏物语》第一册，小学馆，2006年，第30—31页。林译漏译了「人げなき恥を隠しつつまじらひたまふめりつるを」一句，对应上引钱稻孙译文的"她也不敢不隐忍辛苦，勉事敷衍过来"这句。

毕竟唯一寄托的女儿去世了，还须什么顾忌，便一发地倾泻出来。但分明故事至此，还流转回旋于女房话语体系里由几位妇人推进着剧情，比起开头由作者首次旁白描绘更衣的痛苦处境，更衣的悲剧性到了此处，或许本可拨开繁枝，为读者作出别样深广的新解释、新回答。然而，照旧还是被归结为皇上之过分宠爱，宫中其他妃嫔（亦属于女房）因之挤兑蹂躏她，更没别的原因，想象的余地分明还是拱手交给了读者。读者惟有进入种种余地留白的想象，方能自觉弥补《桐壶》帖与后来诸帖间的裂缝。

光源氏一生所历各种政治波折、人生波折，多次将故事的流畅性贸然地截断，有时使这部作品看起来极像是多人合作书写的结果。意外的，却恰好为这位人物形象平添许多复杂性情。假如没有这些政治意味浓烈的波折，以及穿插其中的点到为止的“天下大事”叙述，这部物语或许会一直延续《桐壶》以降之“小儿女”基调，女房们在平安京的宫廷内外进出，支撑起所有人物们的各种剧情。假如没有那些点到为止的政治关怀来截断女房叙述的流畅，将这位同样被女性包围的主角的人生之外的复杂性也暗示给我们，我们该怎么来接受单纯的连绵的女房话语合集可能造成的物语枯燥性和器小性呢？可能《源氏物语》之所以未给我们完全的满是“娣娣姨姨”的印象，还要归功于作者取巧地展现了社会方方面面的图像。所谓取巧，作者一方面细心展现一种百科全书式的对平安时代各阶层的关照。另一方面，作者对社会各层的描绘，其实有轻有重，并非一味均匀分配以作相对均衡的展现与描摹。

> 紫式部服务于朝廷，日常所见所闻，所交往的人，所接触的事，都局限在上等人之范围。而她自己的身份也非下贱。因而，她日常所见所闻所思，均属中等社会以上，与卑贱之事没有关涉。……如果不写自己的所见所闻所思，则缺乏感染力。万事只有自己亲身体验，才有深深的物哀之感。物语作者熟悉上层社会，则专写上层社会，是为了写出内心的真切感受。[①]（紫文要领）

“君子于其所不知，盖阙如也”。[②]于熟悉汉籍典范的紫式部而言，如若“率尔妄对”倒是遗憾的，又何足道哉！本居宣长为了自己的诗学目的来撰述的这段文字，不无高看或错看紫式部之处，盖江户时期的国语文学倡导之需要罢了。但也不妨碍他点明了紫式部确有这样一种真挚而另类的写实精神。本来铺展开物语写作的长卷，就是要心无旁骛地专一围绕女房世界来书写，以展现她内心的愁闷与抱负。我们看到空蝉、夕颜、末摘花们，这些活在平安时代，活在紫式部心中的样貌各不相同的动人女性，宛如在漆黑舞台的这边那边各自活动，只有当作者安排的聚光灯照亮她们时，她们才获得如《史记》列传般相对独立的栩栩如生。同时，紫式部的为人姿态、生平所爱以及逃不过的时空限定，决定了她不太能触及女房世界之外的部分。

---

① 本居宣长《紫文要领》，王向远《日本古代诗学汇译》下卷，昆仑出版社，2014年，第887页。又见于王向远《日本古典文论选译·古代卷（下）》，中央编译出版社，2012年，747页。

② 《论语集注卷七·子路第十三》，新编诸子集成《四书章句集注》，中华书局，2016年，第143页。

此处与宣长不同，笔者以为这种书写方式并非是要因此而达到物哀的目的。“万事只有自己亲身体验，才有深深的物哀之感”话虽说没错，但放在她身上，未免胶柱鼓瑟。紫式部没有打算写下另一部《蜻蛉日记》，以能更好地直抒胸臆，直写亲身体验之事。[①] 她选择用物语的形式来表达，并将男性的源氏作为主角，其中虽有偶然，但这岂不是很像中国的那些默默记录的良史，或者《石头记》那位静静审视的石兄？与偶然性相对的，这也是紫式部的创作宿命：她的来自父祖家庭的教养，她对中国史传文学与唐传奇的膜拜，这些也都指引她要为与藤原氏相对的“源氏”作传。

可能作者自己也不甚明确，在帖与帖的节节推进里，故事中会渐渐流溢出怎样性格的主人公们。《桐壶》帖既是定调，也不难看出是另一种写作总结。试想如《帚木》《夕颜》《若紫》《末摘花》等帖，一旦其中一帖的某个环节的构思，由于具体描绘的事件发生了与写作初衷的背离，主角很可能就会偏向另一副模样。而将《桐壶》置于文本的开端，正如将《少女》这一帖置于“玉鬘十帖”之前，便能很好地开启下文。将全作的第一位男主角设定为桐壶帝的皇子，称为光源氏，其中的偶然性在于，她在写作之初并非强烈地要求非皇子身份的人来担任主角不可，毕竟能与空蝉、夕颜等交往的，本不限于源氏。托物语之体，而为传记文学是她本来的

① “道纲母通过日记书写，可以说是赤裸裸地表达了自己的内心世界，那里没有掩饰，也没有和歌那样的文字技巧，只有真实感情的吐露。这不能不说是女性第一次毫无顾忌地直抒胸臆”。——张龙妹《‘嫉妒’在和歌与散文体书写中的不同表述》，出自张龙妹《平安朝宫廷才女的散文体文学书写》，光明日报出版社，2021年，第136页。

追求，正如前辈作品《伊势物语》，物语是为了传她的歌，写她的心，歌与心相连难分。以女房之心而为物语是她不变的情操。而《桐壶》《少女》同样是华丽的人物交错的帖目，同样有诸多大事件穿插，同样涉及朝廷天下之政事。在《帚木》《夕颜》《若紫》《末摘花》等完全能单独成篇的诸帖之前冠以《桐壶》，既能将物语的基调整合确立，又让宫廷读者听众感受到紫式部欲写作平安京宫廷物语的雄心，也是为全作“禁断之恋”设置皇家背景以使之堂皇瑰丽。因此说，与《红楼梦》“木石前盟”的偿还与回报相对，紫式部正是通过“禁断之恋”来达到对传统的反叛。

今本《红楼梦》贾宝玉角色有着非比寻常的来历。一般我们读完《红楼梦》第一回，便以为神瑛侍者好像是贾宝玉的前身[①]。神瑛侍者的凡心偶炽，拖累了绛珠仙子也生出想要偿还灌溉恩情的欲念，于是伴随了一大波的下世为人。“天上掉下个林妹妹”的越剧唱段，当然是凡间宝玉天真烂漫、喜从天降、天造地设的视角。他不知道——正如历来的文学人物们不知道他们被作者安排的宿命——自己的肉身连同那块玉石本也非比寻常，自有着落。宝玉的来自，无论是石头还是神瑛侍者，都有别于寻常角色。再加上与太虚幻境的一系列渊源，对应着人类自来的迷蒙与最后的觉悟。这样的“开辟鸿蒙”到最后空空道人荒凉地独对巨石上的凿凿文字，是《源氏物语》没有的预设。《源氏物语》是宛如梦浮桥上

① 神瑛侍者与石头来历不同，据甲戌本与庚辰本第一回，宝玉衔石而诞，但神瑛侍者来自赤瑕宫，自己凡心偶炽，意欲下凡造历幻缘，与石头本非一路。

行走，走（写）到哪里算哪里的作品，《红楼梦》是注定了有情有泪的先验作品。《入世与离尘：一块石头的游记》的作者王博提到两条批语。其一是《红楼梦》第一回写到“木石前盟”之来历，桐花凤阁批校本批曰：

可见除却宝玉黛玉，都非正传，宝钗断不得与黛玉并论也。[1]

晚清人受程本影响深刻，对《红楼梦》宝黛爱情的主题有较深的执念，故曰“断不得”，排斥宝钗至深。这一条批语暗示读书人发现宝黛作为《红楼梦》主线，两位人物的地位特殊性，即便与黛玉并列的宝钗也不得等列。宝钗究竟能否抛得呢？丢开程本，细读脂本会发现，以《红楼梦》四十回为分水岭，其后的文章至八十回，莫说宝钗，即使黛玉也似有渐渐拱手将女主角地位分让给后起之史湘云与妙玉之感，虽然，这未必是曹雪芹写作本意。因为从今本《红楼梦》来看，无论作者如何有意无意地提高史湘云与妙玉这两位人物在故事里的地位，几乎要使黛玉、宝钗、湘云、妙玉成为四十回之后的“四天王”，无论如何，林黛玉无疑依旧是前八十回内当之无愧的第一女主人公。

石头是纲领，茫茫无际，照应前后，归于大荒。与林黛玉密切相关的神瑛侍者与绛珠仙子的来历，却由一僧一道

① 陈其泰批校《红楼梦（程乙本）——桐花凤阁批校本》，北京图书馆出版社，2001年，第100页。

在甄士隐午睡梦中道出。甄士隐的女儿英莲，即后文的作为十二钗之一的香菱，与林黛玉有着宛如一体双身的曲折命运。一僧一道未必没有用梦来点醒士隐之意，正如林如海在黛玉幼时，也曾遇到过劝他将女儿度化的癞僧。另一条批语是甲戌本《石头记》中，甄士隐梦里听到僧道谈至绛珠仙子欲还泪时，其后的脂评夹批：

> 观者至此，请掩卷思想，历来小说，可曾有此句千古未闻之奇文。[①]

从天界到人间，从女娲洪荒时代到当今太平昌明之世，过去未来，前盟今生，是西方灵河还是大荒山无稽崖的错乱，经过了警幻仙子的点化牵连，让还泪说开初就成了一场冤孽之爱。[②]本就是冤孽之爱，而作者若果真安排黛玉弄错了还泪对象，误将“假宝玉”当做“真宝玉”，神瑛侍者的灌情就成了本不指望回报的对女性的悯惜，黛玉的执意还泪

---

① 红楼梦古抄本丛刊《脂砚斋重评石头记甲戌本》，人民文学出版社，2010年，第18页。

② 王博《入世与离尘：一块石头的游记》提到：“此前的小说，如《水浒传》，虽然也提及一百单八将和天罡地煞的联系，意境却完全不同。雪芹如此写法的用意，是借宝玉和黛玉的非凡来历以显示他们的与众不同。他们从根子上就不属于这个世界，对宝玉来说，来到这个世界是出于顽石的好奇心，就像是一场一时兴起的旅行；而对黛玉来说，不过就是以旅伴的形式来偿还神瑛侍者前世的恩情。”围绕两条批语的这段文字引自王博《入世与离尘：一块石头的游记》，三联书店，2020年，第186页。这段话说得很好，然而再进一步，黛玉的宛如一位神仙妃子，忽然轻灵降落世间，来与红楼诸人游玩一场，又终要回去仙界，岂不更让人觉得，她的来如春梦去似朝云，于文献学角度而言，乃是这个角色本就出于虚构，全无凭依？

则象征青春女孩“五内”所“郁结”的“缠绵不尽之意”，必然是要在人间以“风流冤家”的名义而深陷错误的冤孽之爱，并接受由错误之爱带来的悲剧宿命。另一方面，作为大荒石头的宝玉则爱而不得，注定无缘，并伴随孤独与凄凉。有着还泪使命的黛玉当真“空劳牵挂”，徒劳地于薄命中涅槃醒悟。生活本身的机缘与际遇在《红楼梦》里显示无情和短促，在偶然与有限之中，或稍纵即逝，或失之交臂，然后又在这种若旅如梦的人生里，反复地追逐永恒不朽。附带的，从文本进度来讲，《红楼梦》宝黛“木石前盟”这一主线，因为如上所述的给予与偿还间造成悲剧宿缘的设定，使得现实里两人爱情的推进更显合理，不至于忽焉突兀。

安排特殊“前缘”，更具说服力地开启男女角色之间的聚焦式爱情，是《源氏物语》同样使用的手法。只不过并非天界前世的盟约，而是只属于今生年少的情愫。源氏三岁失去生母，当他的父皇再纳藤壶为妃：

其实，源氏早已不记得自己母亲的模样儿了，只因为常听老宫女说藤壶像极了母亲生前的气质容貌，所以对她格外有一份亲爱的感情，想多亲近她。对皇上而言，身边这两个人都是自己最亲爱的，所以他时常对藤壶说：“不要把这孩子当做外人看待。不知怎的，朕老觉得你是他的亲娘一般。假如他来亲近你，也别见怪，好好儿疼爱他吧。奇怪得很，眼睛啦，鼻子啦，都和他的亲娘长得一模一样，怪不得你跟他看起来像亲生母子一般哩。”这么一来，源氏对这位后母也就可以无所顾忌的，借着观赏春花秋月的机会表示思慕之情了。……大家一致公认藤壶的美貌是无与伦比的；而源氏的俊丽则又是举世无双，所以给他取了一个绰号，叫做“光君”；至于藤壶呢，由于她跟源氏双双获得皇上的宠爱，所以也就送给她一个“日宫”的绰号。[①]（桐壶）

母御息所も、影だにおぼえたまはぬを、「いとよう似たまへり」と典侍の聞こえけるを、若き御心地にいとあはれと思ひきこえたまひて、常に参らまほしく、なづさひ見たてまつらばやとおぼえたまふ。

上も、限りなき御思ひどちにて、「な疎みたまひそ。あやしくよそへきこえつべき心地なんする。なめしと思さで、らうたくしたまへ。つらつき、まみなどはいとよう似たりしゆゑ、かよひて見えたまふも似げなからずなむ」など聞こえつけたまへれば、幼心地にも、はかなき花紅葉につけても心ざしを見えたてまつる。……世にたぐひなしと見たてまつりたまひ、名高うおはする宮の御容貌にも、なほにほはしさはたとへむ方なく、うつくしげなるを、世の人光る君と聞こゆ。藤壺ならびたまひて、御おぼえもとりどりなれば、かかやく日の宮と聞こゆ。[②]（桐壺）

关乎源氏与藤壶初识初恋的重要文字，作者叙述至简，

---

① 林文月译《源氏物语》第一册，洪范书店，2020年，第13—14页。

② 新编日本古典文学全集《源氏物语》第一册，小学馆，2006年，第43—44页。据此原文，此处藤壶的绰号当译作“昭阳之宫”等较为妥当。林文月译漏失了「かかやく」这个单词。

倏忽而过，源氏对藤壶的倾慕写得较为轻巧简洁，小小性灵里的小小心思，当中并没有实际女房的参与腾挪，全然是他自己萌发的原初之爱。然而读者刚历过前文的伤逝，视线渐转到幼小源氏的身上，既明白了《桐壶》一篇前半部分其实还只是铺垫之铺垫，源氏才刚刚登场，又较易下沉到生与死思考的冰河中，更衣的去世换来了藤壶，也为小皇子的生涯带来新生，源氏迅速在少年与成年之间完成转换。《桐壶》帖如前所述并非《帚木》《夕颜》那样的单线作品，而是并行交错着两代人的爱与恨。读到这里，才发现整部物语故事其实才开了一个头，这个开头既被编织得如同“鸿蒙开辟”，盛宴已具，又有那么一些与后文《帚木》之游移。面对开篇即标榜的“光君”、“昭日之宫”，我国读者恐是尤易产生“一个是阆苑仙葩，一个是美玉无瑕”般的对人间成双成对的男女主角的感动感怀与阅读期待。虽云比起《红楼梦》的前三回，两人的背景由来并不曾有云山雾海、“太虚幻境”作为书写与剧情的良媒，但朦胧的源氏对藤壶的少年情事，大抵同样能够勾起读者的梦幻情结。

看来，如此文字铺排下去，即使注定将是背德禁断的恋情，第一帖的最末，作者还是给予了美感与善感。源氏对藤壶的初恋，呈现出一种少年人对外在无所关心、执着勇往的无功利无目的之美。明知一旦陷入情交则直奔背德禁断，假若源氏能悬崖勒马，终生对藤壶中宫止于礼法，那便真能实现一种圆融称心，对外无所求，虽云单恋，而自得自满，只求于内的逍遥自在大境界了。这是接近禅与庄的“空山无人、花开水流”之逍遥自在，当然，这也真成了法华经卷，而不再是《源氏物语》了。

源氏终于还须立在《须磨》帖的濑户内海海边，由京都而至兵库，由青年而过渡成熟至于中年；同时期的藤壶中宫出家为院，两人双双在背德禁断后自我训戒，显示出紫式部式的放逐里的苍凉美感。这是川端康成也继承了的日本美学：

> "有不少尼姑打这儿路过吧？"岛村问面食店的女人。
>
> "是啊，这山里有尼姑庵。过些时候一下雪，从山里出来，路就不好走了。"
>
> 在薄暮中，桥那边的山峦已经是一片白茫茫的景色。……远近的高山都变成一片茫茫的白色，这叫作"云雾环岳"。另外，近海处可以听见海在呼啸，深山中可以听到山在鸣咽，这自然的交响犹如远处传来的闷雷，这叫作"海吼山鸣"。[1]
>
> 待岛村站稳了脚跟，抬头望去，银河好像哗啦一声，向他的心坎上倾泻了下来。[2]（《雪国》）

落在岛村心坎上的银河，千年前怕是也曾落在了《须磨》帖的源氏与藤壶的心坎。对比《桐壶》与《须磨》这样

---

① 叶渭渠译《雪国》，新经典文库·川端康成作品01·叶渭渠、唐月梅译《雪国》（含《湖》），南海出版公司，2014年，第107页。

② 叶渭渠译《雪国》，新经典文库·川端康成作品01·叶渭渠、唐月梅译《雪国》（含《湖》），南海出版公司，2014年，第119页。

的前后关照的安排，紫式部让源氏的情欲经过一次次的洗礼，至《须磨》才让他暂时进入一个空的境界。《须磨》归来后的他显然已非原先的他。而对于藤壶这个角色，紫式部并不只是一味怜爱，《须磨》系列之后藤壶的成熟与成长，即表明藤壶曾经接受源氏的“禁断之恋”亦遭到了批判，获得了报应，作者让她也在极盛之时遭遇极冷。但极冷之后转而又进入《绘合》帖为中心的极盛期，她和源氏都同样成为了政治人物而非一般的饮食男女。

《桐壶》和《须磨》两帖俨然都是摆好盛宴所需道具的政治故事的开篇。盛宴的背景是政治角力，我们在《桐壶》的简笔勾勒里，已能洞悉物语里左右大臣两派之间政治角逐的激烈。左大臣的千金葵上，本是要许配给东宫太子即右大臣的外孙、日后的朱雀帝的，却“下嫁”给了降为臣籍的源氏；藤壶入宫而作为源氏的继母，却成了右大臣之女弘徽殿女御新一轮嫉妒之对象。这些表面男女婚与恋的事件，背后的政治角逐，按理应该在此后的帖目里详细展开。而对于源氏而言重要的两位女性，正妻葵上与继母藤壶的先后登场，也仿佛暗示读者，后文细述源氏与葵上的夫妻日常，源氏与藤壶的禁断恋爱。以及无所不在的背后所牵涉到的左右大臣的新仇旧恨，给男主人公带来的政治旋涡。这样的政治夹缝中的十二岁元服后的源氏，悄悄燃起对藤壶的懵懂爱慕，单纯而隐藏着巨大的政治隐患——这是我们在读完《桐壶》后或共有之期待。谁知至于第二帖《帚木》，作品的风格与内容完全未按照读者预想而演进，作者不涉政治的态度暧昧又坚决，女房话语毫无疑问持续霸占作品的正面。我们担心当源氏与藤壶发生私通，如《源氏物语》之前辈作《伊势物语》那样，私通一旦被披露，源氏是不是会既受右大臣派的迫害，又失去左大臣派的支持，进而私通事件直接成为左右大臣两派间斗争明面化的导火线呢？这样的忧虑根本没有在接下来的章节中被明写，忧虑被《帚木》《空蝉》《夕颜》牵手进入到了意想不到的另一个女房世界。直到《贤木》帖，政治角逐的激烈才被再度重提。

《源氏物语》的"禁断之恋"成了标签成了隐喻，标签之下作者并未展开对"禁断之恋"的决然批判与对其带来恶果的张扬。当然，《源氏物语》因为非典型政治物语，既不是《荣花物语》，也不是《大镜》，更不是《三国志通俗演义》；不是《子夜》，也不是《创业史》。作者在表面本就刻意避免谈及政治。但"禁断之恋"这个贯穿全书的标签隐喻，仔细想来，似乎只不过是悠悠客居人世的横截面之入口。一旦进入洞天福地，转而由女房语、透过女房世界来折射人世的忧患，人间的苦痛以及我们依旧对人生持有的执着眷恋，才是作者创作此物语的本能取径。这和"木石前盟"所承担的《红楼梦》开头收尾的前后贯通[①]是很不同的。

《源氏物语》开篇就暗示了源氏爱慕藤壶之艰，越艰难，越显执着，悲剧意味也就被披露得越深刻。作者对源氏这段初恋的具体展开几乎避而不写，或在定稿时予以删削，但《桐壶》帖伏线千里，关联到《葵》《贤木》与《须磨》。取

① 今本《红楼梦》八十回之后虽不知怎么继续行进，但绛珠的归警幻销案，宝玉的石归大荒，是可以期待的。因此全书一前一后必然由"木石前盟"明文对照。

叛逆之开端以魅惑人心，实则进入《帚木》帖正文或《若紫》帖正文这双线正文里，还是要女房絮语立局琢句。叛逆的主题不动声色地被日常女房话语暂时压制消解，《源氏物语》表面而言，并没成为一部激烈甚至执着于自我而进入某种癫狂之书，这算不算作者的一种优雅技巧？

《红楼梦》前五回看似强烈标榜“木石前盟”来反叛“金玉良缘”，但“金玉良缘”所代表的现实正是“木石前盟”存在的根基。或许黛玉宝钗本来没被拆开成两个角色，还是以一人兼美而行于书中，那么“金玉缘”只能套在湘云宝玉身上，这样，读者们或许才会更心平气和地理解作者对“木石前盟”与“金玉良缘”的真实用意，并平和接受吧。

在《红楼梦》与《源氏物语》的开头，贾宝玉和源氏都被作者安排着要去执意实现各自的真爱，而不允许轻易向现实妥协，并且在最初就被套上了属于各自的枷锁，“金玉”是一种枷锁，降为臣籍的身份与自己继母藤壶的禁断，又何尝不是另一种枷锁。在作品的开头就给出枷锁设定来展现人世之困扰，体现的是两位作者共同的对待世界之赤诚。作者们让各自的男主角用漫长的年岁去冲破这些枷锁，并永远难以冲破。冲突都在开初被设定，冲突的理由被认为是巨大世界世俗眼光里微不足道的多情，冲突的过程挟带跌宕与罪孽。只有多情才不会走寻常路，不甘愿尘世“金玉良缘”的妥当而美好的捆绑。无论是去眷恋禁断的母后，还是坚毅实践梦幻般的“木石前盟”，我们看到两位作者至少在这一点得到统一：他们都选择了更为简洁、清晰与流动的表达来完成开篇（《红楼梦》的前三回与《源氏物语·桐壶》），展现不慌不忙的慈悲智慧。

第三节 “我从去岁辞帝京”——贾宝玉、光源氏的罪与忏悔

《源氏物语》《红楼梦》的比较研究，并非为了进行简单的人物形象比较。简单的人物形象比较无益于作品的成书心态与美学表现之披露。相似性的背后，是两位作者在各自安排这样的叛逆与冲突开局时，按理说应当已做好了日后篇目里将逐次展开层峦叠嶂或缓或激的各种冲突的觉悟，但一旦落入实际的长篇写作，他们一位离不开以女房语和女房世界作为方法，一位则抛不开“袭人”原型化出来的作品里的现实照入梦幻的多层世界。①

贾宝玉与源氏，作为两部世情小说的主人公，两人的年龄生平及一生境遇虽有诸多差异，多情这一点，却是共通的。而多情的背后，常常伴随着罪孽。只不过，单单就“多

① 当然，说到底这还只是两书今日的通行本留给我们的印象。《红楼梦》研究离不开对其版本及成书过程的探索，脂本与程本的比较；《源氏物语》同样需要思考其成书过程中的各种可能性。如果考虑到第一回的作者自云、石头传奇、太虚幻境为作者反复增删过程中的后来添补，《红楼梦》原始文本的开篇问题则会变得比较复杂。又如考虑到林黛玉这个人物身上所具备的强烈虚构性，林黛玉进贾府或许已是一种较晚的展开贾府叙述的进入方式；而第六回刘姥姥一进贾府何尝不具备一种《风月宝鉴》式初稿的原始开篇或由《风月宝鉴》过渡到《红楼梦》的稿本的原始开局之可能性。至于《源氏物语》的成书则同样复杂，如果作者先从《若紫》甚至《须磨》帖开始“物语”，藤壶与源氏的相遇相识则成了较晚而匆匆的补缀。

情”二字而言，就二人为人行事而言，尚有许多值得讨论之处。[①]在将这些问题究明之前，对两位主人公急切下不得结论。

“开辟鸿蒙，谁为情种？……开天辟地便是情，而宝玉就是那个情种。和一般富贵之家的淫污纨绔子弟不同，宝玉不仅好色，而且知情”。[②]但这样一位知情且好色的主角，在今本《红楼梦》的年表里，前八十回中他是还未超过十五岁的少年。虽然因《红楼梦》成书问题，贾宝玉偶尔有不符合年龄之口吻（如第十三回宝玉向贾珍推举王熙凤协理宁国府一段，又如第二十八回冯紫英座上宝玉与妓女云儿等相熟一段），但至少纪年之年龄不过十五，而其大部分时间所为之事，也可以归结为十三岁至十五岁的少年心态。

比如詹丹在认为应该“立足于历史语境和艺术策略来评

① 以往对贾宝玉与光源氏进行的比较研究，多在“多情”这一点的异同上下功夫。具有代表性的罗列如：“两位主人公都是情痴，都是‘泛爱’的。他们身边终日有女人包围。贾宝玉就不用说了，他身处的‘大观园’本身就是一个‘女儿国’，他经常‘见姐姐而忘妹妹’。他爱着‘木石前盟’的林黛玉，最后却娶了‘金玉良缘’的薛宝钗；他有‘迟早是宝玉的人’的袭人，却又在梦中与秦可卿‘初试云雨’；为博红颜一笑，笑看晴雯撕扇；因与丫鬟调情，致使金钏儿投井。而光源氏一生爱恋、追求过的女子更多。他娶葵姬为妻，与继母藤壶乱伦，向空蝉求爱不成，又向六条妃子求欢，同时辗转于花散里、末摘花的身边；他与夕颜幽会，将紫姬据为己有，与胧月夜偷情，与明石姬结合，等等。”（赵小平《〈红楼梦〉与〈源氏物语〉男主人公之比较》，长春理工大学学报｛社会科学版｝，2013年3月，第26卷第3期）好像作品所描绘的女子多了，主人公的泛爱与多情就能横加比较。至于两人之异则往往简单地凝聚在对女子是否真爱，以及两人表面女性观念的不同等。前人论文如李晓梅《贾宝玉和光源氏：由情悟空的心路历程》，《红楼梦学刊》1995年第3辑；钱澄《人性与兽性的纠结——光源氏与西门庆、贾宝玉比较研究》，《阅江学刊》，2013年第2期；陈可妍《审美文化视野中的贾宝玉、光源氏‘泛爱论’研究》，西北民族大学硕士论文，2011年5月。等等。

② 王博《入世与离尘：一块石头的游记》，三联书店，2020年，第227页。

价贾宝玉”时，就提到阅读作品的过程中，贾宝玉的年龄不应该被忽视，凡事应该从贾宝玉的书中年龄来考校其行为：

……儿戏当然可以使贾宝玉等人为自己的逾越规矩、离经叛道找到宽容的借口，但儿童也必然意味着人微言轻。没有地位、不被重视是贾宝玉时常流露的苦恼，自己挨打不但不可能反抗，连逃避都不许，而金钏被斥，晴雯被逐，他或者一溜烟逃走，或者待在一边干着急，平心而论，要一个十二三岁的孩子来担当确实也难。[①]

背负着并信赖着“木石前盟”的宝玉，在作者安排的年龄面前，最终或许只能对“心事终虚化”的结局感喟无奈。“金玉姻缘通向的是仕途经济，木石姻缘通向的是山林江湖”，“在情感世界中，木石姻缘和金玉姻缘的紧张和冲突，成为宝玉最大的困惑和烦恼”。[②]在这个最大的困惑烦恼之外，宝玉还要为大观园内其他女子的绽放与衰败欢喜或哭泣，困惑并烦恼。

女儿悲，青春已大守空闺。女儿愁，悔教夫婿觅封侯。女儿喜，对镜晨妆颜色美。女儿乐，秋千架上春衫薄。[③]

---

① 详见詹丹《重读〈红楼梦〉》，上海教育出版社，2020年，第40—43页。
② 王博《入世与离尘：一块石头的游记》，三联书店，2020年，第236页。
③ 徐少知《红楼梦新注》第二分册，里仁书局，2020年，第733页。

即使与薛蟠蒋玉菡冯紫英等人行酒令的宝玉，也时刻惦念着以“木石前盟”为中心的、即以钗黛为代表的一众女儿的各种命运。作者如此布局，将一位仅十二三岁的那个时代的少年的命运与这么多花季少女进行捆绑，贾宝玉的年龄于《红楼梦》研究而言，文献学问题之外，更是攸关着人物角色鉴赏与故事命运走向的美学哲学问题。一旦处理不当，读者难免会因为作品的失实而抛开书卷。同时，提贾宝玉之年龄，并非要为宝玉的一些行为进行开脱解释，也没必要为其开脱。只不过当我们意识到了《红楼梦》还有年龄问题，就更会试图去追问作者创作时那颗扑朔迷离的内心。比如今本《红楼梦》中宝玉与金钏儿，宝玉与晴雯，这两位前八十回内就结束了年轻生命的女性的交往关系，或许会让我们惯性地联想到列夫·托尔斯泰，甚至产生《红楼梦》的作者亦有托尔斯泰式的忏悔意识的感觉，实则未必能简单地进行这种比较。

宝玉和聂赫留朵夫都是作者创作的人物。曹雪芹的家世经历使得曹雪芹对《红楼梦》中贾宝玉的生活环境及人生视野非常熟悉——这话听来可笑：贾宝玉不正是曹雪芹一手捏出来的人物吗？其实正如列夫·托尔斯泰熟悉皮埃尔、列文、聂赫留朵夫的生活与精神世家一般，曹雪芹也是在《红楼梦》前八十回中回忆、描摹与曾经最为接近他的生活环境，但这并不代表他压根在撰写一部回忆录。《红楼梦》是虚构，且不断经历改动的作品。曹雪芹越是熟悉贾宝玉的生活环境与思想，越能理解宝玉犯下的罪恶，也就越能明白罪恶背后如同出于污泥的清洁荷花一般的高贵真情。拿来比对的，一介受领家族出生、后来又不过摄关家的一介女房的紫式部，却离她的男性主角光源氏实在很远。因此曹雪芹塑造宝玉是熟悉的塑造，但忏悔不是终点；而紫式部塑造光源氏则如负重攀登高山，创作之初就因立场、视角的时时需要切换，而注定不能那么顺利。我们从“袭人原型”思想出发更能理解曹雪芹在悔恨与真情表达之间的情感尺度把握；而女房话语体系则为紫式部砌就了很好的写作堡垒，避实击虚，四两拨千斤，源氏、薰们的形象在“理想男子”与“贵族罪恶”之间因此得以平衡。

真情的表达有时需要借助忏悔的名义。《红楼梦》的作者通过贾宝玉来表达对耽溺闺阁的子弟们的警戒，固然也不乏忏悔愧疚之心，但作者本来就是要“将儿女之真情发泄一二”，而非撰写一个以往小说戏曲“偷香窃玉、暗约私奔”[①]的故事。作者于撰书之际便做好了一种深刻的觉悟，批判的矛头是直接猛烈地指向一整个他所从属的封建大家族中的种种恶弊。这与列夫·托尔斯泰在面对自己过往小儿女情绪情结，首先从基督的善出发，力求道德之完美而去做忏悔，是很不同的。“在他的作品中，人性善是主要人物的灵魂，他们正是从这点出发，忏悔自己，以实现道德完善，成为一个高尚的人”[②]——这也是为什么列夫·托尔斯泰一旦谈到对民族国家的许多问题的思考，就立刻并非由“小儿女”直接出发了。拿代表作品《战争与和平》为例，作品最后关

① 徐少知《红楼梦新注》第一分册，里仁书局，2020年，第9页。

② 袁运隆《托尔斯泰“忏悔意识”成因浅析》，《黔西南民族师专学报》，1997年第4期（总第17期），第43页。

于拿破仑战争的大段思考，与贵族之家小儿女情节几乎没有什么关系。[①]换言之，民族家国问题以及宗教问题，在托尔斯泰的思考中，固然与男主人公们在男女情事上的赎罪问题，或许也有一些遥远的关联，但就总体的叙述脉络来看，又是可以截断分开的。托尔斯泰笔下女性们受到的伤痕，首先还是要批判女性所面对的具体男性，至少我们获得的印象是，喀秋莎们的悲剧是由聂赫留朵夫们直接造成的，而金钏儿和晴雯们的悲剧则不能将板子悉数打在十二三岁的贾宝玉的身上。在这一点上，《源氏物语》拥有托翁作品所不具备的与《红楼梦》进行比较的可比性。《源氏物语》与《红楼梦》表面共同的不谈政治、去政治化之下，其弦歌雅意都有去儒家化后，直接凝视君臣、夫妇、亲子、恋人、友人等各种复杂人际网络，追寻并能捕获直接坦率的千年万年人类的可共情性格。它们之间有着共同的人间执着，关注现实的品性。

在此，两位作家，曹雪芹与紫式部的共同之处之一是，他们率先对自己所从属的家园与世界批判不休。他们既属于他们的来自世界，他们又竭力试图摆脱与新生。他们的创作既离不开他们所属的世界，他们的创作又叛逆了“背德”了那个世界。这其中两相比较之下，尤为清奇的是紫式部居然还是一位女性作家。

① “如果所有这些见解，不是以某种方法与人的行为的具体世界不可分割地联系在一起，那它们便会成为孤立而无诗意的东西，这在陀思妥耶夫斯基的创作里时有所见，托尔斯泰作品里也出现过，如小说《战争与和平》的结尾处，认识性的、哲理性的历史见解，完全掩盖了它同伦理事件的联系，演绎成了理论文章。”巴赫金《话语创作美学方法论问题》，《巴赫金全集》第一卷，河北教育出版社，2009 年，第 348 页。

为何如此说呢？作为女性作家，本身是平安时代贵族制度的受害人，她属于女房群体，又受害于女房群体。女房群体的集体都是受害人，无一幸免，却又都是对紫式部的加害者。正如同源氏的生母亲更衣的悲剧，并非由个别人物如弘徽殿女御独自造成。弘徽殿女御之外，对更衣寄以入宫厚望的大纳言父亲，努力实践这个遗愿、“百般礼数都张罗得不比双亲俱全、当代荣华人家的差了”[①]的她的母亲，以及专宠她的皇上等，这些属于女房话语体系的所有人集体给更衣带去了悲剧命运。托尔斯泰式的男性个体、只要控制欲望或者以道德来进行自我约束则完全可以避免个人罪恶，移到紫式部的时代，成了时代之罪孽。[②]进一步说，紫式部的身上并没有也不必有曹雪芹、托尔斯泰式的男子忏悔。她虽然塑造了贾宝玉式的、聂赫留朵夫式的唐璜[③]式的奥涅金式的贵公

① 钱稻孙译《源氏物语·桐壶》，周煦良主编《外国文学作品选》第一卷，上海译文出版社，1979年，第246页。

② 《复活》当然饱含时代之罪恶，但这不是聂赫留朵夫最初忏悔的初心。他在进行忏悔的过程里，才发现一整个沙俄制度的腐朽。可是最初，他决定走忏悔的道路，还纯属个人对玛丝洛娃所犯下的罪的悔恨。“卡秋莎·玛丝洛娃原是个象水晶一般纯洁的姑娘，她天真活泼，聪明伶俐，对生活充满美好的憧憬。她对聂赫留朵夫最初的感情是一种少女朦胧的初恋，但这种感情不久就被贵族少爷糟蹋了。”玛丝洛娃的悲剧呈现出一种多米诺骨牌式的倒塌，因为怀孕而“被逐出贵族之家，历尽人间沧桑，沿着社会的阶梯不断往下滚，最后滚进火坑”，“但苦难还没有到头，她又被诬告谋财害命，进了监狱，押上审判台”。(草婴《人民受难图——〈复活〉中译本序》，《外国文学研究》，1988年第2期)

③ 将光源氏与唐璜进行对比，如野村精一《源氏物语的人间像》一文认为：源氏遇到貌丑的末摘花，玉鬘最终成为髯黑大将之物，夕颜被怪物夺去了生命，空蝉留下了替身而逃避源氏，《帚木》《空蝉》《末摘花》《玉鬘》等帖，都可以算作源氏的“恋爱失败谭”，可与西方的唐璜失恋故事相提并论。详参野村精一《源氏物语的创造》(增订版)，樱枫社，1975年，第100页。

子们，却没有义务替他们于神佛跟前担负起主动的忏悔。女性作家的身份，对女房语境的熟悉，瞬时令紫式部立在了一个更为清晰与深刻的角度，而惟其女性身份与女房角度，才能将女性们受到的残害写得更为逼真，用女房语和女房体系的事物观照方式，挖掘出男性个体视角所较易忽略的问题与症结。

同样的事件，我们从男性的忏悔录与女性记录的不同角度得到的是不同的回响。单纯就事件的过去未来而言，它引发我们深思，促进我们反省，但当我们的思考涉及到还原到作者层面时，我们跳出物语发现，我们所面对的居然是一位执笔的女性，而非那个“迫害者本人”。于是《源氏物语》这样的作品就呈现出双重的意味了。这里面就算也含有试图代替当时身边的男性们去做忏悔的心理，让我们在看到那个时代男性群体施加伤害的同时，也看到了那个时代特殊的女性群体、女房群体更为清晰以及可能更为接近真相的声音。毕竟晴雯也好金钏儿也好，在《红楼梦》中还需要男性作者通过叙述来替她们发声，《源氏物语》则直接可以便利地立在女性角度展开真实，撕裂创口，揭露罪行。

其次，“多情”的代价是罪孽，在对罪孽的揭示里，贾宝玉的“十二三岁”是个案之中体现出共性，光源氏的十七岁以后是共性之中又有个性。

光源氏在《源氏物语》今本第二帖《帚木》中，即已经进入十七岁。

光源氏，这三个字已经变成响当当家喻户晓了。固然他有不少受人指责的瑕疵，再加上种种的绯闻，虽然本人极力想要隐秘起来，以免传说出去，被后世的人当做笑柄。但是，却连一丁点儿秘密都保留不住，反而像这样子被人们谈论着，可见世间人士是多么好管闲事了。

事实上，为着身份关系，他也还相当自重谨慎的，并没有什么过分香艳的故事。假如被物语中的那位好色之徒交野少将知道了，这岂不是要笑掉他大牙吗？[①]（帚木）

光る源氏、名のみことごとしう、言い消たれたまふ咎多かなるに、いとど、かかるすき事どもを末の世にも聞きつたへて、軽びたる名をや流さむと、忍びたまひける隠ろへごとをさへ語りつたへけん人のもの言ひさがなさよ。さるは、いといたく世を憚りまめだちたまひけるほど、なよびかにをかしきことはなくて、交野の少将には、笑はれたまひけむなかし。[②]（帚木）

这是第二帖《帚木》的冒头，这个冒头因其跳跃性而显得突兀怪奇。第二帖与第一帖《桐壶》之间，本该有一些关于光源氏十七岁以前的故事，却因为某种缘故失传散逸了似的。若不考虑文献的缺失，仅以今本《源氏物语》来看，第一帖与第二帖之间的衔接实在显出一种非常超前的文学手

① 林文月译《源氏物语》第一册，洪范书店，2020年，第22页。
② 新编日本古典文学全集《源氏物语》第一册，小学馆，2006年，第53页。

段。从第一帖到第二帖，光源氏的十七岁以前，只依据《桐壶》来看，爱慕的唯有藤壶，婚配的只有葵上。而我们并不能知道，十七岁后的贾宝玉究竟会在女儿们身上做出何等事。不考虑文献上缺目的猜想，十几岁的源氏比之同年龄段的宝玉，表面看来，于女儿之事上可谓“清洁”得多了。

如此说来，历来粗浅比较宝玉与源氏的文章，拿色情与否而论者，多少都有失偏颇。且宝玉与源氏之比较，还不止在此等事上，当从头细细论之。

第二十回宝玉为麝月篦头文字后有一段庚辰本脂批：

> 闲上一段儿女口舌，却写麝月一人。有袭人出嫁之后，宝玉、宝钗身边还有一人，虽不及袭人周到，亦可免微嫌小敝等患，方不负宝钗之为人也。故袭人出嫁后云“好歹留着麝月”一语，宝玉便依从此话。①

另如《红楼梦》第六十回《茉莉粉替去蔷薇硝、玫瑰露引来茯苓霜》开篇：春燕对母亲说：

> “……我且告诉你句话：宝玉常说，将来这屋里的人，无论家里外头的，一应我们这些人，他都要回太太全放出去，与本人父母自便呢。你只说这一件可好不好？”②

---

① 徐少知《红楼梦新注》第一分册，里仁书局，2020年，第536页。

② 徐少知《红楼梦新注》第三分册，里仁书局，2020年，第1446页。

托尔斯泰笔下的男主角欲于其时代革新典型如列文、聂赫留朵夫在庄园行农奴制减轻废除事，[1]贾宝玉则欲放还身边女奴给她们自由。[2]《玉鬘》帖中，借夕颜曾经的侍女右近之口：

> 说真个的，源氏之君对那些并不怎么有特别的深切关联的女性都不忍相弃，总是费神照拂；何况那位女主人呢（按：指夕颜）？就算不能与出身高贵的妇人相提并论吧，至少参与此次迁入府邸的几位相比，总该不成问题。[3]（玉鬘）
>
> さしも深き御心ざしなかりけるをだに、落としあぶさず取りしたためたまふ御心長さなりければ、まいて、やむご

① 聂赫留朵夫“研究斯宾塞的《社会静力学》和亨利·乔治的著作，从这些著作中他认识到土地私有制的残忍和不公正。为了使这种认识付诸实践，他把从父亲名下继承的土地送给了农民。大学三年级暑假，他到姑妈家里起草关于土地所有制的论文”。“玛丝洛娃被判服苦刑、即将起程到西伯利亚的前夕，聂赫留朵夫到乡下去处理土地问题。在库兹明斯可耶，他决心把土地低价租给农民，使农民大体上可以不依赖地主。他认为，不雇工耕种土地而把土地租给农民，无异于奴隶主把农民的徭役制改为代役租制，这不能算是问题的解决，不过总是由较为粗暴的暴力形式过渡到比较不粗暴的形式，总算是在问题的解决上迈出了一步”。参见李敬敏《聂赫留朵夫：在探索和真诚忏悔中“复活”——托尔斯泰〈复活〉研究之一》，《重庆师院学报（哲学社会科学版）》，1987 年第 2 期。

② 宝玉的放还女奴，给她们自由，冯其庸总结为“《红楼梦》理想世界的第四个内涵”：贾宝玉人际关系的平等思想，仁爱思想。认为“贾宝玉的自由人生道路，一是不愿意受封建礼法和世俗人情的拘束，二是也不愿意用封建礼法和世俗人情去拘束人”。“贾宝玉对待奴仆，不仅没有主仆的等级界限，而且还要把他们统统放出去‘与本人父母自便’。这就是说要释放奴仆，给他们人身自主和自由”。并认为“贾宝玉所展示出来的这一系列关于人的思想，在他所处的现实世界里，是不可能存在的，这只能是属于理想世界，属于未来”。冯其庸《论红楼梦思想》，商务印书馆，2014 年，第 139—142 页。

③ 林文月译《源氏物语》第二册，洪范书店，2018 年，第 484 页。

となき列にこそあらざらめ、この御殿移りの数の中にはまじらひたまひなまし、と思ふに、……[①]（玉鬘）

源氏之君与宝玉相反：宝玉是终打算放还，而源氏则实践将爱着以及曾经爱过的妇人甚至其女儿都收留至六条院中。两种行为看似是相反，于其时代而言，则属于革新。由夕颜的侍女右近之口所述，当时而言，对于夕颜、末摘花这样出身的女子，如果得到源氏这样的理想男性的救济与收留，并非完全是噩运，反而可能属于善待。

源氏的做法在《源氏物语》的文本中也非个案。其继承者薰亦欲将诸多女子如宇治大君中君及浮舟收留，以显示自己的深情，满足自己的情欲。这种"收留"行径，对于三位女子去世的父亲宇治八亲王而言，是不忘其嘱托的"善行"。只不过薰与他名义上的父亲源氏相比，在大君中君及浮舟面前时，"自恨志不遂，泣涕如涌泉"[②]的时候居多，以至于他成了一位比起源氏，身上处处写着悲情与落寞的男主角。宝玉的爱与罪只在其一身。而源氏的爱与罪还要延续至薰及匂宫，主角之外，还有主角来完成宿命的传递与交替。

① 新编日本古典文学全集《源氏物语》第三册，小学馆，2014年，第87—88页。

② 语出徐幹《杂诗五首·其四》，吴冠文、谈蓓芳、章培恒《玉台新咏汇校》上，上海古籍出版社，2014年，第111页。

第四节 "凄凄不似向前声"
——《藤里叶》：终结与续写的诗学

光源氏与薰的中间有一位过渡人物夕雾。夕雾作为光源氏正妻葵上之遗孤，作为光源氏的物语生命的延续，本来大约该被写成与（原先的）头中将的子嗣辨少将或柏木相争竞而不落下风的形象。第一代源氏之后是第二代夕雾，夕雾与辨少将或者柏木的同时登台本该是他们的父亲亦敌亦友关系的翻刻。①

不过，朱雀帝女三宫降嫁的故事——篇幅颇大的《若菜》上下帖横空出世，于《藤里叶》之后降临了。于是夕雾与（原先的）头中将的子嗣之间的争竞遭遇了某种淡化，争竞依然存在，但《柏木》《横笛》两帖因为柏木的去世和夕雾在柏木死后对柏木的无限缅怀，导致向来源氏与藤原氏之间亦敌亦友、且源氏方面稍胜一筹的关系遭到了破坏，接下来的物语情节只好改头换面。

但即使含蓄处理，不过深地述及二代目间的争竞，整部《源氏物语》本可以在《藤里叶》结束。《藤里叶》的结尾已经暗示源氏的彻底胜利，藤原氏即（原先的）左大臣、头中将家族，如今的内大臣家已经不是源氏家族的对手。但

① "柏木作为藤原氏之嫡流，于汉才亦属优选，在作品中，是前途无限的朝臣形象。放在《源氏物语》里，称柏木乃是一位担当着作品'政治荣达'主题的作中人物亦不为过"。参见笹川勲「源氏物語の漢詩文表現研究」的第一章第四篇「柏木の言葉と〈漢才〉」。笹川勲「源氏物語の漢詩文表現研究」，勉誠出版，2017年，第95页。

或许作者突然改变心意，临时起意让（原先的）头中将的儿子柏木一跃成为代表人物，取代辨少将的地位。柏木的情节又因为女三宫降嫁而走向另一种风情，也就是柏木私通女三宫——臣下与公主私通——的带有禁断色彩的背德故事。禁断叙述的结果，是薰的诞生。薰又恰恰在名义上要作为源氏与女三宫的孩子而生存。于是，新一代的男主角成了薰，薰取代源氏，作为源氏故事的继承人，自然夕雾的光辉只能淡化。

按常理，从这部物语的脉络来讲，故事的第二代继承者本该是夕雾，夕雾之后由明石皇后的孩子匂宫来继承，也只有这样才不会偏离，中规中矩。但薰角色的“异军突起”，不仅实质上取代了匂宫，成为“宇治十帖”的中心人物，附带的，又由于薰这样的命运带来的性格，故事后半部分的整体画风也为之一变。

在薰系统的故事即将开启，《若菜》上下两帖之前，《藤里叶》帖已让光源氏的摄关荣华达到顶峰。《藤里叶》的最后是交代明石小姐（光源氏与明石君的女儿）入内：

> 六条府的明石小姐已定于二十日过后入内。紫夫人依俗先要到贺茂神社去祭祀。……明石小姐入内时，理当由紫夫人陪伴才对。不过这位夫人恐怕无法长期相伴在宫中，遂决心趁此机会让她的亲生母明石夫人充当监护人。……新婚三日之后，紫夫人始退。接着，将由明石夫人参上。这一晚，二位夫人首次会面。……[1]（藤里叶）

① 林文月译《源氏物语》第三册，洪范书店，2020年，第683—685页。

紫上的故事自《若紫》始发，明石君的故事自《须磨》《明石》始发。明石君的故事其实在《若紫》帖却早已经有埋伏提示。《若紫》帖中，由良清口中说出明石浦边有别于京城的异样风情下的古怪的明石入道和他的女儿明石君，说给染疾前往北山治疗的光源氏听。由此，紫上故事与明石故事属于同一系统，明哲的作者迟早该要她们进行合流。汇流的终点、或曰圆拱的形成，以母以女贵的时代而言，当在她们“共同的女儿”——明石皇后的入内，并映照着源氏的光华也如月无缺。因为特殊的地位和身份，长期以来由紫上担任了明石小姐的养母之职，而明石君一直隐忍在别居。《藤里叶》就是紫上故事与明石故事的圆拱连接点。这一帖的写作特征之一是，大型政治事件频频出现穿插在主线中，迅速简洁地一笔或几笔就捎带过去。这些政治事件既没必要展开，但又不能略过。《红楼梦》亦常见这样的过渡写法。问题是，交代完明石小姐的入内，如果预定有二代之荣华的书写，其实接下来该集中笔力展开夕雾的故事，将夕雾正式推至《源氏物语》第二大部分的舞台之前。因为作者接下来是这么交代的：

源氏大臣这些年来总认为余年无几，希望在自己有生之日亲眼看见女儿入内。如今，大典已顺利完成。而夕雾方面呢，虽是出自他本人的愿望，那漂泊不定的单身生活，也可谓告一段落，总算安定下来。这样，他的心事已了，剩下的愿望，就只有一偿出家之初衷了。唯一挂心的，便是紫夫人的生活。不过，有中宫做为后

盾，也稍可安慰。何况入内的公主既认她做嫡母，也该不至于有什么问题吧。至于夏殿的花散里嘛……[1]（藤里叶）

大臣も、長からずのみ思さるる御世のこなたにと思しつる御参り、かひあるさまに見たてまつりなしたまひて、心からなれど、世に浮きたるやうにて見苦しかりつる宰相の君も、思ひなくめやすきさまに静まりたまひぬれば、御心落ちゐはてたまひて、今は本意も遂げなんと思しなる。対の上の御ありさまの見棄てがたきにも、中宮おはしませば、おろかならぬ御心寄せなり。この御方にも、世に知られたる親ざまには、まづ思ひきこえたまふべければ、さりともと思しゆづりけり。夏の御方の……[2]（藤裏葉）

诸事终了，源氏终于能得偿所愿地去出家，但依旧放不下的还是紫上等人。因为紫上还必须与未来的匂宫有一段外祖母与外孙间的亲情，来让读者对宇治十帖中的匂宫的形象产生复杂的想法，并原谅他的种种罪过。正如《夕颜》帖在源氏犯下对夕颜的“罪孽”之前，先让源氏去看望乳母一样。这是紫式部处理男性人物时的手法。贾宝玉对祖母的爱出自孙子的天真天然。《源氏物语》里的孝有一种亲情关系淡漠的人生里，稍嫌作秀的成分。我们印象里的平安时代贵族男性在武道（武家或者公家男性，如《平家物语》中的

① 林文月译《源氏物语》第三册，洪范书店，2020年，第686页。

② 新编日本古典文学全集《源氏物语》第三册，小学馆，2014年，第453页。

男性形象）或者情道之外，还往往总是维持着基本的孝顺形象。孝顺形象却也是贵族男子整体风情的一种体现。但预设的这段外祖母与外孙间的亲情，也并不妨碍夕雾成为第二部分的正牌主角。源氏既已无事可写，接着则夕雾，此后再顺利进行到第三代的匂宫与薰，才是顺理成章的。我们看她写夕雾的志得意满，连岳父太政大臣（曾经的头中将）都对其颇为满意了，还有什么不足呢？

> **内大臣已晋升为太政大臣，宰相中将也升任中纳言了。……见新中纳言愈为英姿焕发，无一不足之处，……[1]（藤里叶）**

如此一来，源氏的女儿明石小姐入内成为中宫，再交代完结紫上、花散里等女性之后，在此处，作者该是拉满了接着要写夕雾的饱满弓弦，大有不得不发之势。家内家外诸事向读者汇报已毕，第一代源氏的退隐也该提上日程。如果还要继续物语下去，不写夕雾之天下，又该是谁人的矫首青霄呢？源氏成为准太上天皇，夕雾升至中纳言，源氏父子荣华无双。冷泉帝与作为上皇的朱雀帝行幸六条院。

我们看《藤里叶》处处展示出全书将尽的势头，比如帖末的红叶之舞明文点出照应前文：

① 林文月译《源氏物语》第三册，洪范书店，2020年，第686页。

记得当年大臣曾经与这位主人双双共舞……[1]（藤里叶）

所谓“当年”的“共舞”，即指两人于《红叶贺》一帖的青海波表演。如今，源氏的六条院请来了朱雀帝（上皇）与冷泉帝（今上）两位皇帝，没有比此更高的荣耀。而《藤里叶》中的红叶舞也暗示对须磨追放之前的桐壶帝时代的怀念。两个时代于源氏而言意义重大，相提并论。原稿已可在此停笔，该帖最后对源氏父子的容貌的描写，可将源氏富贵荣华至于顶点进行定格了：

他（指冷泉帝）的容貌愈形端庄，与六条院主人简直是一模一样；而陪侍在侧的中纳言，则又与这两位无甚分别，这真教人惊异！论气质之佳，中纳言或稍嫌不如皇帝，但是若论外貌之俊，则似又略胜一筹。这位公子正美妙地吹奏着笛子。在众多排列阶前唱歌的殿上人之中，辨少将的歌喉尤为不同凡响。这两家人的子弟们何以如此样样高人一等呢？怕是所谓得天独厚吧。[2]（藤里叶）

这一段岂非恰巧照应着《红叶贺》的最后一段，两帖的结尾如出一辙：

① 林文月译《源氏物语》第三册，洪范书店，2020年，第690页。
② 林文月译《源氏物语》第三册，洪范书店，2020年，第691页。

新皇子（指后来的冷泉帝）随时日成长，二人看来更为相像，几乎难于辨别。母后衷心尤觉悲苦，所幸，别人并未察觉吧？说真的，就算是刻意仿造替身吧，世上又怎可能产生另一位貌似源氏之君的人物呢？可是，这两位真是出奇的相像。世人只有认为这奇迹乃如同日月之交辉于天空中了。[①]（红叶贺）

皇子は、およすけたまふ月日に従ひて、いと見たてまつり分きがたげなるを、宮いと苦しと思せど、思ひよる人なきなめりかし。げにいかさまに作りかへてかは、劣らぬ御ありさまは、世に出でものしたまはまし。月日の光の空に通ひたるやうにぞ、世人も思へる。[②]（紅葉賀）[③]

---

① 林文月译《源氏物语》第一册，洪范书店，2020 年，第 172 页。

② 新编日本古典文学全集《源氏物语》第一册，小学馆，2006 年，第 348—349 页。

③ 这一段丰子恺译为“小皇子日渐长大，相貌越发肖似源氏公子，竟难于分辨。藤壶妃子看了心中非常痛苦。然而别人并不注意及此。世人都以为：无论何人，无论怎样改头换面，都赶不上源氏公子的美貌。而小皇子当然肖似源氏公子，正像日月行空，光辉自然相似。”据丰子恺译《源氏物语》，人民文学出版社，2019 年，第 181 页。所谓与日月争辉，或者日月之光芒，此处文字，原文的逻辑乃是：无论如何改装打扮，不输给光源氏的玉颜，这世上还没有出现呢。即、任谁的容貌都得输给光源氏。但紧接着说像日和月的光在空中穿行，即世人是认为日在白天，而月在夜里，两者日夜隔开而行，本不该在同一时空里出现。但光源氏与小皇子生于一个世界，不能不说是罕见的事。丰译的“而小皇子当然肖似源氏公子”与林译的“这两位真是出奇的相像”，皆属译者为了读者明白而做的补缀。但此段丰译却稍不如林译准确。丰译没能最好地传达世人心中那种：虽说日与月不可能并行，但他俩的容貌同时存在我们的时代，到底是奇迹——如此的意思来。林译的问题则在前半部分“所幸，别人并未察觉吧”？只能说丰译的“然而别人并不注意及此”意思上更确。因为原文此处是客观陈述，林译会误导使人以为是藤壶在“所幸”。其实非要说“所幸”，该当是作者内心在“所幸”。林译还是传达出了这种文字间的跃动，丰译又显得有些冰冷冷了。备考。

《红叶贺》是源氏与冷泉帝的相似如日月在空中，因为这对父子出自禁断之恋，那时还显得惊悚恐慌。我们且看《红叶贺》源氏与冷泉的并行，如同一时代的日月在空中交辉，他们身份高贵之外，相貌罕见的相似——这是作者隐隐带着罪恶感的评价，所以藤壶的心内是尤为悲苦的。若论日与月，又暗合源氏“光君”的称号。大约光源氏乃是月，而未来的皇帝即冷泉帝乃是太阳。《绘合》帖中：

二十余日之月已升，光华虽未普及，天空却十分美妙，……[1]（绘合）

二十日あまりの月さし出でて、こなたはまださやかならねど、おほかたの空をかしきほどなるに、……（絵合）[2]

丰译为：

这时候是二十日过后，月亮才出来。月光虽然照不到室内，但天色清幽可爱。[3]（赛画）

月亮的光华在《绘合》时还不能普照，因为刚经历须磨追放，虽然作者下笔已有些激动，忍不住呼出此时为「いみじき盛りの御世」[4]，全盛之世。实则离真正的全盛期还有一

① 林文月译《源氏物语》第二册，洪范书店，2018年，第390页。
② 新编日本古典文学全集《源氏物语》第二册，小学馆，2016年，第390页。
③ 丰子恺译《源氏物语》上，人民文学出版社，2019年，第389页。
④ 新编日本古典文学全集《源氏物语》第二册，小学馆，2016年，第392页。

段距离，还需要蓄势。《绘合》帖由新登场的人物帅宫见证源氏乃“理想”之人物。

院の御前にて、親王たち、内親王、いづれかはさまざまとりどりの才ならはさせたまはざりけむ。その中にも、とりたてたる御心に入れて伝へうけとらせたまへるかひありて、文才をばさるものにていはず、さらぬことの中には、琴弾かせたまふことなん一の才にて、次には横笛、琵琶、筝のことをなむ次々に習ひたまへると、上も思しのたまはせき。世の人しか思ひきこえさせたるを、絵はなほ筆のついでにすさびさせたまふあだ事とこそ思ひたまへしか、いとかうまさなきまで、いにしへの墨書きの上手ども跡をくらうなしつべかめるは、かへりてけしからぬわざなり。[1]（絵合）

先帝之下的诸亲王公主，无人不学习各种技艺，可是，他对您特别厚爱，也特别注意训练，所以学问方面自不待言，余者，首如弹琴，次如横笛，还有琵琶及筝等，您样样都熟悉擅长。父亲在世时，时常夸奖您，而世人也都晓知。至于绘画方面呢，大家以为您只是当做书道运笔之便的消遣玩艺而已。没想到今日拜见，竟是如此出人意料的高妙。真教那些古之名师都退避三舍哩。咳！真有些岂有此理啊！[2]（绘合）[3]

---

① 新编日本古典文学全集《源氏物语》第二册，小学馆，2016年，第390页。

② 林文月译《源氏物语》第二册，洪范书店，2018年，第389页。

③ 此处丰译为：父皇膝下我等皇子、皇女，无不研习各种技艺。惟吾兄最为父皇所重视，又最善于承受教益。因而文才之丰富，自不必说。其他诸艺之中，弹

（转下页注）

帅宫的言语里，一并回顾了桐壶帝的文艺辉煌时代，告诉我们源氏年少时于桐壶帝膝下受了何等教育，其天分天才经过少时的用心打磨得到了怎么样的发挥。其人之诸多才艺并非天生，乃是后天的苦练。帅宫在此处作为源氏之世、源氏之风雅的见证人。而源氏也自认为荣华已经达到顶点，不可再继续过分下去，当寻一个地方隐居避世。可以说须磨明石归来的源氏一直在获得荣华、决意出家之中做着螺旋的上升，此后插入的“玉鬘十帖”无疑再度拉长了故事。玉鬘作为夕颜的女儿，从九州地方而进入宫中，接触各种男性的故事，岂不是某种意义上作者之自叙传？可是作者到底没能在“玉鬘十帖”里获得满足，还要继续编写“宇治十帖”。

“玉鬘十帖”之后到了上文所述的《藤里叶》，时移世易，源氏与冷泉帝、夕雾三人坐在一处，外貌相似，权势熏天，读者不禁猛然觉得作者对“那件事”的罪恶感已经淡化平和不少，不再很是追究源氏与藤壶当年的私通之罪了。一者桐壶帝早已去世，藤壶母后也去世很久，另外，现如今是源氏父子的天下——一如 2016 年的 NHK 大河剧《真田丸》中，当真田信繁从九度山回归大阪城，参加大阪冬夏之阵，彼时的他已无须介意别人眼光，而可自在接受淀君的亲近，不像此前在丰臣秀吉手下担任馬廻时顾虑颇多。

《红叶贺》及《须磨》《明石》还是日月并行，而代表

（接上页注）

琴首屈一指，其次横笛、琵琶、筝，无不擅长。父皇亦曾如此评定。世人也都同此见解。至于绘画，大家以为非吾兄所专精，仅乃偶尔兴到之时弄笔戏墨而已。又谁知如此高明，直教古代名家退避三舍，竟令人不敢置信，反而觉得岂有此理了！据丰子恺译《源氏物语》上，人民文学出版社，2019 年。第 389 页。

着源氏的月总是稍显晦暗的。彼时诸帖，唯独在《须磨》帖里，源氏与良清、惟光、右近将监等于十五之夜作歌之后，才是满月升空，但地点却在须磨浦上。作者明引白居易诗“三五夜中新月色”来达到《须磨》帖高潮，暗示源氏此时暗弱，其光亮在野而不在朝。

> 月已上升，光华皎洁，始知今宵为十五夜。回想往时，每逢这种时候，宫里总有游宴娱乐，更教人怀念京城；谅京城方面各处此刻必也有一些人同望此月吧？于是，他禁不住更用心仰望那月亮，不觉的低吟：“二千里外故人心。”左右近侍闻之，无不泪潸潸而下。[①]（须磨）

这种用汉籍诗句，且饶富汉籍叙述笔调的段落，岂不是明文在谈那一轮来自野间的明月照耀着处于低谷的源氏？[②]然《藤里叶》的时代，离飘浮着源氏与藤壶二人隐秘的忧虑忧伤气息的时代已然很远了。《藤里叶》不止日月并行的辉光，结末还加上了一位夕雾，父子三人并行。源氏与藤原氏两门后嗣繁炽，辅翼圣皇（源氏之实子冷泉）的景象，明明在暗示旧故事暂告段落，新的物语即将开启。

---

① 林文月译《源氏物语》第一册，洪范书店，2020 年，第 287 页。

② “白氏在翰林院中只身值宿，遥念远处江陵卑湿之地的元稹，咏出这首诗来。谪居须磨的源氏，怀念京中情景，便借这诗来抒发感慨。本来这是尽人皆知的名句，很难借用得当，只有运用得巧妙，才会得到读者的称许。在这里，物语作者让原作者与吟咏此句的源氏公子掉换一下处境，并使之避免落入俗套，其手段之妙显示了作者的文采”。丸山清子《源氏物语与白氏文集》，申非译，国际文化出版公司，1985 年，第 111 页。备考。

上引《藤里叶》帖的结尾段落，在这“丰年大置酒，玉樽列广庭”[①]的盛况里，还出现了辨少将的歌喉，好像在暗示，此后的物语，将暂时是夕雾与辨少将的天下。这位被拿来与夕雾相提并论的辨少将，乃柏木的兄弟，昔日的头中将、如今的内大臣之子。昔日的头中将与光源氏处处相比较又终究处处稍不如光源氏。如今行文上而言，辨少将的光华也远在源氏的孩子冷泉帝与夕雾之下。作者虽提笔多次点到这位辨少将。但对于接下来要不要展开他的故事，或是否用他来与夕雾行文并进这一点，看来是颇为踌躇的。直到下一帖《若菜》，她像是下定了决心，头中将的另一位儿子柏木居然一跃超过这位歌喉之辨少将，成为新故事的中心人物。

辨少将这颗棋子被作者从棋盘上轻轻抹开，柏木被摆到了作为过渡故事的《若菜》系列（包括《若菜》上下、《柏木》《横笛》《铃虫》《夕雾》等篇）的重要位置，[②]这个暗度的转换，其实思接“宇治十帖”的主角究竟是匂宫还是薰。手塚昇撰文《源氏物语后半部的主人公并非薰大将》来讨论这个问题，甚至从匂与薰两个词汇的出现频率来得出他的结论：薰并非《源氏物语》后半部分主角。[③]薰和匂宫都是“宇治十帖”的主角，但匂宫的出现是必然的、顺势而为的

① 引曹植《大魏篇》句，逯钦立辑校《先秦汉魏晋南北朝诗》，中华书局，1983年，第429页。

② 柏木这个角色在《柏木》帖中去世。此后数帖以夕雾为中心。夕雾单行，并没有一位出自藤原氏的“对手”作伴。因此故事将急速进入源氏之最后，交代完源氏的结束之后，再将源氏与藤原氏的对手戏留到“宇治十帖”。

③ 参见手塚昇「源氏物語の再検討」第三章「源氏物語後半の主人公は薫大将ではない」。手塚昇「源氏物語の再検討」，風間書房，1966年，第三章，第93页。

写法。正如前文所论，正因为紫上与明石君的必然相遇，故必然有匂宫这个角色。但薰却是文章一层层写下去生出来的意外、偶然。即使薰不是第一主角，而是第二主角，也是一位被“推选”出来的主角。柏木去世，夕雾失去了“对手”。在《夕雾》中，夕雾甚至卑劣地强行占有了柏木的未亡人落叶公主，作者写出了那时候于妇女而言最耻辱的一幕——这哪里是曾经源氏与头中将并行时的风雅呢？《若菜》系列中的夕雾简直“摧枯拉朽”，直凌太政大臣（原头中将）家门之上，柏木的气势与形象根本不是他的对手。物语进行至此，自然成了夕雾一人的独角戏。薰作为柏木的子息，其实属藤原氏一方的人物；如此，则薰名义上是匂宫的舅舅，实则还是作为藤原氏一方的人物与匂宫互文。《源氏物语》故事始终须有源氏一方与藤原氏一方男子之对峙而成文，自光源氏与头中将起便如此。柏木速逝，夕雾缺了柏木这位对手，形影相吊，而又于柏木死后强迫落叶之宫，是对柏木的最终破坏，于是夕雾也便不能久久地独立成文。“宇治十帖”男方的主角只能更换新人。

在卫门督之君这般辗转病榻毫不见痊愈之间，又改岁了。见父母悲叹的样子，自己虽已对生命厌倦，却也觉得让白发人吊黑发人委实罪过：不过，回过来想：难道吾身岂容留恋苟活于此世间吗？自幼便与众不同，凡事总想要出人头地，无论公私两方面都十分努力过来，然而，究竟世事未能尽如人愿，这是一再遭遇挫折之后

所得的教训。[①]（柏木）

试看无论源氏门下还是藤原氏门下，竞逐的双方都是想“出人头地”的，没有一方甘愿退居。作者之主旨本无意去塑造中国文学里那样的真正出世逍遥之人，连明石海边的那位入道，都心心念念要把明石君送入宫廷嫁给合适的贵人为妻。[②]《若菜》系列故事以夕雾对柏木的悲哀怀念终结，如此一来，等于是女三宫降嫁故事直接弱化了夕雾原本可作为物语后半部分主角的力量——没有柏木，夕雾的存在感也等于被削弱了——于是等待夕雾的只能是从中心舞台的退出（不代表他不再出现）。因此，夕雾便不能前往宇治去发现八亲王——他的父亲的隐藏的弟弟——的女儿们。这个任务，被改交给了柏木与女三宫的孩子薰——光源氏名义上的继承人。薰成为了物语最后部分“宇治十帖”的主角了。这种曲折意外，从文本审美角度来看，从使故事的线条更复杂多变来看，由源氏到夕雾再到薰，而被压抑者柏木的实子薰的故

① 林文月译《源氏物语》第三册，洪范书店，2020年，第816页。

② 明石入道的问题颇为复杂，“听其言观其行”，他当然不算彻底的“出世逍遥之人”。然“出世与入世，似乎是矛盾的”，但即使在孔子的思想中“二者又是统一的”。孔子“不止一次”所提到的关于“出世与入世的关系”，如“称赞南容‘邦有道，不废；邦无道，免于刑戮’”（《论语·公冶长》，《四》页75），以及“危邦不入，乱邦不居。天下有道则见，无道则隐”（《论语·泰伯》，《四》页106）等。明石入道的思想，于《若紫》帖中良清的描述和评价来看，不无得益于孔子思想的一面。但这当然不能单纯理解为明石入道就是接受了孔子思想，或者紫式部受到了《论语》这方面的影响等。姑备考。关于“出世与入世”，参考了徐克谦师《庄子与儒家》，《齐鲁学刊》1985年第三期。《论语》文句标点对照《四书章句集注》，中华书局，2016年。良清对明石入道的评价参考林文月译《源氏物语》第一册，洪范书店，2020年，第97—98页。

事舞台，又比从前再新添宇治，当然比单单由源氏到夕雾而终结全书的线条使读者五味杂陈得多，话题变得多元精彩得多，也更能勾起四座女房听众的兴趣吧。这个安排不论是紫式部亲笔，还是紫式部的女儿的杰作，总之，“宇治十帖”才使《源氏物语》这部作品更复杂更伟大以及更接近了现代小说。

如前文所分析，《若菜》帖的空降，于《源氏物语》而言是写作中的一个意外。是宫廷其他女房参与了物语，还是源自紫式部生命里突降的事件或灵感？“女房们”在《若菜》以后的帖中，参与主人公之间的恋情的形式也有了变容，如《若菜（下）》中，当柏木好不容易从东宫处骗来女三宫身边日日不离的那只猫时：

> 侍女们不解因由，十分讶疑，纷纷都在背后议论：“究竟是怎么回事啊？近来主人好像挺喜欢猫的样子。他原来不怎么爱理这些小动物的嘛！”东宫方面差人来催促，他也不肯归还，竟将牠留在身边，做为谈话的对象。[①]

女房们觉察到了主人对女三宫的痴恋并展开纷纷议论。但这一回，作者没让女房们直接讨论女三宫与主人——毕竟，因为女三宫是朱雀院的女儿，直接议论对双方都是极为不敬的——而是议论主人对猫之态度的转变。我们阅读时，几乎要被作者骗过：莫非女房们尚不知晓她们那可怜主人的心理？结

① 林文月译《源氏物语》第三册，洪范书店，2020年，第758页。

合此前诸帖试想，这又怎么可能？《源氏物语》中的女房们哪一帖不是料敌先机，哪一处不是无所不知，柏木的单纯心思，怎么能做到滴水不漏？显然此处，是作者偷换了技巧，而于形式上呈现的，正是女房们“参恋方式”的改变。[①]

我们从宇治大君与中君的身世命运，很容易联想到紫式部本人的生平经历。当然，即使《源氏物语》有那么一些写实的成分，尤其是牵连到作者自己之实，也不是简单的将自己的遭遇、生活与见闻随心地写出来。以她谨小慎微的性格，一定是尽量不轻易露出自己的痕迹的。因此，大君中君的身上即使确实寄托着她自己的过往与情思，也需要一位合适的男性前往宇治去打开她们的心门，这在谨慎的紫式部而言，简直是最合理的推想。我们已经讲明了夕雾的只能退场与薰的必然登场以站到舞台中央，但为何紫式部不干脆安排大君中君或者浮舟来成为“宇治十帖”的第一主人公呢？

即使是自叙传性质的小说，作者就算是想要在小说里描摹或改写自身经历，具体操作起来，也并非心想事成，手到擒来。根据自身经历的分量——作者掂量着，自己的经历到底能写出多少文章来呢——落笔之前还是得细细考量，作者自身的经历进入小说中被淡化改写重编重组之后，能架构起长篇小说的多少比例来。这是一定算计过的。假如作者只志

① 紧接着的下文，式部卿宫（紫上的生父）心内考虑真木柱的婚姻，他的理想女婿乃柏木，此处有一段他的心理：“他内心倒是属意卫门督。可是，偏偏男方难道把真木柱看作比猫儿还不如吗？竟丝毫无动于衷的样子。想起来真教人生气！”这里虽也是拿这只猫说事，可此亦作者之障眼法也。见林文月译《源氏物语》第三册，洪范书店，2020 年，第 759 页。

在一个短篇或者中篇，相对而言，或许要好办一些。[1]一旦作者想将主观意志、芜杂心绪书写成一部长篇作品或超级长篇，则事后读者所读到的成品里，主角之所以为主角，即A是主角而非B或者C或者D来作主角，是宝玉而非贾琏贾政贾赦贾雨村来做主角，其实并不全以作者之主观意志为转移。作者常常要出于一种“无奈”，让人物与人物协商，协商之后方能扶植人物登上主角位置。但其他人物当然不能作废或形同作废，于是又要摆平其他所有角色的故事，方能渐渐成功架构起一部长篇作品。

> 可是，尽管心里头忧思难安，表面上却故作镇静，不露一丝儿痕迹，所以侍候左右的侍女们都在背后纷纷议论:“真是料想不到啊。”“虽说这府第里有那么多夫人，别人可都对咱们女主人客客气气，没有人敢冒犯，所以才一直维持着这和平的局面。现在新来的这一位，气派可是不同寻常，难道咱们这边会就此认输，屈居下风吗？”“就算是忍耐再三，将来总有一天会借机发泄，那可就麻烦了。”对于这些侍女们叹息连连的耳语，紫

---

① 如前文谈到曹雪芹习作性质的《风月宝鉴》，此处再做一些猜想:《风月宝鉴》最初也许类似《水浒传》《儒林外史》，以一个个人物为单元。假若《风月宝鉴》里已有一个叫做宝玉的人物，他在作品里的比重或许不如《红楼梦》贾宝玉那么大。他的篇幅不多，他甚至处于一个类似冷眼旁观者的地位。当然，他也有一些比如与秦钟、柳湘莲等人之间的故事。而贾琏熙凤倒很有可能在《风月宝鉴》之中心，类似西门庆与潘金莲这样的角色。其他如秦可卿、秦钟、贾敬、贾珍、贾蓉、贾瑞、三九、薛蟠等，在《风月宝鉴》中，大约作者令他们平行出现，以一些相对独立又互有关联的篇目，讲述他们的故事。

夫人始终装做不闻不问，保持着她一惯雍容自适的态度，与之闲谈到深夜时分。[1]（若菜上）

这岂不是小说创作里，主角险些遭受威胁的绝好写照？这段取自《若菜（上）》，写的是女三宫降嫁后，源氏夜夜于女三宫处过夜时，紫上这边的表现与心理，及紫上周边女房七嘴八舌的议论。源氏已拥有多位夫人，但于紫夫人的威势向来有所忌惮。如今，紫上一直居于首位的格局，像是要被女三宫给打破了。长篇作品写作，既定主角亦有突如其来的“威势”与地位遭威胁，而意外的被其他角色取代之虞。既可说是意外，有时也是理之必然。

薰的成为“宇治十帖”的主角就是意外。因此之故，他的地位还常要遭到日本历来批评者的质疑。批评者们却不知，这质疑的发生，其实根源自作者的某种无奈。小说、物语里的角色们仿佛先要背着作者召开一场场议会——作者的一次次改写增删甚至重来——最后选举投票，“那就由你来做主角吧”，才得到确定。

作者已经储备了的基本故事和基本的心绪以及基本写作目标是既定的（尽管写作中又会不断变化），但由哪个角色来担当则要看具体角色的地位分量。另外还得援引文学世界里的先例——正如古代政事上，日本朝廷或者幕府也屡屡思考唐土有没有这样那样的先例来进行政事一般——紫式部写《源氏物语》的前后两大部分，也算是得到司马迁的“颔首

① 林文月译《源氏物语》第三册，洪范书店，2020年，第715页。

赞许”，才以为获得了一种“合法性”。写作在开初常常是模仿，又终要不满足于单纯模仿而独力独创，自成一家。

所谓受司马迁的赞许而获得的“合法性”：因为《史记》写人，在标题传主内容结束之后，常继以传主的兄弟子孙后代或与传主相关人物的传记：如卷六十五《孙子吴起列传》于孙武之后附以孙膑传记；卷六十九《苏秦列传》于苏秦死后附以其弟苏代；卷七十《张仪列传》则附以陈轸、犀首；卷八十一《廉颇蔺相如列传》则赵奢、李牧等等，此般作法，《史记》不胜枚举。光源氏是《源氏物语》的正牌传主，薰正好是《史记》式的传主之承继人物。[①]薰将物语故事再稍稍推进向前了。薰的地位，本来差点该被夕雾取代。柏木与女三宫诞下薰是意外，薰获得主角地位也是一个意外。《源氏物语》行文至《藤里叶》一帖，光源氏俨然已经是坐在夕雾身后的日语所谓“御隠居様”。此后的《若菜》《柏木》帖中，光源氏不得不对女三宫柏木事件隐忍，又不得不眼看着紫上逐渐消逝。他的昔日光彩难以遍照夕雾，夕雾并不能继承光源氏的光华物语。作为光源氏与薰之间的过渡人物夕雾，只是用来填充摄关家荣华至于顶峰的光源氏之晚年难以书写部分的空隙。

《源氏物语》是与源氏一门血缘相关的诸人物之物语。源氏虽然云隐退场，而物语却未完结，故事还可以写下去。“宇治十帖”尚要安排光源氏的分身薰与匂宫登场，正因为

① 以《源氏物语》对《史记》较为显著的写法之学习而言，还有学者指出《源氏物语》对《史记》“互见法”的袭用。如黄建香《从“互见法”论〈源氏物语〉与〈史记〉的互文性》,《日语教育与日本学》，2020年第2期，第55页。

光源氏已经无法承载作者接下来的写作抱负。薰与匂宫的登场并非随意的安排，虽然也有某种写作志趣在其中，比如借鉴《史记》列传人物的主传与副本的模式，或者，作者对后半部分出现唯一主角之外的另一位主角这种写法并不排斥，此外，主角能否挑起大梁，能否完成作者的写心目的，都成为主角是继续存在还是退场的理由。

即使是主角之外的次要角色，她们的地位与作品中分量的变动，亦遵循上述的道理。“宇治十帖”中大君的逝世很令读者凄恻，然而大君之死并非一死了事。此后薰在中君面前反复怀念，寄情于中君、浮舟等，作者反复咏叹式地渲染出大君在薰心目里难以撼动的地位。可只是怀念还不够，于是浮舟被作为大君的影子和替身，由中君向薰交代，而终于出场了。浮舟无疑是《源氏物语》中最重要的角色之一，是今本《源氏物语》最后一位令读者深切关注并为之动容的重要女性角色。浮舟一出场即是大君的替身，某种意义上，薰想在浮舟身上延续他对大君的爱，弥补昔日与大君相爱过程里的种种遗憾。

然而在故事的继续发展之下，浮舟不再只是大君的镜像，她渐渐出离大君与中君的情感氛围，故事山重水复，越来越走出读者此前在《源氏物语》中获得的认知与惯常，浮舟终于与空蝉类似，成了一位饶有个性与看点独特的女性角色。如果说《红楼梦》中对于尤二姐尤三姐的塑造，作者还是以平行对比的写法让她们齐齐登场，施展各自的魅力、生态与情绪，并先后悲哀离世，而《源氏物语》中大君中君与薰、匂的情感纠葛也是平行推进，而在“宇治十帖”的前半部分里共同显露出与此前京都宫廷内部男女情爱不一样的风光，作者唯独对浮舟的书写则俨然渐渐脱离了以往所有的写作路数。我们看全作的最后几帖《东屋》《浮舟》《蜻蛉》《手习》与《梦浮桥》，是那么的夺人心魄，与众不同。浮舟有了自己的独立人格，随着故事推进而渐渐不再需要做大君的影子。她以其别样的情感经历与性格，终于超脱出此前的角色们，使整部作品迎来新的高潮。

《源氏物语》的主角配角之间的交集交替，不无借鉴《史记》"互见法"，女性的妙笔书写更上一层，人物一个接着一个地在帖与帖之间进行明修与暗渡。《红楼梦》引入旧稿《风月宝鉴》之后，人物与人物之间互相的映照显示得更深刻透彻。宁府与荣府，贾珍贾赦的对举；元春探春，新皇妃与旧王妃的互文；同样是关乎金玉缘的宝钗与湘云成双；都脱胎自潘金莲的形象、王熙凤与林黛玉之重合；出场与收场的关乎，刘姥姥与贾母同是头绪又共作纲领。[①]又如我们在《红楼梦》第一回便邂逅了甄士隐故事与贾雨村故事。两个故事本可以各自独立。[②]甄士隐的故事以全书格局而言，虽曰线条单一，却是青埂峰下"石上所书"的第一条线：从富贵乡绅的舒适生活，经过家庭的巨变与渐变，流落到看透世间、出家远去的下场。这本是可以作为

---

① 关于刘姥姥与贾母之间的关联书写，参见高语罕《两个老太婆——贾母与刘姥姥》，叶朗、刘勇强、顾春芳主编《百年红学经典论著辑要（第一辑）·高语罕卷》，安徽教育出版社，2020年，第181页。

② 贾雨村的故事线：贾雨村穷困而寄居，随后中举升腾，经过了官场沉浮，不思道德进取却结交权贵而终于与贾府勾结，助纣为虐，最后祸连贾府并遭受了重罚。这也可以构成一篇独立的小说。

一个短篇小说的。

> 甄士隐的觉悟是贾宝玉最终获得觉悟的缩影，但两者相较，宝玉勘破真假、打通有无显得更加艰难，铺陈得也更加厚重。甄士隐的道场是红尘内的十里街和仁清巷，即势力和人情。宝玉的道场则是情场，以及此情场所关联的整个世界，具体而言，便是贾府，特别是大观园。①

第一回甄士隐的看破世相、突然抽身的觉悟，宛如今本《红楼梦》主人公贾宝玉（或甄宝玉）一生的缩影。传统小说的势力街、人情巷过渡到了曹雪芹独一无二的有情天下，但因之贾宝玉八十回后的结局也变得格外难写。比对两部有许多类似之处的作品，我们在《源氏物语》空白的《云隐》帖，及上文所论《若菜》系列至“宇治十帖”的意外展开，都能感受到紫式部执笔的某种困难，以至于几番进行故事内容与格局的重大腾挪。宝玉结局的难处理，或导致了《红楼梦》没有在十年辛苦中定稿全书最后的部分而终至书稿散失。正因为曹雪芹于起初的《风月宝鉴》也好，“明义所见旧本”《红楼梦》也好都曾走过写实路线，在此后写作能力的逐渐提升中慢慢被他否定，在升级后不甘于再单纯地写实，加之时代政治风气等的环绕，都让他在处理书作结局时踌躇满怀。

《云隐》的处理方式是全面留白，干脆什么都不写，这

① 王博《入世与离尘：一块石头的游记》，三联书店，2020年，第247页。

是紫式部式创作中的“悬崖撒手”。[①]主角的命运该怎么编写，是小说中的重点难题。作为主角的宝玉，恐怕从《风月宝鉴》到“明义所见旧本”再到今本《红楼梦》的变迁里，亦有一个不断变态的过程。我们从今本《红楼梦》里可能有《风月宝鉴》痕迹的秦可卿出殡文字，贾瑞淫丧的文字来看，曹雪芹早年大概如巴尔扎克，立志要做“贾府”的“书记员”,《风月宝鉴》或以一种冷峻犀利的笔调撰写而成，色彩亦偏于灰暗，没有大观园文字的热闹明亮。与之相应的，宝玉这个角色，在早本《风月宝鉴》里，当是雪芹的某种自许，乃被塑成《风月宝鉴》中一冷眼旁观的青年形象、次要人物。而考虑到秦可卿故事、二尤故事等在《风月宝鉴》中可能有的比重与分量，则今本《红楼梦》里的“贾琏”[②]贾敬贾珍贾蓉一干人可能才是《风月宝鉴》的男性中心人物。当然,《风月宝鉴》也该有不少宝玉与秦钟柳湘莲冯紫英薛蟠等来往的文字。但曹雪芹的创作并未止步于《风月宝鉴》，宝玉形象若一直在《红楼梦》多稿中存在，我们今天虽不能琢磨清楚《风月宝鉴》具体的人物多寡与章节编排，但联系张爱玲所推断的脂本《石头记》阶段的宝玉已有脂砚的影

① 凡读《源氏物语》自然知道《云隐》的情况，不待赘言。但这里还是照抄中译本总结的三种情况:（一）作者仅记帖名，未著其文。（二）原文有帖名及文，后文章散佚、仅存帖名。（三）原本无帖名，亦无文章。后人臆测、乃加帖名。——林文月译《源氏物语》第三册，洪范书店，2020年，第944页。拙论以今本《源氏物语》为研究对象，从今所见《源氏物语》的表现形式来看，姑且认为《云隐》有帖无文。

② 因为也有早本贾琏即宝玉的可能。

子，因为“黛玉”是脂砚的小情人，[1]那么，早期《风月宝鉴》稿子里，宝玉虽或尚以雪芹自己为原型，但随着不断改写，诸如宝玉年龄的不断变小和变得合理（也因未来得及改完而遗留给我们一些不合理的情况），雪芹渐渐也不再执着于宝玉形象的来自自我，慢慢使之成为难以直接找到任何原型的文学形象——脂砚虽看到《石头记》里的宝玉像他，我们看到宝玉也会联想到自己或身边人。当然，说到底，关于《风月宝鉴》，迄今为止还只能根据现有材料与种种文本内证对其人物与故事做空想猜测而已。

第五节 “小弦切切如私语”

——本章结论

早年《风月宝鉴》戒世的犀利锋芒，终于渐渐走向“木石前盟”的补偿与恩报。《风月宝鉴》的潺潺清溪里，虽也有作者自己另类的青春剪影，但到底作冷眼观看状的宝玉，至《石头记》才渐渐有了自己的爱与怕。作品由“袭人”、晴雯而渐生出黛玉宝钗，湘云妙玉等等。本来相对单一的戒

① 这代表着小说家曹雪芹的成长：能让他人看出男性作者笔下的男主角有作者之外的人的影子，而非在小说创作中一味进行自恋行为，将男主角写得和自己纤毫不差。张爱玲推论详见《红楼梦魇》，北京十月文艺出版社，2021年，第168页。另，吴世昌亦曾断脂砚斋为宝玉原型，详见《红楼梦探源》的第九章《脂砚斋是谁》的第二节《脂砚是“贾宝玉”的主要模特儿》，叶朗、刘勇强、顾春芳主编《百年红学经典论著辑要（第一辑）·吴世昌卷》，安徽教育出版社，2020年，第129页。

色男女世界终于发展成了壮阔的“金陵十二钗”。

而紫式部的“禁断之恋”是别样的对抗与反叛。紫式部为了写心，抒发忧闷，虽亦对全作有一定的精心构思，但到底更愿意随着文意流走，这是作物语的态度与必然。她笔下能诞出源氏至夕雾至于薰等一系列人物，必然之中也有一些意外。物语事依绘卷，文依和歌而来。物语终究又超越了和歌。作者用女房语在笔下跳出了精美的舞蹈。紫式部借鉴汉籍之思想，充实其灵魂，借助女房语编织故事，使物语这种文学也为之嬗变。物语超越了过往简单的故事模式，甚至有了比较深切的政治关怀。

仿照我国正史而作的“六国史”，[①] 不会接纳出生于地领家庭，仕事于平安京宫廷的女房群体。但紫式部以客观精微的笔触，冷静地书写了这一群体的日常生活细节，用文学的方式将她们的心灵托付于史。《源氏物语》于是成了即使连《日本纪》也无法替代的生动在野文字、女流文字。至于诗学方面，如《若菜》帖的空降，甚至改变了可能存在的原本的人物走向，使得本该结束于《藤里叶》帖的物语，必须继续走下去，而至于《云隐》的寂静沉默。

曹雪芹早年与中年的想法有着巨大的差异，他试图在不同的文本里追寻不同的精神，不同的理或者情。在理与情的挣扎里，雪芹最终选择了情天情海的世界。而如秦可卿与元妃这样的人物，也相应交换了生命，对换了各自的角色使

① 即《日本纪》《续日本纪》《日本后纪》《续日本后纪》《日本文德天皇实录》《日本三代实录》。

命。源氏大概是不会与宝玉真正相遇了。倒是反映平安时代末期公卿化了的武门平家兴衰，一系列诞生于镰仓时代的新物语:《保元物语》《平治物语》《平家物语》，在家门兴衰的经纬与精神上，或与《红楼梦》虚构的荣宁二府相类，其中的贵公子形象如平维盛、平重衡，或能与贾宝玉这个角色互为映照。

《源氏物语》至《须磨》系列为止，塑造了第一个源氏；到《藤里叶》帖为止的又俨然是另一个源氏。而早本《风月宝鉴》至于“明义所见旧本”《红楼梦》，再到《石头记》，也印证着曹雪芹心目中不同时期的不同文艺功效、不同品格性情的贾宝玉。对紫式部而言，是源氏还是薰，其实或许不那么绝对重要，所有物语终究都是在以女房语来诉说女性们的情怀体验，以及她自己的内心独白。我们既能在源氏与薰的身上看到不同性情，又能在京都的三条五条六条间与宇治年年不变的川风里看到他们相似的身影。而对于不停改稿直至耗尽红泪的雪芹来说，不同阶段的“贾宝玉”书写以及围绕宝玉进行的其他的增删，都是不同阶段他的文心之珍贵荟萃，以及他观照这个世界的独到方式，他诗性灵魂的真诚体现。

私语探源

第四章

《源氏物语》的写心独语与《红楼梦》的多声部群像

第一节 "东船西舫悄无言"
——一群生命的呈现与一个心灵的呈现

《源氏物语》与《红楼梦》的两位作者无论出于记与叙的需要还是情与感的张扬，都必须在其各自以往的物语或小说格局之下进行一种突围。于《源氏物语》而言，紫式部既不能离开"物语"传统，又必须摆脱传统的物语书写——离开了则不再是"女房体"话语，不摆脱则难以挥洒出如此大框架的长河巨著。

当然，作者的本意未必是长篇巨制。本来只是中篇短篇的规模倒也无妨，不过随着宫廷生活的浸润，本乃自我打发闲愁的一帖帖故事，渐渐被周围的人热情传阅，而她欲满足听众读者，试图将笔下人物的活动进一步拓展，则必须开始思考深刻的问题：作品一旦向更长篇的形式开展，该如何是好？亦即得开始徐图整体的布局及各方面的精密筹划。类似的，于《红楼梦》而言，《红楼梦》的作者既将整一个故事置于传统说书型框架之中，又在具体的叙写中力图与过往长篇作品如《三国志演义》《水浒传》[①]以及《金瓶梅》的写作方式告别。紫式部和曹雪芹在创作中都不断突破着各自以往的传统叙述方式，进行文体与具体书写内容的突围。

于是，人类文学史上的一次颠覆传统物语讲述方式的突围，以及另一次挣脱小说写作蓝本限制的突围，在相隔八百年的时空下，分别先后坚韧地付诸实践。

从我国战国时代至北宋年间的一千年文学发展背景来看，《源氏物语》反倒像是《战国策》《史记》《汉书》以下之叙事文学脉络的必然产物。

阅读《史记》秦楚之际楚汉之间相关篇章时，如读高帝、项籍、陈平、韩信、英布、魏豹、彭越等人列传，各有不同的体验心得。这些体验心得终如百川汇入司马迁一人的心灵海洋。司马迁本人之哀感多情，其奋发执着之态，除阅读《太史公自序》及《报任安书》外，我们乃是从《史记》正文而获得重重上升之振奋体验。表面领会的是项羽、刘邦等人之《本纪》，伯夷叔齐、魏信陵君等之《列传》，可是在这种不断上升的振奋体验里，我们能更接近和理解司马迁的内心。所谓“如此生涯，即亦如此文词”。[②]

紫式部想必亦深刻思考与领会了《史记》在体裁与内容

① 当然，从叙事伦理批评的角度而言，《水浒传》也是某种意义上的“多声部群像”与“写心独语”的结合，只不过与《红楼梦》或《源氏物语》之维度不同罢了。“《水浒传》之所以有这么大的艺术魅力，其表达的伦理思索肯定是一个重要原因。无论是宋江、林冲、鲁达、武松等人的个人命运挣扎，还是梁山英雄群体命运的演变，无不寄寓了作者极为丰富的伦理表达”。参田智祥《〈水浒传〉的批评方法与文化价值定位》，《明清小说研究》2022年第1期，第25页。

② 钱锺书《文如其人》，《谈艺录》，三联书店，2019年，第431页。

的配合上带来的效应，假物语之体，运《史记》纪传体之纲目，编织属于她的哀婉美情之魂魄的花环。《源氏物语》明显仿《史记》列传者，如《帚木》《空蝉》《夕颜》《若紫》《末摘花》数帖而已。《须磨》《明石》以后，如《澪标》《蓬生》则可看作《明石》《末摘花》之续篇，《关屋》可作《空蝉》之连缀，涉《少女》以下“玉鬘十帖”至于《藤里叶》，乃如纪传单篇之汇入海洋，我们渐渐由此得以领略紫式部之文心。

刘再复认为“《红楼梦》与希腊史诗相似，它的魅力，它的美感源泉，不在于它折射某种社会发展形态，也不在于它的哲学理念，而在于它呈现了一群生命”。[①]套用刘再复的话，《源氏物语》的终极魅力也不在“折射某种社会发展形态”，不在“哲学理念”（尽管《源氏物语》折射了社会发展形态，也体现了某种哲学理念，但不是终极之魅力）——到这一层，与刘再复所倡相似。再往下推敲，按刘再复所言，《红楼梦》确实呈现了群像生命，可《源氏物语》却是呈现单个的寂寞心灵。《源氏物语》创作的本质是写情，这个情并非纯粹爱情的狭义之情。此处的情，指的是作者自身内心之情，即创作乃是情的宣泄。独居郁郁，宫仕闲闲，都给了紫式部宣泄情、将情化作文字的好时机。《红楼梦》呈现出的是“一群空前精彩的诗意生命”，[②]《源氏物语》所要呈现的并非群像，而是以紫式部为代表的女性内心。所有的角色在

① 刘再复《红楼梦悟》，上海三联书店，2021年，第261页。
② 刘再复《红楼梦悟》，上海三联书店，2021年，第261页。

《源氏物语》中最终指向创作者即紫式部本人之内心，出发与归途，目的和意义，精神与主题，在这部作品里甚至都显得并非最为重要，借助女房话语来写她的心才是关键。

一群生命的呈现与一个心灵的呈现，才是《红楼梦》与《源氏物语》之文学诗性与诗学比较的奥义所在和切磋目标。

若是拿人物形象重复、故事情节总是重现来苛责《源氏物语》，自然，会给读者以《源氏物语》毕竟达不到后世、当代小说的高度与丰富，不能够媲美十八十九世纪欧美文学的粗浅阅读印象。但假若《源氏物语》的写作终极用心本不在取悦宫中女房们听故事的欲望——虽然这也是其创作过程里的重要一步——也无意于朝着多样性、广阔性与复杂性的目标而坚持书写不辍呢？毋庸讳言，物语的客观功效，应该既满足了宫廷听众，取悦了皇上与中宫，又推进了物语文学，丰富了文学长廊里的人物形象。但紫式部在最初动笔时，未必秉持着一种鲜明的物语创作理念。她的目标或许并不清晰，她的姿态也极其低放，甚至也就是写到哪里算哪里，只是渐渐地写，视野才变得逐步清晰，而开始对作品进行适度的整理，并且也有了作为一位正常的写作者所必有的反省、回眸与自我反馈。于是她拣选和调整帖目，融入更多宫廷听众的新意见、新物语，细心积累而编成全书。

以上说法若是成立，书中所体现的许多文学现象就不难理解了。同时，这样的书写方式，使我们读到的今本《源氏物语》，在结构上也宛如一部读不完的书。没有开头，没有结束。因为《源氏物语》的所有书写，五十四帖，全部指向作者的内心，看她如佛经说唱般反反复复，辗转反侧，只为心灵的救赎，灵魂的通透，而终又在人生之“梦浮桥”上不得解脱，这或许才是《源氏物语》之小心灵中的大境界与大手笔。

《源氏物语》读不完，《红楼梦》当然也读不完。

最常见的现象，如历来读者阅读《红楼梦》常生出“拥薛”或者“爱林”的不同阵营。形成喜欢薛宝钗还是呵护林黛玉的拥趸分野，体现的是不同的生命探求与指向。这样的阅读体验里，既有读者对自我生命的认知，在阅读的心灵过程里的映照，也因作者所安排、设计的虚构人物形象，立体地将作者的饱满心灵、对人世的多层次理解，传递给了各类读者，以满足他们不同的取向和先天性情。于通达者而言，自然薛也好林也好，都是作者自己的化身。钗黛原是一体虚构，薛林本就不是两人。但毕竟比起此前的阅读经验，简单如《演义》中的“曹刘”之争，《红楼梦》的阅读效果产生了沟壑如此深广的争论——深是两派各自所持意见之深，广是在各种渠道参与争论的读者之广。这其中固然是率真与世故之争，或者重道与重儒之争，或者出世与入世之争，以及为人性情的孤寒与圆融之争。但读者因小说人物引起争议，且乐此不疲，无休无止，本身也表明曹雪芹到了创作今本《石头记》阶段时，已经生出了一个重要的写作意图，即上文所说的“一群生命的呈现”，群像之展现。

《红楼梦》在被阅读时，能产生诸如“薛林之争”，乃至宝钗黛玉湘云妙玉袭人晴雯紫鹃平儿等正副又副十二钗人物的喜恶之争，即表示作品本身引起了读者对书中不同人物的强烈关心而各取所需。《红楼梦》和莎士比亚戏剧一样，是重展现、轻作者描述的写法，心理描写与议论并不占据主导。这对作者的写作技巧与生活体验要求较高。

作者在早稿《风月宝鉴》的习作中，大约便已开始揣摩，对不同身份不同层次的人的口吻如何进行惟妙惟肖的描写，宏观场面如何展现等等，渐渐熟练驾驭起这样的一套写法。也因此，《红楼梦》中每一位个性鲜明的人物形象都能给读者留下强烈印象，读者将这些形象照进自身的人生过往与经验，甚至进行自我灵魂的审问。读者已经不是在倾听和辨析作者的声音或者那位"石兄"的思想，读者是在对小说里每一位跳脱出纸上的人物进行比对与反思。高语罕批评第一百二十回的一段续书作者的"主观的伦理的批评"时说：

> 因为文学家的写实作品，只需用深刻的眼光、最巧妙的技术再加以最伟大的幻想力的驱策，如实地描写出某种社会现象和心理现象。至于所描述的事实与人物之是非善恶完全让读者去批评。若自加断案，便有类蛇足。[①]

此论正是就前八十回之写作特色与优点而言，我们今天足可遗憾的是，这样的特色和优点，于程高本的后四十回恰恰阙如。

---

① 叶朗、刘勇强、顾春芳主编《百年红学经典论著辑要（第一辑）·高语罕卷》，安徽教育出版社，2020 年，第 180 页。高语罕所批评的原文为："看官听说，虽然事有前定，无可奈何。但孽子孤臣，义夫节妇，这'不得已'三字也不是一概推诿得的。此袭人所以在又副册也"。（徐少知《红楼梦新注》第五分册，里仁书局，2020 年，第 2675 页）此盖续书者无话可说、强挤出来的文字也。

"人一旦要从事表达他自己，诗就开始出现了"。[1]《源氏物语》显然处处显得更为走向人类内心世界，字里行间透露出年轻女性的纤细感与诙谐感。紫式部有意无意通过女房语的语言形式，向我们展示她隐晦深邃的内心。写物语乃是写心，作为读者的我们，阅读《源氏物语》，正是试图与紫式部的心越靠越近，与紫式部的心粘连牵绊。作者的心境如一片湿雾，除去她自己，也将我们包围和浸染。"日语中的'物'是一个非常模糊而宽泛的概念，但总体而言，一般是指个人感情世界之外的作为对象存在的客观世界。与此相对，'哀'则代表着主观的感情世界"。《源氏物语》所带来的，正是"作为对象的客观世界和主观情感世界达成一致状态时所产生的和谐情趣"，"这是当我们在体会到人生的玄妙与虚幻时所感受到的一种情趣"，"其内涵则包含着各种客观和主观的际遇"。[2]在紫式部的笔下，客观世界都被融入到了女房语所搭建的主观世界里，于是《源氏物语》成为了写心的作品。

与其说《源氏物语》是众生相的长卷百科、群像人物的宏大叙说，不如说更偏向于是一部个性化的心灵小说。比如《诗经》作为中国现存最早的一部诗歌总集，固然也"写心"，但以诗来"刺"现实之弊的特征更为明显。无论编集者曾几何时的主观意图如何，《诗经》毕竟开启了后世刺

---

① 朱光潜译，（德）黑格尔《美学》第三卷下册，商务印书馆，1981年，第21页。

② 王凤、石俊译，沼野充义《东大教授世界文学讲义》1，浙江文艺出版社，2021年，第178页。

世之端。后世诗人效仿《诗经》，常常以诗讥刺或影射实际人生，抒发胸臆。屈原的《离骚》，更是以刺世为长，《史记·屈原贾生列传》：

屈平之作《离骚》，盖自怨生也。《国风》好色而不淫，《小雅》怨诽而不乱。若《离骚》者，可谓兼之矣。[①]

《金瓶梅》如《源氏物语》《红楼梦》一般，长篇流水，世情毕现，但主题多样之余，其醒世警世之功能异常强烈。反例则是，同为长河般作品的马赛尔·普鲁斯特的《追忆似水年华》虽然有"滑稽""戏作"的效果，却是一部不折不扣的为自己而写的极其"自我为中心"的作品——不然，也不会冠之以意识流名作的称号了——但《追忆似水年华》这样的"写心"作品，作者明明白白地在行文中时时处处把"我"之内心展现给读者看，自剖伴随着作品终始，而读者的心同样为第一人称叙述者之情绪悲喜而牵动。于普鲁斯特而言，这都是明明白白的。而列夫·托尔斯泰的《战争与和平》呢，对广阔欧亚天地里群像人物的描绘，也展现了如《红楼梦》般的世相百态，却依然为作品最后作者关于历史叙事的长篇谈论所夺睛夺魄——《战争与和平》的文心也是

① 点校本修订本《史记》第八册，中华书局，2020年，第3010页。据班固《汉书》：淮南王刘安"入朝，献所作《内篇》，新出，上爱秘之。使为《离骚传》。旦受诏，日食时上"。(《汉书·淮南衡山济北王第十四》，《汉书》第七册，中华书局，2002年，第2145页）又，汤炳正《〈屈原列传〉理惑》考证正文所引文字，乃出于刘安《离骚传》。见汤炳正《屈赋新探》第一篇。《屈赋新探》，齐鲁书社，1984年。

由作者主动和盘托出了。探讨“何为历史叙述”成了全作最后的点睛之笔，作品有意地走上了让读者聆听作者主观讨论的方向。

第二节 “杜鹃啼哭猿哀鸣”
——浮舟投水与金钏儿投井比较研究

一、“琵琶声停欲语迟”——“一人声”里的纠缠心绪

试比较《源氏物语》中浮舟投水的相关章节与《红楼梦》中金钏儿投井前后的回目，来说明她们与以上这些作品的不同，以及《源氏物语》与《红楼梦》之间的不同。

《蜻蛉》一帖是全书倒数第三贴，往前紧挨着震撼人心的《浮舟》帖，之后是即将归于大寂静的《手习》帖。这一帖描绘的是浮舟悄悄投水之后的京都与宇治。若要证明笔者所说的《源氏物语》的叙事和《源氏物语》的描绘众生群像只是为了“写心”，按帖来举例，其实举《蜻蛉》前一帖《浮舟》更为容易。但唯有选取事件曲折、人物复杂的《蜻蛉》，才能更好地阐明笔者的意图。

《蜻蛉》的帖名来自薰回想宇治的姬君们时所咏的歌：

ありと見て手にはとられず見ればまた行く方もしらず消

えしかげろふ[1]

丰子恺将此歌译为："眼见蜉蝣在，有手不能取。忽来忽消逝，去向不知处。"[2]薰有感于与宇治的姬君三人的邂逅，喻叹世事无常于蜻蛉，遂独吟此歌。歌放在帖末，压轴了全帖的基调。这一帖的故事虽不复杂，但有多条线索。表面看起来是叙述浮舟投水失踪后的各方面情况，作者好像只是讲故事。细读发现，比起叙述，作者的笔墨更像在反反复复诉说自己的内心纠结，只不过作者并未动用旁白来直接发声。

浮舟失踪引起了宇治与京都之间的多声部回响。这种不同角色多声部的对浮舟失踪事件的探讨，表面众声喧哗的背后，其实只有茫然彷徨的作者一人的心底细语。

首先，作者并没有在帖中明确表达对浮舟与薰、匂三角恋情的直观态度，这种不明确、无告白，本就贯穿《源氏物语》全五十四帖。以往研究所常举的紫式部摆低姿态、女子不奢谈天下国家之事，还只是侧重讲紫式部《源氏物语》或

① 新编日本古典文学全集《源氏物语》第六册，小学馆，2008年，第275页。

② 丰子恺译《源氏物语》下，人民文学出版社，2019年，第1280页。林文月将此歌译为"见在此兮不停留，寻寻觅觅复告失，未知去向兮似蜻蛉"。并注释说"即蜻蜓"。林译若不注释，直接仅在和歌中称"蜻蛉"也就罢了。因为蜻蛉即蜉蝣，朝生暮死之物，但非蜻蜓。丰译准确。但此歌前后的林译文字颇为可爱：正独自沉思的这个黄昏里，见蜻蛉悄然交非。"……'似有若无'啊。"他又像往常那样自言自语哩。——林文月译《源氏物语》第四册，洪范书店，2020年，第1270页。

者日本文学的非政治性。[①] 非政治性固然增加了《源氏物语》这样的作品的纯粹，但《源氏物语》还不止于此。紫式部是连对于其物语中的情爱男女之性情、因果，对爱的种种相、种种开花与寂灭，也不轻易率直发表自己的看法的性格，这才是真正值得我们用心留意的戛戛独造。

不直接表明当然不能代表作者的情绪没有丝毫的流露，相反，《源氏物语》因作者笔触之暧昧曲折，而处处藏着透着作者内心激荡的深刻情意。比如紫式部的那种既想为女性声张，又顾忌时代男女观的彷徨犹豫，总是呼之欲出。这就是《源氏物语》之虽云众生喧哗，背后实只有作者一心激荡。因此，作者的形象如此巨大浮现在纸张背后，物语中角色们的形象反而渐渐淡化渐渐趋同。

《蜻蛉》帖浮舟的投水，使得宇治山庄中个个周章狼狈。京都方面的匂宫看到浮舟答歌，心下疑惑，之后派遣使者及忠心的家臣时方赴宇治探个究竟，一时虽不明白，总是怀疑浮舟之失踪与薰有关。匂宫的疑惑、惊心里，时时有着薰的存在。正如薰的内心戏又有着匂宫。时方离开宇治，镜头转给了宇治山庄中的人们。浮舟因已投水，在这一帖里虽是缺席的，宇治山庄的诸人诸声却分明代表着浮舟的如同宇治川一般起起伏伏的不平心绪。她们每一个人都不能代表“生

---

① 关于这一点，可参看铃木修次《中国文学与日本文学》，东京书籍，1978年。“铃木修次在其《中国文学与日本文学》一书中，以系列论文对日本文学的‘脱政治性’特征作出了卓越的阐述。而且这样的特征，不是限于一时一地，而是作为一个传统延续下来。……他们不仅用这样的理念去创作，也用这样的眼光去阅读、选择和诠释”。张伯伟先生《东亚汉文学研究的方法与实践》，中华书局，2017年，第156页。

前”的浮舟，但合起来足以传达以浮舟为代表的这一类型女性的心声。其后，作者再叙述薰，当日的薰正为病中的母亲入道之宫即此前的朱雀帝三公主尼于石山笼居祈祷，得知宇治的情况后大为吃惊，并深切痛感浮舟的“身亡”，作者对薰的内心进行了极其细致的刻画。

“她在世之日，我为什么不热诚地爱她，而空过岁月呢？如今回想起来，百思不能自解，后悔将无已时。在恋爱的事上，我是命里注定要遭受痛苦的。我本来立志异于众人，常思出家为僧。岂知事出意外，一直随俗沉浮，大约因此而受佛菩萨之谴责吧？也许是佛菩萨为欲使人起求道之心，行了个方便办法：隐去慈悲之色，故意叫人受苦。”于是悉心修行佛道。

……“果然不出我之所料，他（指匂宫）和浮舟的关系不仅是寻常通信而已。浮舟这个人，只要被他一见，定然牵惹他的神魂。如果她生存在世，定会做出比过去更加使我难堪的事来。”[1]（蜉蝣）

現の世には、などかくしも思ひ入れずのどかにて過ぐしけむ、ただ今は、さらに思ひしづめん方なきままに、悔しきことの数知らず、かかることの筋につけて、いみじうもの思ふべき宿世なりけり、さま異に心ざしたりし身の、思ひの外に、かく、例の人にてながらふるを、仏なども憎しと見たまふにや、人の心を起こさせむとて、仏のしたまふ方

① 丰子恺译《源氏物语》下，人民文学出版社，2019年，第1250页。

便は、慈悲をも隠して、かやうにこそはあなれ、と思ひつづけたまひつつ、行ひをのみしたまふ。

……さればよ、なほよその文通はしのみにはあらぬなりけり、見たまひてはかならずさ思しぬべかりし人ぞかし、ながらへましかば、ただなるよりは、わがためにをこなることも出で来なまし、……[1]（蜻蛉）

得悉浮舟失踪、投水的薰，反思自己对浮舟的爱。这份爱伴随着悔恨，伴随着自己一直以来于出世入世间惯有的无尽徘徊。同时还有对匂宫的嫉妒、猜疑。作者在写早年的源氏与头中将的并行关系时，气韵生动，二人彼此间的关系也不失俊爽幽默之感。但到了薰和匂宫的时代，我们可见这两位男主人公之间紧张的内心关联。他们的性格固迥然不同，但正如钗黛一体，薰与匂宫一明一灭，显示出一心两面又紧密相依之态。

平安时代大盛佛教，净土末世思想填满了紫式部所处的时代。《源氏物语》离不开佛教思想，并超越了同时期其他女性作家的作品，对无常因果、宿世轮回有着更为深刻的思考。赋予薰以时不时的出世之想，是作者对薰身份与性情的包装，也是作者自己延宕不已的心绪在作品中的体现。试看全书的第一男主角光源氏亦时不时想要出家。成为僧侣是去到彼岸，而光源氏则常居此岸。光源氏直到生命最后，全然

① 新编日本古典文学全集《源氏物语》第六册，小学馆，2008年，第216—217页。

留白的《云隐》里，才实现了出家的志向。但薰则被作者装扮成因特别的身世而天生有出家之心、出家之志的形象。换言之，薰的此岸彼岸从薰这个人物初登场就是打通的。再细读又会发现，薰的出家之心、出家之志是与尘世此岸的情爱之心对峙而共存的。正如上面这两段，薰对情爱的思考时刻伴随着对佛教的思考。这种情爱之心与出世之心共存两立，我们至少在宇治十帖之中，并没有看到他真正出家的身影。薰的内心离不开深爱的宇治大君与浮舟，这种把对情爱的理解建立在对佛教思想的理解之上的人格，是紫式部的一种人格写照。紫式部的另一种人格写照，则是匂宫。

此后薰访问匂宫的宅邸，幽静的夕暮时分两人见面后，匂宫展现出对浮舟格外的深情。两人互探心事，互猜心意，薰在归途中想道：

他（指匂宫）思念得好厉害啊！浮舟不幸短命而死，然而宿命生成是个高贵之人。这匂亲王是当代皇上、皇后异常宠爱的皇子。自颜貌姿态以至一切，在现今世间都是出类拔萃的。他的夫人都不是寻常人，在各方面都是高贵无比的淑女。但他撇开了她们而倾心热爱这浮舟。现在世人大肆骚扰，举办祈祷、诵经、祭祀、祓禊，各处都忙得不可开交，其实都是为了匂亲王悼念此女而生病之故。[1]

いみじくも思したりつるかな、いとはかなかりけれど、

① 丰子恺译《源氏物语》下，人民文学出版社，2019年，第1252—1253页。

さすがに高き人の宿世なりけり、当時の帝、后のさばかりかしづきたてまつりたまふ親王、顔容貌よりはじめて、ただ今の世にはたぐひおはせざめり、見たまふ人とても、なのめならず、さまざまにつけて限りなき人をおきて、これに御心を尽くし、世の人立ち騒ぎて、修法、読経、祭、祓と、道々に騒ぐは、この人を思すゆかりの御心地のあやまりにこそはありけれ……[①]（蜻蛉）

薰在与匂宫交谈后，确信了匂宫与浮舟的恋爱关系。两人的悲叹有着不同的实质。比起匂宫，薰第一层更为自己的愚蠢而觉得羞耻，接着，在思考匂宫对浮舟的爱的过程里，薰开始渐渐认可浮舟与匂之间原本属于背叛他而产生的爱。比起认可，不如说，薰更进一步因为三人之间的爱，而由衷感到哀感。这种哀感无疑是作者在写作过程里赋予薰的——与其说薰是《源氏物语》第二部分的主角，不如说薰是解读写作“宇治十帖”时的作者之情思的关键人物。作者慢慢地将薰与匂宫与浮舟视作某种“一体”，哀感由三人的恋情共同营造，我们看到了浮现在三人背后的作者的悲哀。从灵魂和气质上看，薰与浮舟更接近。他们生活在理性中，也生活在感受里。但浮舟身上的漂浮不定的某种东西，既能吸引着匂宫，又会给薰带去很多麻烦困惑。浮舟的形象，很难不让我们想到同样立于世界文学长廊里的包法利夫人、《无名的

① 新编日本古典文学全集《源氏物语》第六册，小学馆，2008年，第221—222页。

裘德》中的苏，以及安娜·卡列尼娜等女性角色。

且看薰接着想道：

我也是个高贵之人，娶得当今皇家公主为夫人。我对浮舟的悼念，何曾不及匂亲王之深？如今想起她已死去，悲伤之情无法制止呢！虽说如此，这等悲伤实在是愚笨的。但愿不再如此。[①]（蜉蝣）

我も、かばかりの身にて、時の帝の御むすめをもちたてまつりながら、この人のらうたくおぼゆる方は劣りやはしつる、まして、今は、とおぼゆるには、心をのどめん方なくもあるかな、さるは、をこなり、かからじ、……[②]（蜻蛉）

薰“努力抑制哀情，然而还是左思右想，心绪缭乱，便独自吟诵白居易‘人非木石皆有情……’之诗，躺卧在那里”。[③]（……と思ひ忍ぶれと、さまざまに思ひ乱れて、「人木石にあらざればみな情あり」と、うち誦じて臥したまへり。）[④]

与匂宫的恋爱争竞中所生出的不甘，以及来自天性的在恋爱里的徘徊延宕性格，使薰强烈地犹豫着，不胜烦恼着。其实，这也是作者的犹豫不决，作者的不胜烦恼的流露。薰与匂宫各自怀着对浮舟的恋情，作者时而分别叙述他们的各自内心，时而令两线汇合，汇合之后又是分离，分离不久重

① 丰子恺译《源氏物语》下，人民文学出版社，2019年，第1253页。
② 新编日本古典文学全集《源氏物语》第六册，小学馆，2008年。第222页。
③ 丰子恺译《源氏物语》下，人民文学出版社，2019年，第1253页。
④ 新编日本古典文学全集《源氏物语》第六册，小学馆，2008年，第222页。

又相聚。在《源氏物语》前半部分光源氏的故事中，作者让光源氏与女子进行对话。每一帖中，光源氏的心理与女子的心理合并，就是作者的那颗少女心。到了后半部，因出现两位男主角，对话于是发展成三方的：薰、匂宫与女子的。薰的内心戏中匂宫并不缺席，反之同样。薰深知浮舟的性情，匂宫亦深知薰的性情。三人的觉悟虽有前后快慢，合起来就是作者用来代言我身之深深忧虑：浮舟这样的女子，遇到薰与匂宫，注定是会于尘世中被玩弄不止，延宕犹豫，徘徊不决以致引发悲剧。

此后《蜻蛉》一帖中写到，薰为浮舟举办七七的法事。虽然他也疑心浮舟究竟如何，可还活在人世，但念及无论浮舟是活着还是已经去世，做法事毕竟都能消除罪障，于是请此前那位阿阇梨、如今已升进为律师的，为浮舟大摆道场。

> 四十九日のわざなどせさせたまふにも、いかなりけんことにかはと思せば、とてもかくても罪得まじきことなれば、いと忍びて、かの律師の寺にてなんせさせたまひける。(蜻蛉)

因为薰是秘密地为浮舟举办法事的，而知情人除了宇治山庄数人及匂之外寥寥无几，于是「心知らぬ人は、いかでかくなむ」[1]，不知情的人，都疑心这法事举办的阔绰，而薰又

① 新编日本古典文学全集《源氏物语》第六册，小学馆，2008年，第243页。句意为："如此之人，如何配得上这么豪华的供养物呢？"

派来许多家臣帮助法会上的杂务，这些人中有的纷纷感叹：「あやしく。音もせずりつる人のはてを、かくあつかはせたまふ、誰ならむ」。[①]疑心重重而不敢说。浮舟的生母之现任丈夫、即常陆守也不禁感叹着想道：「生きたらましかば、わが身を並ぶべくもあらぬ人の御宿世なりけり」。[②]

这样的场景如何能教我们不去联想很久以前，《夕颜》帖的尾声，源氏为夕颜秘密举办法事的那一幕呢？源氏请来的文章博士在看过源氏起草的汉文愿文后，看到源氏忍不住悲伤流泪的样子，心想着：到底祭奠的是何人，其人未曾耳闻过，引起源氏如此悲感的人，是何等宿世果报！

> 忍びたまへど、御涙もこぼれて、いみじく思したれば、「何人ならむ。その人と聞こえもなくて、かう思し嘆かすばかりなりけん宿世の高さ」と言ひけり。[③]（夕顔）

文章博士的语言，哪怕是简短的心理描写，到底比前来帮佣的薰的家臣要典雅些。《蜻蛉》帖中用的是「並ぶべくあらぬ宿世」，《夕颜》用的是「宿世の高さ」，两处段落此外绝无文字上的相同，但表现的意思却很接近。（1）首先是法事承办，皆秘密举行，知情者寥寥，大家纷纷猜疑死者何人；（2）其次是看到法事如此隆重，主人公如此悲悼，又觉得与

---

① 新编日本古典文学《源氏物语》第六册，小学馆，2008年，第243页。句意为："真是离奇，从没听过的女子，如此隆重对待，究竟她是谁呢？"

② 新编日本古典文学《源氏物语》第六册，小学馆，2008年，第244页。句意为："若是浮舟还活着，其命运必是我身绝非可以并立在她身边的高贵。"

③ 新编日本古典文学《源氏物语》第一册，小学馆，2006年，第192页。

“死者”宿缘深刻。

我们进一步可以感受到，出身是地领家庭、父亲是当朝大学者的紫式部内心对贵族宫廷爱情的深深期待与深深忧患这两重并叠的复杂情感。不如说，从某种意义而言，正是这种复杂情感成为了《源氏物语》的写作动机。《源氏物语》既非“六国史”，也不是哲理教诲书，而是少女的体验谈，是少女内心活动的实录，是平安时代女子对男性世界的窥望与感受。不仅体现在夕颜身上，也体现在宇治十帖的浮舟身上，有意或是无意地以物语的形式披露出来。以当时情况论之，紫式部之出身，乃第二帖《帚木》“雨夜品定”中之所谓中等女子是也。源氏也好，薰和匂宫也罢，皆宫廷大贵族，想象着和这样的男子进行各种形式的来往，或者有过真实交往经验的紫式部，因多感敏锐的内心，以及自我感受到男女间身份和阶层带来的差异悬殊，而被多重矛盾困扰：恋爱中的女子可能最终被男性玩弄抛弃与女子侥幸依靠联姻来使家族出人头地的矛盾；父亲是忠厚长者兼大学者的自尊自负与父亲或兄长官阶地位相对低下的矛盾；爱情里所得与所失之间的矛盾。这些矛盾时时刻刻将紫式部紧裹缠绕。

二、“此时无声胜有声”——“多声部”里的情天情海

《源氏物语》是紫式部一人之声，《红楼梦》则是多声部的众声喧哗。

《红楼梦》在当代研究视野中，“自叙传”的说法由来已久。胡适在批判索隐派的同时，却走上实证研究道路，以《红楼梦考证》强烈比对曹雪芹家世与《红楼梦》的小说内

容。周汝昌继之，其最经典著作《红楼梦新证》就用大量篇幅研究曹雪芹的身世家世。《红楼梦》是虚构的作品，视为实实在在的"自叙传"既违背小说之道，论争起来也大费功夫，莫衷一是。只不过《红楼梦》中许多人物的言语事迹，大约都有些来源；作者对身边的人（脂砚斋等）或许真的一清二楚，如数家珍。作者赋予笔下人物贾宝玉、林黛玉、史湘云、薛宝钗们乃至于鸳鸯、平儿、袭人、晴雯们各自不同的思想，时常让她们对同一事件漫不经心地发表出不同的意见，这是很不容易的。我们读到贾宝玉的意见、林黛玉的意见与史湘云的意见，以及其他所有人的意见，宛如各出，我们绝不会在阅读之后，如《源氏物语》那般，将它们统统汇成一股清流，注入属于曹雪芹观念的清澈江流。曹雪芹亦不轻易参与论争，只是放着各人自在生存，去说各人的话，做各人的事。这是曹雪芹这部作品的一大特征。作者是一个人，展现的却是世界的群体之声、丰饶之海。而证明以上说法的一个直接证据，就是各脂本批注中，作为批者的脂砚斋、畸笏叟等人，时时有以某位角色的某句话某段话为然，或进而谈及作者家世相关情况，有时也联想到过去的"自己"等情况。试举如下：

第二回正文"只可惜他家几个好姊妹都是少有的"。甲戌本朱侧批：

实点一笔，余谓作者必有。[1]

① 《脂砚斋重评石头记甲戌本》，人民文学出版社，2010年，第60页。此句原文"好"字唯甲戌本存。不见于庚辰本等。

第八回正文贾母赐秦钟荷包及金魁星，甲戌本眉批：

> 作者今尚记金魁星之事乎？抚今思昔，肠断心摧。[①]

第二十三回正文“……一见宝玉来，都抿着嘴笑。金钏一把拉住宝玉悄悄的笑道”。庚辰本朱侧批：

> 有是事，有是人。[②]

第二十五回正文“祖宗老菩萨那里知道，那经典佛法上说得利害”。甲戌本朱夹批：

> 一段无伦无理、信口开河的浑话，却句句都是耳闻目睹者，并非杜撰而有。作者与余实实经过。[③]

生活真实是艺术真实的基础。一方面我们明知小说首先是虚构，另一方面，层出不穷的脂批又不断暗示我们《红楼梦》与曹雪芹身世之间的密切关系，让《红楼梦》研究者们在曹雪芹的虚构与真实之间摇摆不定、莫衷一是。《红楼梦》的虚构是建立在曹雪芹大量取材自亲身经历基础上的虚构，无论宝玉形象来自曹雪芹的叔辈人物还是平辈人物还是来自他自己，宝玉一旦登场，就已不再是曹雪芹们，而宝玉

① 《脂砚斋重评石头记甲戌本》，人民文学出版社，2010年，第250页。
② 《脂砚斋重评石头记庚辰本》第二册，人民文学出版社，2010年，第516页。
③ 《脂砚斋重评石头记甲戌本》，人民文学出版社，2010年，第364页。

的声音又绝不同于黛玉的声音或宝钗的声音。曹雪芹塑造多种不同的声音，目的是展现这些声音，而非一味要将多声汇至一股河流来宣扬作者主观的意志情绪。他分明说着“浮生着甚苦奔忙，盛席华筵终散场”，[①]劝慰我们也是劝慰他自己；而他的挚友们如敦诚既肯定了他的拥有某种可能与价值的人生：“爱君诗笔有奇气”、“高谈雄辩虱手扪”，但又清楚他的为人与处境，奉劝他“不如著书黄叶村”。[②]看似是来自挚友的劝慰，实则必然在他们的过从交往中，雪芹自已也反复流露过这样那样的志向与想法，友人才会如此以表面的劝说口吻在诗中道出。也就是说，曹雪芹对自己的人生已清清楚楚，志向坚定，而他大约找到了人生的大部分的答案以及诸多问题的解决方案。

而从《源氏物语》的每一个单元故事的起因与结束的循环往复来看，[③]紫式部不像是找到了答案的人。物语的最后薰最终找不到也得不到浮舟，不正照应着物语开头，那位桐壶帝对更衣碧落黄泉两茫茫的思念与追忆吗？如果说紫式部的写法是为了宣泄郁结之情，薰也好匂宫也好浮舟也好光源氏空蝉藤壶若紫六条御息所也好，都是郁结情绪宣泄的手段与

① 中国古典小说名著资料丛刊《红楼梦资料汇编》，南开大学出版社，2012年，第79页。

② （清）敦诚《寄怀曹雪芹（沾）》，中国古典小说名著资料丛刊《红楼梦资料汇编》，南开大学出版社，2012年，第19页。

③ 如《桐壶》至《若紫》《贤木》《须磨》的单元；《帚木》开始至《关屋》的单元；“玉鬘十帖”的单元；《若菜》开启至《幻》的单元；“宇治十帖”单元等。许多问题并没有思想的螺旋上升并得以解决的可能。这些单元写作的文学技巧虽不断提高，但所揭露妇女问题之深刻性较为一致平行，即作者没有良好的应对提案、解决办法。

工具。

《源氏物语》也以不奢谈政治为旨，但首先，《源氏物语》是紫式部自身之衷肠，因为找不到出路而甚至否定尘世，向往净土。虽然雪芹或脂砚也在《石头记》甲戌本凡例中这么写道：

> 此书只是着意于闺中，故叙闺中之事切，略涉于外事者则简，不得谓其不均也。
>
> 此书不敢干涉朝廷。凡有不得不用朝政者，只略用一笔带出，盖实不敢以写儿女之笔墨唐突朝廷之上也。又不得谓其不备。[①]

不得谓不均、不得谓不备，岂不正是他在担忧被误解、被低估的体现，以及为他的抱负不容世人轻视而不得不做的解释吗？这样强势口吻的曹雪芹，又岂是池中之物。他对世事早已经有了他那一套的笃定想法与旷世见解。小说不过无奈之小道，而拿来将胸臆伸张一二罢了。与那位总是隐藏在屏风后谨慎地一帖帖书写，尤害怕世人看穿她心意的女作者不同，曹雪芹则试图通过多声部的现实舞台来展示他的抱负，这便是要表现人世间的处处本真存在，肯定与拥抱人世人情。

我们回到金钏儿之死的章节。金钏儿的死是小高潮，宝

---

① 红楼梦古抄本丛刊《脂砚斋重评石头记甲戌本》，人民文学出版社，2010年，第2—3页。

玉挨打是金钏儿之死后的大高潮。事件次第衍生，书写紧致严密。金钏儿死讯于第三十二回“诉肺腑心迷活宝玉、含耻辱情烈死金钏”一回中传开，第三十三回“手足耽耽小动唇舌、不肖种种大承笞挞”即经典的“宝玉挨打”。第三十四回“情中情因情感妹妹、错里错以错劝哥哥”及第三十五回“白玉钏亲尝莲叶羹、黄金莺巧结梅花络”是金钏儿事件及宝玉挨打之后，各方面的反应及行动。待到事件渐渐平息冷静后，直到第三十七回“秋爽斋”结社，《红楼梦》又进入一新境地。

张爱玲在《三详红楼梦——是创作不是自传》最后部分的“总结一下”中说：

> 宝玉大致是脂砚的画像，但是个性中也有作者的成分在内。他们共同的家庭背景与一些纪实的细节都用了进去，也间或有作者亲身的经验，如出园与袭人别嫁，但是绝大部分的故事内容都是虚构的。延迟元妃之死，获罪的主犯由贾珍改为贾赦贾政，加抄家，都纯粹由于艺术上的要求。金钏儿从晴雯脱化出来的经过，也就是创造的过程。黛玉的个性轮廓根据脂砚早年的恋人，较重要的宝黛文字却都是虚构的。正如麝月实有其人，麝月正传却是虚构的。[1]

“诉肺腑”与金钏儿投井发生在同一回目。张爱玲的这

① 张爱玲《红楼梦魇》，北京十月文艺出版社，2021 年，第 190 页。

段总结中能析出的与宝黛相关的信息是：首先，张爱玲推测宝玉的形象非作者自己，虽然也有作者自己的形象，但主要是从别处借用而来的形象。其次宝黛之间重要的文字，也就是交心文字和恋情文字等，都是虚构的。

虚构未曾经历的情节，当然是小说创作的一大难点。这也是“诉肺腑”得与“死金钏”被安排在同一回中的原因。关于“诉肺腑”，前半部《红楼梦》中，宝玉对黛玉实有两次较重要的“诉肺腑”行为。一次在第二十八回，亦即第二十七回中，黛玉因晴雯昨夜闭门而一时错疑宝玉，次日《葬花吟》之后的诉肺腑。另一次是写明“诉肺腑”三字的第三十二回。我们沿着张爱玲的推断，“黛玉的个性轮廓根据脂砚早年的恋人”、“较重要的宝黛文字却都是虚构的”，则宝玉的诉肺腑当然也是虚构情节。虚构不代表全无来自，雪芹大可以将现实里对别人“诉肺腑”的经历，腾挪搬用而生衍文章。虚构文字怎么写，本最能看作者之手段。宝玉诉肺腑于黛玉，作者之意在于令宝玉终于挑明宝黛彼此的爱情，加速与飞升宝黛的恋爱关系。

人情本来古今相通，但曹雪芹笔下的公子小姐活在重礼法的时代，要做爱情的表白，并不很容易。小宝玉能在大观园内与一众姐妹共同生活，托了他表面年龄尚小的福。在贾母贾政和王夫人等眼中，他看似还不很具备青年或成年人的一些意识，是大人眼中的孩子。宝黛之间的笑泪互动，包括互相亲昵喜欢与偶尔讨厌吵架，在贾母贾政们的眼中，也还局限在“你跟我好还是跟宝姐姐好”“你跟宝姐姐好却不跟我好”之类，只能定性为兄妹情谊、异性孩童之间的纯洁友谊。长辈们视他们为孩子的同时，宝黛也在视自己为孩子，尤其是作为男孩的主角宝玉——他本就不怎么想长大。可如若有朝一日由两人中的谁来捅破窗纸，他们彼此知道自己和对方都已经不再能装总角之宴，而是男女真情喜爱的关系，则他们的交往形式就会跟着变异。

在这样特定的时代环境与家族背景之下，宝玉说出的“你放心”三字，是“瞅了半天”之后的彼此的轰雷掣电，是黛玉认为的“比自己肺腑中掏出来的还觉恳切”。他们此后再不是茜纱窗下的无猜，而是秘密地传送情书手帕，偶尔的“渔公”“渔婆”的扮演与当真了。

且看诉肺腑之后，宝玉说：“好妹妹，且略站住，我说一句话再走。”林黛玉的回答是：“有什么可说的。你的话我早知道了。”[①] 正是须她答“有什么可说的。你的话我早知道了”，这段话头才可暂作切断，不再给作者寻麻烦。如此既符合读者们对男女情事的现实体验或感受，也便利了作者不再费神编写下一段宝黛的对话或行动，又应了前文所言的宝黛终须守当时之礼法。真所谓“文如剥蕉抽茧，意义层出不穷，又如璞玉浑金，辉光悉皆内敛”。[②] 这内敛的辉光，也照样于《诉肺腑》穿越数百年后放射，为今人读之而非但不觉得夸张不足，反而能真切感动于宝黛爱情的含蓄美好。

但宝玉到底还未将一腔对黛玉的深情在此处发泄完毕，而径直竹筒倒豆子对着黛玉道出，又成何体统。于是黛玉退

① 《红楼梦新注》第二分册，里仁书局，2020 年，第 816 页。

② 洪秋蕃评语。冯其庸辑校《重校八家评批红楼梦》第二册，青岛出版社，2018 年，第 879 页。

场，换了与黛玉同月同日生的袭人上前，方才有了以下宝玉“并未看出是何人来，便一把拉住”袭人说话的情节。宝玉对袭人说：

> 好妹妹，我的这心事，从来也不敢说，今儿我大胆说出来，死也甘心！我为你也弄了一身的病在这里，又不敢告诉人，只好掩着。只等你的病好了，只怕我的病才得好呢。睡里梦里也忘不了你！[①]

袭人听了这番话后，自然是要吓得“魄消魂散”，“只叫神天菩萨”。[②]单是上引宝玉对袭人“好妹妹”的这段告白，曹雪芹怕也算是下了大力量来写。小说之为物，写贾瑞、多姑娘、鲍二家的之类的“情话”很是能下得了笔，写宝黛情话反而是令写作者难以为情又须反复慎重思量之难事。何故？人物的性格合情合理又一以贯之之难也。同时，从情节安排的轻巧便利上而言，这么一番话，也只有对袭人讲了，才可以舒缓降温方才宝黛单独相对而诉肺腑的情热场面。若是这番话直接抛给黛玉，黛玉大半是要哭着告诉舅舅去，或者骂他哪里看了不该看的书学了混话来戏弄自己吧。

---

① 《红楼梦新注》第二分册，里仁书局，2020年，第816—817页。

② 冯其庸辑校《重校八家评批红楼梦》第三十二回回后洪秋蕃评曰：“袭人听了宝玉的话，吓得惊疑不止……痴公子发兽性，说疯话，事所恒有，人人皆知，袭人未免大惊小怪。”笔者按：如此则袭人之惊疑不止在洪秋蕃看来属大惊小怪，事出意外，则曹雪芹如此安排，乃是为了伏下袭人听宝玉之言后，知宝黛已有固结莫解之势，于是对宝黛加强提防是也。聊备考。据冯其庸辑校《重校八家评批红楼梦》第二册，青岛出版社，2018年，第879页。

冯其庸在《论红楼梦思想》中评道：

> 这段文字，比前推进了一大步，也是宝、黛爱情决定性的一段情节。黛玉因听到宝玉在众人面前夸她不劝他走“仕途经济”的人生道路而引为知己，林黛玉感到贾宝玉说她的话，要她放心，“竟比自己肺腑中掏出来的还觉恳切”，这样双方爱情的互感，已经达到十分相知、相爱的程度，特别是宝玉误对袭人说的那段话，真是掏尽肺腑之言，而宝、黛爱情，通过这一段特殊方式的对话，已经到了万劫不磨的地步了。但是双方各自的心里虽都各自明白，然在形式上仍只能存之心头而不可能直接表白，这是这个时代的历史特征。[①]

虽说是时代特征，但从写作“成本”和“效率”来计较，曹雪芹笔下的宝黛爱情得以自圆其说、顺利推进，还得靠着贾府、大观园看似日常琐碎里的一次次群像式的惊涛骇浪，一回回上下各种人与人的多维度多方面的巨细冲突的描写的掩护，不经意间，才能将虚构的宝黛爱情由表面的未成年友谊拉伸到突然成熟的两情相知关系。假如《红楼梦》只写宝黛爱情，一者，如此一来也不是《红楼梦》了；二者，难度很大，且容易落入俗套。试想，书中主干部分唯剩宝黛爱情，满篇宝黛爱情，至多添加宝钗或湘云等的掺入，仿佛爱情戏里的三角关系多元关系，比起已呈现的写法，既不

① 冯其庸《论红楼梦思想》，商务印书馆，2014年，第130—131页。

讨好，在实际操作上，又须耗费作者更多的精力去铺排一环环虚构的两人情事。安排“诉肺腑”与“死金钏”在同一回中，反而相对降低了写作难度。

第三十二回的上半回文字属黛玉，又捎带湘云与宝钗，下半回立刻进入金钏儿本传，却仍又写宝钗。只消对比《源氏物语》或《追忆似水年华》的流水写法，就能恍悟，同样作为长河作品的《红楼梦》的每一回，是由许多惊艳的仿佛“快闪”般的精彩情节合成的一幕幕如胶片般切换才构成了一回，几回又构成一个相对完整的故事。这是《红楼梦》的特色，是明清长篇传统至于《红楼梦》而变态的既有承继又显示独特的写法，也是《红楼梦》相对而言容易写好的隐藏策略。[①] 作家往往会通过对某一类前人文学创作的阅读感知，来逐渐形成一种自己的写作策略，既表现在文学观念，又体现于写作路数，将之付诸于创作实践中时，单凭读者的慧眼，有时极难看破其中的传承有序。此外，接受、传承是一方面，天才的作家进一步通过琢磨、修改来突破，又是另一方面。《金瓶梅》为曹雪芹提供了书写大家族日常的好样板，但《金瓶梅》由于故事和人物的既定格局，西门庆的几房夫人之间的流转而造成画面切换是常态。《风月宝鉴》或者“明义所见旧本”《红楼梦》，即1754年脂评《石头记》流传之前的早期稿本，或许其中人物还没那么多。曹雪芹在他十载五次的增删中，或常有将一人拆成两人、三人，及新添人

① 读《红楼梦》前八十回而嫌一旦八十回后若只有三十回实在太短，不够过瘾，固然是嗜读《红楼梦》者的常情。但细想前八十回的节奏安排，则《红楼梦》原本是被设计成百回或“百十回”的作品，也在情理之中。

物的举动。非但没有造成写作的混乱，没有人物形象重复而导致的无意义，以及边角人物形象单薄等常见的初级写作者易犯的病症，反而越改越流丽华美，无一人不生动鲜明，无一事不扣人心弦，巧妙规避了单纯反复书写几位主角日常的机械论述。

我们试将《源氏物语·夕颜》——《夕颜》帖大抵属于紫式部较早创作的单线条篇目——与《红楼梦》第三十二回的结构做对比，看看两者各自承担了哪些事件或片段。①

《源氏物语·夕颜》	《红楼梦》第三十二回
（1）源氏拜访乳母，并从女子处获得赠扇。 （2）源氏赠女子返歌。 （3）源氏派遣惟光调查女子，得其报告而增强了对女子的好奇心。 （4）源氏受伊予介的访问而思念空蝉。 （5）秋日，源氏访六条御息所宅，与中将赠返歌。 （6）惟光引导源氏接近这位女子。 （7）源氏沉溺于与这位并不知名的被喻作夕颜的女子的交往。	（1）袭人向湘云道喜，带出十年前两人情事。 （2）袭人央求湘云做鞋，道出黛玉剪扇袋一事。 （3）宝玉听贾雨村要会他，很不自在。 （4）湘云劝宝玉留意经济学问。 （5）湘云劝毕，袭人补前宝钗亦曾劝，并赞宝钗涵养。

① 其中《源氏物语》部分参考校注本每帖随附之故事经纬。新编日本古典文学全集《源氏物语》第一册，小学馆，2006年。第135—196页。

续表

《源氏物语·夕颜》	《红楼梦》第三十二回
（8）源氏于中秋之夜宿夕颜家中。 （9）源氏携夕颜前往以河原院为原型的荒废宅院。 （10）夕颜之死。 （11）惟光前来，并将夕颜遗骸送往东山。 （12）源氏回二条院，众人心中满满的疑惑。 （13）源氏被惟光带着前往东山。 （14）源氏由东山归来之后身体虚弱。 （15）源氏病愈之后从右近处闻得夕颜的生平。 （16）源氏与空蝉、轩端荻赠答歌。 （17）源氏为夕颜举行四十九日的供养。 （18）空蝉赴伊予国，源氏赠歌饯别。	（6）黛玉窃听宝玉湘云袭人等说话，暗自惊喜悲叹——为“诉肺腑”之言路能开行了方便。不然，面对生闷气的黛玉，作者又得构思宝哥哥如何先化解其气闷。 （7）湘云摇扇。 （8）宝玉诉肺腑。此是积攒已久而爆发的这一回的高潮。 （9）宝玉因黛玉竟去，出神呆想。袭人送扇。 （10）金钏儿投井事发。侧写，为下文高潮作一铺垫。 （11）宝钗周旋安慰王夫人。

除去短暂穿插源氏与六条御息所、空蝉、轩端荻来往的相关片段，《夕颜》帖完整地叙述了源氏与夕颜的相识相交至于死别，以及源氏对夕颜的悼念。利用宫廷中碎片的时间，或者夜间值宿的大块时间听紫式部用“女房语”讲述《源氏物语》，或许是其身边女官们消遣闲暇的一种方式。

"女房语"故事的地理范围首先是宫廷，外延到左京右京，乃至山城一国内；有特殊的叙述需要时对关东也会点到。紫式部的物语主要还是围绕着关西范围，近处的睿山、石山，远一些则兵库县及四国地区，而最远的九州地区则是"玉鬘十帖"书写时的拓展新创。但主要还是京畿之内。其次因为是女房们围着紫式部听故事甚至参与物语创作，故事的内容集中于宫廷男女交往日常，也是取材的必然。

第三十二回之后，我们再看第三十三回，两回紧密相连，难分难舍。宝玉受笞，不只因为金钏儿，而是各处小溪汇聚为大江的冲突事件。

"宝玉自清虚观看佛事回来，冲撞黛玉，唐突宝钗，坑害金钏，脚踢袭人，得罪晴雯，见恶湘云，数日之内，种种与人乖迕，皆为受笞一回渲染。盖人有大不如意事来，必先许多小不如意事为之先"。[①] 正如第三十二回内"诉肺腑"这一高潮，早已被铺垫良久——自黛玉进贾府以来，"诉肺腑"就是必然，同时，这一回情节自然又远远照应黛玉之死的文章——第三十二回写许多细小事，皆为此后宝玉受笞铺垫，为宝黛、钗黛关系铺垫，为袭人心理上亲近宝钗做准备等。《红楼梦》每一回这些精彩的"快闪"，不是回应前文，就是照耀后来，没一处空写。虽未必个个都是千里伏线，但百里十里地照应下一回下两回，或承接上一回上几回，则是常态。这也能读出《红楼梦》常或以五至十回作一个单元，几个单元又汇聚成一大部分的精密构思。其中既有章回小说结

① 冯其庸辑校《重校八家评批红楼梦》，青岛出版社，2018年，第875页。

构篇章书写的传承，也是曹雪芹的别样用心。

由话本发展而来的章回小说体例，有时能将创作者们的文心以形式来拘束。章回是明清小说的外壳，小说以章回切分，虽不能妨碍回与回之间是相通还是封闭，但由市井说话传统而来的文人案头创作，其一回与一回的内容，大致等量设定，不可过多亦不可过少，过多了或过少了就要做出一些整合。《水浒传》这样的“鲁十回”“林十回”“武十回”的安排，学习了传统《史》《汉》列传之风，“十回”与“十回”之间可以各不相干，也可以暗通款曲。三言二拍用的虽是章回写法，故事却各自独立。《红楼梦》给我们示范了若干曹雪芹对章回外壳突破的努力。曹雪芹有一种在有限空间（比如一百回的篇幅或是一百十回、一百二十回的篇幅）内，将笔下互相关联的每一个人物写到最饱满写到极致的野心——此处所说的“有限空间”的对立面即增加篇幅，将小说单回内容扩充，或将整个故事延展下去，全书一百三十回、一百六十回地写。

在细察《红楼梦》突破章回限制努力作为的同时，有时也不禁怀疑，《红楼梦》的一些局部意外情况会不会是“辛苦不寻常”的十年批阅五次增删中，为了节省抄写工夫，又为章回结构所限，而只好做出的如在回目最前与最后的粘贴补写似的权宜之计。典型如第八回《比通灵金莺微露意、探宝钗黛玉半含酸》的最末，关于秦钟父亲秦业的介绍，就显得突兀而像是补入。或者还有别的一些情况导致有这种怀疑，比如有些章回的故事其实是还没来得及细细展开与修补，有些章回的故事则是作者以为不必要展开。大约还有一些故事虽曾被展开，后又在一次次删改里，受到如署名“畸笏叟”的脂批者的敬告，而被故意或无奈地折叠隐藏。[①]如三十二回开头，袭人谈起与湘云十年前在西边暖阁上住、夜里说的悄悄话。两人那时究竟说了什么？这个话头由袭人口中一笔带过罢了。如果按顺序来写，这个故事远在黛玉入贾府之前。是否因创作了稍稍晚出的黛玉这个人物，而将早期袭人湘云同塌而眠的年少故事都阔斧删去了？张爱玲认为，“湘云当时说的‘不害臊的话’——有关婚事，因为是在袭人贺她定亲时提起的；也与她们俩过去深厚的交情有关……‘不害臊的话’当然是湘云说但愿与袭人同嫁一个丈夫，可以永远在一起”。[②]张爱玲的这段分析猜测颇合人事情理。删却的背后，也有章回小说外壳的限定。因为作者在不断改稿中，要将新增的“快闪”般的情节添入旧稿，自然旧有的某些情节得做出割爱牺牲。

如金钏儿投井之后——她的投井，在第三十二回中是由“一个老婆子”先来告诉众人，而造成事件瞬间急促起来的效果的。此后笔触硬转，再没正面去写金钏儿——却写宝钗去王夫人房中，劝慰王夫人之事。这块奇特的放在章回最末的拼图，不得不说是作者在考虑到第三十二回容量已达峰顶

① 最典型有名的，如第十三回甲戌本回后批语：“秦可卿淫丧天香楼”，作者用史笔也。老朽因有魂托凤姐贾家后事二件，嫡是安富尊荣坐享人能想得到处。其事虽未漏，其言其意则令人悲切感服。姑赦之，因命芹溪删去。——红楼梦古抄本丛刊《脂砚斋重评石头记甲戌本》，人民文学出版社，2010 年，第 274 页。《红楼梦》的迷宫实在太深，故而屡屡怀疑，正文所附的脂批，万一不过是作者自作自批的诡计呢？但姑从红学界一般意见，以为真有一位“畸笏叟”如此命“芹溪”。

② 据张爱玲《五详红楼梦》。张爱玲《红楼梦魇》，北京十月文艺出版社，2021 年，第 266 页。

时，所施展的令情节展现突变的奇策。宝钗的私见王夫人是重大事件的逻辑必然，不可删除，这个情节发挥以一打多、以少击众的功能。如此，金钏儿的投井只能侧写与简写。这种侧写简写，既是作者的主观选择，也像是受限于章回容量的不得已而为之。第三十三回描写贾政终于爆发，几件头绪汇流而毒打宝玉，依照传统的认识，小说在此处达到一个高潮。此后第三十四回，作者又分割出两条大线：宝玉挨打之后的薛宝钗方面与林黛玉方面的各自表现。宝玉先得了宝钗的慰问，此后黛玉才来访。又附带着王熙凤的来访。钗黛来访的两条主线又各自有一条副线，分别是袭人前去王夫人处“晓以大义”并崭露头角，使王夫人连连“我的儿”，“真真我竟不知道你这样好”，[①]以及晴雯受宝玉之命给黛玉送帕。副线与主线泾渭分明。这一回最后还要以薛家母子兄妹的内部小冲突来结束。可以让我们看到，金钏儿事件始终有着宝钗的身影。以上情节被安排得一丝不乱，足以填充第三十四回，却很难劈开塞入到第三十二回或第三十三回里。以展露众生相与多声部为目的“快闪”聚集的背后，是作者受到章回限定的无奈中的突破。

又如，若问宝玉缘何挨打？宝玉挨打的表面罪名，当然是在外结交俳优，流连忘返，在家调戏母婢，以及很久以来的荒废学业。所谓的结交俳优与调戏母婢，读者都曾先后被带到过事发现场，也可谓是亲历亲闻，做过一番见证了。于是读者不禁诧异：表面文字来看，两件事似乎都不值一提，

① 徐少知《红楼梦新注》第二分册，里仁书局，2020年，第849页。

稀松平常过家家一般的。但其最终延伸而换来的代价，居然是遭受父亲如此狠心的痛打。读者阅读至此，不免要生起疑心了。其实，这便是作者的高明。读者好似梦游太虚幻境的宝玉，迷途于人生中道森林的但丁，被作者巧妙带入了（1）宝玉并未肮脏不堪，并没有做下极其下流之事，他还是个孩子；与（2）宝玉犯下了“流荡优伶”、“淫辱母婢”[①]（这些语言是贾政视角里的宝玉罪名，从旁白里流出来的）的重罪（1）与（2）之间的可上可下地带。在这个地带里，“维吉尔”式的作者于是悠游自在地引导怀揣疑惑的读者去观察宝玉身边人的众声喧哗，去认识一个文字背后更为复杂的宝玉。这是曹雪芹的多声部写作的又一个妙处。

我们看到第三十四回的开初，先有宝玉与袭人的对话，其后宝钗和黛玉等来探望。[②]还是按照前文所引张爱玲的推测，若宝玉的形象非作者自己，主要是借来的形象、虚构的形象，而宝黛之间重要的文字，都是虚构架空，则：每一回内涵盖着许多紧张的细流、每条细流千支百脉、每个情节常一闪而过不作太久逗留，却又于多回目间的整体之中形成浑然一体的圆形结构式的写法。这样的写法意图恰恰在于，其一，能满足曹雪芹将每一个人物描摹十足，尽量避免主要人物丰满、次要人物欠缺之憾；其二，与男主人公贾宝玉的某

① 《红楼梦新注》第二分册，里仁书局，2020年，第830页。

② 宝钗袭人的组合显然与黛玉晴雯的组合在这一回中形成了对立。虽然对立，但也并不冲突。因为这种对立全然是人物境界的对立。钗黛可能是一分为二而来的，故最终也须二合为一。作者永远不会在道德与情感上刻意贬低压倒宝钗，自然也不会将黛玉塑造成百分百的完美女孩。只不过宝黛爱情，比起宝钗与宝玉的情，终究很不一样，这却是作者要反复声明的。

种性情一样，曹雪芹在创作《红楼梦》人物时，并不做高高在上的王，而是充分尊重笔下每一位人物的个性与性灵，让她们自由自在地在每一回的紧张细流里发表各自独立的想法。如果《红楼梦》第一层的叙述者是那位“作者自云”的“作者”，即“列位看官，你道此书从何而来”的话者；第二层叙述者是“石兄”的话，那么一旦进入石兄诉说的故事内，进入那块大石上历历的文字里，我们就会发现石头上满是各种各样声音的人物，他们的声音甚至独立于“石兄”，自成一体，与第一层第二层的叙述者平等；其三，达到如评家所谓“文如剥蕉抽茧，意义层出不穷，又如璞玉浑金，辉光悉皆内敛”[①]的效果；其四，作家自身形象退居幕后，藏得妥当。

倘若“其一”、“其二”与“其三”相叠，使我们无法轻易找到作家自己的声音面容，而须从精彩的多声复调里，择“善”（读者所以为然之“善”，没有一个定准的“善”）而从，或各执一词。久之，故事本身各个人物、各个方面的不容易定义，使《红楼梦》成为一部博尔赫斯笔下的“沙之书”——某种意义上的没有开头，没有结尾，让读者玩味不尽，涵咏不尽。

我们还进而可以从第三十四回宝玉受笞后轮番得到诸人慰问的情节，发掘出一个作者不小心卖出来的视角：我们能够强烈感受到其实对作者而言，潜意识里他有着对于各种

① 洪秋蕃评语。冯其庸辑校《重校八家评批红楼梦》第二册，青岛出版社，2018年，第879页。

各样情感的极度渴望。宝钗式温存理性的情也好，黛玉式亲密无间你证我证的情也好，都能令宝玉乃至作者感到“心中大畅”，并借此将生命里的许多疼痛（包括作者写作进行时中的疼痛）“丢在九霄云外”。[1]他如“昔日”的贾母王夫人甚至王熙凤们带来的情，对于写作中无比怀念幼少光阴的作者而言，皆是缺一不可的重要慰藉。这种情感渴求既类似于《追忆似水年华·在斯万家那边》“我”对母亲睡前亲吻的渴求，又因今本《红楼梦》中的贾宝玉既然是十几岁处于青春期的男孩，不免因以上所说犯下的“过失”而临界于那位严父眼中不肖子的标准，并在前文所分析的“绛洞花主”宝玉与“怡红公子”宝玉之间做一种合理的摇摆。

自此再不要托生为人，就是我死的得时了。[2]（第三十六回）

我只愿这会子立刻我死了，把心迸出来你们瞧见了，然后连皮带骨一概都化成一股灰；灰还有形迹，不如再化一股烟；烟还可凝聚，人还看见，须得一阵大乱风吹的四面八方都登时散了，这才好！[3]（第五十七回）

我能够和姊妹们过一日是一日，死了就完了。什么后事不后事。……人事莫定，知道谁死谁活？倘或我在今日明日、今年明年死了，也算是遂心一辈子了。[4]（第

① 《红楼梦新注》第二分册，里仁书局，2020年，第840页。

② 徐少知《红楼梦新注》第二分册，里仁书局，2020年，第889页。

③ 徐少知《红楼梦新注》第三分册，里仁书局，2020年，第1391页。

④ 徐少知《红楼梦新注》第三分册，里仁书局，2020年，第1721页。

七十一回）

作者能让宝玉说出这样的话，让他对女孩儿们的情以这样极端的方式表达——虽然也可能只是表达罢了，因为宝玉的话也可以理解为他的一时的痴傻话或蜜甜情话[①]——的根源在于，这种在碌碌世人看来乃是痴想甚至邪想的，实则唯心理上甘愿抛舍大部分世人在乎的东西，对世间也有属于自己独到的相对充分认识，并明白于自己而言什么最重要的情况下，才能出此等发言。宝玉的这种种情感首先还须面对他严父的质疑。同样是严父，我们在阿列克谢·亚历山德罗维奇身上也能看到些许贾政的身影，还有如鲁迅《朝花夕拾·五猖会》里“我”的父亲亦然。[②]但各位严父之耳提面命却各有各的不同。谢廖沙在父亲面前背诵《福音书》的情节，与《红楼梦》第十七至十八回宝玉被命作诗的几个场景相通相似。我们看到谢廖沙边复述《旧约》“以诺”故事边遐想的段落，简直是宝玉被贾政命令为“省亲别墅”的玉石牌坊题诗，“心中忽有所动”，[③]突然想起曾经梦里的“太虚幻境”的情节一般：[④]

---

① 比如上引第三十六回这句话讲完，接着作者这么写：“袭人忽见说出这些疯话来，忙说困了，不理他。那宝玉方合眼睡着，至次日也就丢开了。”理解为作者的故意荡开一笔也可以，理解为作者实写也可以。徐少知《红楼梦新注》第二分册，里仁书局，2020年，第889页。

② 详见鲁迅《朝花夕拾·五猖会》，《鲁迅全集》第二卷，人民文学出版社，2005年，第269页。

③ 徐少知《红楼梦新注》第一分册，里仁书局，2020年，第441页。

④ 徐少知《红楼梦新注》第一分册，里仁书局，2020年，第441页。

除了活着升上天国的以诺以外，他一个都不知道了。以前他还记得他们的名字，但是现在他完全忘记了，主要是因为以诺是《旧约》中他最喜欢的人物，而且以诺升天的故事在他心中是和一连串思想联系起来的，现在当他凝神注视着他父亲的表链和他背心上的半解开的纽扣时，他就完全沉溺在那一连串的思想中。[①]（《安娜·卡列宁娜》第五部·二十七）

谢廖沙背不出以诺以外的族长名，他的父亲便也要对他施加惩罚了。但写谢廖沙与父亲，是折射安娜的背德，这段父亲对孩子的《旧约》考查段落，是想写孩子失去母亲、即安娜后的爱与孩子气的思念。严父面前的谢廖沙还只是纯洁的真正的孩子。谢廖沙或许以后会成为“表面上最冷静、最有理智”[②]的另一个卡列宁，但目前还只是孩子。他与卡列宁的人物关系和传情目的，并没那么复杂。贾政父子间的情节却往往被作者赋予更深刻的叙事目标。[③]首先，宝玉的父亲不仅生下了宝玉，甚至曾经可能也是他——譬如曾经的赵姨娘

① 周扬、谢素台译《安娜·卡列宁娜》下，人民文学出版社，2018年，第569页。

② 语出《安娜·卡列宁娜》第三部·十三。周扬、谢素台译《安娜·卡列宁娜》上，人民文学出版社，2018年，第302页。

③ “平心而论，作家对贾政直面宝玉时的绝望情绪与妥协趋向并非采取鲜明的暴露或嘲弄的立场，相反，作家对他的失败是既有所理解，又有所欣赏的。理解他望子成龙的苦心，欣赏他作为一个有血有肉的父亲本应具有的那份寻常父爱的复苏和流淌。这一现象，说明作家在‘如何做父亲’的问题上，其价值观念是多元的、矛盾的，甚至也存在莫可名状的困惑”。刘敬圻《〈红楼梦〉的女性观与男性观》，名家通识讲座书系《红楼梦十五讲》，北京大学出版社，2007年，第173页。

未必不是“晴雯”，周姨娘未必不是“袭人”。作者考虑到儒家世界里的读者们也会疑惑甚至误会，于是安排贾政作为某种正衣冠之镜而竖于宝玉的跟前，严父形象于日常基本的耳提面命外，还时常警戒我们要去留心，宝玉毕竟不是谢廖沙，也不是小“迅哥儿”，宝玉到底是懵懂少年，还是成熟幼稚间的淘气，抑或实在远比同龄成熟而暗藏着天地间正邪两气？

但我们虽可能几度在“两个宝玉”间摇摆，却终能透视全作，而看到作者苦心营造的那片情天情海之幻灭，这又是《红楼梦》书写的另一大目的。即使宝玉“改邪归正”，即使宝玉“悬崖勒马”，浪子回头，这一片情天情海的幻灭随着宇宙纪事的前行永远不会终止。情天情海发源自秦可卿或警幻之“情天情海”，又不止步于此。这个情天情海在作者多层次多元描写与一环紧扣一环的精彩推进中，逐渐碎裂崩塌并走向幻灭的。如若我们还因为这种“快闪”写法，这种多声部构造而愈发迷惑，难以分清宝玉究竟是何等样人时，回头看看大观园里那些深深受到宝玉爱护的女孩子们的幻灭，或者更能接近作者想给的答案。

回看小说开头出场的一僧一道形象或者甄士隐形象，看似或许会误导我们以为，他们乃是传统古典小说中的布道者，并且是终又将在全书最后再次出场的灵魂启蒙者、故事收尾人。其或倡导虚空幻灭，或者言说“万境归空”，[①]一如

① “万境归空”是甲戌本《红楼梦》第一回僧道在石下对人世间结局的概括之一，其他现存抄本所无。而甲戌本脂批说这是“一部之总纲”。徐少知《红楼梦新注》，里仁书局，2020年，第22页。红楼梦古抄本丛刊《脂砚斋重评石头记甲戌本》，人民文学出版社，2010年，第9页。

续书者在程高本的后四十回最末一回所写的那样。然而细察可知，一僧一道也好，甄士隐也好，他们所播扬的色空观念或万境归空观念，终会被这部未完成的《红楼梦》所否定。贾宝玉终将超越一僧一道以及甄士隐的境界。

到头来，被带到尘世里经历过一番荣华富贵的宝玉，要用自己一生的血泪来证明，万境归空不是结束，美丽的情天情海才是他在尘世看到的一切。以诗学而言，他来自僧道，来自甄士隐，却终究要飞跃僧道与甄士隐的境界。尽管这片情天情海在现实里遭际崩塌，尽管最终可能还是如“明义所见旧本”《红楼梦》的结局，“石归山下无颜色”，但这片人世天地里最伟大最广阔的情，已被他充分领略感悟。正因如此，那位在小说第一回虚拟的传抄石上故事的空空道人，才会奇怪地“因空入色”，“由色入情”，并将书名改为《情僧录》而非《法华录》。《情僧录》即代表“空”断然并非终点，“情”才是可求之意义。《红楼梦》绝非简单传扬空的理念的著作。“曹雪芹最终（或在最高意义上）是用‘情’充实了‘空’，用‘情’照亮了‘空’，把‘情’提升为最高的范畴”。[①]

作者写金钏儿投井是为了紧接着引出宝玉挨打，宝玉挨打之后，而得到袭人宝钗黛玉等不同人物不同方式的慰藉，才是这一部分内容的结论。贾宝玉的原话是：

① 参见叶朗《叶朗文集》六:《“有情天下”就在此岸——叶朗谈〈红楼梦〉》，北京大学出版社，2021年，第14页。

> 假若我一时竟遭殃横死，他们还不知是何等悲感呢！既是他们这样，我便一时死了，得他们如此，一生事业纵然尽付东流，亦无足叹息，冥冥之中若不怡然自得，亦可谓糊涂鬼祟矣。[①]

这便是贾宝玉被打得皮开肉绽，遭受如此重大挫折后依然持有的结论。此生胜业实在不值得珍重，得到身边这些女子们，无论是宝钗袭人，还是黛玉晴雯的温存悲感，才是来到富贵荣华人世的最大目的与收获。这也是为何敦诚固知作者诗笔奇气、高谈雄辩的才能，却依旧劝慰他著书立说，只因为“一生事业纵然尽付东流”，也不值得曹雪芹再多加叹息。他要的，他已经尽数得到。

用情节细节的模糊，塑造一个复杂个性的宝玉，首先作者要试图避免让读者轻而易举地由以往性格即能透视出命运的阅读经验，来草率处理这部《红楼梦》的人物。其次当我们在宝玉的“忠奸”、幼稚或成熟上找不到确定答案，而发现大观园内的女孩子们将他映照，我们的阅读思考注意力便会被成功地引诱到突破以往传统观念的另一种思路上去。非关忠奸善恶，情才是须紧盯不放松的。最后，我们发现《红楼梦》的梦境世界里的“意淫”也好，现实与梦境相连的情天情海也好，才是作品的主旨场域。我们不自觉的，在阅读过程里也不断受了作者宛如警幻仙子般的指引，越来越靠近作者心目里的情之为情的深邃内涵与天开境地。

---

① 《红楼梦新注》第二分册，里仁书局，2020年，第840页。

忠奸不再最重要，情才是主旋律，这种对于传统观念的去道德突破，是曹雪芹通过具体的写作诗学，也就是作者不直接参与的多声部式的情节导引，而坚韧实现的。

私语探源

结论

以下是张爱玲《红楼梦魇·五详红楼梦》大总结的第一段：

> 总结上述，第三十一回回目有“因麒麟伏白首双星”，而太虚幻境的册子与曲文都寓言湘云早寡，显然未与任何人同偕白首。《风月宝鉴》收入此书后，书中始有太虚幻境。那回目是从更早的早本里保留下来的，因此冲突。①

《风月宝鉴》的加盟，《石头记》与《风月宝鉴》携手，得以让《红楼梦》在精神气质上呈现出多维度、多层次的新风新貌。“因麒麟伏白首双星”这样的结局似已不能满足曹

① 张爱玲《五详红楼梦》，《红楼梦魇》，北京十月文艺出版社，2021年，第314页。按：《风月宝鉴》时期的太虚幻境或“太虚玄境”，或者与今本《红楼梦》的太虚幻境在规模或功能上都不太一样。很有可能乃是两个“太虚幻境”呢？或者今天我们所看到的太虚幻境乃是《风月宝鉴》时期太虚幻境的“升级版”。假令《风月宝鉴》的写作在先，依甲戌本第一回所示全作题名之流变，《金陵十二钗》亦为《红楼梦》的一个创作阶段，《金陵十二钗》在后，则今本《红楼梦》的金陵十二钗正副又副册之完备或许也在后期才渐渐出现，作者不断地扩充着作品中的女性角色直到今本《红楼梦》阶段才稳定，那么两个太虚幻境不同，而以今“宁府”人物描写为主的《风月宝鉴》也未必有来自史家的湘云命运暗示的文字了。

雪芹对人世的更深层次的思考了。假使宝玉最后与湘云勉强地偕老，实现了另一种悲苦的“金玉缘”，诗学意义上造成对“终不忘”的“木石前盟”的“背叛”，固然给许多读者也能带去慰藉，失去了林黛玉的宝玉至少还能与史湘云结合。而考虑到曹雪芹的生平，参照周汝昌先生的推断，那么湘云宝玉贫穷而偕老的结局，或者昔人所谓“史湘云流为女佣，宝钗、黛玉沦落教坊”，[①]大抵取了更为写实的写法——可能早本构思“因麒麟伏白首双星”的阶段，还只有湘云，而没黛玉这个人物——宝玉撒手，家族覆灭，大观园内众女子消散，最后“石归山下”则显出另一种空旷而神秘缥缈。作为书中男主角的“宝玉的弃世，更显示出兼美在这个世界的无法实现”，[②]而让观察者记录者“石头”看尽看遍冷暖，目送所有女孩子分别走向属于各自的运命，才是一位对现实充分大觉悟大领会后的作者，所该有的在经历《风月宝鉴》到“明义所见旧本”再到《石头记》(或曰《红楼梦》) 不同阶段否定之否定后的态度。当然，写实本身并不妨碍意境，《战争与和平》,《安娜·卡列尼娜》或者《追忆似水年华》皆没有取神话意象或意境，皆走写实主义道路。又如《源氏物语》之开头结局,《桐壶》与《梦浮桥》也是全然写实，无一丝一毫的梦幻笔法，无半分天界冥界人物的交错，也并没有地狱之行的中道穿越而来的“维吉尔”，但我们依旧在《梦浮桥》帖最后薰面对小君的疑惑与惆怅中，感受到作者

① 参考周汝昌《脂砚斋批》，周汝昌《红楼梦新证（增订本）》下，中华书局，2020年。

② 王博《入世与离尘：一块石头的游记》，三联书店，2020年，第184页。

终于走向了人世最苍凉的精神远方。这种感受与“白茫茫大地真干净”并无二致。

雪芹早年写作，大约偏向于创作里自叙的成分多，虚构的较少。或者《风月宝鉴》的体量本不大，虽假托“宁府”——也许因为那时还没加入“荣府”，可能只是称“贾府”也未可知——也较易令熟悉他的批阅者见出他的家世，因此会有畸笏叟令他删除第十三回“秦可卿淫丧天香楼”情节之著名脂批公案。当然，直到我们今天面对的八十回本《红楼梦》，自叙传与虚构之间的争议都尚未结束，也大概永不会结束。但以笔者的拙见，研究自叙传问题或研究作者家世，其实对于作品本身的研究最大的帮助是，梳理和探究作品在创作的不同阶段的形态问题。形态问题背后，实乃作者不同阶段的诗心诗学问题。

《红楼梦》的艺术魅力并不来自于小说故事有多少可以和曹家的事一一印证，历来考证曹雪芹生平的学者当然深知这一点，自不必说。但曹家的事情、曹雪芹的经历，却是考证《红楼梦》成书的基础之基础。即以拙稿以上所言及，如果我们要研究《红楼梦》成书不同阶段的如所谓“《风月宝鉴》早稿”、“明义所见旧本”《红楼梦》以及脂评《石头记》阶段的《红楼梦》之间的关系或其先后，无疑，曹家及曹雪芹生平资料极为重要。简单举例，假如没有关于富察明义的材料，假如明义未曾读过某个阶段的《红楼梦》，假如没有明义的题红诗，我们恐怕无法进行《红楼梦》还可能有一个“明义所见旧本”阶段的想象。这个想象的缺失，也会令我们难以看到“曹雪芹的天才不是像女神雅典娜一样”这一点，因此，“从改写的过程上可以看出他的成长”。[①]

即以明义的题红诗所映照出的“明义所见旧本”《红楼梦》或《石头记》而言，很令人觉其“娣娣姨姨”之大观园，非今本《红楼梦》大观园般的宏阔规模。明义所见的大观园，有一种旧式幽深庭院、“夜半无人私语时”的寂凉。再从今本《红楼梦》贾瑞故事与秦钟故事来看，《风月宝鉴》不无一种旧派家族的生涩险仄的阴森气息。两相结合，我们能够进行曹雪芹一生创作里，早期成稿之气象的想象。同时这和作者早年构思中，旧本人物数量远比今本为少，人物形象也较单一有关。惟其较少与单一，我们比对今本《红楼梦》之美丽壮阔，才能进行“袭人原型”生出黛玉、宝钗等形象之想。

当然，据冯其庸、李广柏的意见，“《红楼梦》第一回曾列举这部小说一连串的题名”，“仍是‘小说家言’，不能完全信以为真”，“但这些书名的出现，可能反映了作者创作的某些过程和某些思考，也不可忽视”。[②]无论是不同阶段的创作，还是故弄狡狯，依旧能体现同一书不同阶段的构思。作者的从“袭人原型”出发来创作一些书中人物，至于最后阶段的大观园姑娘群像，皆体现《红楼梦》创作以少至多，逐渐积累，体系渐得完备的过程。众所周知，曹雪芹的作品以他自己的及舅祖李煦家的家庭历史及他本人的身世经历为早期创作素材。曹雪芹自身也从一个旁观着“贾敬贾珍贾蓉”

① 张爱玲《红楼梦魇·自序》第2页。《红楼梦魇》，北京十月文艺出版社，2021年。

② 冯其庸、李广柏《红楼梦概论》，国家图书馆出版社，2002年，第39页。

等行为的常撄其心的青年，成长为以情天情海的书写、对人生的深切关怀为更大的人生抱负的作者。

《源氏物语》的成书过程研究，与《红楼梦》一样，亦极其缺乏外证，而众说纷纭。玉上琢弥以为，《源氏物语》最初不过一卷之短篇，逐次书写至于《藤里叶》而完成初稿。之后又因什么缘故而从《若菜》写到《幻》，最后才写出《匂宫》以下诸帖。[1] 拙稿借鉴这种判断，汲取玉上琢弥氏“女房论”，而展开“女房论”下的《源氏物语》创作与《红楼梦》创作之诗学比较。

《源氏物语》可谓平安时代特殊群体的“女房们的历史”。“女房论”主张《源氏物语》是用“女房语”记录的、女房视角下的见闻作品。《源氏物语》一般不轻易涉及女房见闻、女房世界之外的内容，对作者而言，是一种尽力保持作品求真性的明智的创作方式。一旦超越了女房见闻与女房世界，创作就得依靠作者的“编造力”来维持女房世界之外的想象写作。这既增加了作者的创作难度，也不符合“女房论”之下的《源氏物语》的求真性。虽然，这并不代表《源氏物语》全然没有这样的“超越”。

这样的一部千年前创作的作品，其以“女房语”为手段，凭借女房群体作为物语支撑，体现出的个性化表现也完全能为今日的读者所捕获。《源氏物语》是紫式部个人审美体验与审美意境的集中体现，人物虽然众多，却是写她的内

① 参见玉上琢弥《源氏物语研究·源氏物语评释别卷一》，角川书店，1986年，第287页。

心。《源氏物语》显然处处显得更为走向人类内心世界，字里行间透露出年轻女性的纤细感与诙谐感。紫式部有意无意通过“女房语”的语言形式，向我们展示她隐晦深邃的内心。写物语乃是写心，作为读者的我们，阅读《源氏物语》，正是试图与紫式部的心越靠越近，与紫式部的心粘连牵绊。

最后我们试看《紫式部日记》开篇一段，我以为这一段恰好很能透视出紫式部《源氏物语》创作的诗学，也能映照拙稿的文心所在：

> 中宫御前，贴身侍女们漫无边际地闲谈着，而中宫则体态优雅地听着她们的闲聊。想她御体沉重，一定是周身不适的，但她尽力掩饰，装作若无其事的样子。她那高雅的仪态，已无需我多费笔墨。无常人世，只有侍奉在这般高贵的中宫身边，才能与平日里不同，全然忘却一切愁烦。但转念，又为自己居然产生这种想法而感到不可思议。[①]（一、土御门府秋景）
>
> 御前にも、近うさぶらふ人々、はかなき物語するを、聞こしめしつつ、なやましうおはしますべかめるを、さりげなくもてかくさせたまへる御有様などの、いとさらなることなれど、うき世のなぐさめには、かかる御前をこそたづねまゐるべかりけれど、うつし心をばひきたがへ、たとしへなく

① 日韩宫廷女性日记文学系列丛书《紫式部日记》，重庆出版社，2021年，第232页。

よろづ忘らるるも、かつはあやし。(土御門邸の秋)[1]

在中宫身边专事侍奉的紫式部，内心时有出离。所谓出离，犹言“心在天山，身老沧州”是也。她在中宫身畔的宫仕，以《日记》来看，其灵魂常有如六条御息之生魂脱离身体一般的格格不入，这种格格不入，既是个性鲜明的她，决然不甘愿类同于所处时代之世俗，但又是以温和的姿态呈现在众人跟前，不动声色的。这可以说是她的性情，也是《源氏物语》的性格。

同时，这种内在冲突，也必然成为了她烦恼的根源。我们从《紫式部日记》看到，紫式部无疑对中宫充满了真挚纯洁的敬爱。中宫的身心烦忧，自然而然地能使紫式部生出我身之烦忧。这种烦忧又与忧愁的世间深深关联着。看，这便是《源氏物语》创作的根本所在了。

我们看到她在这段日记的最后，终究只是在文章里留下一句“不可思议”而已，人世间的种种空色之间的景致虽时时刻刻缠绕耳畔，令她难得真正的解脱，但落到笔下如《源氏物语》的书写，她也只是发出女房之声，并不涉及过多其他方面的看法和意见。紫式部笔下所有的人物是虚构，也皆有现实的来自，但紫式部把她们的声音一一化作了自己的心声，不直接抒胸臆，不直接表心态，众人之声即我之心，她是以物语通过女房群体声音来写一人之心。《源氏物语》没有汉文作品的猛烈批判或剧烈反讽，只是女声部的幽幽倾诉而已。

---

① 《紫式部日记》第一段，日本古典文学全集《和泉式部日记·紫式部日记·更级日记·讃岐典侍日记》，小学馆，1979年，第161页。

参考文献

[1] 阮元 . 十三经注疏 [M] . 北京：中华书局，1980.

[2] 朱熹 . 四书章句集注 [M] . 北京：中华书局，2016.

[3] 司马迁 . 史记 [M] . 北京：中华书局，2020.

[4] 班固 . 汉书 [M] . 北京：中华书局，1962.

[5] 郭庆藩 . 庄子集释 [M] . 北京：中华书局，2016.

[6] 李剑国 . 唐五代传奇集 [M] . 北京：中华书局，2015.

[7] 罗贯中 . 影印本三国志通俗演义 [M] . 北京：人民文学出版社，1975.

[8] 施耐庵、罗贯中 . 影印本容与堂刊忠义水浒传 [M] . 北京：国家图书馆出版社，2019.

[9] 梅节 . 梦梅馆校本金瓶梅词话 [M] . 台北：里仁书局，2009.

[10] 洪兴祖 . 楚辞补注 [M] . 北京：中华书局，1983.

[11] 戴明扬 . 嵇康集校注 [M] . 北京：人民文学出版社，1962.

[12] 章培恒等 . 玉台新咏汇校 [M] . 上海：上海古籍出版社，2014.

[13] 谢思炜 . 白居易诗集校注 [M] . 北京：中华书局，

2017.

[14] 钟哲 . 陆九渊集 [M] . 北京：中华书局，1980.

[15] 中国艺术研究院红楼梦研究所 . 红楼梦 [M] . 北京：人民文学出版社，2010.

[16] 红楼梦古抄本丛刊 · 蒙古王府本石头记 [M] . 北京：人民文学出版社，2010.

[17] 红楼梦古抄本丛刊 · 脂砚斋重评石头记甲戌本 [M] . 北京：人民文学出版社，2010.

[18] 红楼梦古抄本丛刊 · 脂砚斋重评石头记庚辰本 [M] . 北京：人民文学出版社，2010.

[19] 红楼梦古抄本丛刊 · 脂砚斋重评石头记己卯本 [M] . 北京：人民文学出版社，2010.

[20] 红楼梦古抄本丛刊 · 戚蓼生序本石头记南图本 [M] . 北京：人民文学出版社，2011.

[21] 红楼梦古抄本丛刊 · 乾隆抄本百廿回红楼梦稿 [M] . 北京：人民文学出版社，2019.

[22] 红楼梦古抄本丛刊 · 俄罗斯圣彼得堡藏石头记 [M] . 北京：人民文学出版社，2014.

[23] 红楼梦乾隆间程甲本 [M] . 北京：中国书店，2015.

[24] 红楼梦乾隆间程乙本 [M] . 北京：中国书店，2017.

[25] 徐少知 . 红楼梦新注 [M] . 台北：里仁书局，2020.

[26] 冯其庸 . 重校八家评批红楼梦 [M] . 青岛：青岛

出版社，2018.

[27] 阿部秋生、秋山虔、今井源卫、铃木日出男.新编日本古典文学全集·源氏物语·一[M].东京：小学馆，2006.

[28] 阿部秋生、秋山虔、今井源卫、铃木日出男.新编日本古典文学全集·源氏物语·二[M].东京：小学馆，2016.

[29] 阿部秋生、秋山虔、今井源卫、铃木日出男.新编日本古典文学全集·源氏物语·三[M].东京：小学馆，2014.

[30] 阿部秋生、秋山虔、今井源卫、铃木日出男.新编日本古典文学全集·源氏物语·四[M].东京：小学馆，2009.

[31] 阿部秋生、秋山虔、今井源卫、铃木日出男.新编日本古典文学全集·源氏物语·五[M].东京：小学馆，2015.

[32] 阿部秋生、秋山虔、今井源卫、铃木日出男.新编日本古典文学全集·源氏物语·六[M].东京：小学馆，2008.

[33] 柳井滋、室伏信助、大朝雄二、铃木日出男、藤井贞和、今西祐一郎.新日本古典文学大系·源氏物语·一[M].东京：岩波书店，2010.

[34] 柳井滋、室伏信助、大朝雄二、铃木日出男、藤井贞和、今西祐一郎.新日本古典文学大系·源氏物语·二[M].东京：岩波书店，2007.

[35] 柳井滋、室伏信助、大朝雄二、铃木日出男、藤井贞和、今西祐一郎. 新日本古典文学大系·源氏物语·三[M]. 东京：岩波书店，2009.

[36] 柳井滋、室伏信助、大朝雄二、铃木日出男、藤井贞和、今西祐一郎. 新日本古典文学大系·源氏物语·四[M]. 东京：岩波书店，2008.

[37] 柳井滋、室伏信助、大朝雄二、铃木日出男、藤井贞和、今西祐一郎. 新日本古典文学大系·源氏物语·五[M]. 东京：岩波书店，2011.

[38] 柳井滋、室伏信助、大朝雄二、铃木日出男、藤井贞和、今西祐一郎. 新日本古典文学大系·源氏物语索引[M]. 东京：岩波书店，2000.

[39] 紫式部. 源氏物语·上[M]. 丰子恺，译. 北京：人民文学出版社，1980.

[40] 紫式部. 源氏物语·中[M]. 丰子恺，译. 北京：人民文学出版社，1982.

[41] 紫式部. 源氏物语·下[M]. 丰子恺，译. 北京：人民文学出版社，1983.

[42] 紫式部. 源氏物语[M]. 丰子恺，译. 北京：人民文学出版社，2019.

[43] 紫式部. 源氏物语[M]. 林文月，译. 台北：洪范书店，2000.

[44] 紫式部. 源氏物语[M]. 林文月，译. 南京：译林出版社，2011.

[45] 周煦良. 外国文学作品选[M]. 上海：上海译文

出版社，1979.

[46] 大曾根章介、金原理、后藤昭雄．新日本古典文学大系 27・本朝文粹 [M]．东京：岩波书店，1992.

[47] 大曾根章介、佐伯雅子．校本本朝丽藻附索引 [M]．东京：汲古书院，1992.

[48] 榎克朗．新潮日本古典集成・梁尘秘抄 [M]．东京：新潮社，2018.

[49] 山本利达．新潮日本古典集成・紫式部日记・紫式部集 [M]．东京：新潮社，2016.

[50] 藤冈忠美、中野幸一、犬养廉、石井文夫．日本古典文学全集・和泉式部日记・紫式部日记・更级日记・讃岐典侍日记 [M]．东京：小学馆，1979.

[51] 张龙妹．日韩宫廷女性日记文学系列丛书・紫式部日记 [M]．重庆：重庆出版社，2021.

[52] 德国诗选 [M]．钱春绮，译．北京：人民文学出版社，2020.

[53] 傅雷全集 [M]．沈阳：辽宁教育出版社，2002.

[54] 普希金文集 [M]．北京：人民文学出版社，2018.

[55] 莎士比亚全集 [M]．朱生豪，译．北京：人民文学出版社，2014.

[56] 莎士比亚喜剧五种 [M]．方平，译．上海：上海译文出版社，1979.

[57] 陀思妥耶夫斯基文集 [M]．上海：上海译文出版社，2016.

[58] 拜伦．唐璜 [M]．查良铮，译．北京：人民文学

出版社，2008.

[59] 川端康成 . 雪国 [M]. 叶渭渠、唐月梅，译 . 海口：南海出版公司，2014.

[60] 但丁 . 神曲 [M]. 黄国彬，译 . 海口：海南出版社，2021.

[61] 列夫·托尔斯泰 . 安娜·卡列宁娜 [M]. 周扬、谢素台，译 . 北京：人民文学出版社，2018.

[62] 列夫·托尔斯泰 . 复活 [M]. 汝龙，译 . 北京：人民文学出版社，2015.

[63] 列夫·托尔斯泰 . 战争与和平 [M]. 刘辽逸，译 . 北京：人民文学出版社，2015.

[64] 马赛尔·普鲁斯特 . 追忆似水年华 [M]. 铃木道彦，译 . 东京：集英社，1999.

[65] 蔡义江 . 论红楼梦佚稿 [M]. 杭州：浙江古籍出版社，1989.

[66] 曹金钟 .〈红楼梦〉"矛盾"现象考论 [M]. 北京：人民出版社，2021.

[67] 戴不凡 . 红学评议·外篇 [M]. 北京：文化艺术出版社，1991.

[68] 冯其庸、李广柏 . 红楼梦概论 [M]. 北京：国家图书馆出版社，2002.

[69] 冯其庸 . 论红楼梦思想 [M]. 北京：商务印书馆，2014.

[70] 胡文彬 . 历史的光影：程伟元与〈红楼梦〉[M]. 北京：中国文史出版社，2020.

［71］蒋和森 . 红楼梦概说［M］. 上海：上海古籍出版社，1979.

［72］李希凡 . 李希凡文集［M］. 上海：东方出版中心，2014.

［73］李长之 . 李长之文集［M］. 石家庄：河北教育出版社，2006.

［74］林语堂 . 平心论高鹗［M］. 长沙：湖南文艺出版社，2019.

［75］刘梦溪、冯其庸等 . 红楼梦十五讲［M］. 北京：北京大学出版社，2007.

［76］刘世德 . 红楼梦舒本研究［M］. 北京：社会科学文献出版社，2018.

［77］刘再复 . 红楼梦悟［M］. 上海：上海三联书店，2021.

［78］刘再复 . 红楼人三十种解读［M］. 上海：上海三联书店，2021.

［79］吕启祥、林东海 . 红楼梦研究稀见资料汇编［M］. 北京：人民文学出版社，2006.

［80］苗怀明 . 曹雪芹［M］. 南京：南京大学出版社，2008.

［81］苗怀明 . 风起红楼［M］. 南京：凤凰出版社，2021.

［82］苗怀明 . 红楼梦研究史论集［M］，沈阳：辽宁人民出版社，2015.

［83］欧丽娟 . 红楼梦人物立体论［M］. 北京：北京大

学出版社，2020.

［84］王博 . 入世与离尘：一块石头的游记［M］. 上海：三联书店，2020.

［85］王昆仑 . 红楼梦人物论［M］. 长沙：岳麓书社，2010.

［86］高语罕 . 百年红学经典论著辑要（第一辑）· 高语罕卷［M］. 叶朗、刘勇强、顾春芳，主编 . 合肥：安徽教育出版社，2020.

［87］何其芳 . 百年红学经典论著辑要（第一辑）· 何其芳卷［M］. 叶朗、刘勇强、顾春芳，主编 . 合肥：安徽教育出版社，2020.

［88］王国维、蔡元培、胡适、鲁迅 . 百年红学经典论著辑要（第一辑）· 王国维、蔡元培、胡适、鲁迅卷［M］. 叶朗、刘勇强、顾春芳，主编 . 合肥：安徽教育出版社，2020.

［89］吴世昌 . 百年红学经典论著辑要（第一辑）· 吴世昌卷［M］. 叶朗、刘勇强、顾春芳，主编 . 合肥：安徽教育出版社，2020.

［90］徐扶明 . 百年红学经典论著辑要（第一辑）· 徐扶明卷［M］. 叶朗、刘勇强、顾春芳，主编 . 合肥：安徽教育出版社，2020.

［91］叶朗 . 叶朗文集［M］. 北京：北京大学出版社，2021.

［92］俞平伯 . 俞平伯论红楼梦［M］. 上海：上海古籍出版社；香港：三联书店有限公司（联合出版），1988.

［93］张爱玲 . 红楼梦魇［M］. 北京：北京十月文艺出

版社，2021.

［94］赵建忠.红学流派批评史论［M］.北京：中华书局，2021.

［95］周汝昌.红楼梦新证（增订本）［M］.北京：中华书局，2020.

［96］周汝昌.红楼十二层［M］.北京：北京联合出版公司，2018.

［97］周汝昌.红楼小讲［M］.北京：北京出版社，2002.

［98］朱一玄.中国古典小说名著资料丛刊《红楼梦资料汇编》［M］.天津：南开大学出版社，2012.

［99］阿部秋生.源氏物語の物語論——作り話と史実［M］.東京：岩波書店，1985.

［100］岡一男.源氏物語の基礎的研究［M］.東京：東京堂，1954.

［101］角田文卫、中村真一郎.おもしろく源氏を読む・源氏物語講義［M］.東京：朝日出版社，1980.

［102］今井源衛.源氏物語の研究［M］.東京：未来社，1981.

［103］今井源衛.紫式部［M］.東京：吉川弘文館，2017.

［104］清水好子.源氏物語の文体と方法［M］.東京：東京大学出版会，1980.

［105］清水好子.源氏物語論［M］.東京：塙書房，1966.

[106] 清水文雄.女流日記[M].東京：子文書房，1940.

[107] 秋山虔.王朝女流文学の形成[M].東京：塙書房，1967.

[108] 山中裕.平安時代の女流作家[M].東京：至文堂，1962.

[109] 上村悦子.蜻蛉日記の研究[M].東京：明治書院，1972.

[110] 笹川勲.源氏物語の漢詩文表現研究[M].東京：勉誠出版,2017.

[111] 手塚昇.源氏物語の再検討[M].東京：風間書房，1966.

[112] 松尾聡、紫式部学会.源氏物語と女流日記・研究と資料[M].東京：武蔵野書院，1976.

[113] 喜多義男.道綱の母[M].東京：三省堂，1943.

[114] 野村精一.源氏物語の創造・増訂版[M].東京：桜楓社，1975.

[115] 玉上琢弥.源氏物語・源氏物語評釈別巻一[M].東京：角川書店，1986.

[116] 玉上琢弥.源氏物語評釈第二巻[M].東京：角川書店，1988.

[117] 玉上琢弥.源氏物語評釈第五巻[M].東京：角川書店，1987.

[118] 程千帆.唐代进士行卷与文学・古诗考索[M].北京：商务印书馆，2014.

[119] 张伯伟．东亚汉文学研究的方法与实践［M］．北京：中华书局，2017.

[120] 张伯伟．中国古代文学批评方法研究［M］. 北京：中华书局，2002.

[121] 张伯伟．作为方法的汉文化圈［M］．北京：中华书局，2011.

[122] 周勋初．周勋初文集［M］．南京：江苏古籍出版社，2000.

[123] 陈惇、孙景尧、谢天振．比较文学［M］．北京：高等教育出版社，2014.

[124] 陈跃红．比较诗学导论［M］．北京：北京大学出版社，2005.

[125] 大津透等．岩波讲座·日本历史［M］．东京：岩波书店，2015.

[126] 厄尔·迈纳．比较诗学［M］．王宇根等，译．北京：中央编译出版社，1998.

[127] 丰陈宝等．丰子恺译文集［M］．杭州：浙江大学出版社，2021.

[128] 冈野善彦等．讲谈社·日本的历史［M］．上海：文汇出版社，2021.

[129] 黑格尔．美学［M］．朱光潜，译．北京：商务印书馆，1981.

[130] 吉川幸次郎．吉川幸次郎全集第十八卷［M］．东京：筑摩书房，1975.

[131] 加藤周一．日本文学史序说［M］. 叶渭渠、唐月

梅，译.北京：外研社，2011.

[132] 勒内·韦勒克.批评的诸种概念 [M].罗钢等，译.上海：上海人民出版社，2015.

[133] 刘小枫.拯救与逍遥（修订本）[M].上海：华东师范大学出版社，2011.

[134] 鲁迅.鲁迅全集 [M].北京：人民文学出版社，2005.

[135] 罗宗强.隋唐五代文学思想史 [M].北京：中华书局，2016.

[136] 马泰·卡林内斯库.现代性的五副面孔 [M].顾爱彬、李瑞华，译.南京：译林出版社，2015.

[137] 米兰·昆德拉.小说的艺术 [M].尉迟秀，译.上海：上海译文出版社，2022.

[138] 聂石樵.唐代文学史 [M].北京：北京师范大学出版社，2002.

[139] 浦安迪.浦安迪自选集 [M].刘倩等，译.上海：三联书店，2011.

[140] 浦安迪.中国叙事：批评与理论 [M].吴文权，译.上海：上海远东出版社，2021.

[141] 浦安迪.中国叙事学 [M].北京：北京大学出版社，1996.

[142] 钱中文.巴赫金全集 [M].石家庄：河北教育出版社，2009.

[143] 钱锺书.管锥编 [M].上海：三联书店，2001.

[144] 钱锺书.七缀集 [M].上海：三联书店，2002.

[145] 钱锺书. 钱锺书散文 [M]. 杭州：浙江文艺出版社，1997.

[146] 钱锺书. 谈艺录 [M]. 上海：三联书店，2019.

[147] 孙犁. 孙犁选集·理论 [M]. 西安：陕西师范大学出版社，2003.

[148] 汤炳正. 屈赋新探 [M]. 济南：齐鲁书社，1984.

[149] 王向远. 东方文学史通论 [M]. 北京：高等教育出版社，2013.

[150] 王向远. 和文汉读 [M]. 北京：中央编译出版社，2014.

[151] 王向远. 日本古代诗学汇译 [M]. 西宁：昆仑出版社，2014.

[152] 王向远. 日本古典文论选译 [M]. 北京：中央编译出版社，2012.

[153] 王向远. 中国日本文学研究史 [M]. 北京：九州出版社，2021.

[154] 西蒙·德·波娃. 第二性 [M]. 邱瑞銮，译. 台北：猫头鹰出版，2021.

[155] 严绍璗、中西进. 中日文化交流史大系 6·文学卷 [M]. 杭州：浙江人民出版社，1996.

[156] 宇文所安. 他山的石头记：宇文所安自选集 [M]. 田晓菲，译. 上海：三联书店，2019.

[157] 张龙妹. 平安朝宫廷才女的散文体文学书写 [M]. 北京：光明日报出版社，2021.

[158] 张隆溪．什么是世界文学［M］. 上海：三联书店，2021.

[159] 张炜．文学：八个关键词［M］．桂林：广西师范大学出版社，2021.

[160] 沼野充义．东大教授世界文学讲义［M］．王凤、石俊，译．杭州：浙江文艺出版社，2021.

[161] 止庵．周作人译文全集［M］．上海：上海人民出版社，2012.

[162] 周阅．人与自然的交融——〈雪国〉［M］．昆明：云南人民出版社，2002.

期刊论文：

[1] 草婴．人民受难图——〈复活〉中译本序［J］．外国文学研究，1988（2）.

[2] 陈京松．〈源氏物语〉第二回与〈红楼梦〉第五回中预示的比较［J］．承德师专学报（社会科学版），1990（2）.

[3] 陈维昭．〈红楼梦〉的现代性与红学的解释性［J］．汕头大学学报，2005（1）.

[4] 陈维昭．〈金陵十二钗〉与曹雪芹及其他［J］．红楼梦学刊，2022（1）.

[5] 杜春耕．荣宁两府两本书［J］．红楼梦学刊，1998（3）.

[6] 顾鸣塘．另一种功用：再论〈源氏物语〉与〈红楼梦〉中的“锦”［J］．红楼梦学刊，2009（4）.

[7] 顾鸣塘．文化的交融与分流——浅论〈红楼梦〉与

〈源氏物语〉的全面比较研究［J］. 红楼梦学刊，2009（1）.

［8］郭雪妮.〈典论·论文〉与九世纪初日本文学诸问题——基于“文章经国”思想的考察［J］. 文学评论，2020（1）.

［9］黄建香. 从“互见法”论〈源氏物语〉与〈史记〉的互文性［J］. 日语教育与日本学，2020（2）.

［10］冀运鲁、董乃斌. 中国古代小说叙事渊源论［J］. 上海师范大学学报（哲学社会科学版），2012（4）.

［11］焦健. 论〈梅花观怀古〉与宝琴的命运——兼论〈红楼梦〉原书的几处删改［J］. 桂林师范高等专科学校学报，2012（4）.

［12］乐黛云. 文化相对主义与跨文化文学研究［J］. 文学评论，1997（4）.

［13］李敬敏. 聂赫留朵夫：在探索和真诚忏悔中“复活”——托尔斯泰〈复活〉研究之一［J］. 重庆师院学报（哲学社会科学版），1987（2）.

［14］李晓梅. 贾宝玉和光源氏：由情悟空的心路历程［J］. 红楼梦学刊，1995（3）.

［15］李遇春.“说话”与贾平凹的长篇小说文体美学——从〈废都〉到〈带灯〉［J］. 小说评论，2014（4）.

［16］林嘉.〈红楼梦〉中薛宝琴形象探讨［J］. 文学教育，2010（5）.

［17］刘世德. 移花接木：从柳湘莲上坟说起［J］. 文学遗产，2014（4）.

［18］罗雁泽. 骷髅符号与全真话语：〈红楼梦〉风月宝

鉴新释［J］. 曹雪芹研究，2020（2）.

［19］钱澄. 人性与兽性的纠结——光源氏与西门庆、贾宝玉比较研究［J］. 阅江学刊［J］.2013（2）.

［20］孙俊红、周博、张果. 从“朱楼梦”到“水国吟”——〈红楼梦〉薛宝琴命运探微［J］. 名作欣赏，2019（35）.

［21］田智祥.〈水浒传〉的批评方法与文化价值定位［J］. 明清小说研究，2022（1）.

［22］王向远. 日本文学民族特性论［J］. 烟台大学学报（哲学社会科学版），2009（2）.

［23］辛欣.“钗黛合一”评议［J］. 红楼梦学刊，2006（3）.

［24］徐克谦.〈庄子〉美学观艺术散论［J］. 云南社会科学，1985（2）.

［25］徐克谦. 庄子学说与个性自由［J］. 社会科学，1999（7）.

［26］徐克谦. 庄子与儒家［J］. 齐鲁学刊，1985（3）.

［27］薛瑞生. 大宝玉与〈风月宝鉴〉［J］. 红楼梦学刊，1997（增刊）.

［28］杨海波.〈红楼梦〉的生命主题与百科全书式叙事［J］. 红楼梦学刊，2022（3）.

［29］杨雪梅. 论比较诗学的“可比性”原则——由厄尔·迈纳的〈比较诗学〉引发的思索［J］. 名作欣赏，2012（27）.

［30］叶晔.“今文苑”与“小说言”：论李开先的群像叙事［J］. 华东师范大学学报（哲学社会科学版），2021（4）.

［31］叶晔. 张岱、曹雪芹文人心态比较论［J］. 红楼梦

学刊，2003（4）.

［32］叶晔.中国古代文学中虚构人物的历史重塑［J］.文学遗产，2012（4）.

［33］袁运隆.托尔斯泰“忏悔意识”成因浅析［J］.黔西南民族师专学报，1997（4）.

［34］张伯伟.“去耕种自己的园地”——关于回归文学本位和批评传统的思考［J］.文艺研究，2020（1）.

［35］张伯伟.“意法论”：中国文学研究再出发的起点［J］.中国社会科学，2021（5）.

［36］张伯伟.文学批评方法研究：如何及为何——写在〈中国古代文学批评方法研究〉新版之际［J］.江西师范大学学报（哲学社会科学版），2022（1）.

［37］张伯伟.重审中国的“文学”概念［J］.中山大学学报（社会科学版），2021（4）.

［38］赵小平.〈红楼梦〉与〈源氏物语〉男主人公之比较［J］.长春理工大学学报（社会科学版），2013（3）.

［39］朱琛晨、彭磊.从黛玉到妙玉——兼论脂砚斋为谁［J］.哈尔滨师范大学社会科学学报，2020（4）.

［40］邹宗良.一个贾兰，还是两个贾兰？——与刘世德先生商榷［J］.红楼梦学刊，2017（1）.

硕士毕业论文：

陈可妍.审美文化视野中的贾宝玉、光源氏“泛爱论”研究［D］.西北民族大学，2011.

博士毕业论文：

[1] 雷芳.日本“物哀”美学范畴史论[D].南京师范大学，2017.

[2] 孙科伟.〈红楼梦〉美学阐释[D].中国艺术研究院，2007.

[3] 谭晶华.川端康成文学的艺术性·社会性研究[D].上海外国语大学，2009.

后 记

罗曼·罗兰把自己的宁馨儿《约翰·克利斯朵夫》比作“一条长河”，在我的阅读体验里，紫式部的《源氏物语》又何尝不是一条暗流汹汹的物语长河？

这一日子记得真切——2007年4月25日，我于西安小寨汉唐书城购入三册本的人文社丰译本《源氏物语》，对《源氏物语》的耽读和琢磨由此启程。翌年，陕西师范大学文学院的康洁博士为我们讲授“东方文学”课程，却原来，《源氏物语》的正经学问还可以如此这般鲜活凄婉地娓娓道来。

几年后南京译林出版社引入洪范林译《源氏物语》，我又发现了新的喜悦天地，带着对“林译若能完成钱稻孙译的使命就好了”的期待，更加饶有兴致地细读一遍。此后，生吞活剥地学习和阅读小学馆的新古典全集本和岩波书店的新大系本，作为永久的求索者，自在自得地徜徉于原文译文之间，以及中日古典之间。

南京啊，南京，是我策马逐梦的一个重要人生驿站。谁曾想时隔四年的2017年秋，也是在这座城市更兼梧桐灿烂的季节里，我无比幸运地投入到张伯伟导师的门下。稚拙如我，深切感受到先生学术臂弯的热情和坚实。我之再度负笈南京，私心比拟《吾妻镜》故事——南京就是我的“奥羽”圣地。

在我窥探到先生深海般的学问之前，我的攻读博士学位的研究计划书构想的正是与《源氏物语》相关的方向。惭愧啊，那只是自己闭门所造的题目，自然只能是关于《源氏物语》与汉文学之间的浮浅想法，哦，先生居然也宽厚地接纳了。

一年级上学期早些时候的某次师门读书会，当我说出研究方向确立为平安时代汉文学时，先生微笑着，默然在他的笔记上写下“早晨、平安时代汉文学研究”。先生的这一默然微笑的细节，令我动容，令我心底长感慨。

南大文学院的汉籍所，是一片令我神往的凝聚着先生心血的芳草地，我在那片芳草地里学习朝鲜语，披阅典籍，领教先生的亲炙。摩挲、阅读先生种种书籍的那种美妙，又岂能与外人道啊。

二年级寒假，为了申请交换，我与先生一封又一封的邮件往还。当我把先生的回复念给母亲听，母亲自然不解“申请交换”这种事情的繁复之至，但母亲能够感觉到先生的耐心和爱心，母亲感叹道:“你的老师真好！”

是在哪一篇文字里读到过的？久久以前，有人曾问先生:“您都到过韩国哪里？”先生笑道:“您该问问我，韩国有哪里是我未曾去过的。”正是这样的对韩国处处在在都熟悉了然的先生，在我独自数日浮光掠影的游历归来之后，却对我笑道:“改天喝咖啡，我要听你讲韩国的见闻。”

有一回在地铁上坐在先生身边，我突然轻声说:“先生，我想握一下您的手。”

先生就把他的俊手交付给我。先生于是说，以前白川静便让人专门画他，只是画他的手。其实，岂止只是想要与先生握一下手呢，得寸进尺的心思，是更想和先生有一个学业奋进的拥抱——在先生笃诚、温暖、结实的怀抱里，去汲取攀援崎岖前路的信心和力量。

先生给我吃糖果，是从他的优雅的书包里优雅地取出来的糖果，那复古而晶莹的糖纸所包裹着的，是先生对弟子的别一种爱抚和勉励。

“我是一棵小松树
见到了您仿佛活够千岁了
在那前面池里的龟山上面
还有仙鹤聚集游戏”（《平家物语·卷一》）

2022 年 11 月

章早晨